vabfs   VAL
MONTE ARDED

Montefiore, Santa, 1970- author
El último secreto de los Deverill
33410016683270   08/10/20

D1564126

Valparaiso Public Library
103 Jefferson Street
Valparaiso, IN 46383

El último secreto de los Deverill

SANTA MONTEFIORE

EL ÚLTIMO
SECRETO DE
LOS DEVERILL

LAS CRÓNICAS DE DEVERILL - 3

Traducción de Victoria E. Horrillo

TITANIA

Argentina • Chile • Colombia • España
Estados Unidos • México • Perú • Uruguay

Título original: *The Last Secret of the Deverills*
Editor original: First published in Great Britain by Simon & Schuster UK Ltd.
Traducción: Victoria E. Horrillo Ledesma

Esta es una obra de ficción. Todos los acontecimientos y diálogos, y todos los personajes, son fruto de la imaginación de la autora Por lo demás, todo parecido con cualquier persona, viva o muerta, es puramente fortuito.

1.ª edición Octubre 2019

Reservados todos los derechos. Queda rigurosamente prohibida, sin la autorización escrita de los titulares del *copyright*, bajo las sanciones establecidas en las leyes, la reproducción parcial o total de esta obra por cualquier medio o procedimiento, incluidos la reprografía y el tratamiento informático, así como la distribución de ejemplares mediante alquiler o préstamo público.

Copyright © 2017 *by* Santa Montefiore
    All Rights Reserved
© de la traducción 2019 *by* Victoria E. Horrillo Ledesma
© 2019 *by* Ediciones Urano, S.A.U.
    Plaza de los Reyes Magos, 8, piso 1.º C y D – 28007 Madrid
    www.titania.org
    atencion@titania.org

ISBN: 978-84-16327-78-2
E-ISBN: 978-84-17780-44-9
Depósito legal: B-18.129-2019

Fotocomposición: Ediciones Urano, S.A.U.
Impreso por Romanyà-Valls, S.A. – Verdaguer, 1 – 08786 Capellades (Barcelona)

Impreso en España – *Printed in Spain*

A mi querido tío y padrino Chris, con cariño

Castellum Deverilli est suum regnum

El castillo de un Deverill es su reino

LOS DEVERILL DEL CASTILLO DE DEVERILL (BALLINAKELLY)

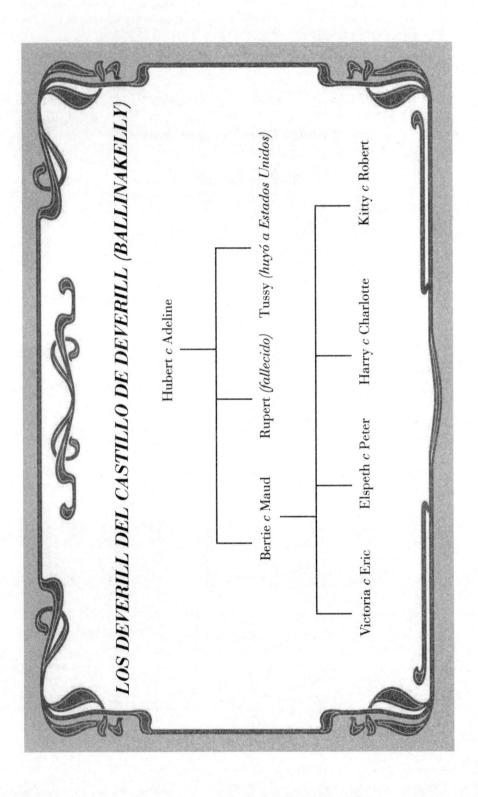

Hubert c Adeline

Bertie c Maud   Rupert (fallecido)   Tussy (huyó a Estados Unidos)

Victoria c Eric   Elspeth c Peter   Harry c Charlotte   Kitty c Robert

LOS DEVERILL DE DEVERILL HOUSE (LONDRES)

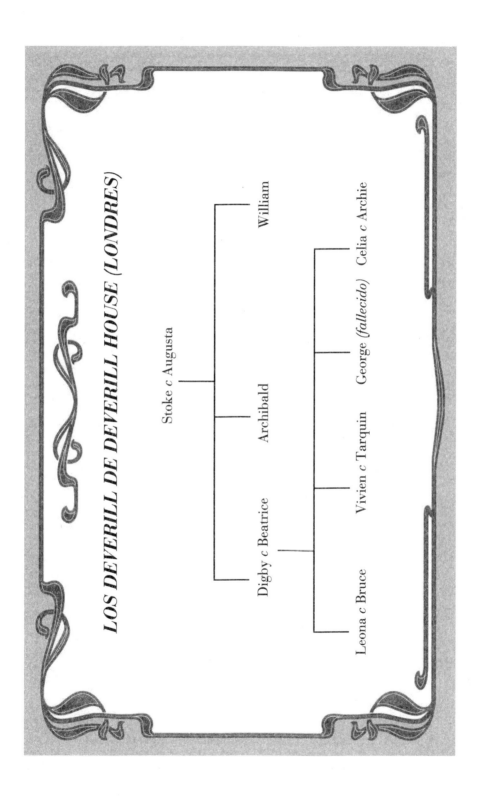

Stoke *c* Augusta

William

Archibald

Digby *c* Beatrice

Vivien *c* Tarquin

George *(fallecido)*

Celia *c* Archie

Leona *c* Bruce

Maggie O'Leary

Contaban algunos que nació en la festividad de Samhna, cuando las gentes de Ballinakelly celebraban la cosecha con un festín. Otros, en cambio, aseguraban que nació *después* de anochecido y *antes* del alba, cuando los malévolos pucas, las banshees y las hadas se unían a los espíritus de los muertos para pulular libremente entre los vivos durante las horas de oscuridad. Fuera como fuese, lo cierto era que Maggie O'Leary vino al mundo el primer día de noviembre de 1640, cuando una densa bruma cubría los valles y una ligera llovizna humedecía el aire, y el viento olía a brezo y a hierba y a salmuera.

Esa noche, reinaba cierto desasosiego en la granja de los O'Leary. Las vacas mugían y pateaban el suelo con sus pezuñas, y los caballos piafaban, nerviosos, agitando sus crines. Cuervos negros como el betún se congregaron en el tejado de la casa, en la que Órlagh Ni Laoghaire se paseaba por su alcoba, con las manos apoyadas en los riñones, aguardando con más inquietud que de costumbre la llegada de su sexto hijo. Estaba tan inquieta como los animales, gemía y se acongojaba, presa de dolores extrañamente agudos en ella, pues había parido a sus cinco primeros retoños deprisa y sin apenas esfuerzo. De vez en cuando miraba por la ventana buscando el rubor del amanecer en el horizonte. Confiaba en que su bebé aguantase hasta que amaneciera el día de Todos los Santos y no naciera durante esas horas lúgubres y tenebrosas.

No muy lejos de allí, los hijos de Órlagh disfrutaban del banquete con el resto de los vecinos, en un gran establo del centro de la aldea. Las puertas y las ventanas de todas las casas estaban abiertas de par en par para dejar que tanto los espectros como los espíritus benéficos vagaran libremente, y los fuegos se habían extinguido. Fuera, el resplandor dorado de las hogueras caldeaba el aire, enfriado por la presencia de los seres malévolos que sembraban el caos en la oscuridad.

No era una buena noche para venir al mundo, pero Maggie vino de todos modos.

Justo antes de que rayara el alba, tras un parto difícil, Órlagh parió a una niña sana cuyo agudo llanto abrió un agujero en el cielo, liberando el primer rayo de luz. Pero el nacimiento de una nueva vida trajo consigo la extinción de otra. Órlagh pasó al otro mundo, no sin antes susurrarle débilmente a la niña que tenía en brazos: *Céad míle fáilte, Peig*, «cien mil veces bienvenida, Peig», dándole así un nombre y bendiciéndola con un beso.

Maggie era una niña de una belleza extraña y arrebatadora. Su cabello era tan negro como el ala de un cuervo; sus ojos, de un tono verde hechicero; y en sus labios carnosos y sensuales se dibujaba siempre una sonrisa irónica y sagaz. Era atípica en muchos sentidos, pero nada la distinguía tanto de su familia y vecinos como su extraño don: porque Maggie veía visiones de los muertos, a veces incluso *antes* de que murieran.

Tal era su don que sus hermanos y su hermana se burlaban de ella por ser bruja, hasta que su padre les contó en voz baja y trémula lo que les sucedía a las brujas. El padre Brennan, el cura del pueblo, se santiguaba cada vez que la veía y trataba de persuadirla para que confesara que las cosas que aseguraba ver eran inventadas con el único fin de llamar la atención. Las gentes de Ballinakelly la miraban con extrañeza y temor, convencidas de que se hallaba bajo la influencia de los fantasmas que habían asistido a su alumbramiento, y las ancianas murmuraban: «Esa niña ya ha estado aquí antes, tan cierto como que Dios habrá de juzgarme». Hasta su abuela decía que, de no ser porque la había visto con sus propios ojos salir del cuerpo de Órlagh, habría creído que algún viejo puca la había cambiado en la cuna para llevar el infortunio a su casa familiar.

Pero el infortunio llegó de todos modos, fuera o no Maggie enviada por los pucas.

Para ella, sin embargo, no tenía nada de raro ver a los muertos o predecir la muerte. Desde que podía recordar, veía cosas que los demás no alcanzaban a ver. Y no era malvada. *Eso* lo sabía. Su don era un regalo divino. Por eso escapaba a las colinas, donde podía fundirse con la creación. Con el viento en el pelo y la piel mojada por la llovizna, disfrutaba correteando entre la hierba, hacia el borde del mundo, donde el mar se precipitaba en la arena en ondas relucientes. Bajo las gaviotas que planeaban en el cielo, se ceñía el mantón sobre los hombros y contemplaba el mar, y de vez en cuando vislumbraba las velas de un navío y el misterio del mundo que se extendía más allá de sus orillas. Pero era en lo alto de los acantilados, en el antiguo círculo de piedras conocido como el Anillo de las Hadas, donde jugaba con los espíritus naturales que nadie más que ella veía, pues allí, en aquel lugar mágico, nadie la temía ni la juzgaba, ni la castigaba: allí solo estaban Dios y el mundo pagano y secreto que Él le permitía ver en toda su maravilla.

Pero, al ir creciendo Maggie, los espíritus se hicieron más insistentes. Exigían cosas de ella. Le daban mensajes con el encargo de transmitírselos a quienes habían dejado atrás. Su padre le recordaba cómo se castigaba la brujería; su hermana mayor le suplicaba que se quedara callada, y su abuela auguraba una desgracia. Pero, con todo, las voces no se acallaban ni dejaban a Maggie en paz. Creía estar destinada a un fin elevado. Creía que era voluntad de Dios que tuviera el don de revivir la conciencia de los muertos. Estaba convencida de que era su deber hacerlo.

Corrían tiempos difíciles y los O'Leary eran pobres. El padre de Maggie y sus cuatro hermanos mayores eran granjeros, como lo habían sido sus antepasados durante generaciones. Vigilaban a las ovejas que pastaban en sus tierras, frente al mar, las amadas tierras que les pertenecían desde tiempos inmemoriales. Pero había ocho bocas que alimentar en la casa familiar y la comida escaseaba. Movido por la desesperación, el padre de Maggie dio su brazo a torcer y, poco a poco y en secreto, comenzó a cobrar a quienes acudían a consultar a su hija. Maggie trasmitía mensajes que según aseguraba procedían de los muertos, y él recaudaba el dinero para que pudieran comer. Poco a poco se corrió la voz, y los afligidos y los atribulados comenzaron a llegar en gran número, como almas negras que tendieran los brazos en busca de la luz. Quienes no podían pagar con dinero, traían algo: leche, queso, huevos... Hasta alguna que otra gallina

o una liebre. Pero el miedo cundió también, pues sin duda un don semejante solo podía ser obra del Diablo, y Maggie creció sin amigos, fuera de
los pájaros y las bestias del campo.

Tenía nueve años cuando Oliver Cromwell llegó con su ejército dispuesto a conquistar Irlanda. Sus hermanos se unieron a los Realistas y, ni
siquiera con su clarividencia, Maggie fue capaz de predecir si volvería a
verlos con vida. La guerra fue atroz, y las noticias acerca de la brutalidad
de Cromwell se extendieron por el condado de Cork como la peste y la
hambruna que asolaban el país a su paso. El asedio de Drogheda y la ma-
sacre que siguió quedaron entretejidas en la historia de Irlanda con un hilo
de sangre escarlata. Los soldados de Cromwell pasaron a cuchillo a miles de personas y quemaron vivos a quienes huyeron a la iglesia buscando
refugio en la casa de Dios.

A Ballinakelly llegó la noticia de que Cromwell no mostraría piedad
alguna con los católicos, aunque se rindiesen. Y fue así como, con una
mezcla de miedo e indignación, el padre de Maggie se sumó a los rebeldes
y se echó a las colinas para luchar con cualquier arma que tuviera a mano.
Era un hombre valiente y fuerte, pero ¿qué podían la valentía y la fuerza
contra el poder de los soldados de Cromwell, bien armados y mejor adies-
trados? El rey Carlos II les retiró su apoyo. Abandonó a sus ejércitos en
Irlanda en favor de los escoceses, y las defensas se desintegraron. Los irlandeses se quedaron solos, sitiados, marginados y traicionados, abandonados a la muerte en una falda de la colina, como corderos indefensos
acosados por los lobos.

Los hermanos de Maggie acudieron a ella desde el más allá, con mensajes para su hermana y su abuela, asomándose, junto con las demás almas
afligidas, a la ventana de este mundo para narrar su muerte, víctimas del
fuego, la maza y la espada. El padre de Maggie murió en las colinas, des-
cuartizado como una liebre en los brezales, y las mujeres de la familia
quedaron sin nadie que velara por ellas, indefensas como mendigas. Habían perdido en los saqueos a casi todas sus ovejas, y no había caridad a
la que acogerse, pues la guerra había arrasado el país y las gentes se morían de hambre o de peste, lentamente. Maggie, no obstante, conservaba
su don y la gente siguió llamando a su puerta con lo poco que tenía para

recibir mensajes de sus seres queridos. Y las O'Leary llevaron su luto en silencio, porque tenían que mantenerse fuertes las unas para las otras; porque la pena no las llevaría a ninguna parte; y porque su supervivencia dependía de su capacidad para resistir y seguir adelante.

No todo estaba perdido, sin embargo. Tenían sus tierras, sus preciadas y bellísimas tierras frente al mar. A pesar de la violencia de la guerra, la naturaleza seguía dando fruto. El brezo florecía en las laderas de las colinas, las mariposas revoloteaban en el aire, los pájaros trinaban en los árboles cuajados de hojas de un verde brillante, y la lluvia suave y el sol primaveral parían arcoíris que cubrían el valle con deslumbrantes arcos de esperanza. En efecto, tenían sus tierras. Eso al menos les quedaba.

Pero Barton Deverill, el primer lord Deverill de Ballinakelly, se las quitaría. Les quitarían todo lo que tenían y las dejarían sin nada.

PRIMERA PARTE

1

Dublín, febrero de 1939

Martha Wallace brincaba por el camino serpenteante que atravesaba el parque de St. Stephen's Green. No podía caminar. No podía. Tenía el corazón tan ligero que su cuerpo se elevaba con cada paso como si caminara sobre una nube. La señora Goodwin se apresuraba tras ella con pasito enérgico, esforzándose por alcanzarla.

—Querida mía, no vayas tan deprisa. ¿Por qué no buscamos un buen banco para sentarnos? —sugirió casi sin aliento.

Martha se volvió y comenzó a brincar hacia atrás, unos pasos por delante de su niñera entrada en años.

—¡Creo que no podría sentarme ni un minuto! —Rio, eufórica—. ¡Y pensar que vine aquí buscando a mi madre y me han robado el corazón! Es ridículo, ¿verdad?

El acento norteamericano de Martha contrastaba vivamente con la pronunciación británica, precisa y cortante, de la señora Goodwin. Su pálida tez irlandesa se había arrebolado en las mejillas, tersas como manzanas, y sus ojos de color cacao brillaban de emoción. Se había quitado el sombrero, invitando así al viento a jugar con su larga melena castaña, cosa que hizo con fruición, tironeando de sus horquillas y dándole una apariencia salvaje y temeraria. A la señora Goodwin le costaba creer, al ver a la muchacha de diecisiete años que bailoteaba ante ella, que solo unas horas antes Martha hubiera salido del convento de Nuestra Señora Reina del Cielo deshecha en lágrimas tras descubrir que no quedaban registros de su nacimiento en los archivos conventuales, ni información alguna sobre su verdadera madre.

—Bueno, Martha querida, no echemos las campanas al vuelo —le dijo.

—¡Qué seria se ha puesto de repente, Goodwin! Cuando una sabe estas cosas, las sabe, ¿verdad que sí?

—Acabáis de conoceros y no habéis pasado juntos más allá de una hora. Yo solo digo que sería prudente mostrar un poco de cautela.

—¿Verdad que es guapo? Nunca había visto un hombre tan guapo. Tiene unos ojos preciosos. Del gris más bonito que he visto nunca, y me miraban con tanta intensidad… ¿Me equivoco al pensar que yo también le he gustado?

—Claro que le has gustado, Martha querida. Eres una chica preciosa. Estaría ciego si no se diera cuenta de lo guapa que eres.

Martha abrazó a su vieja niñera, lo que pilló tan desprevenida a la señora Goodwin que se echó a reír. El entusiasmo de la niña era irresistible.

—¡Y su sonrisa, Goodwin! ¡Su sonrisa! —exclamó Martha—. Es tan pícara… Tan encantadora… De verdad, creo que nunca he visto una sonrisa tan cautivadora. ¡Es más guapo que Clark Gable, incluso!

Para alivio suyo, la señora Goodwin encontró un banco bajo un robusto castaño de Indias y se sentó con un suspiro, desparramándose sobre el asiento como un pudin esponjoso.

—Sí que es cierto que han sido los dos muy amables —comentó, acordándose con un arrebato de admiración de lord Deverill, el padre del joven.

Se sentía halagada porque un hombre de su alcurnia la hubiera tratado —a ella, una simple niñera— con tanta cortesía y amabilidad. Sabía que las había invitado a sentarse a su mesa a instancias de su hijo, quien claramente se había prendado de Martha a primera vista, pero lord Deverill le había hecho extensiva toda su cortesía, a pesar de que no hacía falta, y la avejentada señora le estaba sumamente agradecida por ello.

—Lord Deverill es un caballero en todo el sentido de la palabra —declaró.

—Creo que me enamoré en cuanto entró en el salón de té —dijo Martha, pensando solo en el chico.

—Él no te quitaba los ojos de encima. ¡Qué suerte que su padre tomara la iniciativa! Si no, quizá no habrías tenido ocasión de conocerlo.

—Oh, ¿cree que volveré a verlo? —Martha suspiró retorciéndose las manos.

—Bueno, sabe dónde nos alojamos y, si posponemos un día nuestro viaje a Londres, quizá tenga tiempo de venir a hacerte una visita.

—¡Estoy tan emocionada que no puedo estarme quieta! —exclamó Martha, palmoteando—. No quiero irme a casa. Quiero quedarme en Irlanda para siempre.

La señora Goodwin sonrió ante la ingenuidad de la juventud. ¡Qué sencilla parecía la vida al fulgor rosado del primer amor!

—No quisiera desengañarte, tesoro, pero tenemos una misión, ¿verdad?

Su suave reconvención desinfló un poco el entusiasmo de Martha, que se sentó junto a la niñera y bajó los hombros.

—Sí —contestó—. Y puede estar segura de que nada me distraerá de mi propósito.

—Quizá JP pueda ayudarnos. A fin de cuentas, todos los aristócratas parecen conocerse entre sí.

—No, no quiero contárselo a nadie. Es demasiado doloroso. No podría reconocer que mi verdadera madre no me quería y me abandonó en un convento. —Martha fijó la mirada en el sendero mientras una ardilla roja lo cruzaba y desaparecía bajo un laurel—. Todavía estoy intentando asumirlo —añadió en voz baja. Su euforia se había disipado por completo—. No voy a mentirle, pero tampoco quiero decirle la verdad si puedo evitarlo. Como usted dice, nos hemos tratado poco más de una hora. Nadie puede esperar que desnudemos nuestra alma así, sin más.

La señora Goodwin cruzó sus manos enguantadas sobre el regazo.

—Muy bien. Nos quedaremos en Dublín un día más y luego viajaremos a Londres. Estoy segura de que encontraremos a la familia Rowan-Hampton sin muchas dificultades. A fin de cuentas, no puede haber muchas ladys Rowan-Hampton.

Puso sus manos sobre las de Martha y las apretó. Su tarea habría sido mucho más difícil si el nombre que figuraba en la partida de nacimiento de Martha hubiera sido un nombre corriente, como Mary Smith, en vez de un apellido aristocrático. En ese caso, la señora Goodwin no habría sabido por dónde empezar.

—Sin duda nos espera un camino difícil —dijo—. Así que más vale que nos divirtamos antes de que las cosas se pongan serias.

Martha la miró y se mordió el labio.

—¡Ay, ojalá venga a verme!

JP Deverill estaba junto a la ventana abierta de su habitación del hotel Shelbourne, contemplando St. Stephen's Green. El humo de su cigarrillo se enroscaba en el aire antes de que el viento se lo llevara de un zarpazo. Tenía la vista fija en la celosía de ramas que se alzaba del parque, pero no la veía: solo veía a Martha Wallace.

Nunca se había enamorado. Se había sentido atraído por algunas chicas e incluso había besado a unas pocas, pero ninguna de ellas le había inspirado sentimientos profundos. Martha Wallace, en cambio, le importaba muchísimo, aunque solo hubiera pasado una hora en su compañía. Pero ¡qué hora! Ansiaba poner el mundo a sus pies. Quería verla sonreír y saber que su sonrisa era para él. Deseaba más que nada en el mundo tomarla de la mano, mirarla fijamente a los ojos y decirle lo que sentía. Dio una calada a su cigarrillo y sacudió la cabeza, lleno de incredulidad. Martha Wallace lo había dejado noqueado, como un relámpago que le hubiera dado entre los ojos, o como una flecha que Cupido le hubiera lanzado directa al corazón. Todos los clichés que había leído sobre el amor cobraban sentido de pronto, y no sabía qué hacer.

Por suerte su padre, Bertie Deverill, sí lo sabía. Le había dado unas palmadas en el hombro y se había reído de un modo que a JP no le había dejado duda alguna de que había sido todo un donjuán en su juventud.

—Si quieres volver a verla, JP, debes actuar rápidamente. ¿No han dicho que piensan marcharse a Londres? ¿Por qué no compras unas flores y vas a verla a su hotel? Podrías enseñarle los monumentos de Dublín. Estoy seguro de que le encantará volver a verte.

JP revivió cada segundo de su encuentro en el salón de té de abajo. La primera vez que sus ojos se habían encontrado, Martha estaba observándolo desde la mesa que ocupaba con su dama de compañía, junto a la ventana. Al principio no se había fijado en ella, ocupado como estaba en saludar a las personas que conocía y acomodarse en su silla, a corta distancia de la mesa de ellas. Luego, sin embargo, se había sentido atraído por la mirada de Martha y, como una paloma que volviera a casa, había posado los ojos en ella y algo mágico había ocurrido. Martha no era especialmente bella o llamativa, ni era, desde luego, el tipo de chica que se esforzaba por llamar la atención, pero JP había descubierto con asombro que era incapaz de apartar los ojos de ella. Ahora, al recordarlo, sintió un escalofrío de placer. Ella tampoco había desviado la mirada, sino que lo había mirado fijamente, sin pestañear. Se había puesto colorada y una expresión de sorpresa había cruzado su semblante. Había sido casi como si lo reconociera, como si viera algo en su rostro y le sorprendiera descubrir que lo conocía de antemano. La poesía hablaba de ese amor a primera vista, pero JP nunca le había dado mucha importancia. Nunca había reflexionado sobre ese tema, ni había aspirado a sentir un amor así. Ahora, sin embargo, el amor le había salido al paso, y se sentía como si lo hubiera atrapado en su red.

La poesía hablaba también de ese extraño sentimiento de conocer a alguien desde toda la eternidad, de mirar a los ojos a una desconocida y ver en ella a una amiga íntima. Tampoco en eso se había parado a reflexionar y, sin embargo, mientras estaban sentados a la mesa, cuando sus manos habían chocado al ir a coger los dos el mismo emparedado de huevo y berros y el mismo trozo de bizcocho de chocolate, se había sentido como si, de algún modo, ya se conocieran. Había un vínculo, una conexión, un entendimiento, y solo tenían que mirarse para verlo. JP conocía a Martha y Martha lo conocía a él, y de pronto entendía esos poemas que antes le parecían carentes de sentido. Había cruzado un umbral y lo que antes se hallaba oculto ahora se revelaba en todo su prodigioso colorido y su luz.

Apagó el cigarrillo y decidió hacer lo que le había sugerido su padre.

Compró un ramo de rosas rojas en el puesto de la esquina del hotel y echó a andar por el parque con paso vivo. No había tiempo que perder.

Martha podía estar haciendo las maletas en ese preciso instante, preparándose para partir hacia Londres. Si no se daba prisa, tal vez no volviera a verla. El sol descendía en el cielo, completando lentamente su periplo diario, y la maraña de ramas desnudas proyectaba húmedas sombras sobre el camino, ante él. Los mirlos y los cuervos chillaban y graznaban al posarse en las ramas y las ardillas correteaban hacia sus agujeros, pero JP estaba tan concentrado en su propósito que no se fijaba en ninguna de las cosas en las que normalmente se habría regocijado.

Estaba extrañamente nervioso. Sabía que las mujeres —incluso las que no solían sentirse atraídas por los pelirrojos— lo consideraban guapo, y su hermana Kitty, que lo había criado a falta de su madre, nunca dejaba de recordarle que su sonrisa poseía el encanto típico de los Deverill, de modo que había crecido creyéndose especial sencillamente por llevar ese apellido. De pronto, sin embargo, le importaba lo que otra persona pudiera pensar de él y dudaba de sí mismo.

El hotelito económico en el que se alojaban Martha y la señora Goodwin no estaba lejos del Shelbourne, pero JP había caminado tan deprisa que llegó a él sin aliento. La recepcionista de mejillas sonrosadas que atendía el mostrador levantó la vista y le sonrió calurosamente. Los ojos se le iluminaron detrás de las gafas al ver a un caballero tan alto y apuesto.

—Buenas tardes —dijo JP, sintiéndose un poco tonto por llevar un ramo de rosas—. Vengo a ver a la señorita Wallace —añadió, y se inclinó ligeramente sobre el mostrador.

La recepcionista no necesitó consultar el libro de registro, pues sabía perfectamente quién era la señorita Wallace. La joven dama y su amiga le habían preguntado por el convento de Nuestra Señora Reina de los Cielos esa misma mañana y ella les había indicado cómo llegar.

—Me temo que su acompañante y ella no han vuelto aún —dijo con su suave acento irlandés, y lanzó una mirada a las flores—. ¿Quiere que las ponga en agua?

La desilusión de JP era palpable. Tamborileó con los dedos en el mostrador con impaciencia.

—Pero ¿van a volver? —preguntó con el ceño fruncido.

—Sí, claro —contestó la recepcionista. Sabía que no debía divulgar información sobre los clientes del hotel, pero aquel joven parecía tan triste y las flores eran tan románticas que añadió rápidamente—: Han cambiado su reserva y van a quedarse un día más.

JP se animó visiblemente al oír su respuesta, y a la recepcionista la alegró ser el motivo de su felicidad.

—Entonces, le dejo las flores. ¿Me permite una hojita para escribir una nota?

—Puedo hacer algo mejor. Puedo darle una tarjetita blanca con un sobre. Es mucho más elegante —repuso ella con una sonrisa.

Dio media vuelta y fingió rebuscar entre un montón de cartas para que el caballero pudiera escribir su nota tranquilamente. JP se tocó la sien con la pluma, preguntándose qué debía escribir. Normalmente se expresaba con facilidad, pero de pronto no sabía ni por dónde empezar.

Lo que quería decirle a Martha era demasiado atrevido, no había duda, y no quería asustarla antes de que tuviera la ocasión de conocerlo mejor. Se esforzó por recordar algún verso de un poema, o una frase ingeniosa de una novela, pero se había quedado en blanco y no se acordaba de nada. Su padre, claro, sabría exactamente qué escribir, pero estaba en el club de Kildare Street, seguramente hablando de carreras de caballos y política con sus amigos angloirlandeses, como tenía por costumbre cuando visitaba Dublín. Kitty también sabría qué decir en un caso así, pero estaba en casa, en Ballinakelly. JP estaba solo y se sentía como un inútil.

La señora Goodwin y Martha regresaron al hotel poco después de las siete. Habían pasado la tarde paseando por la ciudad y disfrutando de las vistas y luego habían entrado en el Bewley's, en Grafton Street, a tomar una taza de té. Con sus suntuosos asientos carmesíes, sus ventanas emplomadas y sus luces cálidas y doradas, el café tenía una atmósfera decididamente europea que encantó a las dos mujeres, cansadas de caminar en medio del frío. Entraron en calor con el té y repusieron energías con el bizcocho mientras observaban a los demás clientes con la fascinación de dos turistas en una ciudad nueva, deleitándose con cada sabor que se ofrecía a su paladar.

Martha pensaba obsesivamente en JP Deverill, pero de vez en cuando se descubría preguntándose si la elegante señora que caminaba por el otro lado de la calle, o la que ocupaba tal o cual banco, sería su madre. Que ella supiera, podía haberse cruzado ya una docena de veces con lady Rowan-Hampton. Una leve chispa de esperanza se encendía en su corazón cuando pensaba que quizá también ella estuviera buscándola, y sus pensamientos vagaban continuamente jugueteando con la imagen, algo estereotipada, de un emotivo reencuentro.

La recepcionista sonrió cuando entraron en el vestíbulo del hotel.

—Buenas noches, señorita Wallace. Un caballero vino esta tarde con flores para usted. —Se volvió y recogió las flores, que había dejado en el suelo—. Me he tomado la libertad de ponerlas en agua.

Martha se quedó sin respiración y se llevó la mano al pecho.

—¡Dios mío, son preciosas! —exclamó, cogiendo el ramo.

—Sí, ya lo creo —convino la señora Goodwin—. Cielos, qué caballeroso por su parte.

—Dejó también una nota —dijo la recepcionista, pensando que la señorita Wallace era la chica más afortunada de todo Dublín.

—¡Una nota! —dijo Martha, emocionada, y sacó el sobrecito de entre las rosas.

—¿Qué dice? —preguntó la señora Goodwin mientras se inclinaba para oler las flores.

Martha se quitó los guantes y los dejó sobre el mostrador. Luego sacó la tarjeta con dedos temblorosos. Sonrió al ver la pulcra letra de JP, y porque ahora tenía un recuerdo suyo que guardar como un tesoro.

Querida señorita Wallace, leyó, *normalmente me expreso mejor, pero hoy me ha dejado usted sin palabras, convertido en un perfecto inútil. Disculpe mi falta de poesía. ¿Me concedería el honor de acompañarla a recorrer nuestra hermosa ciudad? Iré a buscarla mañana a su hotel, a las diez. Sinceramente suyo, JP Deverill.*

Suspiró, llena de felicidad, y se apretó la tarjeta contra el pecho.

—¡Va a venir mañana a las diez! —Miró a la señora Goodwin con ojos desorbitados—. Creo que necesito sentarme.

La señora Goodwin acompañó a Martha a su habitación, siguiéndola con el jarrón de rosas como una dama de honor. Una vez dentro, Martha se dejó caer en la cama y se tumbó con un suspiro de contento. La señora Goodwin se atusó el cabello gris y miró a su pupila a través del espejo que colgaba de la pared, frente a ella.

—Naturalmente, tendré que ir contigo —dijo con firmeza.

La ternura que sentía por la joven no mermaba en absoluto su sentido de la responsabilidad. Aunque ya no estuviera al servicio de los padres de Martha, era su deber cuidar de su hija como había hecho los últimos diecisiete años. Con todo, se sentía como si Martha y ella fueran un par de fugitivas huyendo de la escena de un crimen y tenía la firme intención de que, una vez hubiera encontrado a su madre biológica, Martha regresara sana y salva al seno de su familia en Connecticut.

Martha soltó una risita.

—*Quiero* que venga conmigo, Goodwin —dijo, apoyándose en los codos—. Quiero que sea testigo de todo. Así no tendré que explicárselo después. ¿Qué voy a ponerme?

La señora Goodwin, que había deshecho el equipaje de la joven, abrió el armario y sacó un bonito vestido azul con cinturón a juego que realzaba su esbelta cintura.

—Creo que esto servirá —dijo, sosteniendo la percha—. El azul te sienta de maravilla, y es muy fino.

—Estoy tan nerviosa que esta noche no voy a pegar ojo.

—Eso se arregla con un buen vaso de leche caliente con miel. Si quieres estar guapa para el señor Deverill, necesitas dormir.

—¡El señor Deverill! —Martha volvió a tumbarse y suspiró—. Ese nombre tiene algo de deliciosamente malévolo.

—Porque se parece a *devil** —repuso la señora Goodwin, y frunció los labios—. Espero que ese sea el único parecido.

---

* *Devil*: diablo. *(N. de la T.)*

Martha no pudo conciliar el sueño ni siquiera tras tomar un vaso de leche caliente con miel. La señora Goodwin, por su parte, no tuvo ese problema y durmió a pierna suelta en la cama de al lado, soltando de cuando en cuando un ronquido que crispaba los nervios de la joven.

Martha se levantó y, caminando de puntillas para que no crujiera la tarima, se acercó a la ventana. Retiró las cortinas y miró la calle. La ciudad estaba sumida en la oscuridad, salvo por el fulgor dorado de las farolas, por cuya aureola vio caer suavemente, como chispas diminutas, una fina llovizna. Reinaba el silencio y, por encima de los tejados relucientes, las nubes se alzaban, grises y pesadas. No había luna ni estrellas a la vista, ni un solo desgarrón en las nubes que permitiera entrever el romanticismo de los cielos; ni nieve que ablandara la piedra, ni hojas que prestaran movimiento a los árboles, que se erguían en medio de la fría noche de febrero, pero el recuerdo de JP Deverill lo cubría todo de hermosura.

La señora Goodwin le había sugerido que escribiera a sus padres para avisarlos de que había llegado sana y salva a Dublín. Ella se había puesto obedientemente a la tarea, con el corazón rebosante de ternura. Mientras cruzaba el Atlántico, había tenido tiempo de pensar en su situación, y el horror que había sentido al descubrir que no era hija biológica de sus padres —a diferencia de su hermana pequeña, Edith, que se había deleitado perversamente dándole esa información— se había apaciguado y ahora solo sentía compasión. Sus padres eran simplemente dos personas que habían deseado con todas sus fuerzas tener un hijo. Incapaces de concebir, habían adoptado un bebé en Irlanda, país del que era originaria la familia de Pam Wallace, su madre adoptiva. Como quizás hacían muchos padres en su situación, lo habían mantenido en secreto para protegerla. Martha no se lo reprochaba. Ni siquiera culpaba a Edith por haberle desvelado el secreto. Le dolía, no obstante, que su tía Joan le hubiera revelado una información tan delicada a una niña demasiado pequeña para saber cuáles podían ser sus consecuencias.

Así pues, Martha había escrito a sus padres una larga carta en papel con membrete del hotel. En ella desnudaba sus sentimientos como no lo había hecho en la nota que les dejó en la mesa de la entrada, para que la encontraran después de su marcha. Creía ahora que necesitaban una explicación más amplia. No podría haber hablado con ellos cara a cara acerca de la verdad de su situación, porque habría sido demasiado doloroso. Los quería tanto que el hecho de no ser hija natural suya era como una puñalada en el corazón. Era un sentimiento imposible de describir con palabras, y hasta que consiguiera asimilarlo no hablaría de ello con nadie, excepto con la señora Goodwin. Dudaba de que le hubieran dado permiso para marcharse si se lo hubiera pedido. Corrían rumores de que pronto estallaría otra guerra en Europa, y Pam Wallace era extremadamente protectora con sus dos hijas. *Necesito buscar mis raíces, sean las que sean*, escribió. *Vosotros siempre seréis mi mamá y mi papá. Si me queréis, por favor, perdonadme y tratad de entenderlo.*

Ahora, sin embargo, volvió a reflexionar acerca de su situación y un minúsculo germen de resentimiento se alojó en su pecho, como un gusano en el corazón de una manzana. Pensó en la presión que había ejercido siempre su madre sobre ella para que fuera impecable: impecable en el vestir y en sus modales, en su comportamiento y en su relación con los demás. No se conformaba con menos y, a menudo, esa impecabilidad bastaba para satisfacer a Pam Wallace. Cuando Martha era pequeña, su madre estaba tan deseosa de que impresionara favorablemente a la abuela Wallace y al resto de la familia de su marido, que había convertido a su hija en un manojo de nervios. Martha apenas se atrevía a hablar en público por miedo a decir algo inconveniente. Recordaba la horrible sensación de rechazo que podía producirle una mirada de reproche de su madre si por algún motivo metía la pata, y la mayoría de las veces ni siquiera sabía en qué se había equivocado.

Incluso ahora, ese recuerdo hacía que se le contrajera de angustia el corazón. No había sucedido lo mismo con Edith. El nacimiento de su hermana, seis años menor que ella, había sido una sorpresa para Pam y Larry Wallace, y ahora Martha entendía por qué: estaban convencidos de que no podían tener hijos. De ahí que Edith fuera mucho más preciosa para ellos que Martha y que hubieran celebrado su nacimiento como si fuera la Segunda Venida de Cristo.

La verdad era que Pam Wallace había tenido que moldear el comportamiento de Martha para convertirla en una Wallace, mientras que Edith no requería ninguna educación en ese aspecto, dado que ya *era* una Wallace. Por eso las habían tratado de forma tan distinta. Ahora todo encajaba. La adopción de Martha era la pieza perdida del rompecabezas de su niñez. Edith podía actuar con impunidad, sin que Pam hiciera nada por reprenderla o disciplinarla. Las dos hermanas habían recibido un trato tan distinto porque *eran* distintas. Una era una Wallace y la otra no, y ningún molde ni ninguna mirada de reproche podría convertir a Martha en lo que no era. A sus diecisiete años y con muy poca experiencia del mundo, ese hecho la convenció de que sus padres querían más a Edith, y desde su solitario puesto de observación junto a la ventana esa conclusión le pareció irrefutable.

Se preguntó cómo sería su verdadera madre, como hacía a menudo desde que había encontrado su partida de nacimiento al fondo del armario del baño de su madre. Se llamaba lady Rowan-Hampton, y Martha había construido un personaje a la altura de ese apellido. Se la imaginaba con los ojos castaños claros, como los suyos, y el cabello castaño, largo y rizado. Era muy hermosa y elegante, como sin duda lo eran las damas de la aristocracia británica y, cuando al fin se reencontrasen, su madre derramaría lágrimas de alegría y alivio y la estrecharía entre sus brazos, susurrándole entre sollozos que, ahora que se habían encontrado, no volverían a separarse.

De pronto Martha rompió a llorar. Fue un arrebato de emoción tan repentino que se tapó la boca con la mano para ahogar sus sollozos. Miró la cama para asegurarse de que no había despertado a su niñera, pero la anciana señora dormía apaciblemente bajo las mantas, que subían y bajaban al ritmo de su respiración. Martha miró por la ventana, pero tenía la vista nublada y solo alcanzó a ver en el cristal su propio reflejo distorsionado, que la miraba melancólicamente. ¿Quién era? ¿De dónde procedía? ¿Qué clase de vida habría tenido si su madre no la hubiera abandonado en el convento? ¿Lo sabría alguna vez? Tenía tantos interrogantes por resolver que le dolía la cabeza. Y se sentía tan desarraigada, tan sola... Solo la señora Goodwin era quien decía ser. Todos los demás le habían mentido. Los hombros comenzaron a temblarle. Había pasado de ser una joven norteamericana procedente de una familia rica y bien relacionada, segura del cariño de su familia, obediente, dócil y responsable, a convertirse de la noche a la mañana en una extraña comprada en un convento del otro lado del mundo, rebelde, desafiante y contestataria. ¿Dónde estaba su sitio y con quién? ¿En qué podía creer? Era como si las estructuras dentro de las cuales había crecido se hubieran derrumbado a su alrededor, dejándola expuesta e indefensa, como una tortuga sin su caparazón.

Se limpió las lágrimas y cerró las cortinas. La señora Goodwin suspiró en sueños y agitó su corpachón como una morsa en la playa. Martha volvió a meterse en la cama y se arropó hasta la barbilla. Estremeciéndose de frío, se hizo un ovillo. Cuando al fin se quedó dormida, no era en su madre en quien pensaba, ni en las dudas que consumían sus energías, sino en JP Deverill, cuya imagen emergió de entre la neblina de su perplejidad como un caballero de reluciente armadura para rescatarla de su creciente sentimiento de rechazo.

2

JP apenas había dormido. Tenía los nervios a flor de piel. Solo podía pensar en Martha Wallace. Todo en ella lo fascinaba, desde su misteriosa reserva a su sonrisa tímida y vergonzosa, y solo podía conjeturar qué clase de vida había llevado al otro lado del Atlántico. Quería saberlo todo sobre ella, desde lo más prosaico y trivial a lo más relevante y trascendental. Su encuentro casual en el salón de té del Shelbourne le había impresionado tanto que tenía la sensación de que las mismísimas placas de la tierra se habían movido, cambiando la forma en que se veía a sí mismo y veía el mundo. Ballinakelly había sido siempre el centro de su universo. Ahora, sin embargo, sentía que se le había quedado pequeño. Martha olía a tierras extranjeras y a ciudades sofisticadas, y él quería que lo tomara de la mano y le enseñara todo aquello.

Desayunó con su padre, que siempre se levantaba temprano. Bertie Deverill era un hombre muy ocupado. Desde que había vendido el castillo de Deverill y le había entregado casi todas las ganancias a su mujer, Maud, de la que estaba separado —quien se había apresurado a comprar una casa suntuosa en Belgravia en la que recibía lujosamente a sus invitados junto a su obeso y adinerado amante, Arthur Arlington—, Bertie se había puesto a explorar nuevas formas de ganar dinero. De momento nada había dado resultado, pero Bertie, siempre alegre y entusiasta, confiaba en que, con el tiempo, alguno de sus proyectos tendría éxito. Al verlo allí sentado, en medio del regio esplendor del comedor del Shelbourne, cualquiera habría pensado que no tenía ni una sola preocupación financiera.

—Te veo muy animado esta mañana —le dijo a su hijo—. Hasta te brillan los ojos. Supongo que no tendrá nada que ver con esa guapa jovencita que conociste ayer.

JP sonrió. Las pecas de su nariz parecieron agrandarse y sus ojos grises centellearon.

—Voy a enseñarle la ciudad —dijo.

—Ah, conque seguiste mi consejo, ¿eh?

—Sí. Le llevé flores al hotel, con una nota. Espero reunirme con ella a las diez.

Bertie se sacó el reloj del bolsillo del chaleco. Tuvo que alejarlo un poco tensando la cadena para ver las manecillas, pues su vista se estaba deteriorando.

—Para eso aún faltan dos horas, JP.

—Lo sé, y van a ser las horas más lentas de mi vida. —Se rio y Bertie sacudió la cabeza y se llevó la taza a los labios.

—Parece que no hace tanto tiempo que yo también me sentía así, por Maud. —Bebió un sorbo y sus ojos se empañaron—. Ahora cuesta creerlo, ¿eh?

JP había notado que cierta melancolía había empezado a impregnar los recuerdos de su padre cuando hablaba de su esposa. Por lo poco que había conseguido colegir JP escuchando a sus hermanas Kitty y Elspeth, Maud era una mujer desdeñosa, fría y egoísta, y su matrimonio había sido un erial durante años. Maud no había perdonado a Bertie por reconocer públicamente a JP, el hijo bastardo que había tenido con una de las criadas, ni por vender el castillo que debía heredar su primogénito, Harry. Se había marchado a Londres, profundamente ofendida, y hasta donde sabía JP todo el mundo se había sentido aliviado por su marcha. Sobre todo, Kitty y Elspeth. Últimamente, sin embargo, la actitud de Bertie hacía ella había empezado a cambiar. Daba la impresión de que se estaba produciendo un deshielo. De que se diluían viejos rencores y se curaban heridas enconadas. El nombre de Maud comenzaba a aparecer a menudo en la conversación de Bertie, y ya no sonaba chirriante.

JP rara vez pensaba en su madre biológica. La incluía en sus plegarias cada noche y a veces se preguntaba si estaba en el cielo, velando por él. Pero en realidad no le importaba. Kitty siempre había sido como una madre para él, y su marido, Robert, como un padrastro. Se consideraba afortunado por tener dos padres, habiendo tantos jóvenes que no tenían ninguno, puesto que la Gran Guerra había diezmado a toda una generación de hombres.

No sentía nostalgia del pasado, ni veía romanticismo alguno en la historia de su nacimiento. Sabía que había llegado en un capazo a la puerta del pabellón de caza, donde vivían su padre y Kitty, con una nota que pedía a su hermana que cuidara de él porque su verdadera madre había muerto. No sentía el impulso de saber nada más. No se sentía menguado en ningún sentido, pues sabía que Kitty lo quería como si fuera hijo suyo y él nunca había deseado otra cosa; no estaba en su temperamento. JP era un joven feliz y optimista que vivía plenamente el presente. Un hombre cuyo corazón rebosaba gratitud.

—Entonces, nos vemos aquí a las cinco y media —dijo Bertie—. Tomaremos el tren de la tarde de vuelta a Ballinakelly. Le dije a Kitty que llegarías a tiempo para la cena.

JP puso mala cara.

—Yo confiaba en poder quedarme una noche más —dijo.

Bertie meneó la cabeza.

—¿Ella no tiene que irse a Londres? —preguntó refiriéndose a Martha Wallace.

—No sé cuándo…

—¿Por qué no esperas a ver cómo van hoy las cosas? ¿Eh? Quizá descubras que no te gusta tanto como pensabas —repuso su padre.

JP, sin embargo, estaba seguro de que eso no iba a ocurrir.

Cuando por fin llegó la hora de irse, había leído el *Irish Times* de cabo a rabo dos veces. Se puso el sombrero, se echó el abrigo sobre la chaqueta y se enderezó la corbata mirándose al espejo del vestíbulo del hotel. Fuera hacía frío y había niebla. Los árboles de St. Stephen's Green parecían escuálidos y miserables entre la bruma, y los pájaros picoteaban hambrientos el suelo empapado en busca de lombrices. Sin embargo, cobijados entre la tierra, había capullos de campanillas de invierno listos para abrirse tan pronto brillara el sol del invierno.

JP cruzó el parque con las manos metidas en los bolsillos del abrigo, silbando una alegre tonada. Pero a medida que se acercaba al hotel los nervios empezaron a apoderarse de él. ¿Y si ella no estaba? ¿Y si no quería verlo? ¿Y si se había imaginado su interés? Las dudas inundaron su mente, y dejó de silbar y aminoró el paso. ¿Era muy arrogante por su parte suponer que sus sentimientos eran correspondidos? Tal vez ella le había sonreído solo por cortesía. Tal vez su ardor lo había cegado. Dio una patada a una piedra del camino y suspiró. Luego, con su optimismo acostumbrado, se dijo que no lo sabría hasta que la viera y que, si Martha declinaba su invitación, se limitaría a volver a casa en el tren de la tarde habiendo aprendido una lección de humildad muy valiosa.

Llegó al hotel y entró con paso decidido. Recorrió con la mirada el pequeño vestíbulo, pero solo vio a una pareja de ancianas con sombrero y abrigo que esperaban sentadas con los bolsos sobre las rodillas. Era pronto, de todos modos, así que no tenía nada de extraño que ella no hubiera bajado aún. A fin de cuentas, se consideraba poco decoroso que se viera a una dama esperando a un caballero.

Se situó junto a la ventana, sacó su pitillera de oro del bolsillo interior de la chaqueta y la abrió con el pulgar. Se puso un cigarrillo entre los labios y lo encendió. Luego esperó, tratando de disimular su nerviosismo.

De pronto sintió que la atmósfera del vestíbulo cambiaba y se giró. Allí, de pie junto al mostrador de recepción, con un bonito vestido azul y sombrero, y el abrigo echado sobre el brazo, estaba Martha Wallace. JP apagó a toda prisa el cigarrillo y se acercó a saludarla. Al verlo, ella sonrió y sus mejillas se sonrojaron. JP se lo tomó como una buena señal. Reconocía la atracción cuando la veía, y se sentía aliviado.

—Cuánto me alegro de que haya decidido venir —dijo, y Martha le pareció aún más encantadora que la víspera, en el Shelbourne.

—No podía negarme después de que me trajera ese precioso ramo de rosas —contestó ella, y le sorprendió lo serena que sonaba su voz, a pesar de que por dentro temblaba como un cervatillo.

—Me alegro de que le gustaran —dijo JP.

—Me gustaron muchísimo, gracias.

En ese momento, la señora Goodwin dobló la esquina provista de su sombrero y su abrigo y llevando un par de guantes en la mano.

—Buenos días, señora Goodwin —dijo JP, un poco desilusionado porque la acompañante de Martha hubiera decidido unirse a ellos. Había confiado en que les permitiera pasar un rato a solas—. Bien, ¿nos vamos? Hay mucho que ver. He pensado que podíamos empezar por el Trinity College y subir luego hasta la Oficina Central de Correos. ¿Hasta qué punto conoce la historia de Irlanda? —preguntó mientras se dirigían a la puerta.

—No sé nada de ella —contestó Martha.

—Entonces permítame ser su guía y mentor —dijo JP con aire grave y, cogiendo el abrigo de Martha, la ayudó a ponérselo—. Pero descuide, no le haré un examen durante el almuerzo.

Propuso que tomaran un taxi para ir al Trinity College, una oferta que la señora Goodwin habría aceptado de buena gana pues la mañana era brumosa y fría y seguían doliéndole las piernas de la caminata de la víspera. Pero Martha tenía tantas ganas como él de atravesar a pie el Green y echaron a andar bajo los árboles. La anciana niñera caminaba tras ellos, a distancia prudencial, confiando en que pararan a tomar una taza de té cuando llegaran al College.

JP y Martha no tardaron en desprenderse de su nerviosismo y en comenzar a charlar relajadamente. Él le preguntó por su casa en Connecticut y ella a él por Ballinakelly, y ambos omitieron mencionar la verdad acerca de su nacimiento. La omisión de Martha fue más deliberada, debido a su reciente descubrimiento: era un tema demasiado doloroso para sacarlo a la luz. JP, por su parte, asumía con tanta naturalidad las inusuales circunstancias de su nacimiento que no creía que valiera la pena mencionarlas.

Hablar de las cosas positivas de su existencia fue un alivio para ella. No mencionó que la señora Goodwin y ella eran fugitivas. Por el contrario, le dijo a JP que sus padres querían que viera un poco de mundo y qué mejor sitio para empezar que Irlanda, donde había nacido su madre, lo que era en parte cierto, pues los Tobin, la familia de Pam Wallace, era originaria de Clonakilty.

Cuando llegaron al Trinity College, la señora Goodwin estaba colorada y jadeante.

—Necesito sentarme —dijo, aliviada al ver un pequeño restaurante en la esquina. Luego, viendo la expresión de Martha, añadió—: ¿Por qué no van ustedes dos sin mí? Yo me sentaré cómodamente en una silla y descansaré un rato mientras ven el edificio. No se preocupen por mí. Estaré perfectamente a gusto con una taza de té. No hay nada como una taza de té para reponer energías.

JP no olvidó sus buenos modales y la acompañó dentro para asegurarse de que le daban una mesa junto a la ventana.

Salió del restaurante con paso elástico. Por fin estaba a solas con Martha. Era un sentimiento embriagador que ella también parecía compartir, pues su risa sonó más espontánea.

—Goodwin lleva con mi familia desde que yo era un bebé —le explicó—. Ha sido mi niñera y mi amiga y le estoy inmensamente agradecida por todo lo que ha hecho por mí. Pero no puedo evitar alegrarme un poco de que el paseo la haya dejado agotada. —Sonrió, y sus pecas se extendieron por su nariz igual que le ocurría a JP—. Me siento un poco violenta sabiendo que me vigilan.

—No es usted la única —dijo JP—. Ahora puedo ser yo mismo.

Martha levantó las cejas.

—¿Y cómo es, exactamente?

—¡Un sinvergüenza y un réprobo! —bromeó él.

Ella se rio.

—Tiene una cara demasiado simpática para ser ninguna de esas cosas.

—¿Un calavera, entonces?

Martha negó con la cabeza.

—Eso tampoco.

—¿Un golfo?

Ella se rio y siguió caminando.

Entonces, él la tomó de la mano.

—¿Un romántico?

Martha contuvo la respiración, paralizada. Ningún hombre, aparte de su padre, la había cogido de la mano. Entreabrió los labios y lo miró alarmada. Luego echó una mirada atrás, temiendo que la señora Goodwin hubiera cambiado de idea y los hubiera seguido. Se repuso al instante y apartó la mano. Su piel parecía arder debajo del guante.

—De veras, JP, es usted muy atrevido.

—Lo siento. No debería haber hecho eso —masculló él—. Kitty solía regañarme de pequeño por no saber cuándo me había pasado de la raya.

—Por favor, no se disculpe —dijo ella. De pronto se sentía mal por haber reaccionado con excesiva severidad—. Lo estamos pasando tan bien... No quiero estropearlo. —Se rio de su propia necedad—. A fin de cuentas, solo estaba usted bromeando.

—No puedo fingir que no deseo tomarla de la mano —repuso él seriamente.

—Pero yo fingiré que no lo desea. ¿No es así como debe comportarse una dama?

—En efecto, así es. Tiene usted toda la razón. Dejaré pasar un rato y luego volveré a intentarlo.

—Quizá la próxima vez tenga más éxito —dijo ella con coquetería, y le asombró descubrir que estaba flirteando.

—Vivo con esa esperanza —contestó JP y, metiéndose las manos en los bolsillos, siguió andando—. Ahora, permítame enseñarle la universidad donde empezaré a estudiar en septiembre próximo.

La cara de Martha se iluminó, llena de admiración.

—¿De veras? ¿Va a estudiar en este sitio tan bonito?

—Sí —respondió él con orgullo.

Mientras paseaban por el College, Martha advirtió que JP atraía la atención de las mujeres en todas partes. Las chicas jóvenes lo miraban y volvían a mirarlo. Las mujeres corrientes lo observaban con admiración, algunas incluso con descaro, y las grandes señoras vestidas con abrigos de pieles lo miraban de soslayo, por debajo del ala de sus sombreros. Tenía una sonrisa encantadora y traviesa y unos ojos grises y centelleantes, pero era su carisma lo que las atraía, como si brillara un poco más que el resto de los hombres. Martha se sentía a gusto en su compañía, pues parte de su luz irradiaba sobre ella dándole la confianza necesaria para ser un poco más extrovertida. Ya no se hallaba bajo la mirada vigilante de su madre. Podía permitirse una libertad de palabra y movimiento de la que nunca antes había disfrutado. Al principio resultó inquietante, pues sus pautas de conducta estaban fuertemente arraigadas y su reserva formaba ya parte de su carácter. Pero mientras JP la hacía reír se dio cuenta de que con él podía ser más espontánea de lo que había sido nunca.

Cuando volvieron al restaurante para reunirse con la señora Goodwin, charlaban ya como si fueran viejos amigos. La señora Goodwin, ya repuesta de su cansancio, se mostró dispuesta a acompañarlos en su visita a la Oficina Central de Correos, que había sido uno de los centros neurálgicos del Alzamiento de Pascua de 1916. Para ella, sin embargo, revestía mucho más interés el notable cambio que advertía en Martha. La joven parecía haberse convertido en otra persona durante la hora que había pasado a solas con el señor Deverill. De hecho, se percibía entre ellos una perfecta armonía. Aquello no entraba en sus planes, se dijo la señora Goodwin. Habían venido desde Estados Unidos con una misión, y aquel asunto solo podía desviarlas de su propósito. Había confiado en que encontraran sin tardanza a la madre de Martha para que la joven pudiera regresar cuanto antes a casa con los Wallace, que sin duda estarían preocupadísimos por la súbita desaparición de su hija. Pero ahora que Martha parecía haberse enamorado del señor Deverill, ¿qué iba a hacer?

Mientras JP y Martha se reían y bromeaban como si ella no estuviera presente, la señora Goodwin se guardó sus dudas. Se alegraba de no estar ya al servicio de los Wallace, porque dudaba mucho de que a la señora Wallace le agradase aquel idilio en ciernes, ni aunque el padre del señor Deverill fuera todo un lord, lo que quizá pudiera tranquilizarla hasta cierto punto. Ciertamente, no le darían las gracias por haberlo presenciado y no haber hecho nada por ponerle coto. Aunque, por otro lado, sabía que la señora Wallace era extremadamente competitiva con sus dos cuñadas, y el hecho de que Martha conquistara a un futuro lord —en caso de que el muchacho fuera, en efecto, el primogénito de la familia— podía ser su triunfo definitivo.

Como Martha y la señora Goodwin ya habían tomado el té en el Bewley's la tarde anterior, JP las invitó a comer en el Gresham. No le agradaba mucho la formalidad de aquel lugar, pero su padre era cliente habitual y lo único que tuvo que hacer JP fue firmar la cuenta. La señora Goodwin tenía previsto dejarlos a solas mientras iba a echar un vistazo a las estanterías de Brown Thomas, pero se estaba divirtiendo tanto que olvidó sus planes y los dos jóvenes tuvieron que incluirla en su conversación cuando hubieran preferido charlar entre sí.

Mientras la señora Goodwin parloteaba, Martha y JP se comunicaban su regocijo en silencio, mediante miradas furtivas. Aunque Martha se sentía un tanto culpable por permitir que su querida niñera se convirtiera en objeto de mofa, disfrutaba de aquella conversación sin palabras que se parecía más a la comunicación secreta de dos conspiradores que a las miradas exasperadas de dos personas que acababan de conocerse. Al acabar la comida, se sentían profundamente unidos.

Ninguno de los dos quería que el día acabara. Pero el cielo comenzó a oscurecerse y el viento soplaba húmedo y frío por las calles de la ciudad. El resplandor amarillo de la luz eléctrica brillaba entre la niebla espesa, reflejándose en las aceras mojadas como oro derretido. La señora Goodwin, que estaba deseando volver al hotel, le recordó a Martha que tenían que hacer las maletas para marcharse a Londres a la mañana siguiente. Pero Martha no tenía ninguna prisa por dar por terminado un día que había sido posiblemente el más maravilloso de su vida.

—¿Por qué no vuelve usted en un taxi, Goodwin? Yo iré enseguida —sugirió.

—Permítame pagar el taxi —terció JP, que también temía tener que volver a casa—. Parece cansada, y le doy mi palabra de que procuraré que Martha esté de vuelta en el hotel a las cinco. Tengo que estar en el Shelbourne a y media para reunirme con mi padre, así que la dejaré en el hotel de paso. —Puso su sonrisa más encantadora y añadió—: Cuidaré de ella, señora Goodwin, se lo prometo.

A la señora Goodwin le dolían las piernas y tenía los pies hinchados. De no haber estado tan cansada, quizás habría declinado su oferta y se habría quedado hasta el final, pero apenas le alcanzaron las fuerzas para subir al taxi. Confiaba con toda su alma en que JP fuera un hombre de honor.

Mientras veían desaparecer el taxi al doblar la esquina, JP se volvió hacia Martha. Una súbita pena inundaba su corazón. Era como si estuviera a punto de perder algo inmensamente precioso.

—Hay una cosa más que quiero enseñarte —dijo.

La condujo por las calles hasta el río Liffey, que brillaba como una serpiente que se deslizara entre la niebla. Sobre el puente que lo cruzaba, había dos arcos de hierro coronados por faroles que relucían débilmente entre la bruma. Era una vista preciosa, y JP sintió un nudo en la garganta al pensar que pronto tendría que separarse de Martha.

—Este es el Ha'penny Bridge —dijo con voz queda—. Es tradición lanzar una moneda. Trae buena suerte.

Avanzaron hasta el centro del puente y se quedaron mirando la reluciente oscuridad de abajo. JP se metió una mano en el bolsillo y sacó un par de peniques.

—Pide un deseo —dijo dándole uno a Martha.

Ella frunció el entrecejo.

—¿Puedo pedir dos?

—No, solo se te concede uno —contestó él.

—Pero yo tengo dos —insistió ella con una tenue sonrisa, porque era cierto: tenía dos deseos y no podía elegir entre ellos.

—Pues yo solo tengo uno —repuso JP con firmeza, y lanzó la moneda al río.

Aguzaron el oído para oír su ruido al caer, pero no oyeron nada. El sonido se disolvió en la niebla. JP cerró los ojos y pidió su deseo: *Quiero volver a ver a Martha Wallace.* Y al formular este deseo en su mente, se dio cuenta de lo fervientemente que lo deseaba.

—Te toca —dijo, inclinándose en la barandilla de hierro y mirándola con una intensidad que a Martha le produjo un cosquilleo en el estómago.

—Muy bien. —Ella cerró los ojos con fuerza y se preguntó cómo podía fundir dos deseos en uno sin quedar descalificada. Se devanó los sesos un instante y por fin pensó: *Deseo encontrar a mi madre y que ella me conduzca de nuevo con JP.*

Todavía tenía los ojos cerrados cuando sintió que él la agarraba de la mano. Los abrió y al bajar la mirada vio sus manos unidas. Se miraron intensamente y, al darse cuenta de que pronto tendrían que separarse, se quedaron sin aliento.

Lentamente, sin prisa, Martha se quitó el guante. Comprendiendo de inmediato, JP también se quitó el suyo. Con una tímida sonrisa, ella le dio la mano. Era una mano delicada y cálida, de largos y finos dedos. Cuando JP la tocó, Martha sintió que un estremecimiento recorría su cuerpo, como si no hubiera tomado solo su mano, sino todo su cuerpo.

—Te escribiré a Ballinakelly —dijo, no sintiendo ya la necesidad de ser precavida.

—Tienes que decirme dónde puedo escribirte *yo* —contestó él.

Ella no quería pensar en volver a Estados Unidos. No quería pensar en nada que la apartara de aquel hombre que tan fácilmente se había colado en su corazón. Era como si siempre hubiera estado allí.

—Encontraré la manera —prometió.

De mala gana, cogidos de la mano, se alejaron del puente. JP regresaría a Ballinakelly en el tren vespertino con su padre y Martha viajaría a Londres con la esperanza de encontrar a su madre. Pero ambos sabían que su encuentro casual en el Shelbourne lo había cambiado todo.

3

Ballinakelly

En la penumbra de la casa de los Doyle, la vieja señora Nagle se moría. Llevaba ya varios días agonizando, como si se resistiera a la llamada de la muerte con una fuerza de voluntad asombrosa en una mujer tan menuda y débil. Su familia, cansada de la larga espera, se hallaba reunida en torno a la cama, aguardando su último aliento.

Estaba presente su hija, Mariah Doyle, que se pasaba incansablemente las desgastadas cuentas del rosario entre los dedos, encallecidos por no haber conocido más que trabajo y crudos inviernos. Su rostro llevaba ya treinta años paralizado en un rictus de amargura, desde que su marido fuera asesinado por un hojalatero, y su único consuelo era la religión y su promesa de descanso eterno. Estaban también sus nietos, Michael y Sean, dos hombres muy distintos tanto en apariencia como en temperamento. Michael era alto y ancho, de cabello espeso y rizado tan negro como sus ojos y dueño de un carisma poderoso que atraía y repelía en igual medida. En cambio su hermano menor, Sean, tenía el cabello y la piel más claros, los ojos de un suave color castaño y una sonrisa en la que parecía concentrarse todo el encanto y la simpatía que le faltaban a su hermano. Rosetta, su esposa y madre de sus cinco hijos, de entre cuatro y trece años, se había vuelto gorda y perezosa, y su belleza se había desvanecido. Pero conservaba aún su melodioso acento italiano, alegre como un rayo de sol, y una dulzura de carácter que hacían que su marido no se interesara por otras mujeres y que, si de vez en cuando se interesaba, siempre volviera a su lado. De pie junto a la cama de la vieja señora Nagle, Rosetta rezaba por su alma y confiaba fervorosamente en que Dios se apiadase de ellos y los librase de aquella vigilia diaria para que pudieran abandonar de una vez por todas aquella incómoda casucha e irse a vivir al castillo con Bridie, la hermana de Sean, quien, para sorpresa de todos excepto de Rosetta, era su nueva propietaria.

El viento sacudía los cristales y la lluvia se estrellaba contra las ventanas. El cielo de febrero pendía bajo, oscuro y pesado. Las vacas se removían inquietas en el establo y su aliento, al elevarse en el aire húmedo, formaba una niebla tan espesa como la de fuera. Las gaviotas se apiñaban entre las rocas mientras la galerna invernal golpeaba la costa. Pero mientras recorría el valle en su coche conducido por un chófer, camino de la granja donde se había criado, Bridie solo sentía nostalgia, una nostalgia que llegaba en oleadas, arrastrando recuerdos que había logrado ignorar durante mucho tiempo. Llevaba ya una semana en Ballinakelly y cada día, cuando iba a visitar a su abuela, se descubría recuperando un pedacito más de sí misma.

La vieja señora Nagle volvió la cabeza hacia la puerta cuando entró su nieta menor. Sus ojos envejecidos se iluminaron y su boca, una negra caverna de encías desdentadas, se abrió y se cerró como la de un pez cuando intentó en vano hablar. Hizo intento de levantar la mano y Bridie pasó junto a sus hermanos y, arrodillándose a su lado, tomó sus dedos huesudos entre las manos como si acunara un pajarillo. La vieja señora Nagle miró a los ojos a su nieta y Bridie ansió contarle cuánto había sufrido. Que no se había marchado de Ballinakelly hacía todos esos años porque le hubieran ofrecido una vida más próspera en Estados Unidos, sino porque lord Deverill la sedujo cuando trabajaba en el castillo, la obligó a dar a luz en un convento de Dublín y la persuadió de que se marchase para siempre, de modo que él, Bertie Deverill, pudiera fingir que aquel sórdido idilio no había tenido lugar. Quería que su abuela supiera que había tenido que soportar el desgarro de perder a su hijo no una vez, sino dos, porque su hermano Michael sacó al niño del convento clandestinamente y lo dejó en el umbral de Kitty Deverill, medio hermana del pequeño, para que lo criara como si fuese suyo. Cuando Bridie regresó unos años después a Ballinakelly y descubrió que su hijo estaba al cuidado de Kitty, se vio obligada a aceptar que lo había perdido nuevamente. Kitty le había dicho a JP que su madre estaba muerta. Ignoraba que ahora vivía al otro lado de la finca, en el castillo que antes había pertenecido a su padre. Bridie tendría que soportar encontrarse con él sabiendo que no podía decirle la verdad. Nunca podría estrecharlo entre sus brazos, apretarlo contra sí y decirle que lo quería, porque todos esos privilegios le correspondían a Kitty, a Kitty Deverill, que antaño había sido su mejor amiga y ahora era su enemiga más odiada. Bridie quería que su abuela viera su dolor y su rencor y la comprendiera. Aquel secreto la consumía, y la carga de ocultar su tristeza se estaba volviendo imposible de soportar. Si pudiera compartirlo con su querida abuela... Quizás así la vieja señora Nagle se lo llevara a la tumba.

Nadie, aparte de Michael, sabía lo que se escondía tras su regreso triunfal. El resto de la familia solo veía lo que había conseguido Bridie: un apuesto marido que además era conde, su pequeño hijo Leopoldo, el imponente castillo de Deverill, sus ropas elegantes y sus joyas, su flamante automóvil y el chófer que lo conducía con guantes y gorra de plato. Pero ni siquiera Michael sabía cuántas cosas había perdido. Y ella jamás podría contarlo.

Ansiaba que su abuela conociera sus pecados, *todos* sus pecados, y que la quisiera a pesar de todo. De pronto, le importaba más que nada en el mundo que su abuela supiera la verdad. Se inclinó para sentir el olor agrio de la anciana: el olor de un cuerpo ya en descomposición.

—Nunca quise dejarte —le susurró, vertiendo un reguero de lágrimas, y se llevó la mano de su abuela a la mejilla húmeda—. No fui yo quien lo decidió. Hice algunas cosas horribles y tuve que marcharme. Pero yo solo quería volver a casa, contigo y con mamá. Lo único que quería era compartir mi... Y que me quisierais. —Su susurro se convirtió en un gemido ronco.

Los ojos de su abuela parecieron mirar más allá de la mujer en la que se había convertido para ver de nuevo a la niñita flacucha que había sido antaño, con el pelo enredado, los pies descalzos y la barriga siempre va-

cía. Y en el reflejo de su mirada, Bridie la vio también. ¡Cuánto deseaba
ser de nuevo esa niña y vivirlo todo otra vez! ¡Qué distintas podrían haber sido las cosas!

—Ya no tardará mucho, que Dios nos asista. Para ella será un día feliz
—dijo la señora Doyle santiguándose.

Bridie sintió una opresión en la garganta. Se le nubló la vista e, incapaz de hablar, se limitó a acariciar el cabello blanco de su abuela y procuró sonreír para que su miedo no alarmase a la anciana. Mientras la miraba
a los ojos, la vieja señora Nagle parecía decirle: *No te olvides de quién eres,
niña. Nunca te olvides de quién eres.*

—¿Por qué se resiste tanto? —preguntó Rosetta.

—Porque la muerte, cuando llega, es un salto a lo desconocido, por
fuerte que sea tu fe —repuso Michael, que se había convertido tan por
completo en un hombre devoto y piadoso que ya muy pocos recordaban
al implacable rebelde que había sido durante los Disturbios, veinte años
atrás, ni las atrocidades que había cometido en nombre de la libertad.

—No quiere dejarnos —añadió Sean.

Rosetta apoyó la cabeza en el hombro de su marido y trató de disimular su impaciencia.

A la señora Doyle le tembló repentinamente la barbilla. Apretó los
dientes, sin embargo, y logró dominarse.

—Te has ganado el descanso, bien lo sabe Dios. Ya puedes ir y descansar en paz junto al Señor, y recoger tu recompensa eterna —dijo—.
Una cruz en esta vida, una corona en la siguiente.

La vieja señora Nagle siguió mirando a Bridie mientras sus ojos se
apagaban. *No te olvides de quién eres.*

Al fin, su espíritu partió y su cuerpecillo exhaló un último aliento y
quedó inmóvil. La señora Doyle ahogó un gemido y se llevó la mano a la
boca. A pesar de haberse preparado para aquel instante, la irreversibili-
dad de la muerte la dejó anonadada. Bridie apoyó la cabeza en el colchón.
Todo había acabado. Su abuela se había ido y ella no había tenido oportunidad de contarle la verdad.

Pasados unos minutos, Bridie se levantó y fue a abrir la ventana para
liberar el espíritu de su abuela. Nadie dijo nada durante un rato. Perma-

necieron de pie junto a la cama, con las cabezas respetuosamente agachadas, asombrados por la vaciedad del cuerpo que tenían ante sí. Finalmente, la señora Doyle se volvió hacia Sean.

—Ve a buscar al padre Quinn —dijo—. Y despierta a la señora O'Donovan y compra una libra de tocino, una morcilla negra y dos botellas de whisky. Hay que poner algo en la mesa para las mujeres que vendrán a amortajarla. Pregúntale a la señora O'Donovan si puedes usar el teléfono para que salga su muerte en el *Cork Examiner*. —Miró a Michael—. Tú ve a buscar a las dos Nellies y diles que traigan las sábanas de hilo y el hábito del Niño Jesús.

—Yo puedo ir al castillo, mamá, y traer comida, whisky y sábanas —sugirió Bridie, deseosa de ayudar.

—No, Bridie —respondió su madre con aspereza—. Somos gente sencilla y temerosa de Dios y no queremos hacer alardes de grandeza delante de los vecinos. A la abuela no le gustaría. Todavía la oigo diciendo que estamos llenos de *eirí-in-áirde*. En esta casa nadie presumirá de riquezas mientras yo esté viva.

Bridie se sintió dolida. Se acordó del día posterior a la muerte de su padre, cuando lady Deverill le regaló un par de zapatos de baile y las niñas de Ballinakelly se burlaron de ella por darse aires. Volvió la cara para que su madre no se diera cuenta de que se había puesto colorada de vergüenza, ni de lo indigna que la había hecho sentirse.

La habitación había ido oscureciéndose a medida que declinaba el día, a pesar de las velas encendidas por doquier. Bridie se había ofrecido a pagar la instalación de la electricidad, pero la vieja señora Nagle se había escandalizado ante esa sola idea. Bastante tenían ya con poseer una radio, que guardaban bajo un paño de encaje, sobre la cómoda, y consideraban un milagro, porque ¿de dónde narices venía la música? ¿Para qué necesitaban ellos tener electricidad cuando había luz natural de día y candiles para la noche? Aquello solo podía conducir a la tentación, pues sin duda la riqueza material era una artimaña del diablo para alejar a las gentes de la austeridad de Dios.

Bridie, no obstante, ansiaba la admiración de su madre. Reprimió las lágrimas y la abrazó, apretándola con fuerza. Con los años, madre e hija se habían distanciado y Bridie estaba decidida a recuperar su intimidad perdida.

—Tienes que venir a vivir conmigo —dijo—. Yo me encargaré de que no te falte de nada.

Pero la señora Doyle se envaró y se apartó de ella.

—Es más fácil que un camello pase por el ojo de una aguja que un rico entre en el Reino de Dios —dijo con gravedad—. Me quedaré en esta casa hasta que me muera, Bridie. Era suficiente para tu padre y por tanto lo es para mí. Puede que ahora seas una dama adinerada, Bridie, y que te des aires y vayas presumiendo por ahí, pero no está bien que seas la señora del castillo de Deverill. Es como si el mundo se hubiera vuelto del revés. Por suerte lord y lady Deverill, que Dios los tenga en su gloria, no están vivos para verlo. Me moriría de vergüenza. Tú no naciste para llevar esa vida. Dios sabe que yo no te crie así. Ya está, ya lo he dicho. —Levantó la barbilla y frunció los labios—. Solo espero que no hayas olvidado tu fe.

—No he olvidado mi fe, mamá —contestó Bridie, derrotada—. Doy gracias a Dios todos los días por lo que tengo. Porque sin duda es voluntad de Dios que me haya casado bien. Que tenga un marido al que quiero y un hijo al que quiero más aún. Si tengo suerte, es porque Dios me la ha concedido.

Y por Dios que, después de todo lo que he sufrido, me merezco ser feliz, añadió para sus adentros.

La señora Doyle se llevó el pañuelo a la boca para ahogar un sollozo.

Bridie se volvió hacia Rosetta, su vieja amiga, a la que había conocido durante su primer y solitario invierno en Nueva York y traído a Ballinakelly, donde su hermano se prendó de ella.

—Seguro que tú sí vendrás, Rosetta. Esta casa es demasiado pequeña para cinco niños, y tú y Sean podéis tener el ala este del castillo para vosotros.

Rosetta se apresuró a aceptar.

—Iremos, si Mariah nos da su bendición —dijo diplomáticamente, sabedora de que su suegra no podría negarles las comodidades del castillo.

La señora Doyle asintió con un gesto.

—¿Y Michael? —preguntó Bridie.

Su hermano mayor sacudió la cabeza.

—Yo me quedaré aquí y cuidaré de mamá —dijo con firmeza, y los hombros de la señora Doyle se estremecieron, sacudidos por una oleada de gratitud.

Pero lo cierto era que Michael Doyle jamás podría vivir en el castillo al que había prendido fuego durante la tumultuosa Navidad de 1921. Nunca podría habitar en un lugar que llevaba el nombre de los Deverill, después de todo lo que había hecho por destruirlo. Y, sobre todo, no soportaría recorrer esos pasillos que antaño habían pertenecido a Kitty Deverill, sabiendo lo que le había hecho en aquella misma casa la mañana posterior al incendio. Cargaría con su vergüenza y sus remordimientos, junto con el saco de cadáveres que llevaría eternamente a la espalda, porque nunca se libraría de su culpa. Culpa por la niña gitana muerta en el incendio que provocó en venganza por el asesinato de su padre; culpa por la muerte del coronel Manley en la carretera de Dunashee, cuando él y un pequeño grupo de rebeldes atrajeron al inglés a una granja aislada y lo asesinaron en represalia por la brutalidad con que trataba a sus compatriotas irlandeses, y culpa por las muchas otras personas a las que había matado en nombre de la libertad. Dios le había perdonado todos sus pecados y había limpiado su alma, y él había prometido solemnemente llevar una vida piadosa. Pero su culpa era tan profunda como un río de brea subterráneo: por muy bella que fuera la tierra en la superficie, el agua de abajo siempre estaría contaminada.

—Muy bien —dijo Bridie—. Sé que eres un hombre orgulloso, Michael, pero ahora que he vuelto a Ballinakelly me aseguraré de que a mi familia no le falte de nada. Si Dios me ha concedido grandes riquezas, le daré las gracias cuidando de los míos.

Bridie salió de la casa ciñéndose el abrigo para darse ánimos, más que para calentarse el cuerpo. Su madre le reprochaba su riqueza, pero ¿no sería mucho mayor su desaprobación si supiera toda la verdad? La riqueza era la menor de sus faltas. Por más avemarías que rezase, no conseguiría borrar la gravedad de sus pecados.

Ya casi había oscurecido. La tarde había dado paso a la noche y la lluvia seguía arreciando, empujada por el viento que soplaba del mar.

Bridie contempló por la ventanilla del coche aquel paisaje que no cambiaba nunca, pese a lo que hicieran los seres humanos sobre su suelo. Las colinas verdes cuyas crestas desaparecían ahora entre las nubes y los valles en los que se remansaba la niebla eran constantes en su belleza, y Bridie sintió que se le estremecía el corazón al contemplarlos. Mientras había vivido en Estados Unidos, el suave susurro de Irlanda no había cesado de llamarla invitándola a volver a casa, y ella había preferido ignorarlo durante mucho tiempo. En el fondo de su corazón, sin embargo, sabía que aquí y *solo* aquí estaba su sitio, y que nunca sería verdaderamente feliz hasta que exorcizase todos los demonios que había dejado en Irlanda, sacándolos de las sombras.

Cuando el coche enfiló la avenida bordeada de arbustos de rododendros, ya en flor a pesar del frío invernal, el castillo emergió entre la niebla. La luz dorada que vertían al exterior sus muchas ventanas permitía vislumbrar el esplendor de sus interiores, y los imponentes muros, reconstruidos espléndidamente tras el incendio por Celia, la prima de Kitty, que durante una breve temporada había sostenido la herencia de los Deverill, se alzaban soberbios y orgullosos, igual que cuando Bridie era niña. El automóvil se detuvo delante de la entrada señorial —donde la divisa de la familia Deverill seguía labrada en piedra: *Castellum Deverilli est suum regnum*, «el castillo de un Deverill es su reino»— y Bridie levantó la vista hacia la alta ventana del descansillo de arriba en la que Kitty, Celia y ella se habían apostado una vez, siendo niñas, para ver llegar a los invitados al baile de verano. Entonces eran como hermanas, nacidas las tres en el año 1900. Se acordó de las dos primas, con sus lindos vestidos de seda, sus lazos en el pelo, sus medias y sus primorosos zapatos de charol de color rosa y azul, y se acordó de su delantalito sucio y de su vestido harapiento, de sus piernas patéticamente desnudas y de sus pies descalzos y sucios, y la espina del resentimiento atravesó su corazón, porque mientras ellas lo tenían todo, ella no tenía nada. Kitty y Celia habían bajado al baile, entusiasmadas, mientras ella regresaba a la cocina, escalera abajo, para ayudar a su madre, que era la cocinera.

Cuando el mayordomo le abrió la puerta, Bridie Doyle, ahora condesa di Marcantonio y señora del castillo de Deverill, no pudo evitar sentir una satisfacción cruel por que la Gran Depresión y el suicidio del marido de Celia hubieran cercenado de una vez por todas las ambiciones de los Deverill. Ahora, *ella* era la dueña del castillo y su hijo Leopoldo crecería dentro de sus muros y lo heredaría algún día. El castillo jamás volvería a ser de un Deverill.

Bridie entregó el abrigo, los guantes y el sombrero al mayordomo y entró en el salón. Había un fuego ardiendo alegremente en la chimenea para levantarle el ánimo y todas las luces estaban encendidas, lo que otorgaba a la estancia una grata atmósfera de comodidad y opulencia que solo podía ser producto de una enorme riqueza. Intentó olvidarse de la humilde cocina de la granja de los Doyle donde de niña había bailado en brazos de su padre y se recordó que su vida estaba aquí ahora y que, aunque fuera natural que se aferrase al pasado, solo el presente podía hacerla feliz.

Encontró a su marido en la biblioteca. Cesare estaba enfrascado conversando con un hombre alto, con aspecto de artista, al que Bridie no había visto nunca antes. Cuando ella apareció en la puerta, se levantaron ambos.

—Señor O'Malley, permítame presentarle a mi esposa, la condesa di Marcantonio —dijo Cesare orgullosamente, pues la palidez de Bridie realzaba su belleza.

Ella tendió la mano al señor O'Malley.

—Cariño mío, este caballero posee un talento maravilloso y va a encargarse de labrar tres maravillosas abejas en piedra para colocarlas sobre la puerta principal. Le estaba explicando que mi familia desciende del linaje del papa Urbano VIII, Maffeo Barberini, y que el escudo de armas de la familia Barberini se compone de tres abejas.

Bridie se llevó la mano al broche de oro con forma de abeja que llevaba prendido en el vestido. Se lo había regalado Cesare el día de su boda.

—Son unas abejas muy particulares, así que voy a confiarle uno de mis preciados gemelos para que copie el diseño.

Bridie se sorprendió un poco porque Cesare no hubiera consultado con ella aquel proyecto, pero su marido era un hombre vehemente y ella lo amaba por eso.

—Me parece una idea estupenda —dijo.

A fin de cuentas, ¿por qué no iban a sustituir la divisa de la familia Deverill? Ahora el castillo era *suyo*, y ¿qué mejor manera de demostrarlo que exhibiendo las tres abejas de los Barberini sobre su puerta? Si Cesare quería más abejas (desde su boda, y con el dinero de Bridie, había encargado abejas de todo tipo para adornarse él y adornar su hogar), debía tenerlas. El orgullo era su debilidad, una debilidad que Bridie encontraba enternecedora.

—Cuánto me alegra que te guste, amor mío. La familia es importante, ¿verdad que sí? —preguntó Cesare encogiéndose de hombros—. A fin de cuentas, no todo el mundo puede proceder de un linaje tan ilustre como el mío.

Echó la cabeza hacia atrás y se rio. Sus grandes dientes blancos brillaron en contraste con su piel morena, y Bridie sintió un arrebato de admiración y gratitud por que aquel hombre tan apuesto fuera *suyo*.

Quería contarle que su abuela había muerto, pero el señor O'Malley no parecía dispuesto a marcharse todavía, de modo que tendría que esperar.

—Encantada de conocerlo, señor O'Malley —dijo educadamente—. Estoy deseando ver sus diseños.

Volvió al vestíbulo mientras su marido se dejaba caer de nuevo en el sillón para seguir jactándose ante O'Malley de su linaje de príncipes italianos. Al detenerse al pie de la magnífica escalera, en la parte de la casa donde de niña tenía prohibido adentrarse, experimentó cierta zozobra. Casi le parecía oír a Adeline Deverill en el salón, y el rasgar de unas pezuñas en el suelo de mármol cuando los perros de caza de Hubert Deverill volvían trotando de su paseo con el amo, que siempre tenía un aspecto desastrado, con sus chaquetas de *tweed* raídas y sus jerséis apolillados. Temió vagamente que uno de los sirvientes la reprendiera por haber ido más allá de la puerta de bayeta verde y haber invadido la parte de la casa en la que moraba la familia.

Estaba deseando que Rosetta fuera a vivir con ella. Volvía a necesitar su compañía. Por más que disfrutara de su nueva posición como señora del castillo de Deverill, se le hacía extraño ocuparla. Se sentía sola y *fuera de lugar*. Pero no iba a hundirse ahora que había conseguido elevarse hasta la cima de sus ambiciones. Volvió a pensar en Kitty y en Celia Deverill y su determinación de echar raíces en el castillo se fortaleció de nuevo.

Un chillido repentino resonó en las profundidades del castillo. ¡Leopoldo! Con el corazón en un puño, subió las escaleras a todo correr. Corrió por los pasillos, tratando de descubrir de dónde procedía aquel grito. El castillo era enorme y ella solo llevaba allí una semana, de modo que aún no estaba familiarizada con sus infinitos corredores y sus muchas habitaciones. Aturdida por la angustia, pasó junto a largas paredes llenas de cuadros que nunca había visto hasta entonces, junto a esculturas que no significaban nada para ella y muebles cuyo valor no alcanzaba a imaginar, todos ellos elegidos por Celia Deverill, y su sentimiento de extrañeza volvió a agudizarse. ¿Llegaría a orientarse alguna vez en aquel laberinto? ¿Se sentiría a gusto en él? ¿Sería alguna vez el castillo su hogar?

Por fin, al doblar la esquina de otro largo pasillo, vio al fondo a su hijo de siete años, Leopoldo, que venía corriendo hacia ella. Le tendió los brazos y lo levantó en vilo.

—¿Por qué gritabas, Leo? —preguntó, abrazándolo con fuerza.

—¡He visto un fantasma! —exclamó el pequeño.

—Cariño, los fantasmas no existen —dijo Bridie mientras acariciaba el cabello oscuro de su hijo, pero se quedó helada al recordar lo que solía contarle Kitty sobre la maldición que pesaba sobre su antepasado, Barton Deverill.

Según la leyenda familiar, Maggie O'Leary, la dueña de las tierras sobre las que se había edificado el castillo en el siglo XVII, había lanzado una maldición contra lord Deverill de Ballinakelly, condenándolo a él y a todos sus herederos varones a permanecer en el limbo tras su muerte, confinados en el castillo, hasta el día en que aquellas tierras volvieran a manos de un O'Leary.

—¡Yo lo he visto, mamá! —El niño estaba temblando.

—¿Dónde? —preguntó ella.

—En la torre.

Bridie ahogó un grito, horrorizada.

—¡Santo cielo, Leo! ¿Qué hacías tú en la torre?

Kitty la había llevado una vez allí con intención de enseñarle el fantasma de Barton Deverill. Naturalmente, ella no vio nada, pero Kitty se puso a hablar con el sillón como si hubiera una persona de carne y hueso sentada en él.

—Estaba explorando —dijo el niño.

—Pues no deberías ir a explorar tú solo. Este es un castillo muy grande y podrías perderte. ¡Imagínate que nunca te encontramos!

Tomó al niño de la mano y lo condujo por donde había venido.

Cuando llegaron al vestíbulo, el señor O'Malley se había marchado y Cesare estaba de pie delante del fuego, con los brazos en jarras.

—¡Ah, ahí estás, tesoro! —dijo, y su acento italiano sonó tan pronunciado que casi resultó cómico—. ¿Has invitado a alguien a cenar?

—No —contestó Bridie—, a nadie.

Una sombra de exasperación nubló momentáneamente el semblante de su marido.

—Pues tienes que empezar a hacerlo. Tienes que ser la mayor anfitriona de todo el condado de Cork —dijo él enfáticamente.

Bridie estaba ya lo bastante familiarizada con su forma de tensar la mandíbula para saber cuándo una sugerencia era en realidad una orden.

—Tenemos que recibir y alternar. Debemos dar cenas de gala y comidas. Hay que invitar a todo el mundo. No basta con vivir en el castillo. También tenemos que dominar el condado. Somos la primera familia de Ballinakelly y *tú* —añadió levantando a su hijo en el aire— eres un príncipe italiano. El conde Leopoldo di Marcantonio, descendiente del papa Urbano VIII.

El pequeño chilló de alegría, olvidándose de los fantasmas.

—Yo te organizaré entretenimientos —dijo Bridie, deseosa de complacer a aquel hombre guapo y carismático que la había elegido a *ella* entre miles de posibles candidatas.

—Lo sé. Pero ¿a qué viene esa cara tan triste, amor mío? —Cesare dejó a su hijo en el suelo y fijó sus hipnóticos ojos verdes en su esposa.

—Mi abuela ha muerto esta tarde —contestó Bridie.

—Qué pena tan grande —contestó él despreocupadamente—. Pero era muy vieja. Ya está en un lugar mejor.

—Lo sé, pero me siento…

Cesare la interrumpió:

—Debes sacudirte la pena, cariño mío. No te llevará a ninguna parte y tienes montones de cosas que hacer. Yo he sufrido muchas desgracias y me he elevado por encima de ellas como el sol. La vida es demasiado corta para perder el tiempo en lloros. La vida tiene que continuar. Tienes que mantenerte atareada para no dejar sitio a la tristeza.

—Mi hermano y Rosetta van a venir a vivir en el ala este —dijo Bridie—. Espero que no te importe. Sé que acabamos de mudarnos, pero…

—Claro que sí —contestó él con entusiasmo, como si fuera la idea más maravillosa que había oído nunca—. ¿Y qué hay de tu madre? ¿Mariah también vivirá con nosotros?

—No quiere dejar su casa, y Michael ha decidido quedarse con ella.

—Tu madre es una mujer orgullosa. Pero Leopoldo tendrá primos con los que jugar —dijo su marido sonriendo al niño—. Pero no olvides que no son príncipes, como tú, Leopoldo. Son simples niños del campo y serán invitados en nuestra casa, así que debes ser amable con ellos.

Ni Cesare ni Bridie se daban cuenta de que Leopoldo estaba tan consentido que *nunca* era amable con nadie.

—Ahora, voy a salir —dijo Cesare.

Bridie se sintió un poco dolida.

—¿Ahora?

—Como no has invitado a nadie para que me entretenga, tendré que buscar entretenimiento en otra parte.

—¿Volverás para la cena? —preguntó ella mientras lo veía acercarse a la puerta, donde el mayordomo ya esperaba para darle el abrigo y el sombrero.

—No. —Cesare pensó en los rollizos muslos de la hija del panadero y comprendió que, una vez se hallara entre ellos, no tendría prisa por marcharse—. Es muy probable que regrese tarde.

Y se marchó, dejando a Bridie en la duda de cómo podía hacer que su hogar fuera más atractivo para que su marido se sintiera inclinado a quedarse.

4

—¿De verdad tenías que asustar al niño? —preguntó Barton Deverill, arrellanado en el sillón con los pies encima de un taburete, en la misma postura en la que había pasado la mayor parte de los últimos doscientos setenta años.

Aunque era libre de vagar por el castillo, había elegido para sí la habitación de lo alto de la torre oeste, a la que solo permitía la entrada a un puñado de fantasmas. La mayoría de los espectros del castillo lo evitaban debido a su mal carácter, que no se había dulcificado en casi tres siglos.

—Esa tal Doyle no pinta nada aquí —replicó su hijo Egerton, malhumorado—. Es una usurpadora y hay que obligarla a marcharse.

—Yo deseo que se vaya tanto como tú, pero asustar a un chiquillo no es modo de conseguirlo.

—Es un chiquillo odioso —dijo Egerton.

Se acercó a la ventana y contempló el césped, que brillaba al sol, cubierto por una ligera capa de escarcha. Pero Egerton no era el tipo de hombre que se dejaba conmover por la belleza del paisaje. Su corazón se había calcificado hacía muchísimo tiempo, y los años de cautiverio en aquel limbo solo habían conseguido ablandarlo ligeramente.

—Arroja palos a los pájaros, les arranca las patas a las arañas y da patadas a los perros.

—Tú hacías cosas mucho peores de pequeño —le recordó Barton.

—Y mira en lo que me he convertido. —Egerton sonrió con amargura a su padre.

—Has pagado por tus pecados —repuso Barton—. Y yo por los míos.

—Cuando salgamos de aquí, dudo que vaya al mismo sitio que tú. Nunca traté a nadie con respeto o con bondad cuando estaba vivo.

—Créeme, hijo, sea lo que sea lo que hicieras, yo hice cosas peores.

—Eso no puede ser cierto, padre.

Barton lo miró con una mueca amarga.

—Tú no sabes ni la mitad.

—Entonces cuéntamelo.

—Si me lo he callado más de dos siglos, no voy a soltar la lengua ahora.

Egerton volvió a mirar el jardín.

—Este castillo pertenece a los Deverill, no a los Doyle ni a ninguna otra familia.

—En efecto. Pero aterrorizar a un mocoso no se lo devolverá a los Deverill.

Adeline Deverill entró flotando en la habitación, seguida por su marido, Hubert, que en vida había sido un hombre alegre y campechano, pero al morir se había convertido en una energía oscura, llena de remordimientos y autocompasión.

—No seguiréis despotricando contra Bridie Doyle, ¿verdad? —preguntó ella cruzando los brazos—. No tiene sentido ponerse desagradables. Tenéis que aceptar lo que hay porque no podéis cambiarlo.

—Tú lo ves muy fácil, Adeline, porque puedes ir y venir a tu antojo —replicó Barton.

—Pero preferí quedarme aquí con todos vosotros. Dios mío, ¿cómo se me ocurrió? Podría haberme ido flotando hacia la luz. Pero no, es mucho más divertido estar aquí abajo, escuchándoos a todos vosotros lamentaros de vuestra suerte.

—Si fuera *tu* suerte, te quejarías más que nosotros, estoy seguro —añadió Barton.

—Tenéis que aprender a aceptar las cosas que no pueden cambiarse —insistió ella mientras se paseaba por la habitación en la que había pasado los últimos años de su vida.

A pesar de la costosa reconstrucción del edificio, el ala oeste seguía conservando su encanto original.

—Egerton cree que puede cambiarlas apareciéndosele a un niño —refunfuñó Barton.

Adeline sacudió la cabeza con aire de reproche.

—Eso no es muy amable, Egerton.

—Ser amable no me librará de ellos.

—Y, si consigues librarte de ellos, ¿quién crees que vendrá en su lugar? —preguntó Adeline.

A Egerton no le agradaba que le llevaran la contraria, y menos aún una mujer. Torció la cara barbuda.

—Vuestra libertad está en manos de un O'Leary y no parece que ninguno de ellos tenga medios para comprar el castillo de Deverill. Puede que alguna O'Leary se case con ese tal Leopoldo —añadió Adeline en tono juicioso.

—Si sigue por el camino por el que va, nadie querrá casarse con él —comentó Barton.

—Las mujeres son muy estúpidas —añadió Egerton con énfasis—. Hay muchas que se casarían de buena gana con el dueño de un castillo, aunque sea un tirano y un bruto.

—Si lo sabrás tú —repuso su padre.

Egerton sonrió maliciosamente.

—¡Mi mujer era la más estúpida de todas!

Hubert se dejó caer en el otro sillón, frente a Barton, y cruzó las manos sobre la barriga.

—Afrontémoslo, nunca saldremos de aquí —dijo lúgubremente.

—Querido, no es propio de ti ser tan pesimista —contestó Adeline, tratando de sacarlo de su depresión—. Tú siempre fuiste un tipo alegre y optimista.

—En vida, Adeline. Esta especie de muerte a medias es muy decepcionante y, por lo visto, infinita. ¿Qué probabilidades hay de que un O'Leary venga a vivir aquí ahora que esa criada se ha apoderado del castillo? ¡Una criada, santo Dios! ¿Cómo demonios ha ocurrido? En nuestros tiempos una persona sabía el lugar que ocupaba. Y se quedaba en él. La ambición de esa mujer es increíble.

—Está casada con un conde muy rico, querido mío —respondió Adeline, agachándose junto a su sillón y poniendo su mano sobre la de Hubert.

—No le durará mucho tiempo —comentó Egerton—. No llevan aquí más de una semana y él ya ha seducido a una de las criadas.

—Eso no es ninguna novedad, Egerton —repuso Adeline—. Estoy segura de que *tú* no te portabas mucho mejor cuando eras el amo del castillo.

Egerton se lo tomó como un cumplido y sonrió, ufano.

—Gozar de la siervas era mi derecho. Se habrían llevado una desilusión si no lo hubiera hecho.

—La naturaleza humana no cambiará nunca —dijo Adeline sabiamente—. Las costumbres y las modas vienen y van, pero la naturaleza humana permanece idéntica. Bajo los atavíos de la civilización, seguimos estando más cerca del reino animal de lo que nos creemos.

—Qué bobada —bufó Barton—. Deberías meditar más sobre cómo sacarnos de aquí y menos en las complejidades de la naturaleza humana. Eso déjaselo a los filósofos. Si tengo que pasar los próximos doscientos años en este dichoso limbo, me volveré loco. ¡Y entonces ya veréis si hago estragos entre los habitantes del castillo! Es un milagro que no me haya vuelto loco ya. Por desgracia, no puedo matarme porque ya estoy muerto.

—No seas tan cenizo, padre —dijo Egerton—. Fuiste tú quien nos metió en este lío.

—Y ni con toda la voluntad del mundo puedo sacaros de él, Egerton. ¿Cuántas veces tengo que decírtelo? Solo un O'Leary puede hacerlo, recuperando estas tierras.

Hubert clavó la barbilla en el pecho y sacó el labio inferior.

—Y eso es tan improbable como que un hombre pise la luna —dijo.

Adeline sonrió con indulgencia porque el cariño que sentía por su marido era al mismo tiempo profundo y paciente.

—Querido mío, si una criada puede convertirse en señora de una gran casa, también puede hacerlo una O'Leary.

—Tan improbable como que un hombre pise la luna —repitió él hoscamente.

En ese momento, le habría encantado servirse un buen vaso de whisky. De haber sabido lo que era estar muerto, habría bebido mucho más whisky cuando estaba vivo.

Desde que Bridie se había instalado en el castillo, Kitty se hallaba en un estado de febril indignación. Era increíble que su amiga de la infancia le hubiera quitado la casa de su familia delante de sus narices. Impensable que, tras su altercado al pie del jardín, catorce años antes, cuando Bridie regresó a Ballinakelly, la acusó de haberle robado a su hijo y amenazó con llevárselo, se atreviera a volver allí y a comprar el castillo. Era, no había duda, un acto de venganza, se decía Kitty. Bridie no podía recuperar a su hijo, pero podía quedarse con todo lo demás… y quería que ella lo supiera. Quería estar por encima de ella igual que Kitty había estado por encima de Bridie en su juventud. Kitty se preguntaba si había olvidado el vínculo que compartían antaño, los años que habían pasado jugando juntas como iguales, cuánto se habían divertido cuando Bridie era su doncella. Pero su amistad estaba en ruinas y el dinero no podía reconstruirla. JP se interponía entre ellas como un muro infranqueable. Las dos tenían derecho a él, pero era Kitty quien lo había criado y creía sinceramente haber hecho lo mejor para su amiga. No podía evitar que las cosas se hubieran dado así.

¡Y qué embrollo era todo! JP ignoraba que Bridie era su madre, y Bridie nunca podría decírselo. Él creía que su madre había muerto y que se llamaba Mary, porque era lo que Bertie y Kitty habían acordado decirle. La verdad no debía salir a la luz, nunca. Y ahora, sin embargo, la verdad se había instalado a escasa distancia de su casa, al otro lado de la finca.

Su padre le había asegurado que no resultaría difícil mantener separados a Bridie y JP. No había peligro de que coincidiesen en alguna reunión social, afirmaba Bertie, y menos aún en misa los domingos, puesto que pertenecían a iglesias distintas. Y, si se cruzaban por la calle, no se reconocerían. Además, JP se marcharía pronto a Dublín, a estudiar en el Trinity College. Bertie había vuelto la víspera de la capital y había informado a su hija de que el chico se había enamorado de una jovencita a la que había conocido en el salón de té del Shelbourne. A Kitty le alegró la noticia. Cuanto antes se marchase JP de Ballinakelly, tanto mejor. Y no porque quisiera tenerlo lejos, sino porque ya era un hombre y era natural que siguiera su camino y se abriera paso en el mundo. Se había aferrado a él cuando otros niños de su edad eran enviados a estudiar a Inglaterra, en parte porque no tenían dinero para mandarlo a Eton, y en parte porque su marido, Robert, que había sido el tutor de Kitty, era un profesor más que competente. Ya iba siendo hora de que lo dejara marchar.

JP no pensaba más que en aquella chica a la que había conocido en Dublín. Kitty notaba sus miradas abstraídas y el nerviosismo con que vagaba sin rumbo por la casa. El joven sacó su caballo y se fue a galopar por las colinas. ¡Cuántas veces había hecho ella lo mismo, cuando su espíritu agitado solo se aplacaba al sentir el viento en el pelo y el estruendo de los cascos en los oídos! Lo vio partir y se vio a sí misma, no solo por su cabello rojo y su temperamento vehemente, sino también por su corazón apasionado. JP era un Deverill, y el hecho de que también fuera un Doyle importaba muy poco, porque ahora era un hombre y era *ella* quien había dado forma a su carácter. En lo que a Kitty concernía, no había en él ni un solo rasgo de los Doyle.

Kitty pensaba a menudo en Michael Doyle. El recuerdo de la violación en la granja, el día en que, llevada por un arranque de furia, abandonó el castillo todavía humeante y fue a acusarlo de provocar el incendio y él, a su vez, acusó a su padre de violar a Bridie y le infligió a ella el mismo violento castigo, le parecía ahora tan lejano como si perteneciese a otra vida. La angustia que le producía encontrarse con él en el pueblo se había disipado y ahora ya no sudaba, llena de nerviosismo, ni temía doblar una esquina cuando caminaba por la calle. Cuando se encontraba con él, lo que ocurría a veces, inevitablemente, se limitaba a desviar los ojos, levantaba la barbilla y se cambiaba de acera. Nunca le perdonaría, ni lo reconocería como tío de JP. Para ella, Michael no existía, ni siquiera en sus pesadillas, que también habían remitido por pura fuerza de voluntad. Había asumido la violación como parte de su pasado y la había sepultado muy hondo, junto con su amor por Jack O'Leary. Ambos hombres habían quedado relegados a las sombras polvorientas de su ser, uno envuelto en luz y el otro en tinieblas, pero los dos asociados a inmensas angustias pretéritas.

Kitty había seguido adelante con su vida. Su hija Florence tenía ya doce años. Era como su padre: estudiosa, amable y de carácter bondadoso. A diferencia de JP, tenía pocas características de los Deverill y, a diferencia de Kitty, carecía del don de un sexto sentido que Kitty había heredado de su abuela Adeline. Kitty la quería con locura. Criar a JP y a Florence y ser una buena esposa para Robert la había colmado por completo. Después de tomar la desgarradora decisión de permanecer en Irlanda con Robert y de que Jack se marchase a Estados Unidos, había encontrado la dicha que antes no creía a su alcance.

Jack O'Leary había sido su gran amor desde que tenía edad suficiente para conocer sus sentimientos. Habían crecido juntos, jugando en el bosque y en el río, cazando ranas, escarabajos y orugas, observando a los tejones, las liebres y los ratones. Después, al hacerse mayores, habían cabalgado juntos por las colinas y hablado de sus esperanzas para Irlanda y de sus sueños de independencia en el Anillo de las Hadas, el círculo de piedras que había en lo alto del acantilado, mientras el sol poniente incendiaba el océano. Jack la besó allí por primera vez y, en ese instante, cuando sus labios se tocaron, Kitty comprendió que no podría amar a ningún hombre como lo amaba a él. Su cariño por Robert era de otra clase. Era profundo, desde luego, y tierno, pero ¿cómo podía competir con la pasión que sentía por Jack, cuya historia compartía?

Los años de lucha por la independencia, su amor compartido por su patria, los riesgos que asumieron ambos y el peligro en el que se habían hallado los unían con un vínculo inquebrantable. Aunque hubiera renunciado a su sueño de vivir con él, Kitty sabía que Jack siempre dominaría las raíces de su corazón, allá en el fondo, donde había aprendido a amar por primera vez. Pero se había disciplinado a sí misma para ignorar esa atracción y soportar el dolor, y con el paso del tiempo había logrado asimilar ambas cosas, integrándolas dentro de sí.

Rara vez veía a su madre, Maud, por la que no sentía ningún afecto, ni a su hermana mayor, Victoria, condesa de Elmrod. Maud, con su belleza glacial, y sus ojos azules, gatunos y rasgados, su piel de alabastro y su cabello casi blanco de tan rubio, cortado en una media melena que realzaba la severa línea de su mandíbula. Nunca le había pedido a Bertie el divorcio, pero, para preocuparle tanto las apariencias, era increíble que se mostrase tan indiscreta. Su hija mayor, Victoria, igual de bella y soberbia que ella, vivía también en Londres, pero tenía la ventaja de poder retirarse a su gran finca de Kent cuando terminaba la temporada londinense. Su marido era el hombre más aburrido de Inglaterra y también uno de los más ricos, lo que era mucho más importante para Victoria, que lo soportaba a cambio de la vida que su madre había soñado para ella. Kitty estaba, en cambio, muy unida a su otra hermana, Elspeth, que no poseía el don de la belleza pero era de temperamento amable, humilde y fiel como un perro. Elspeth había sorprendido a propios y extraños al desafiar las ambiciones que su madre tenía para ella y casarse con Peter MacCartain, un angloirlandés sin título ni fortuna, a cuyo frío e incómodo castillo se había ido a vivir, a escasa distancia del castillo de Deverill. Pobre pero feliz, Elspeth era la mejor amiga de Kitty, y sus tres hijos eran solo un poco mayores que Florence. En ella, Kitty encontraba una compañera leal, serena y templada, que era justamente lo que necesitaba en esos momentos, tras años de desgracias y desamor.

Una luminosa mañana de febrero, Kitty y ella fueron en coche a Ballinakelly. Las gaviotas volaban en círculos en el cielo azul y el sol alcanzaba a derretir la escarcha que aún se aferraba al suelo en la sombra y en lo alto de las colinas, donde el aire era más frío. Dolida e indignada porque Bridie hubiera comprado el castillo de Deverill en secreto, Kitty se había dejado persuadir por su hermana para ir de compras al pueblo, a fin de distraerse. Una sombrerera de Dublín había abierto un pequeño taller en la calle mayor. De hecho, las tías abuelas de Kitty y Elspeth, Laurel y Hazel, a las que llamaban cariñosamente «las Arbolillo», habían lucido en la iglesia, el domingo anterior, sendas creaciones de la sombrerera que habían merecido la admiración de todos los presentes. El escándalo que habían provocado las dos ancianas al invitar a lord Hunt, el padre de Grace Rowan-Hampton, a vivir con ellas en un estrafalario *ménage à trois* no había remitido con los años y los vecinos de Ballinakelly seguían chismorreando sobre el asunto y preguntándose cómo demonios funcionaba. Kitty y Elspeth habían cuchicheado tanto como el que más, pero no estaban tan escandalizadas. En una familia como la suya, un *ménage à trois* no era cosa del otro mundo.

—Siento insistir en el tema, Elspeth, pero me pone enferma lo del castillo —dijo Kitty mientras entraban en el pueblo en el pequeño Austin Baby de su hermana—. Ojalá Celia no lo hubiera vendido. Ojalá fuera aún de nuestra familia. Pero lo hemos perdido para siempre y no puedo soportarlo.

—No tiene sentido darle más vueltas habiendo tantas otras cosas de las que lamentarse: la crisis financiera, la recesión, que Archie perdiera todo su dinero, su suicidio, que la prima Celia se encontrase de pronto viuda y en la ruina y se viera obligada a vender el castillo... Es indignante, estoy de acuerdo, pero la abuela diría que, si no puedes hacer nada al respecto, más vale olvidarlo.

—Y es cierto, pero me saca de quicio. —Kitty se llevó la mano enguantada a la boca y se mordió los nudillos.

—Eres como un perro con un hueso. Vas a volverte loca.

Kitty no podía hablarle de sus preocupaciones respecto a JP. Aparte de su padre, su marido, Michael Doyle —que había traído al bebé desde Dublín— y Grace —a la que la propia Kitty se lo había contado tras encontrar al niño en su puerta—, nadie sabía que Bridie era la madre de JP. Elspeth vivía muy cerca del castillo y Kitty no quería revelarle la noticia. Así pues, achacaba su rabia a lo que consideraba una subversión del orden natural de las cosas.

—¡Le estoy pagando un alquiler! —exclamó—. Es un horror. ¡Es la hija de la cocinera, por el amor de Dios! No está bien que ahora sea la señora del castillo de Deverill. ¡No está bien!

—Debes verlo con perspectiva, Kitty —repuso Elspeth juiciosamente y con un punto de firmeza, porque en su opinión Kitty estaba exagerando—. Nadie ha muerto ni se ha puesto enfermo. El castillo es solo eso, un castillo. Sé que para ti es mucho más, todos sabemos cuánto apego le tienes, pero no es más que un edificio hecho de piedra. Ah, ya hemos llegado —dijo enérgicamente—. Vamos a echar un vistazo a esos sombreros. Así te animarás un poco.

Al entrar en la tienda, encontraron un gran surtido de sombreros expuestos en el escaparate y en las estanterías, junto con carretes de cintas, rollos de telas y grandes cantidades de encajes, puntillas, lentejuelas y otros abalorios. De las cajas que había encima del mostrador asomaban plumas, y en la vitrina de debajo, colocadas con cuidado detrás del cristal, había broches y adornos varios que brillaban tentadoramente. Bonitas sombrereras se apilaban contra la pared en esmeradas torres, y Kitty las observó con delectación. Elspeth había hecho bien al llevarla allí. Ya se estaba olvidando de sus preocupaciones.

Al sonar la campanilla de la puerta, una mujer salió de la trastienda. Fijó sus grandes ojos castaños en las dos señoras y se retorció las manos con nerviosismo, pues sabía quiénes eran y estaba un poco sorprendida. Todo el mundo conocía a Kitty Deverill, inconfundible por su larga melena roja y su singular belleza. En efecto, la sombrerera ya la conocía de oídas antes incluso de casarse y trasladarse a Ballinakelly.

—Buenos días —dijo educadamente con su lírico acento irlandés, y esbozó solo una leve sonrisa para no enseñar sus dientes torcidos.

—Buenos días —repuso Elspeth alegremente—. Qué boutique tan bonita tiene.

—Bueno, yo no usaría una palabra tan refinada para mi humilde negocio —contestó la sombrerera.

—Desde luego que es una boutique. ¿No te lo decía yo, Kitty? Dentro de nada, todo el condado de Cork lucirá sus creaciones. Fíjate en este. ¿Verdad que es precioso?

—¿Le gustaría probárselo? —preguntó la sombrerera.

—Sí, por favor.

Elspeth vio que la mujer levantaba el sombrero de su soporte.

—Si se sienta aquí, delante del espejo, la ayudaré a ponérselo, señora.

Elspeth se sentó y la dueña de la tienda cambió el sombrero que llevaba por otro muy elegante de fieltro de color morado con una cinta azul verdoso que realzaba el color castaño ceniza de su cabello.

—Este tipo de sombrero es el que llamamos florentino, señora, y se lleva así, un poco echado sobre la frente.

—Muy coqueto —comentó Kitty con admiración—. Y el color te sienta bien.

—¡Me encanta! —exclamó Elspeth.

—Puedo hacérselo en cualquier color que quiera. Y puede elegir cintas aquí.

Kitty se acercó a mirar los tejidos y adornos mientras Elspeth se probaba otro sombrero de ala más ancha. Un momento después, Kitty se puso a sacar carretes de cinta y a compararlos con fieltro de distintos colores.

—Me encanta este verde. Con mi color de pelo, estoy un poco limitada —le dijo a la sombrerera.

—No estoy de acuerdo. A mi modo de ver, su color de pelo es tan bonito que podría ponerse un sombrero escarlata y que le sentara bien.

—Santo cielo, ¿y no cree que el contraste sería horrible?

—En absoluto. Creo que quedaría muy bien.

Cuando Kitty ocupó el lugar de Elspeth frente al espejo, otra mujer salió de la trastienda. Era guapa, de piel muy clara y pecosa, ojos azules de mirada suave y tierna y largo cabello rizado del color del heno secado al sol. Al ver a Kitty y Elspeth les sonrió con una simpatía chocante en una desconocida.

—Buenos días —dijo con fuerte acento norteamericano.

—Buenos días —contestó Kitty con el ceño fruncido.

Era la primera vez que veía a aquella mujer y su acento despertó de inmediato su interés.

La sombrerera se disculpó.

—Perdonen, señoras, voy a acompañar un momentito a la señora O'Leary.

Kitty se puso alerta.

—¿La señora O'Leary? —masculló, casi sin respiración.

—Sí. Me llamo Emer y soy nueva en Ballinakelly. Mi marido y yo acabamos de llegar de América.

Aunque Kitty estaba sentada, la sangre de las piernas pareció bajársele de golpe a los pies.

—¿Y cuál de los O'Leary es su marido? —preguntó, aunque ya sabía la respuesta. Lo supo por el repentino martilleo de su corazón dentro de su pecho y en sus sienes, y por la sonrisa de felicidad que lucía la desconocida, y un súbito arrebato de celos furiosos se apoderó de ella, como si una mano le estrujase el corazón.

—Jack O'Leary —contestó la mujer, sin advertir la repentina palidez de Kitty ni la mirada ansiosa que había ensombrecido sus ojos—. Puede que se acuerden ustedes de él. Era el veterinario del pueblo antes de irse a América.

—Sí, claro que nos acordamos de él —respondió Elspeth—. Soy la señora MacCartain y esta es mi hermana, la señora Trench.

—Es un placer conocerlas —dijo Emer O'Leary—. He encargado un sombrero de un tono de azul precioso. Loretta, la señora O'Leary, es prima de mi marido —dijo, volviéndose hacia la sombrerera con una sonrisa—. Bueno, lo es ahora que se ha casado con su primo Séamus. —Echó una mirada fuera—. Ah, ahí está mi marido. Será mejor que me vaya o empezará a impacientarse. No le gusta mucho ir de compras.

Dio las gracias a su prima y salió de la tienda. La campanilla tintineó suavemente al abrirse y cerrarse la puerta.

—Así que está usted casada con Séamus O'Leary —le dijo Elspeth a la sombrerera.

Mientras ellas hablaban, Kitty se levantó y se acercó lentamente a la ventana. Llena de zozobra, sujetándose el sombrero con tanta fuerza que se le marcaron los nudillos en la piel, miró a través del escaparate. Y allí, a escasos metros de ella, estaba Jack. Jack O'Leary. *Su* Jack. Inclinaba la cabeza para escuchar lo que le estaba diciendo su esposa, y había en la actitud de ambos, en la forma en que se tocaban sus cuerpos, tal aire de intimidad que Kitty sintió que se le partía el corazón.

Jack estaba igual que siempre. Los años habían sido amables con él. El cabello, aunque casi oculto bajo la gorra, se le rizaba a la altura del cuello y estaba un poco encanecido en las sienes, al igual que su barba, que no era tan espesa como para ocultar por completo la recia línea de su mandíbula ni el contorno afilado de sus pómulos. Era, si acaso, más guapo que antes. Entonces, casi automáticamente, la atracción de la mirada de Kitty le hizo levantar la vista y aquellos ojos que tan bien conocía se clavaron en ella. Con un sobresalto de sorpresa, la miró fijamente a través del escaparate de la tienda y el mundo pareció detenerse alrededor de ambos. Kitty entreabrió los labios y ahogó un gemido. De repente, la mano que sostenía las raíces de su corazón tiró con fuerza hacia abajo, y

Kitty se acordó con un estremecimiento doloroso de su amor y su pena. En ese instante breve pero aparentemente infinito, los años transcurridos desde su último encuentro se desvanecieron de golpe. Kitty escudriñó su mirada en busca de la complicidad tácita que siempre había encontrado en ella: esa comprensión desprovista de palabras entre dos personas que conocían sus mutuos pensamientos y se hallaban unidas para siempre. Pero el mundo comenzó a girar de nuevo con una sacudida y Jack apartó los ojos. Posó la mano en la cintura de su esposa y la condujo calle arriba sin mirar atrás. Kitty se llevó la mano al pecho y sofocó las ganas de llorar.

—¿Estás bien? —preguntó Elspeth, tratando de ver qué estaba mirando su hermana a través del escaparate.

—Me encuentro un poco mal de repente —musitó Kitty—. Quiero irme a casa.

Quiero estar sola, se dijo afligida. *Quiero meterme debajo de la colcha y llorar en la almohada. Jack ha vuelto. Jack ha vuelto y está casado. Que Dios me ayude a soportar esto, porque sola no voy a poder soportarlo.*

Elspeth la acompañó fuera de la tienda y la ayudó a subir al coche. Kitty miró calle arriba en busca de Jack, temiendo verlo de nuevo y deseándolo al mismo tiempo con tanto fervor que le dolía todo el cuerpo.

—¿Qué ocurre, Kitty? —preguntó de nuevo Elspeth.

Pero su hermana estaba acostumbrada a mentir y a disimular —dominaba el arte del engaño desde tiempos de la Guerra de Independencia— y, componiendo una sonrisa tranquilizadora, contestó que no había desayunado y que estaba un poco mareada.

—Volveremos otro día —dijo Elspeth, pisando el acelerador mientras salían del pueblo—. Me he encaprichado de ese sombrero morado.

5

La señora Goodwin y Martha llegaron a Inglaterra una mañana lluviosa, tras una turbulenta travesía por el mar de Irlanda. Desembarcaron en Fishguard, en Gales, y tomaron el tren hasta la estación de Paddington, en Londres. Martha se pasó el viaje mirando por la ventanilla el lúgubre paisaje inglés y preguntándose en qué demonios se habría inspirado Wordsworth para escribir su poesía, porque, ciertamente, no sería en aquel país gris, anodino y encharcado. La señora Goodwin aseguraba que, cuando brillaba el sol, no había sitio más hermoso que Inglaterra, pero a Martha el paisaje le parecía deprimente. Las lomas eran de un verde tristón y desvaído, y los bosques, oscuros y húmedos, parecían tiritar bajo las nubes neblinosas. Había villorrios al resguardo de los valles; el humo de sus chimeneas flotaba desganadamente en la bruma, y en las faldas de las colinas las ovejas se apiñaban para guarecerse del viento, cubiertas por mantos de lana de un blanco tan sucio como el del cielo. Martha volvió a pensar en Irlanda, cuyos cerros de color esmeralda parecían poseer un encanto profundo y tierno incluso en pleno invierno. No se le ocurrió pensar que, si Irlanda le parecía tan hermosa, era porque la asociaba a JP Deverill. En todo caso, ansiaba volver. No tenía ningún deseo de estar en Londres.

El hermano de la señora Goodwin, el profesor Stephen Partridge, había enseñado Historia en la Universidad de Cambridge durante treinta años y desde su jubilación se dedicaba a escribir largos e indigestos volúmenes acerca de la Francia del siglo XVIII. Aceptó de buen grado acoger a la señora Goodwin a su regreso de Estados Unidos y a su joven pupila, de la que su hermana le había hablado a menudo en las cartas que escribía regularmente a Inglaterra.

Era alto y delgado como un junco, con el cabello ralo y gris, gafas redondas y un gran bigote entrecano que se erguía, airoso, sobre su casi inexistente labio superior. Nunca se había casado y, habituado a la soledad, vivía rodeado de libros, en los que encontraba el mayor placer. Tenía, no obstante, un par de habitaciones y una asistenta que iba a diario a limpiar, cocinar, lavar y planchar, de modo que su hermana y Martha no le causarían ninguna molestia, siempre y cuando no se quedaran mucho tiempo. Un par de semanas serían más que suficiente. Al profesor Partridge no le importaría ver alterada su rutina durante un periodo de tiempo breve y finito, y confiaba en que su hermana fuera lo bastante discreta como para respetar su deseo de soledad.

Martha se llevó una sorpresa al conocer al hermano de la señora Goodwin. Había imaginado a un hombre más campechano, amable y jovial, y mucho menos austero. Goodwin era una mujer maternal y cariñosa. Su hermano era todo lo contrario. Era estirado, irritable y seco como un hueso viejo. Vestía un traje de tres piezas limpio y bien planchado y calzaba zapatos bruñidos, y parecía tan limpio, planchado y bruñido como su atuendo.

—Bienvenidas a mi humilde morada —dijo con una voz aguda que sorprendió a Martha, que esperaba que fuera mucho más grave.

Su acento inglés era más pronunciado que el de la señora Goodwin y su aire de reserva mucho más acusado.

Martha le había pedido a la niñera que le explicara su situación en privado, pues no se creía capaz de hablar de aquel asunto sin emocionarse. Detestaba la idea de echarse a llorar delante de un extraño y, a juzgar por la impresión que le produjo el profesor Partridge a primera vista, no creía que fuera a sentirse cómodo viendo llorar a una mujer. Así pues, la señora Goodwin y su hermano tomaron el té en el salón, delante del fuego, y Martha se sentó ante el pequeño escritorio de su habitación y escribió dos cartas: una a sus padres para decirles que se encontraba bien y estaba en Londres y otra a JP.

Ormonde Gate, 10 – Chelsea, Londres

Querido JP:

Espero que al recibo de esta te encuentres bien. Yo acabo de llegar a Londres y mis primeras impresiones no han sido, ni mucho menos, tan buenas como las de Dublín, pero quizá sea porque aquí no cuento con la ventaja de un buen guía. Está lloviendo, lo que según dice Goodwin es perfectamente normal. Disfruté muchísimo del día que pasamos juntos en Dublín. Creo que podría haber llovido a mares y aun así nos habría parecido que brillaba el sol, estando juntos. Fue todo maravilloso gracias a ti, JP, y te agradezco muchísimo que me hicieras disfrutar de mi primer bocado de libertad lejos de casa.

Me alojo en casa del hermano de la señora Partridge, el profesor Stephen Partridge.

Te manda cariñosos saludos,
Martha

Leyó la carta tantas veces que perdió la cuenta. No quería parecer demasiado descarada, ni demasiado formal. Habían compartido algo especial en Dublín y quería que JP supiera lo profundamente que la había impresionado el conocerlo. Habría deseado que él le escribiese primero, pero era imposible dado que no conocía su dirección. Así pues, no le quedaba más remedio que enviarle una carta y confiar en no haber malinterpretado sus sentimientos.

Cuando hubo acabado, bajó a cenar. La señora Goodwin estaba aún hablando con su hermano en el salón. La señora Hancock, la asistenta, había echado otro leño al fuego y se había llevado la bandeja del té. La señora Goodwin bebía ahora una copita de jerez, y el profesor Partridge lo que parecía ser un vaso de brandy. Martha se sentó en el sofá y respondió a preguntas acerca de su casa en Connecticut, cuando la señora Goodwin se lo permitía. Porque la niñera estaba tan encantada de exhibir a Martha delante de su hermano que apenas le dejaba hablar, y la interrumpía continuamente con prolijas explicaciones acerca de su vida en

Estados Unidos. El profesor Partridge no mencionó el propósito de su viaje. Solo cuando se fueron a la cama, después de cenar, la señora Goodwin informó a Martha de que había debatido la cuestión con su hermano y él le había sugerido que fueran a visitar a una conocida suya, una tal lady Gershaw, que vivía en Mayfair y conocía a «la flor y nata». Sin duda ella podría darles informes sobre una dama de alcurnia como la madre biológica de Martha.

—Nos estamos acercando —dijo la señora Goodwin con una sonrisa—. Me siento muy optimista, en general.

Martha también tenía esperanzas, aunque le angustiaba que sus expectativas no llegaran a cumplirse. Se había imaginado mil veces el reencuentro con su madre. Había incontables razones por las que su misión podía salir mal, y no había querido pararse a pensar en ninguna de ellas. Pero ahora que estaban a punto de averiguar quién era su verdadera madre, esas razones afloraban a la superficie de su mente como alfileritos que pincharan las burbujas de la fantasía.

—Gracias, Goodwin. Qué buena es usted. —Abrazó a la niñera, llorosa—. No sé que haría sin usted. Ha sido mi amiga más leal toda mi vida. Soy muy afortunada por tenerla a mi lado.

La señora Goodwin se sintió tan conmovida que tuvo que apretar los labios para contener sus emociones y abrazó a Martha con fuerza.

—Pase lo que pase, mi querida Martha, no olvides que tienes una familia que te quiere en Connecticut. No te culpo por querer descubrir quién te trajo al mundo, y es posible que ella también te esté buscando, pero es la señora Wallace quien te ha querido y te ha cuidado desde el instante en que te cogió en brazos por primera vez. Y en eso consiste ser una madre.

—No lo olvidaré —dijo la joven—. Pero tampoco podré descansar hasta que sepa por qué mi madre natural renunció a mí. Por qué no me quería. Por qué no pudo quedarse conmigo.

A la mañana siguiente, tomaron el autobús para ir a Mayfair. El profesor había telefoneado con antelación y lady Gershaw había invitado a la señora Goodwin y a Martha a tomar el té a las once. Ellas habían ideado un plan, porque, naturalmente, no podían desvelarle el verdadero motivo por el que Martha deseaba conocer a lady Rowan-Hampton. Confiaban en que su idea fuera lo bastante convincente para que lady Gershaw se mostrara dispuesta a ayudarlas.

Lady Gershaw vivía en una casa blanca y palaciega, a un par de calles de Hyde Park. Martha y la señora Goodwin subieron la ancha escalinata que conducía a las grandes puertas con su gran aldaba y su pomo dorados y llamaron al timbre. Un momento después, un mayordomo vestido con levita impecable y camisa blanca almidonada les abrió la puerta y les echó un vistazo. Miró primero a la señora Goodwin, luego a Martha y a continuación dijo con acento regio:

—Lady Gershaw las está esperando.

Las hizo pasar al vestíbulo y las condujo a través de sus suelos relucientes hasta una elegante y espaciosa sala de estar, caldeada por el resplandor de un buen fuego.

—Lady Gershaw vendrá enseguida —informó antes de dejarlas solas.

Martha estuvo retorciéndose las manos con nerviosismo hasta que la señora Goodwin se las agarró con ternura.

—No tienes por qué estar nerviosa, tesoro —dijo—. Stephen cuenta maravillas de lady Gershaw.

—No estoy nerviosa por ella, Goodwin, sino por lo que pueda decirme.

La señora Goodwin se disponía a tranquilizarla de nuevo cuando una mujer baja y robusta, de unos sesenta años, de cara redonda y jovial, vivaces ojos verdes y ancha y animosa sonrisa entró en la habitación. Vestía traje de *tweed*, calzaba sobrios zapatos marrones de cordones e iba seguida por tres pequeños *fox terriers*.

—¡Qué alegría! —exclamó, tendiéndole la mano—. Usted debe de ser la hermana de Stephen —dijo mirando fijamente a la señora Goodwin.

—Sí, así es —contestó la señora Goodwin al tiempo que estrechaba su mano pequeña y gordezuela—. Y esta es Martha Wallace, mi pupila de Connecticut.

—Bienvenida, querida —dijo lady Gershaw calurosamente—. Por favor, siéntense. Amy va a traernos el té. Espero que le guste el té —dijo volviéndose hacia Martha con expresión inquisitiva.

—Sí, claro, lady Gershaw, gracias.

Martha aguardó a que la señora Goodwin tomara asiento en el sofá. Después, se sentó a su lado. Lady Gershaw escogió uno de los sillones y los perros, tras olisquear a las invitadas con curiosidad, se acomodaron en la alfombra a los pies de su ama.

—Imagino que Stephen no les habrá contado cómo es que somos amigos —dijo lady Gershaw con una sonrisa pícara—. Bueno, pues permítanme que se lo cuente yo. Le escribí yo, así, de repente, porque adoro su obra. Verán, soy una gran aficionada a la lectura y la historia es mi pasión. Admiro mucho a Stephen. ¡Y así fue como nos conocimos! —Sacudió sus rizos canosos—. ¿Verdad que es divertido? Seguro que no lo habrían adivinado.

—No —contestó la señora Goodwin, sinceramente sorprendida—. Nunca lo habría imaginado.

—El profesor Partridge contestó a mi carta. Fue muy amable por su parte molestarse en responder, y yo me apresuré a escribirle de nuevo. Soy una mujer muy persistente, ¿saben? —dijo lady Gershaw con una sonrisa coqueta—. Y normalmente consigo lo que quiero. En este caso, invité al profesor a tomar el té, como a ustedes ahora, y vino, bendito sea. Sé que es casi un ermitaño, pero le escribí una carta extraordinariamente persuasiva. Pasamos casi toda la mañana hablando de su obra y así fue como comenzó nuestra amistad. Él es el maestro y yo la alumna, ¡y es tan fascinante que podría pasarme días y días escuchándolo! Ojalá pudiera arrancarlo de sus libros más a menudo, pero si lo hiciera yo saldría perdiendo, porque tendría que esperar más aún para leerlos.

Martha refrenó la sonrisa que estaba a punto de esbozar, pues saltaba a la vista que lady Gershaw estaba enamorada del hermano de la señora Goodwin. Tenía la impresión, sin embargo, de que su amor no era correspondido. Al profesor Partridge no parecían interesarle mucho las mujeres. Solo parecían interesarle los libros.

—Entonces, es usted su hermana, señora Goodwin. Cuénteme cómo fue crecer con Stephen. ¿Siempre han estado muy unidos?

La señora Goodwin satisfizo a su anfitriona contándole anécdotas de su infancia mientras tomaban el té que había llevado la doncella y comían pastas, sin reparar en los tres pares de ojos que las observaban con avidez desde la alfombra, a los pies de lady Gershaw.

Martha se preguntaba con impaciencia cuándo podrían preguntarle a su anfitriona si conocía a lady Rowan-Hampton. Lady Gershaw parecía tan entusiasmada con las historias que contaba la señora Goodwin que era como si Martha no estuviera en la habitación. Por fin, cuando la señora Goodwin se detuvo para tomar aliento, lady Gershaw se volvió hacia ella.

—Querida, ¿cuánto tiempo tienen previsto quedarse en Londres?

—La verdad es que no estoy segura. Me gustaría ver todo lo posible —respondió Martha vagamente.

—Tienen que ir al teatro, y los museos son una maravilla. Londres es un baúl lleno de tesoros. Solo desearía que brillara un poco más el sol.

—Lady Gershaw —terció la señora Goodwin, consciente de que Martha empezaba a impacientarse—, quisiera pedirle un favor.

Lady Gershaw había disfrutado tanto conversando con la hermana del profesor Partridge que estaba dispuesta a hacer cualquier cosa que le pidiese la señora Goodwin.

—Dígame, por favor, ¿en qué puedo serle de ayuda?

—Hace muchos años trabajé para una familia que me presentó a una tal lady Rowan-Hampton. Grace Rowan-Hampton. Me dio algo de valor y ahora que he vuelto a Inglaterra quisiera devolvérselo. ¿No la conocerá usted, por casualidad, y sabrá dónde puedo encontrarla?

A Martha le latía a toda prisa el corazón; golpeaba contra sus costillas como la baqueta de un tambor. Comenzó a pellizcarse las uñas y a morderse el labio inferior, pero lady Gershaw no la estaba mirando. Miraba a la señora Goodwin con una sonrisa amplia, encantada de echar una mano a la hermana del profesor Partridge y de poder presumir de sus muchas e ilustres relaciones.

—Mi querida señora Goodwin —dijo, entusiasmada—, conozco muy bien a Grace Rowan-Hampton. Vive no muy lejos de aquí. Pero en estos momentos no está en Londres. Pasa la mayor parte del año en Irlanda.

—¿En Irlanda? —repitió la señora Goodwin.

A Martha se le sonrojaron las mejillas.

—Sí. Ella y su marido, sir Ronald, tienen una casa en el condado de Cork. Ronald viaja mucho, pero Grace prefiere quedarse allí. Tiene una casa preciosa en un pueblecito llamado Ballinakelly.

Al oír mencionar el pueblo de JP, Martha se puso muy colorada. Miró a lady Gershaw por encima de su taza de té, sin atreverse a bajarla por miedo a que se le cayera de las manos.

—Qué extraño —dijo la señora Goodwin con calma aparente—. Estuvimos hace muy poco en Dublín y conocimos a un caballero y a su hijo que viven en Ballinakelly.

—¿Y quiénes son? Seguro que los conozco —dijo lady Gershaw, y Martha comprendió que aquella señora procuraba conocer a todo el mundo.

—Lord Deverill —contestó la señora Goodwin.

—¡Bertie Deverill! —exclamó lady Gershaw alegremente—. ¡Qué coincidencia! ¿Y cómo es que no le preguntó *a él*?

—No se me ocurrió —contestó sinceramente la señora Goodwin—. No pensé que pudieran conocerse. Y tampoco imaginaba que lady Rowan-Hampton vivía en Irlanda.

—¿Conocerse? Pero si son grandes amigos. —Hizo una mueca dando a entender que guardaba un secreto importantísimo y que le costaba un inmenso esfuerzo no divulgarlo—. *Grandes* amigos —repitió con énfasis.

Martha se dio cuenta de que tenía la boca abierta y se apresuró a cerrarla.

—¿Quiere que le consiga una cita con ella? —preguntó lady Gershaw.

La señora Goodwin miró a Martha, que miraba a su anfitriona con los ojos tan desorbitados que su expresión resultaba alarmante.

—No, gracias, es usted muy amable. La próxima vez que vaya a Irlanda, le haré una visita.

—Vendrá a Londres en primavera. Siempre regresa para la temporada y para ver a sus hijos, claro. Están los tres casados y tienen hijos, ¿sabe?

—No, no sabía que tuviera hijos —respondió la señora Goodwin.

—A ellos no les gusta mucho Irlanda. Viven aquí desde los Disturbios. Imagino que para la gente joven es mucho más atractiva la vida aquí, en una ciudad tan cosmopolita como Londres.

—Desde luego —convino la señora Goodwin.

—¿Me permiten que los invite a todos a cenar? —preguntó lady Gershaw en un repentino arrebato de inspiración—. Sé que Stephen no sale casi nunca, pero la verdad es que debería ser más generoso y compartir esa mente suya tan brillante con quienes no tenemos ese don. Permítanme celebrar una cena en su honor. La semana que viene, por ejemplo. ¿Qué me dicen?

La señora Goodwin se sintió un poco azorada. No le parecía correcto que una señora de la aristocracia como lady Gershaw diera una cena en honor de una mujer que carecía de toda relevancia social, aunque fuese la hermana de un hombre al que admiraba tanto. Pero no tenía más remedio que aceptar.

—Nos sentiríamos muy honradas, lady Gershaw —contestó.

—Entonces, todo arreglado —dijo ella con satisfacción—. Reuniré a un pequeño grupo de gente que estoy segura de que les agradará. Martha, querida, ¿cuántos años tiene?

—Diecisiete —contestó ella.

Lady Gershaw entornó los párpados.

—Quizá reclute a un par de caballeros jóvenes para usted. Dígame, ¿a qué se dedica su padre?

La señora Goodwin se alegró tanto de que lady Gershaw formulase una pregunta cuya respuesta sería de su entera satisfacción que se apresuró a intervenir y contestó en lugar de Martha.

—El señor Wallace trabaja en el servicio diplomático. Es uno de los hombres mejor relacionados de todo Connecticut. Naturalmente, los Wallace son una familia muy respetable y distinguida….

Martha se removió, inquieta, en el sofá, pero a lady Gershaw le brillaban los ojos.

Cuando salieron de la casa media hora después, lady Gershaw les dijo adiós desde la puerta. Y cuando se alejaron lo suficiente para que no las oyera, Martha estalló:

—¡Goodwin, mi madre está en Irlanda! ¡Vive en Ballinakelly, cerca de los Deverill! ¿Se lo puede creer? ¡Es demasiada coincidencia! Deberíamos haberle preguntado por ella a JP y nos habríamos ahorrado el viaje a Londres.

—Estoy perpleja —dijo la señora Goodwin—. Es extraordinario.

—Tenemos que volver a Irlanda enseguida.

—No antes de la cena de lady Gershaw.

—¡Pero eso es la semana que viene! ¿De veras tenemos que ir? —se quejó Martha.

—Querida mía, estamos en deuda con ella. Gracias a ella, puede que te reencuentres con tu madre, después de todo.

—Tiene tres hijos —dijo Martha pensativamente—. ¿Cree que le gustará descubrir que también tiene una hija?

—No lo sé. Es posible que no le agrade que surjas de repente de su pasado. Recuerda que está casada y tiene familia. Es un miembro respetable de la aristocracia. Tendrá que pensar en su reputación. Hasta que la conozcamos, no sabremos qué clase de mujer es.

—Yo creo que va a ponerse muy contenta, Goodwin. Lo presiento —dijo Martha con un escalofrío de emoción—. ¡Y pensar que voy a volver a ver a JP! Es maravilloso. Vamos, no quiero que cojamos el autobús. Daremos un paseo por el parque y buscaremos un sitio bonito donde almorzar. Me da igual que esté lloviendo. Todo va a salir bien. Estoy segura.

La señora Goodwin la siguió, preguntándose cómo iba a decirle a su hermano que tendría que ir a cenar a casa de lady Gershaw.

6

Ballinakelly

La vieja señora Nagle recibió sepultura en el cementerio de la iglesia católica de Todos los Santos, y Sean y Rosetta se mudaron al ala este del castillo con sus cinco hijos. Terminaba una era y comenzaba otra. Bridie agradecía la compañía de Rosetta porque Cesare pasaba poco tiempo en casa. Ignoraba adónde iba su marido y sabía que no debía interrogarlo al respecto. La primera vez que lo hizo, poco después de su boda, él le contestó que tenía negocios de los que ocuparse. Bridie no alcanzaba a imaginar qué negocios eran esos, dado que Cesare era un vividor con escaso dinero propio y ningún interés por el comercio. La segunda vez que le preguntó dónde iba, él replicó con impaciencia «¿Desde cuándo tiene uno que explicarle a su mujer adónde va?», y ella se sintió dolida porque *antes* de la boda nunca le había hablado así. Cesare la miró con expresión autoritaria, sus bellos ojos verdes se ensombrecieron llenos de indignación y Bridie se acobardó. Nunca hasta entonces había visto esa faceta de su carácter y verla la alarmó.

En contra de lo que esperaba, Cesare no la había llevado a Buenos Aires como había prometido y Bridie seguía sin conocer a su familia. Cuando le preguntaba al respecto, él hacía un ademán en el aire, como si tratara de disipar un olor desagradable. «Tesoro mío», decía, «hay tiempo para todo. Te presentaré a mi familia cuando llegue el momento.» Pero el momento no llegaba nunca.

Durante los años posteriores, Cesare se había revelado como un marido dominante, egoísta y mandón, pero Bridie lo quería a pesar de sus

defectos. Los rasgos de carácter que podían haber repelido a otras mujeres a ella la atraían como un imán, porque su autoridad la hacía sentirse
segura.

Rosetta, en cambio, era más cauta y no estaba cegada por el amor,
como Bridie. Sí, Cesare poseía sin duda el don de la belleza física, y su
encanto, cuando optaba por sacarlo a la luz, era irresistible, pero al poco
tiempo de conocerlo Rosetta comenzó a sospechar que el hombre que se
escondía tras la máscara era simplemente un hombre como otro cualquiera, provisto de una máscara. Había algo inescrutable en él, como si estuviera hecho de muchas y complicadas capas, y sin embargo cada una de
esas capas, por sólida que pareciera a simple vista, fuera tan fina como el
papel y pudiera desintegrarse al menor contacto. Tenía también un punto
de astucia que se revelaba en los momentos en que su semblante se hallaba en reposo, cuando pensaba que nadie lo miraba y dejaba de interpretar
su personaje. En esos instantes, las sombras distorsionaban sus facciones: su elegante nariz parecía de pronto puntiaguda, su boca se volvía
petulante y su encanto se desvanecía como polvo de hadas. Evitaba entrar en detalles sobre su niñez en Italia y se escabullía para no hablar con
Rosetta en su lengua materna, pero las pocas frases que ella había logrado sacarle revelaban una pronunciación que no era ni española, ni italiana, sino otra cosa distinta. Rosetta ignoraba de dónde procedía ese acento, pero de una cosa estaba segura: de que nunca compartiría sus
sospechas con Bridie, porque Bridie era maravillosamente feliz en su ignorancia.

—¿Puedo hablarte con franqueza? —le dijo una tarde a Rosetta, poco
después de que su amiga italiana se instalara en el castillo.

Estaban en la planta de arriba, el cuarto de estar de Bridie, que comu-
nicaba con su dormitorio. No era una estancia grande ni imponente como
los salones de abajo, con su decoración extravagante y barroca, ni tan
masculina como la biblioteca, donde a Cesare le gustaba sentarse a fumar.
Era una sala pequeña, con dos sofás y dos sillones dispuestos en torno a
una chimenea. Los altos ventanales daban al jardín y estaban enmarcados
por cortinas verdes y rosas que caían hasta la alfombra, a juego con el
papel floreado que recubría las paredes. Era la única habitación en todo

el castillo en la que Bridie se sentía cómoda. El resto del edificio le producía cierto desasosiego. Era demasiado señorial y albergaba demasiados recuerdos a los que prefería no enfrentarse.

—Cesare quiere que organicemos fiestas y recibamos invitados —explicó—. Pero no sé a quién invitar. —Se levantó y se acercó a la chimenea. Puso la mano sobre la repisa y se quedó mirando las llamas—. No soy ni carne ni pescado, Rosetta.

Su amiga frunció el entrecejo.

—¿Qué quieres decir?

Bridie se volvió con un suspiro y Rosetta vio que le brillaban lágrimas en los ojos.

—Me crie en una granja, pero ya no soy esa chiquilla. Ahora soy condesa y vivo en un castillo. Pero tampoco pertenezco a ese mundo, al mundo de los condes y las condesas y los castillos. Estoy en un lugar intermedio entre esos dos mundos, pero ignoro cuál es ese lugar. Los angloirlandeses que antes venían aquí en tropel no querrán ni acercarse *a mí*. Me desprecian por haber comprado el castillo, que en su opinión debería pertenecer a un Deverill, y yo soy una católica de clase obrera, estoy por debajo de ellos en todos los sentidos. Y luego están los católicos de clase alta que me miran con desprecio porque tampoco pertenezco a su mundo. Los granjeros pobres con los que me crie ahora desconfían de mí, y Cesare no quiere codearse con ellos porque son zafios y maleducados, y tiene toda la razón. Él está muy por encima de ellos. Así que, ya ves, no tengo a quién invitar y Cesare... —Dio un suspiro trémulo, abrumada de pronto por la emoción—. Cesare quiere que llene el castillo de gente. Quiere que reciba como recibía antes lady Deverill, pero no se da cuenta de que no puedo. Yo no conozco a nadie. En Nueva York podía ser distinta. Podía reinventarme. Pero aquí siempre seré Bridie Doyle, y eso no cambiará nunca. Bridie Doyle debería haberse casado con el hijo de un granjero y haber criado a su familia aquí, en Ballinakelly. ¿Qué voy a hacer? —preguntó, echándose a llorar.

Rosetta se compadeció de ella.

—Yo soy una chica sencilla de Nueva York, Bridie. Tampoco sé qué puedes hacer.

Bridie se sentó en el sofá y dejó caer los hombros, derrotada.

—No quiero decepcionar a Cesare —dijo con un hilo de voz, y Rosetta tuvo que contener la furia que se agitó dentro de ella contra Cesare por haber convertido a su amiga, antes osada y valerosa, en una cobarde.

Tomó la mano de Bridie y se la apretó.

—Tú no puedes decepcionar a nadie —dijo—. Cesare es muy afortunado por tenerte, no creas que es al contrario. Tienes el corazón de oro, Bridie, y Cesare tiene suerte porque se lo hayas entregado. Pero procura guardarte un poquito para ti.

Tuvo que morderse la lengua para no revelarle lo que pensaba de veras.

No pasó mucho tiempo, no obstante, sin que Bridie recibiera su primera visita. Para sorpresa suya, fue la mismísima lady Rowan-Hampton: la mujer que había dispuesto su breve estancia en el convento de Dublín y su posterior travesía a Estados Unidos y a la que Bridie culpaba de haberla convencido para que abandonara a su bebé. Bridie se quedó tan estupefacta cuando el mayordomo anunció a Grace que la tuvo esperando diez minutos en el salón mientras trataba de recuperar la compostura en su cuartito de estar. Lamentó que Rosetta estuviera visitando a su suegra y que Cesare se hubiera ido a jugar a las cartas a la taberna de O'Donovan. Tendría que recibir ella sola a lady Rowan-Hampton.

—Mi querida Bridie —dijo Grace cuando apareció por fin.

Le tendió las manos y Bridie no tuvo más remedio que aceptarlas. De pronto se sentía como si el castillo no fuera suyo, sino de aquella señora sofisticada y elegante que se sentía mucho más a sus anchas que ella en medio del ostentoso salón.

—Cuánto me alegra verte con tan buen aspecto —dijo, paseando sus ojos castaños claros por la cara de Bridie—. Los años te han tratado bien.

—También a usted, lady Rowan-Hampton —contestó Bridie.

—Por favor, llámame Grace. Me gustaría que fuésemos amigas, Bridie. El pasado, pasado está. Ahora eres la señora de este castillo y condesa, además. Has sido muy astuta. La verdad es que, cuando te fuiste a Estados Unidos, no imaginaba que algún día volverías con tanto estilo.

Bridie no creía que pudiera trabar amistad con una mujer que la había persuadido para que renunciase a su hijo y se había encargado de enviarla al otro lado del mundo. Pero, como Cesare se alegraría de que recibiera a una dama de alcurnia, decidió olvidarse de su hostilidad y acoger a Grace en su vida como si fuera una nueva amiga.

—Por favor, siéntate —dijo—. ¿Te apetece un té?

—Eso sería estupendo —repuso Grace mientras se acomodaba en el sofá en el que tantas veces se había sentado en vida de Adeline y Hubert—. Hace un día horriblemente frío y húmedo.

Bridie tiró del cordón que hacía sonar la campanilla en la cocina y un momento después apareció un mayordomo en la puerta. Bridie tomó asiento frente a Grace y cruzó las manos sobre el regazo. Ella podía ser la dueña del castillo, pero quien llevaba la voz cantante era Grace.

—Lamento que haya fallecido tu abuela —dijo—. La vieja señora Nagle era una mujer encantadora. Tuve el placer de conocerla cuando visitaba a tu madre.

—¿Visitabas a mi madre? —preguntó Bridie.

—Sí, me sentía muy a gusto en la cocina de los Doyle.

Bridie supuso que había visitado a su madre por caridad.

—Qué amable por tu parte tomarte esa molestia —dijo.

Grace hizo un ademán, quitándole importancia al asunto.

—Era un placer. Imagino que ahora no querrá venir a vivir contigo.

—No —dijo Bridie—. No quiere dejar la casa que compartía con mi padre.

—Ah, en fin, es comprensible. ¿Y Michael? —preguntó Grace, y se mordió el labio.

—Ha decidido quedarse con ella.

Grace sacudió la cabeza y suspiró, como admirada por las virtudes del mayor de los Doyle.

—Es un buen hijo. De veras que sí.

—Creo que no se sentiría a gusto viviendo aquí —repuso Bridie, y Grace comprendió que se refería a su acendrado odio por los británicos.

Sin duda Bridie no sabía que era Michael quien había prendido fuego al castillo y que al día siguiente había abusado de Kitty al ir ella a encararse con él. Tampoco sabía que Grace y él habían sido amantes, ni que Grace se había acostado con Cesare cuando él vino a Irlanda a comprar el castillo. Grace la observaba como una serpiente a un ratón y se preguntaba hasta qué punto conocía a su hermano mayor y a su marido.

—¿Qué tal se lleva Michael con su nuevo cuñado? —dijo sin dejar traslucir el profundo interés que la impulsaba a formular esa pregunta.

—Yo diría que tienen una relación cordial, como mucho —confesó Bridie, y al instante se arrepintió de su indiscreción. Había algo en la mirada de Grace que abría agujeros en ella y hacía que perdiera agua como un colador—. Se caen bien —dijo sin convicción, tratando de reparar su error.

Pero Grace ya se había apropiado de esa información tan valiosa y la engullía con avidez.

—Son muy distintos, desde luego —comentó—. Tuve el placer de conocer al conde cuando vino a ver el castillo. Entonces no sabía que era tu marido. Me llevé una gran sorpresa cuando se conoció la identidad de la condesa. Aunque hay algunos a los que no les ha hecho ninguna gracia.

—En efecto, como era inevitable —dijo Bridie con voz queda.

—¿Has visto a los Deverill? —preguntó Grace descaradamente.

Bridie se sonrojó. No quería pensar en lord Deverill, ni en Kitty, ni en que su hijo vivía solo a unos kilómetros de distancia y sin embargo era un desconocido para ella, lo que le causaba una horrible angustia.

—No —contestó, cortante—. No los he visto ni creo que haya razón alguna para que los vea.

Grace observó que la blandura de Bridie se endurecía como si levantara a su alrededor una coraza.

—Si los Deverill me odian porque he comprado su casa, deberían reflexionar sobre sus actos y ver qué papel han desempeñado ellos en mi destino. Si lord Deverill hubiera sido un caballero, yo no me habría visto obligada a dejar Ballinakelly. Fue él quien echó a rodar la pelota, y la pelota ha ido a parar aquí. Hay quien diría que ha tenido lo que se merece.

Su tono desafiante dejó atónita a Grace. Bridie ya no era la chiquilla extraviada a la que Bertie había mandado a Dublín embarazada y temerosa. Entonces era dócil y maleable. Ahora, al ver el rencor que ardía en sus ojos, Grace se miró las manos y recordó el papel que había desempeñado *ella* en su destino.

Miraron ambas hacia la puerta con alivio cuando entró Cesare, imbuido de un aire de vanidad y prepotencia. Vestía chaqueta de sport con hombreras exageradamente grandes, camisa con el cuello abierto y anchos pantalones grises con la raya meticulosamente planchada en el centro y los bajos bien doblados. Se quitó la gorra al ver a las señoras y se pasó los robustos dedos por el cabello negro para despejarse la frente. A Grace se le iluminó la cara de puro placer. Bridie se miró las manos y descubrió que le temblaban.

—¡Qué placer tan inesperado! —exclamó él, tomando la mano de Grace y llevándosela a los labios.

Le lanzó una mirada seductora, llena de complicidad, y Grace sintió que un hormigueo de excitación recorría sus miembros, pues saltaba a la vista que el conde estaba recordando las noches de placer que habían compartido en su cama. Ella las recordó también y la sangre se le agolpó en las mejillas.

—Cariño mío —le dijo él a su esposa, y Grace retiró la mano, temiendo que Cesare los hubiera delatado al mirarla de esa forma. Pero Bridie no parecía haber advertido la vibración que agitaba el aire entre ellos—. Grace fue una anfitriona de lo más generosa cuando visité por primera vez Ballinakelly —añadió Cesare—. Yo no tenía amigos y esta dama encantadora me acogió bajo su ala y me presentó a los suyos.

—Y volveré a hacerlo encantada —repuso ella.

Cesare se sentó en un sillón y cruzó las piernas, dejando ver sus zapatos marrones y blancos y sus calcetines de color tostado. Había traído el glamur de Estados Unidos a Ballinakelly, pensó Grace con admiración.

—Quiero llenar el castillo de gente. Quiero recibir a nuestros invitados con todo lujo y esplendor. En Estados Unidos éramos las estrellas más rutilantes de Nueva York. Y no quiero morirme de aburrimiento aquí, en el condado de Cork.

Sonrió enseñando sus grandes dientes blancos, pero Grace, siempre atenta a las corrientes ocultas que impulsaban los actos de los demás, percibió una amenaza velada bajo su jactancia. Estaba segura de que, si no conseguía lo que quería en Ballinakelly, volvería a Manhattan sin pensárselo dos veces.

—Permitid que os ayude —dijo volviéndose hacia Bridie—. Seré vuestra guía en este asunto. Debemos echar nuestras redes más allá de Ballinakelly, puesto que este es territorio de los Deverill y aquí no encontraréis muchos amigos. —Entrelazó los dedos y pensó en el mundillo católico de Dublín que había frecuentado en secreto durante su conversión—. Conozco a las personas idóneas —remachó.

—Estupendo, porque quiero dar un baile —dijo Cesare—. El baile más grande y espectacular que haya visto el castillo de Deverill.

Al oír hablar de un baile, a Bridie se le aligeró el corazón. Con su riqueza y la ayuda de Grace, les demostraría a los Deverill que había comenzado una nueva era triunfal, una era que eclipsaría todo lo anterior tanto por su sofisticación como por su grandeza. Lord Deverill y Kitty, que no estarían entre los invitados, tendrían que ver cómo se iluminaba el cielo por encima del castillo con mil luces y comprenderían que ellos mismos se habían labrado su destino. Porque, como afirmaba la Biblia tan bellamente, *todo lo que el hombre siembre, eso también cosechará.*

Tras la visita de Grace, Bridie se sintió lo bastante segura como para dejarse ver en el pueblo. Fue a misa. La iglesia de Todos los Santos, con sus austeros muros grises y su alto campanario, seguía igual que cuando ella era niña, y el padre Quinn también, aunque ahora su cabello y su piel fueran más grises y tuviera la espalda más encorvada. Era *ella* quien más había cambiado, y ahora tomó asiento en primera fila, lujosamente vestida, acompañada por Leopoldo y por su apuesto marido, que lucía un elegante traje castaño y un abrigo con cuello de piel. Parecían tres hermosos faisanes entre gallinas, pues Michael y la señora Doyle, que se sentaban a su lado, tenían un aspecto lúgubre con su atuendo negro de costumbre. Bridie sabía que lo único que la salvaba de la censura de su madre era la creencia de esta de que Cesare ostentaba el título de conde papal, concedido por el papa en persona, y no había querido sacarla de su error. Rosetta, sentada junto a Sean y sus cinco hijos en el banco de atrás, era consciente de que todos los presentes observaban al conde y la condesa, que irradiaban un aire de majestad, y que tal era su asombro que la congregación entera guardaba silencio.

Jack O'Leary tomó a Emer de la mano y le dedicó una sonrisa tranquilizadora. Ella sonrió a su vez por debajo del ala del sombrerito azul que le había hecho la prima de Jack, Loretta. Jack miró la cara amable y los ojos bondadosos de su esposa y trató de olvidarse de la imagen de Kitty mirándolo a través del escaparate de la sombrerería que lo atormentaba desde entonces. Fijó su atención en el padre Quinn, que estaba dedicando el sermón a Bridie Doyle y su encopetado marido, y recordó que se había escabullido de la cama de Bridie sin siquiera decirle adiós. ¿Qué pensaría de él ahora que el destino había vuelto a reunirlos?

Observó a Bridie, que se había girado para susurrarle algo a su hijo, y comprendió que el hecho de que ahora ocupara ella el castillo tenía que estar siendo una pesadilla para Kitty. *Kitty, Kitty, Kitty...* Enfurecido consigo mismo, ahuyentó de nuevo aquel nombre y trató de concentrarse en el sermón.

Emer no sabía nada de su vida antes de que se conocieran. Y no porque fuera una ingenua. Su padre había participado en actividades delictivas en Nueva York y ella sabía que el trabajo que hacía su marido para las bandas italianas era igual de sospechoso. Sabía también que a Jack lo había contratado el jefe de la mafia, Salvatore Maranzano, para que eliminase a su rival, Lucky Luciano, y que el plan se había torcido, pues habían tenido que huir a Argentina y vivir escondidos durante casi ocho años, hasta que Jack había juzgado que podían empezar de nuevo en Ballinakelly sin riesgo para sus vidas. Sabía, además, que habían puesto precio a la cabeza de su marido, que Jack guardaba una pistola bajo la almohada y que temía constantemente que alguien surgiera del pasado dispuesto a reclamar la recompensa.

Emer, sin embargo, no sabía nada de su amor por Kitty, ni de su fugaz aventura con Bridie. Se había acostumbrado a vivir en Ballinakelly como si desde siempre hubiera habido allí un hueco con su forma, aguardándola, y la familia de Jack —sus hermanos, sus primos y su madre, Julia, cuya felicidad era completa ahora que su hijo y sus nietos habían vuelto por fin a casa— la había acogido con los brazos abiertos. Todo el mundo le había cobrado afecto al primer vistazo, el pueblecito le había dado la bienvenida como si ya fuera de los suyos, y los vecinos levantaban sus vasos para brindar por Jack como si fuera un héroe conquistador.

Cuando acabó la misa, salieron todos a charlar al sol. Cesare acompañó a la señora Doyle, que le dio el brazo de buena gana y procuró no sucumbir al orgullo, mientras Michael acompañaba a Bridie y Leopoldo. Tras ellos iban Rosetta y Sean con sus hijos. Fuera, Jack esperó a que Bridie reparara en él, pero fue Michael quien lo vio primero. Se sorprendió visiblemente al distinguirlo entre la gente, a pesar de que ya había oído decir que Jack O'Leary había vuelto al pueblo con su esposa y sus tres hijos. La última vez que se habían visto, hacía casi quince años, había sido en el camino entre Ballinakelly y la granja de los Doyle. Impulsado por una rabia ciega tras descubrir que Michael lo había delatado a la Real Policía de Irlanda, Jack lo había esperado en la oscuridad y habían luchado casi a muerte. Eso fue antes de que Michael se marchara a la abadía de Mount Melleray. Antes de que dejara la bebida y se redimiera de sus pecados. Ahora era un hombre respetable y piadoso. Desvió sus ojos negros y Jack no vio ni un atisbo de los celos que antes ardían tras ellos cuando la imagen de Kitty Deverill volvió a alzarse entre los dos como un fantasma.

Luego, al avanzar por el camino hacia la carretera, Bridie también lo vio. Entreabrió los labios, palideció y sus ojos dejaron ver el dolor que le había infligido Jack. Se miraron el uno al otro un momento y fue como si ella caminara entre brea, lenta y fatigosamente, sin llegar a ninguna parte. Pero fue Jack quien bajó la mirada, avergonzado por la crueldad con que la había tratado. Bridie, en cambio, levantó la barbilla y pasó de largo.

No deseaba detenerse a conversar frente a la iglesia y apretó el paso, pero Julia O'Leary tenía otros planes. Desde que su difunto marido le contó la historia de cómo el primer lord Deverill de Ballinakelly había construido su castillo en tierras de los O'Leary, despreciaba a los Deverill. Sabía, como solo una madre podía saberlo, que Kitty Deverill había atormentado a su hijo jugando con su corazón como un gato con un ovillo y estaba decidida a impedir que aquella mujer se acercase a Jack ahora que había vuelto. Al acercarse a Bridie, no pudo evitar fijarse en que el precioso niño que iba a su lado parecía de la misma edad que Liam, el hijo de Jack y Emer, y solo un poco más pequeño que su hija mayor, Alana.

—¡Bridie! —dijo, y al oírla Bridie se paró en seco.

Se volvió y comprendió que sería de mala educación no saludar a la señora O'Leary, a la que conocía desde niña.

—Hola, señora O'Leary —dijo.

—Julia, por favor. Nuestras familias se conocen de toda la vida. Confiaba en verte hoy. Quería decirte que sé que tu abuela ha fallecido y que lo lamento mucho —añadió, y Bridie le agradeció aquel gesto de compasión.

—Gracias, señora O'Leary —contestó, recalcando que no quería tutearla.

—Todavía la veo sentada junto al fuego, fumando su pipa.

—La echo de menos —dijo Bridie, aunque sobre todo añoraba lo que representaba la anciana: un pasado que nunca podría recuperar.

—Lo sé, querida. Cuando murió mi Liam, fue como si me arrancaran el corazón de cuajo.

—Sí, me enteré de su muerte. Yo también lo lamento. Era un buen hombre y un buen veterinario.

—No me gustan los cambios, pero todo cambia de todos modos. Fíjate en ti, ahora eres la dueña del castillo de Deverill.

—Lo compré para salvarlo de los extraños —afirmó Bridie.

De pronto sentía la necesidad de explicarle a aquella mujer, que siempre había considerado que los Doyle estaban por debajo de ella, por qué la hija de la cocinera había querido comprar un castillo señorial.

Pero Julia O'Leary no parecía despreciarla por haber comprado el castillo.

—Hiciste muy bien —dijo—. Es maravilloso saber que una casa tan bonita está en manos de alguien que la conoce bien. A fin de cuentas, tu madre y tú casi vivíais allí. Estoy orgullosa de ti, Bridie. Estoy orgullosa de lo que has logrado en la vida. La mayoría de la gente nunca sale de su pueblo, pero tú te fuiste a América y te labraste un futuro. Eres un ejemplo a seguir y Ballinakelly tiene suerte de que hayas decidido volver.

El afecto de la señora O'Leary dejó a Bridie sin palabras.

—¿Conoces a mi nuera, Emer? Jack y ella acaban de volver de Buenos Aires. Es de la misma edad que tú, creo, y tiene tres hijos que serían tres compañeros de juego ideales para tu niño.

Bridie puso la mano sobre el hombro de Leopoldo.

—Tiene siete años —dijo.

—Igual que el pequeño Liam —le informó Julia, y llamó a Emer con un ademán—. Te va a encantar Emer, todo el mundo la adora. Es más buena que el pan.

La sonrisa de Emer fue como un bálsamo para el espíritu de Bridie. No la miró con desconfianza, ni con desdén por darse aires de grandeza. Se limitó a saludarla amablemente y a estrecharle la mano como si Bridie siempre hubiera sido condesa. Por un instante, Bridie sintió que estaba de vuelta en Nueva York, donde la gente la aceptaba por lo que era *en el presente*.

—Las dos acabamos de llegar a Ballinakelly —dijo.

—Y yo ya me he enamorado del pueblo —contestó Emer—. Me encantan esta paz y esta tranquilidad. Nueva York y Buenos Aires son ciudades grandes y ruidosas, pero Ballinakelly es pequeño y me gusta vivir junto al mar. Lo llevo en la sangre. Creo que no voy a echar de menos la ciudad porque en cierto modo he vuelto a mis raíces. Verá, mi familia es del condado de Wicklow.

—Es irlandesa hasta la médula —comentó Julia con orgullo—. ¿Podemos ir a visitarte al castillo? —preguntó—. Nunca quise ir cuando pertenecía a los Deverill, pero ahora que tú eres la dueña me gustaría verlo por dentro.

—Creo que debemos dejar que la condesa se acostumbre a su nuevo hogar antes de ir a visitarla —dijo Emer, avergonzada por la osadía de su suegra.

—En absoluto —dijo Bridie, encantada de pronto porque quisieran visitarla—. Tiene que traer a sus hijos. Mi hermano Sean y su mujer, Rosetta, tienen cinco. Podemos tomar el té. Será divertido y me encantará enseñarles el castillo. ¡Todavía me cuesta no perderme por sus pasillos!

—Hola, Bridie —dijo Jack, acercándose a su esposa.

—Hola, Jack —contestó ella, y levantó la barbilla.

Se hizo un silencio violento, hasta que la madre de Jack intervino con otro intento de reinventar el pasado.

—Nuestras familias estaban muy unidas, Emer. Jack y Bridie siempre jugaban juntos cuando eran pequeños.

—A Jack siempre le gustaron los animales —dijo Bridie.

—Y a Bridie le daban miedo los insectos —repuso él.

—Las orugas peludas, sobre todo —añadió ella.

—Y las ratas.

—A nadie le gustan las ratas —dijo Bridie.

—A Jack sí —intervino Emer con una sonrisa y todos se echaron a reír, pues Emer tenía el don de iluminar los lugares oscuros—. ¿Verdad que es estupendo que hayamos venido todos a vivir aquí al mismo tiempo? —añadió volviéndose hacia su marido.

—Sí, estupendo —convino Jack—. Te han ido muy bien las cosas, Bridie.

Ella arrugó el ceño, pues no esperaba ningún gesto amable de Jack. Recordó entonces que Kitty lo había traicionado y sonrió, confiando en que él viera en su sonrisa que lo perdonaba, pues Kitty era su enemiga y, al parecer, también lo era de Jack.

—¿Por qué no vienen todos a tomar el té? —sugirió alegremente—. Tengo que contarles nuestros planes para un gran baile de verano...

7

Desde que había visto a Jack O'Leary a través del escaparate de la sombrerería, Kitty se hallaba en un estado de profunda angustia, pues nunca había imaginado que pudiera volver a Ballinakelly. Ella por fin había logrado pasar página, había hallado la felicidad con Robert, JP y Florence. Por fin había aprendido a vivir sin él. ¡Cuánto deseaba que se hubiera quedado en Estado Unidos, donde ella podía manipular su imagen a voluntad! Pero allí estaba, en Ballinakelly, y casado con otra.

Se odiaba a sí misma por despreciar a la mujer de Jack y sin embargo no podía evitarlo. El hecho de que Emer poseyera la serenidad de quien es completamente dichosa hacía que la despreciara aún más. Poco importaba que hubiera sido *ella* quien había decidido no huir a Estados Unidos con Jack, quedarse con su marido, tener un hijo con él. Eso no cambiaba en absoluto las cosas. Kitty sabía que sus argumentos eran irracionales y aun así sentía que Jack le había arrancado el corazón aquella mañana en Ballinakelly con mano tan fría y dura como su mirada.

Deambulaba por la casa como en trance, sin escuchar apenas las demandas de su hija Florence o la conversación de su marido a la hora de la cena. Tenía un nudo en la garganta que casi le impedía tragar y se despertaba de madrugada con la almohada empapada de lágrimas. ¿Cómo iba a sobrellevar el que Jack viviera en Ballinakelly? ¿Cómo iba a aparentar que todo iba bien cuando los dedos de Jack le estrujaban el corazón hasta dejarlo sin vida? No creía que tuviera fuerzas para seguir fingiendo. Tendría que dejar de ir al pueblo. Se quedaría en casa todo lo posible y confiaría en no encontrarse con él.

Robert advirtió de inmediato el desasosiego de su esposa y lo achacó al hecho de que la condesa di Marcantonio se hubiera instalado en el castillo; a fin de cuentas, Kitty se hallaba en un estado de extrema agitación desde que conocía la noticia. Pero se equivocaba. Por una vez, los sentimientos de Kitty por el castillo de Deverill se vieron por completo eclipsados. La llegada de Bridie no era nada comparada con el regreso de Jack, y Kitty se reía amargamente al recordar el alboroto que había montado al respecto. Toda su vida, el castillo había sido lo primero. Quizás *ese* había sido su mayor error.

Robert empezó a perder la paciencia. Amaba a Kitty por su temperamento apasionado, por su capacidad para sentirlo todo profundamente y hacer visibles sus sentimientos, pero llevaba ya muchos años soportando su fijación por el castillo y lo que en principio le había parecido encantador y romántico empezaba a volverse tedioso. Naturalmente, Kitty había sufrido cuando el fuego destruyó gran parte del castillo durante los Disturbios y posteriormente, cuando su prima Celia lo compró y lo reconstruyó, y Robert se había apresurado a demostrarle su apoyo y su compasión. No se quejó cuando ella no hablaba de otra cosa, cuando la angustia y la rabia la consumían, cuando los consumía a todos ellos. Había tenido la paciencia de un santo. Pero tras el suicidio de Archie y la decisión de Celia de vender el castillo, Kitty debería haber tenido la sensatez de olvidarse del asunto. Tenía una familia en la que pensar y una casa propia. Su apego a su antiguo hogar se había convertido en una obsesión, pensaba Robert, y esa obsesión estaba dañando su salud y su matrimonio. Decidió dejar pasar una semana. Si transcurrido ese plazo Kitty no se había tranquilizado, tomaría cartas en el asunto.

Cuando JP recibió la carta de Martha, se la guardó en el bolsillo, emocionado, ensilló su caballo y subió al galope al Anillo de las Hadas. Ató su yegua a un árbol y se sentó en una de las rocas diseminadas junto al círculo de enormes monolitos. Allí, con el mar estrellándose contra las rocas, a sus pies, y el cielo de un azul gélido extendiéndose sobre su cabeza, sacó la carta del sobre y comenzó a leerla. A medida que sus ojos recorrían los renglones escritos con pulcritud, su felicidad fue en aumento. Martha no se había olvidado de él. Apretó el papel contra su pecho y levantó la cara al viento. ¡Aquello era amor, no había duda! Aquello era lo que los poetas trataban de expresar con palabras, y ahora sabía que las palabras no le hacían justicia.

Resolvió contestarle de inmediato a la dirección que aparecía en la carta y decirle que iría a Londres so pretexto de visitar a su tío Harry tan pronto ella le confirmara que estaría esperándolo. Apenas podía ocultar su impaciencia por volver a verla. Alzó los ojos al cielo y reparó en los gruesos nubarrones que avanzaban sobre el mar. Cerró los ojos y sintió una ligera llovizna en la piel. Pero no le importaba que lloviera o que se desatara una tormenta, pues guardaba en su espíritu el calor de la sonrisa de Martha y del contacto de su mano.

Alana O'Leary, la hija mayor de Jack y Emer, tenía diez años pero parecía mayor. Poseía una sabiduría innata y era una niña responsable, decidida y extremadamente independiente. Nacida en Estados Unidos y criada en Argentina, donde aprendió a hablar un español perfecto, tenía una mente abierta y una gran seguridad en sí misma. Su acento —una mezcla de inglés americano, irlandés y español— era difícil de situar, y su carácter, moldeado por dos culturas distintas, era considerado un tanto excéntrico por los niños que vivían en los estrechos márgenes de Ballinakelly. A Alana, sin embargo, le encantaba ser distinta. Las diferencias que habrían hecho sentirse apocadas a otras niñas, para ella eran un placer. Sus padres le habían enseñado a sentirse orgullosa de quién era.

Con el cabello rubio de su madre y los ojos azules claros de su padre, era ya una belleza. Sus rasgos irradiaban una vitalidad que la distinguía del resto. Parecía más atenta que los otros niños, más curiosa y atrevida. Iba allá donde la llevaba su curiosidad, especialmente si se trataba de algo desconocido. Lo que más le gustaba del mundo era el campo, y en el condado de Cork había campo en abundancia. Alana adoraba el mar, los ríos y arroyos, los densos bosques y las largas hierbas de Irlanda, y la enorme cantidad de seres vivos que albergaban. Le costaba un esfuerzo inmenso quedarse sentada en su pupitre del colegio mientras la naturaleza la llamaba en un susurro que la brisa salobre llevaba hasta el aula.

Así pues, una mañana trepó el muro de ladrillo de la parte de atrás del colegio, rasgándose la falda del vestido azul con un pedernal, y corrió por las estrechas callejuelas de Ballinakelly, hacia las colinas. El cielo, de un azul claro, refulgía y las gaviotas volaban en círculos bajo él. Las puntas de sus alas blancas centelleaban al sol invernal. Con el corazón rebosante de alegría, Alana dejó el camino y tomó un sendero que atravesaba los brezales, hasta dejar muy atrás la escuela y a las monjas que enseñaban en ella. Cuando estuvo segura de que no la atraparían, aflojó el paso. Con solo una rebeca para abrigarse y botas de piel para que no se le mojasen los pies, se dispuso a disfrutar de su libertad sin pensar en el frío aire de febrero ni en las densas nubes que avanzaban poco a poco hacia el interior.

El sendero llevaba a las colinas y Alana avanzó a saltos por él, mirando a su alrededor maravillada. Había ovejas pastando entre las rocas y pájaros que cantaban en los arbustos. Vio un par de liebres que se alejaron brincando cuando trató de acercarse a ellas, y el destello de la cola de un zorro que desapareció detrás de la cresta del promontorio. Al ver a un gato que cazaba entre la hierba crecida, lo siguió, apartándose del sendero para internarse en el monte. Por fin encontró un arroyo y, arrodillándose en la orilla, juntó las manos para beber de sus aguas. No advirtió que tenía el vestido manchado de barro, ni que se le habían caído las cintas del pelo, pues su aventura la absorbía por completo. Se deleitó en el sonido cantarín del riachuelo y en el fragor lejano del mar y, cuando la lluvia comenzó a caer ligera sobre su cara, también disfrutó de esa sensación.

Solo cuando comenzó a sentir frío la aventura perdió parte de su interés. Miró a su alrededor buscando el camino de regreso al pueblo, pero no reconoció nada. No había sendero, ni vereda alguna, solo colinas, campos y bosques, y el viento arreciaba mientras las nubes grises se cernían amenazadoras sobre ella, oscureciendo el cielo. Pero Alana no se asustó; solo se enfadó consigo misma por haberse perdido. No debería haberse apartado del camino, se dijo mientras comenzaba a bajar por la ladera, siguiendo el curso del arroyo. ¿Acaso no llevaban todos los ríos al mar?

Con la carta de Martha doblada dentro del bolsillo de la chaqueta, junto al corazón, JP remontó a caballo la cresta de la colina que tan bien conocía. Cabalgaba por aquellas tierras que antaño habían sido de su familia desde que era un niño y en su opinión no había lugar en el mundo más hermoso que aquel. Ese día, sin embargo, el paisaje le parecía más bello que nunca gracias a la carta que llevaba en el bolsillo. Miró las nubes que avanzaban a toda prisa y pestañeó cuando el viento arrojó la lluvia contra sus párpados, y pese a lo oscuro que se había puesto el día solo vio belleza. Le encantaban las aulagas amarillas y las grandes matas castañas del brezo, y detuvo a su caballo para disfrutar de aquel instante. Algún día traería aquí a Martha, se dijo. Estaba seguro de que aquel paisaje le gustaría tanto como a él.

En ese momento vio una pequeña figura a lo lejos, bajando lentamente por la ladera. Adivinó que era una niña por su vestido azul y su cabello largo y, por cómo avanzaba a trompicones, le pareció que estaba en apuros. Aguijó a su caballo y avanzó por el terreno empapado, hacia ella.

Alana levantó la vista al oír los cascos del caballo y lo miró acercarse. Demasiado orgullosa para permitir que un extraño supiera que se había extraviado, levantó el mentón y disimuló su alivio tras una mirada altanera.

—Hola —dijo JP, refrenando a su caballo.

Alana dio un paso atrás cuando el jinete detuvo a su montura. El caballo resopló a través de sus grandes y relucientes ollares y sacudió su crin lustrosa.

—¿Estás bien?

—Claro que estoy bien —respondió ella, apartándose el pelo mojado de la cara con una mano manchada de barro.

JP entornó los párpados. No reconocía a la niña, ni su acento. Estaba claro que no era de por allí.

—¿Estás segura? —insistió, pues veía claramente que estaba tiritando.

Reparando de pronto en su apariencia, ella miró su vestido roto y embarrado, sus botas encharcadas y sus calcetines sucios.

—¿Cómo te llamas? —preguntó él y, cuando volvió a mirarlo, Alana vio que sonreía amablemente.

—Me pusieron Rosaleen al bautizarme, pero cuando era pequeña mi madre me llamaba Alana, que en gaélico significa «bebé» y todo el mundo comenzó a llamarme así. Así que soy Alana, Alana O'Leary —contestó ella.

JP sonrió, divertido por su larga respuesta y por el aplomo con que la había formulado.

—Ah, entonces era una O'Leary, ¿no? —dijo, y arrugó el ceño, extrañado, porque la niña no hablaba como un O'Leary.

—Acabo de llegar de Argentina —explicó ella—. Mi padre era el veterinario de Ballinakelly antes de irse a vivir a América. Se llama Jack O'Leary.

JP asintió, pues conocía a Jack O'Leary.

—¿Y qué haces paseando sola por las colinas? Ni siquiera llevas abrigo.

Alana se ciñó la rebeca. De pronto se sintió azorada delante de aquel desconocido que no hablaba como la gente a la que estaba acostumbrada.

—Se me ha olvidado ponérmelo. Además, hacía sol cuando salí de la escuela.

—Ya veo —dijo él levantando una ceja—. Te has escapado de la escuela, ¿verdad?

Animada por su sonrisa traviesa, ella también sonrió y dijo:

—No me gusta la escuela.

—Supongo que a nadie le gusta. A nadie le gusta tener que aprender cosas. Yo siempre estaba más contento aquí fuera que dentro, estudiando. Pero está a punto de caer un chaparrón, mira esas nubes, y estás lejos de Ballinakelly.

Allana miró hacia el valle, abatida.

—¿Te das cuenta de vas en dirección contraria? —preguntó él afablemente. Ella negó con la cabeza—. Si sigues por este camino, llegarás a Drimoleague.

—No conozco Drimoleague.

—Un sitio precioso, pero no para hoy.

JP desmontó y la facilidad con que se bajó de la silla impresionó a Alana. Ahora veía que, bajo la visera de la gorra, sus ojos eran de un gris pálido y muy brillantes. Él se quitó la chaqueta.

—Ponte esto, no vayas a coger frío, y te llevo a casa. Tendrás que enseñarme dónde vives.

—¿Voy a ir en *eso*? —Alana miró el caballo mientras él la ayudaba a ponerse la chaqueta. Le quedaba tan grande que casi le llegaba a las rodillas, pero era muy tupida. De pronto se dio cuenta del frío que tenía y volvió a estremecerse.

—¿Nunca has montado a caballo?

—No. Mi padre sí que monta, pero a mi madre le da miedo.

—A Dervish no debes tenerle miedo, es muy buena. —Le puso las manos bajo los brazos—. Cuando te diga que saltes, salta.

Antes de que Alana tuviera tiempo de pensar, JP la subió a la silla. Le dio las riendas y luego puso el pie en el estribo y se impulsó hacia arriba para sentarse detrás de ella.

—Muy bien —dijo, rodeándola con los brazos para coger las riendas—. ¿Lista? —El caballo comenzó a subir despacio por la falda de la colina—. Me llamo JP Deverill. J, de Jack, como tu padre, y P de Patrick, como el santo patrón de Irlanda. Tu familia y la mía llevan cientos de años viviendo en el condado de Cork. ¿Lo sabías?

—No.

—¿Cuántos años tienes, Alana?

—Diez y medio —contestó ella.

—¿Te gusta Irlanda?

—Me *encanta* —dijo, y JP notó por su tono entusiasmado que decía la verdad.

—Dime, ¿cómo es crecer en Argentina?

Alana se recostó contra su cuerpo cálido y suspiró.

—Primero viví en Estados Unidos. En Nueva York. Pero era muy pequeña cuando nos marchamos de allí, así que casi no lo recuerdo. Me acuerdo de nuestro apartamento y de la nieve en invierno. En Buenos Aires no nevaba y el cielo era siempre azul. Pero prefiero Irlanda. ¿Sabes que acabo de ver un zorro? Solo la cola, pero era un zorro, seguro. Sé mucho de animales porque a mi padre le gusta contarme historias de cuando era veterinario.

JP dejó hablar a la niña, cuya madurez le sorprendió. Parecía mayor de lo que era. No se mostraba tímida al hablar de su vida, ni parecía nerviosa por ir a caballo. Cuando llegaron al pueblo, Alana le había contado muchas anécdotas de su vida que él había escuchado con divertido interés, pues era una niña vivaz y extraña.

Con el vestido roto y embarrado, Alana no estaba en condiciones de volver a la escuela, de modo que condujo a JP hasta la casa que su padre había alquilado mientras buscaba un terreno en el que construir. Era una casa encalada, con tejado gris, situada a las afueras del pueblo, a escasa distancia del mar. JP desmontó y ayudó a Alana a bajar.

—Gracias por traerme a casa —dijo la niña. Luego, acordándose de que llevaba puesta su chaqueta, se la quitó—. Ya no tengo frío —añadió al devolvérsela.

—Ve a beber algo caliente —sugirió él—. Y espero que tu madre no te mande de vuelta al colegio.

Estaba a punto de montar de nuevo cuando se abrió la puerta y apareció una mujer tan rubia como la niña. Lo miró con sorpresa, paseó la mirada por el vestido roto y las botas sucias de la niña y volvió a mirar a JP, perpleja.

Él se quitó la gorra, dejando ver su cabello rojo.

—He encontrado a su hija correteando por las colinas como un zorro —explicó y, cuando le sonrió, Alana sintió que algo daba un saltito dentro de su vientre.

—¿Correteando por las colinas? —dijo Emer O'Leary—. ¿Alana?

—No me gusta la escuela —respondió la niña con un encogimiento de hombros—. Así que me fui a aprender a otro sitio. Papá me daría la razón —añadió, y lanzó una mirada traviesa a JP, sabiendo que a él le divertiría su descaro.

JP sentía curiosidad por ver si también divertía a su madre.

Emer esbozó una sonrisa indulgente y puso los brazos en jarras.

—En fin, más vale que entres y te asees un poco, ¿no crees? Tengo visita. La condesa di Marcantonio está en el cuarto de estar, así que cuando estés presentable puedes venir a saludarla. —Luego se volvió hacia JP—. ¿Cómo puedo darle las gracias?

—JP Deverill —dijo él tendiéndole la mano.

Emer se la estrechó y notó que se ponía colorada, pues el joven era muy atractivo.

—La señora O'Leary —dijo, y se sintió un poco tonta porque estaba segura de que Alana ya se habría presentado—. ¿Está seguro de que no quiere tomar algo? Hace frío aquí fuera y en el cuarto de estar tenemos un buen fuego y té recién hecho. ¿Conoce a la condesa?

—No tengo el gusto —contestó JP.

Le habría gustado conocer a la famosa condesa di Marcantonio, la mujer que tanto enfurecía a Kitty y a su padre, pero sabía que Kitty, al menos, no quería que se relacionaran.

—Tengo que irme, de veras —dijo mientras volvía a ponerse la gorra.

—Es usted muy amable. Siento las molestias.

—No ha sido ninguna molestia —repuso JP—. Su hija no ha parado de contarme cosas sobre Buenos Aires mientras bajábamos por la colina.

—No me sorprende lo más mínimo —dijo Emer, y sacudió la cabeza al imaginarse a su hija hablando por los codos.

JP montó y se alejó calle abajo.

Cuando Emer regresó al cuarto de estar, Bridie estaba sentada junto al fuego.

—Era el señor Deverill —le dijo a su nueva amiga.

Bridie palideció.

—¿El señor Deverill?

—JP Deverill. Ha traído a Alana del campo. Se había escapado. —Emer se rio y Bridie se fingió divertida, a pesar de que sentía una punzada dolorosa en el corazón—. Es un joven muy guapo.

—Sí, en efecto —dijo Bridie con voz débil.

Se acordó de cuando trató de llevárselo de pequeño y volvió la cara hacia el fuego para que Emer no viera que le ardían las mejillas de vergüenza.

—¿Estás bien, Bridie? —preguntó Emer suavemente.

—No es nada —se apresuró a contestar—. Creo que tengo un poco de hambre. ¿Podrías darme una galleta, por favor?

—Desde luego que sí.

Emer salió a toda prisa de la habitación y Bridie pudo quedarse sola unos instantes. Lamentaba no haber sido ella quien abriera la puerta. Ansiaba ver a su hijo, hablar con él, que la conociera aunque nunca llegara a saber que era su madre. Deseaba con toda su alma que conociera su existencia.

Se levantó y se acercó a la ventana. Confiaba en ver de lejos a JP bajando por la carretera, pero se había perdido de vista hacía rato. Se quedó mirando la llovizna y de pronto comprendió que no podía seguir sin ver a su hijo, sabiendo que vivía a escasa distancia del castillo. Tenía que hacer algo. Tenía que propiciar un encuentro. Ya se le ocurriría algo. Le pediría a la Virgen que le inspirara. A fin de cuentas, ella también era madre. De todos los santos, la Virgen María era quien mejor podía entenderla.

Emocionado por la carta que había recibido, JP decidió hacer una visita a su padre camino a casa. Bertie era la única persona a la que podía hablarle de Martha, porque estaba presente cuando se habían conocido. Y, además, le había dado un buen consejo. JP estaba seguro de que, en cuestiones del corazón, su padre era el más idóneo para aconsejarle. JP sospechaba, claro, que Kitty sabía que se había enamorado: su hermana era demasiado sagaz para pasar por alto una cosa así, pero él aún no se sentía preparado para contárselo. Tampoco se lo había dicho a Robert, no porque no confiara en él, sino porque sabía que se lo diría a Kitty y entonces ella no pararía de espiarlo y de intentar sonsacarle. Y, de momento, quería guardarse a Martha para sí.

Llegó al pabellón de caza, la austera casona gris de gabletes puntiagudos y oscuras ventanas en la que se había criado Kitty mientras sus abuelos vivían aún en el castillo. Hacía frío. La humedad que se levantaba del río traspasaba la casa, camino del mar. Kitty decía que allí siempre había humedad, incluso en verano, y no ocultaba que no le tenía ningún cariño a aquella casa. JP dejó su yegua al cuidado de un mozo y entró en la casa. Encontró a su padre en el salón, con sus perros, dando instrucciones a un par de hombres que estaban descolgando el retrato de Adeline.

—Ah, hola, jovencito —dijo Bertie—. Cuidado, señor Barrett, pesa más de lo que parece.

—Sí, señor —contestó el señor Barrett, rojo por el esfuerzo.

—¿Por qué estás bajando a la abuela? —preguntó JP.

—Hay una gotera, *otra* gotera, y no quiero que se estropee el cuadro. Es un retrato estupendo, en mi opinión.

—Era muy guapa —comentó JP.

—Sí. Es una pena que no la hayas conocido.

—Se parece a Kitty.

—Sí, en efecto. El mismo pelo rojo y los mismos ojos grises, y la misma expresión. A veces se parecen tanto que tengo que pellizcarme porque me parece que estoy viendo visiones. Volveré a colgar el cuadro en cuanto se seque la pared. No pienso malgastar dinero en reparaciones. El cuadro tapará la mancha.

El señor Barrett y su ayudante comenzaron a salir al pasillo, cargados con el lienzo.

—Cuidado ahora —repitió Bertie—. No hay prisa, señor Barrett. No corran. Molly les dirá dónde ponerlo, ¿verdad que sí, Molly? Y procure cubrirlo bien. No quiero que se llene de polvo.

—Sí, lord Deverill —dijo la doncella de cara sonrosada y delantal blanco que había aparecido en la puerta. Condujo a los hombres hacia la biblioteca, y hacia la copita que, confiaban, les esperaba después.

—La verdad, JP, es que es un milagro que este sitio siga en pie —comentó Bertie al dejarse caer en el sillón, meneando la cabeza por el lamentable estado de la habitación—. Pero desesperarse no sirve de nada. Somos afortunados por tener un techo bajo el que cobijarnos.

—Puede que la condesa quiera repararlo. —JP se sentó en el otro sillón—. A fin de cuentas, ahora el pabellón es suyo y tú pagas el alquiler. Le corresponde a ella hacer las reparaciones necesarias.

Bertie resopló como si no tuviera buena opinión de la condesa.

—Más vale que no le digas eso a Kitty o se pondrá hecha una furia. —Sonrió—. Bueno, ¿qué puedo hacer por ti?

La cara de JP se iluminó con una ancha sonrisa.

—Ah, has recibido carta, ¿verdad? —dijo su padre, y vio que su hijo sacaba un sobre del bolsillo de la chaqueta—. Le gustas, ¿a que sí?

—Creo que sí —respondió el joven.

—Entonces tienes que ir a Londres —le instó Bertie.

—Confiaba en que dijeras eso —dijo JP con alivio.

—Mi querido muchacho, en cuestiones del corazón no conviene perder tempo. El resto de la gente te diría que solo tienes diecisiete años, pero yo te animo a que vayas a su encuentro. Si no arriesgas nada, no ganas nada, y uno tiene que divertirse un poco antes de sentar la cabeza.

—No voy a *divertirme* con Martha, papá. No es de esas. Pienso casarme con ella.

Bertie pareció alarmado de pronto.

—Pero si solo la has visto una vez —dijo.

JP sonrió.

—Esas cosas, cuando uno las sabe, las sabe —afirmó encogiéndose de hombros, y Bertie no pudo llevarle la contraria.

8

El profesor Partridge reaccionó con horror cuando su hermana le informó de que lady Gershaw los había invitado a cenar.

—Regresaremos a Irlanda lo antes posible —dijo la señora Goodwin,
de pie en la puerta de su despacho—. Pero primero tenemos que aceptar su
invitación. Ha tenido la amabilidad de darnos la información que necesitá-
bamos, así que lo menos que podemos hacer es llevarte a cenar a su casa.

El profesor se quitó las gafas y se frotó el puente de la nariz, interrum-
piendo su lectura con evidente desgana.

—No veo cómo puedo negarme —dijo al cabo de un momento, para
alivio de la señora Goodwin.

—Puede que incluso te diviertas, Stephen —añadió con una sonrisa.

—Es muy peligroso que me divierta —repuso él con sorna.

—¿Peligroso?

—Si me divierto demasiado, quizá sienta la tentación de alejarme con
excesiva frecuencia del escritorio. Y mi obra se resentiría.

—Supongo que ahora vas a decirme que las mujeres son la perdición
de los hombres.

—En el caso de lady Gershaw, es posible que así sea.

—Te tiene en gran estima.

El profesor volvió a ponerse las gafas.

—¿Cuándo tenéis previsto marcharos a Irlanda? —preguntó, y su
hermana notó, primero, que estaba deseando librarse de ellas y, segundo,
que no deseaba hablar de lady Gershaw.

—Esta misma semana. Haré los preparativos necesarios y buscaré algún sitio donde alojarnos en Ballinakelly.

—Muy bien —dijo el profesor Partridge—. Ahora, hazme el favor de pedirle a la señora Brown que eche otro leño al fuego y cierra la puerta al salir.

Unos días después, Martha se sentó a la mesa de lady Gershaw. Tenía a su derecha al anciano vicario, el reverendo Peter Dyson, un hombre afable, un poco pícaro incluso, con una gran mata de rizos grises y ojos amables de color azul topacio. A su izquierda estaba el sobrino de lady Gershaw, un joven apuesto llamado Edward Pearson, con el lustroso cabello negro peinado hacia atrás, ancha frente, prominentes entradas y bellísimos ojos verdes que habrían hecho desmayarse a muchas mujeres. Su boca, sin embargo, se fruncía en un mohín desdeñoso cuando paseaba la mirada por la mesa con visible aburrimiento. No parecía muy contento de estar allí. La señora Goodwin estaba sentada al otro lado del vicario, con otro caballero entrado en años, un lord cuyo nombre no recordaba Martha, a su derecha. Lady Gershaw había sentado al profesor Partridge a su lado y hablaba con él amigablemente. No parecía interesarse por ningún otro invitado. A Martha le hacía gracia que se hubiera tomado la molestia de invitar a diez personas con el único propósito de sentar al profesor a su mesa. Y saltaba a la vista que era un placer para ella, pues tenía las mejillas encendidas y reía alborozada.

Martha comió el primer plato, una deliciosa mousse de salmón, mientras conversaba con el vicario. Era un hombre muy simpático que la entretuvo contándole anécdotas de sus parroquianos y cuyo sentido del humor consiguió disolver la timidez de la joven. A ella le agradaban su acento británico y el timbre grave de su voz, y podría haber pasado toda la noche hablando con él. Pero cuando les sirvieron el segundo plato y lady Gershaw se volvió de mala gana hacia el caballero sentado a su izquierda, Martha tuvo también que girarse hacia el antipático invitado del otro lado. Fijó la mirada en su plato mientras el vicario trababa conversación con la señora Goodwin y se preguntó, consternada, de qué podía hablar con aquel joven tan estirado.

Edward Pearson suspiró cansinamente y tocó su comida con el tenedor desganadamente.

—Siempre es pato o faisán —dijo, y Martha comprendió por su tono que ninguna de las dos cosas era de su agrado—. A la tía Marjorie le encanta la comida grasienta, con salsa y patatas a montones. Demasiada grasa para mi gusto.

Cortó un pedazo de pechuga de pato y se lo metió en la boca. Martha hizo lo mismo y descubrió con sorpresa que estaba deliciosa. Masticaron en silencio.

—La tía Marjorie me ha dicho que es usted de Connecticut —comentó Edward por fin.

—Sí —contestó ella. Temía que la noche iba a ser muy larga.

—¿Qué la trae por Londres?

Martha no creía que le interesara mucho su respuesta, pues recorría la habitación con la mirada como si buscara algo más atrayente en lo que fijarse. Pese a todo, contestó educadamente, como le habían enseñado. ¡Cuánto le habría gustado darle la espalda a aquel joven y sumarse a la alegre conversación que estaban teniendo Goodwin y el reverendo Dyson! Siguió otro incómodo silencio mientras comían. Los demás invitados charlaban animadamente, incluso el profesor Partridge, que nunca parecía animado. Martha pensó en JP y en lo simpático que era comparado con aquel joven petulante y sonrió, distraída, al preguntarse qué pensaría él de Edward Pearson.

—¿Por qué sonríe? —preguntó él—. Le agradecería que me lo dijera, porque encuentro pocos motivos de diversión en la cena de esta noche.

Martha se echó a reír. Dejó el cuchillo y el tenedor en el plato y se llevó la servilleta a la boca. Edward frunció el entrecejo. Pero Martha no podía parar de reír. Había en él algo tan cómico visto a través de los ojos de JP Deverill que de pronto se daba cuenta de lo ridículo que era.

—Lo siento —dijo por fin, y se enjugó cuidadosamente la comisura de los ojos para que no se le corriera el maquillaje.

—¿Es por algo que he dicho?

Martha se echó a reír otra vez.

—Es por algo que he dicho, ¿verdad? —insistió él—. Pero se está riendo *de mí*, no conmigo. Debería disculparme. Esta noche no estoy de buen humor.

Martha dejó de reír, avergonzada.

—No, soy yo quien debe pedirle disculpas. Estaba tan nerviosa por venir aquí esta noche...

—¿Nerviosa? ¿Por qué?

—No sé. Soy nueva en Londres. No conozco a nadie y lady Gershaw es una mujer formidable.

En los labios de Edward se dibujó una sonrisa incrédula.

—No la asustará, ¿verdad? La tía Marjorie, no.

—Puede que para usted sea la tía Marjorie, pero para mí es lady Gershaw. Es la primera vez que conozco a una dama.

—No nació con ese título, ¿sabe? Y no da ningún miedo. Solo es un poco mandona. —Se inclinó hacia ella y bajó la voz—. ¿Qué pensaría usted si le dijera que su padre era comerciante?

—¿Comerciante?

—Sí, mi bisabuelo fabricaba telas y mi abuelo abrió una tienda. Su hija, Marjorie, conquistó a un aristócrata rico, y ya está. Su hija menor, mi madre, no fue tan lista, aunque tampoco le fue mal al casarse con mi padre. Pero le aseguro que cuando la tía Marjorie se empeña en algo suele conseguirlo. —Exhaló un suspiro teatral—. ¡Pobre profesor Partridge! Es como un zorro con la zarpa metida en una trampa.

—No creo que el profesor Partridge sea de los que se casan —comentó ella, y ambos observaron al profesor desde el otro lado de la mesa—. Creo que le interesan más los libros.

—Por eso precisamente lo desea tanto la tía Marjorie, porque no puede tenerlo. Es propio de la naturaleza humana desear lo que no se puede tener.

—¿Qué fue de su marido?

—Murió en un accidente de caza en Irlanda. Le aseguro que esos irlandeses son feroces como serpientes.

Martha sintió que una sacudida eléctrica la atravesaba.

—¿En Irlanda?

—Sí, en un sitio minúsculo del que nadie habría oído hablar si no fuera por una familia peculiar dueña de un gran castillo.

—Cuénteme, cuénteme —dijo Martha. ¿Era posible que se refiriera a los Deverill?

—Es un pueblecito insignificante llamado Ballinakelly.

Martha se acordó de pronto de que tenía que respirar.

—El tío Sapo… —prosiguió él—. En realidad se llamaba Tony, pero era grandote y gordinflón, con una barriga enorme y gustos de vividor, así que todos los llamábamos Sapo, por…

—*El viento en los sauces* —le interrumpió Martha—. Qué libro tan bonito.

—El tío Sapo no tenía nada de bonito, se lo aseguro. El caso es que le encantaba cazar y los Sabuesos de Ballinakelly son una partida de caza famosa en aquellos contornos. Además, lord Deverill era muy generoso con el oporto, así que mi tío esperaba con fruición sus invitaciones. Naturalmente, a la tía Marjorie le encanta codearse con la aristocracia aunque ella no caza, lo que es una suerte, porque si fuera tan escandalosa a caballo como lo es a pie no habría quien la aguantara.

—¿Qué pasó en la cacería? —preguntó Martha, ansiosa por volver a hablar de los Deverill.

—El tío Sapo, Bertie Deverill y el loco de su primo Digby tenían la costumbre de competir. Fueron juntos al colegio de niños y eran grandes rivales. Estamos hablando de hace veinte años, justo después de la guerra. El tío Sapo no era ya joven, ni estaba tan en forma como en su juventud, pero seguía siendo muy osado. Salieron una mañana especialmente húmeda y mi tío saltó todo lo que se le puso por delante. La verdad es que no debería haber competido con un Deverill a caballo, porque esos Deverill son jinetes natos, ¿comprende?, pero quería demostrar que podía montar tan bien como ellos. El muy idiota intentó saltar un obstáculo demasiado alto y el caballo decidió en el último instante que no iba a intentarlo, se asustó y resbaló en el barro. Mi tío se cayó y se rompió el cuello.

—¡Qué horror! —exclamó Martha.

—Fue muy triste para tía Marjorie porque no tenían hijos, así que se quedó sola. No ha vuelto a casarse, pero de vez en cuanto regresa a Ballinakelly.

—Y qué espanto para los Deverill que le ocurriera *eso* a uno de sus invitados.

—No es lo peor que les ha pasado, se lo aseguro. Su casa se quemó durante los Disturbios.

—¿El castillo?

—Sí, quedó reducido a cenizas en su mayor parte. Hubert Deverill, el padre de Bertie murió en el incendio. —Al ver la cara horrorizada de Martha, Edward sintió el impulso de seguir hablando—. Y luego hubo un escándalo estupendo cuando Bertie tuvo un hijo con una de las criadas. Su mujer se marchó de Irlanda hecha una furia y no ha vuelto desde entonces. Vive en Belgravia y tiene un amante riquísimo. Es todo muy escandaloso.

—¿Qué fue del hijo que tuvo Bertie con la criada?

—Bertie lo reconoció y lo crio, tan fresco. Pero así es Bertie. El chico es un tipo muy simpático. Todo un Deverill, diría yo.

Martha desvió la mirada y respiró lentamente. Apenas se atrevía a formular la pregunta, pero por fin la venció la curiosidad.

—¿Cómo se llama el chico?

—JP —contestó Edward—. JP Deverill.

Edward siguió entreteniéndola con anécdotas de los Deverill. Le contó con delectación que Celia había reconstruido el castillo y se había visto obligada a venderlo cuando su marido, Archie, se suicidó tras perder todo su dinero en el crack del 29; que el padre de Celia, Digby, había muerto de un ataque al corazón mientras jugaba al golf y Celia había huido a Sudáfrica.

—Menudo batacazo, ¿eh? —comentó Edward mientras Martha, aturdida, intentaba asimilar toda aquella información—. Alguien debería escribir un libro sobre ellos —añadió riendo—. Sería una lectura fascinante.

Martha se llevó una desilusión cuando lady Gershaw se levantó y condujo a las señoras fuera del comedor para que los hombres pudieran tomar el oporto y hablar de política. Tras empolvarse la nariz en el tocador de arriba, se reunió con la señora Goodwin delante del fuego.

—¿Qué tal ese joven tan guapo? —preguntó la señora Goodwin en voz baja—. Al principio me tenías preocupada, pero me ha parecido que te desenvolvías muy bien.

Martha la agarró del brazo.

—Conoce a los Deverill —dijo—. Conoce a JP.

—Ya te lo dije. Todos los aristócratas ingleses se conocen entre sí.

Lady Gershaw se arrellanó en un sillón y sonrió a Martha.

—Bueno, Martha querida, ¿qué le ha parecido mi sobrino? ¿Verdad que es un sol?

Más tarde, cuando se quedó a solas con la señora Goodwin en su cuarto, en casa del profesor Partridge, Martha informó a la niñera de todo lo que le había contado Edward. La señora Goodwin escuchó embelesada desde el borde de la cama mientras Martha se paseaba por la habitación.

—No le he preguntado por lady Rowan-Hampton. Me ha dado miedo —confesó la joven, deteniéndose un momento—. No quiero saber nada que pueda cambiar cómo me la imagino.

—Muy pronto la conocerás. Por la mañana haré los preparativos necesarios. Lady Gershaw me ha recomendado una posada encantadora en el centro de Ballinakelly. Dudo que sea muy lujosa, pero es económica y nos conviene. Lady Gershaw dice que da al puerto, lo que será agradable, ¿verdad?

—Me da igual que JP sea hijo ilegítimo. Yo también lo soy, en realidad —dijo Martha, que no pensaba en otra cosa—. ¡Otra cosa que tenemos en común, además de que nos guste el té con mucha leche! —Se llevó las manos al pecho y suspiró con anhelo—. ¡Me daría igual que sus padres fueran campesinos! Lo quiero tal y como es.

La señora Goodwin sonrió.

—Te das cuenta de que lady Gershaw intentaba emparejarte con su sobrino, ¿verdad?

—Seguro que no —protestó Martha.

—Me di cuenta tan pronto empecé a hablarle de tus padres y de lo bien situada que está la familia Wallace. Le brillaban los ojillos como a una urraca ante un trocito de plata. El vicario me ha dicho que Edward la tiene muy preocupada porque, como ella no tiene hijos, él es su heredero y de momento solo ha cortejado a jóvenes de lo más inconvenientes.

—Pues se va a llevar un chasco —dijo Martha, pero la señora Goodwin notó que se sentía halagada porque alguien la considerara «conveniente»—, porque yo quiero a otro.

—Claro que sí —dijo la señora Goodwin al tiempo que se levantaba—. Bueno, es hora de que te acuestes. Creo que hemos compensado a lady Gershaw con creces por su amabilidad.

—Desde luego que sí —convino Martha—. El pobre profesor no tenía ni pizca de ganas de acompañarnos.

La señora Goodwin entornó los ojos.

—No creo que tuviera tan pocas ganas como imaginas. Diría incluso que le gusta lady Gershaw.

—¿De veras?

—Sí, eso creo. Verás, ella lo hace salir en todos los sentidos. Lo hace salir de casa y hace que aflore su sentido del humor. Creo que mi hermano ha olvidado lo que significa ser joven y despreocupado, y lady Gershaw se lo recuerda. —Vaciló en el umbral—. En cambio, estoy segura de que está deseando perdernos de vista.

—Me parece que no está acostumbrado a tener invitados.

—¡Creo que nosotras hemos sido las primeras! —repuso la señora Goodwin con una sonrisa—. Ahora, duerme un poco. Creo que nuestro viaje a Ballinakelly va a resultar de lo más interesante. Necesitarás todas tus energías para lo que nos espera.

—Gracias, Goodwin —dijo Martha.

—De nada, querida. No me habría perdido esta aventura por nada del mundo.

Martha estaba tan nerviosa que no podía dormir. No dejaba de pensar en JP y en los Deverill. Se imaginaba el gran castillo, quemado hasta los cimientos. Se imaginaba las partidas de caza, las fiestas y el glamur del que Edward le había hablado. Comparado con todo aquello, su universo parecía muy conservador y aburrido: comidas en el club de golf, fiestas en jardines impolutos, personas educadas y elegantemente vestidas en casas decoradas con esmero. No había muertes trágicas, suicidios, escándalos ni incendios que añadieran una pizca de sal, o de *hondura*, a una existencia que era quizá superficial en exceso. No le había pasado nada de interés en la vida hasta que Edith le contó el secreto que le había confesado Joan y de pronto, de la noche a la mañana, su mundo dio un vuelco, permitiéndole vislumbrar una existencia alternativa. Un atisbo de otra vida más jugosa e interesante. Sentía que de pronto iba nadando más allá de las tranquilas aguas de su niñez para aventurarse en un mar de olas turbulentas, lleno de criaturas traicioneras, cuyos peligros la entusiasmaban. Nunca se había sentido tan ilusionada. Se había sacudido las ataduras que de niña le había impuesto su madre, empeñada en que fuese lo que no era y nunca podría ser, en el fondo: una Wallace. No, ella era distinta y estaba deseando averiguar quién era.

Había encontrado el amor y pensaba seguir sus pasos. Ignoraba adónde la llevaría, pero estaba ansiosa por recorrer ese camino, porque sabía que JP y ella estaban hechos el uno para el otro. No le cabía ninguna duda. Tenía la sensación de haber estado esperándolo toda la vida y, ahora que lo había encontrado, no volvería a estar sola nunca más. Era como si siempre le hubiera faltado una parte vital de su ser y al fin la hubiera encontrado. Antes de conocer a JP, era la mitad de algo y luego, de pronto, se había sentido completa. Quizá fuese el típico cliché que se encontraba en una canción mal escrita, pero casaba a la perfección con lo que sentía. Le venía como anillo al dedo. Iba a ir a Irlanda a descubrir que pertenecía a un mundo completamente distinto al que había conocido al otro lado del Atlántico. Tal vez su sitio estuviera en aquel estrafalario universo irlandés que Edward le había descrito con fruición. Se preguntaba si JP habría recibido su carta y si le habría contestado. Se marcharía antes de que llegara su respuesta, claro, pero a cambio le daría una sorpresa presentándose en Ballinakelly. Sí, se dijo con decisión, le daría una sorpresa, y al pensar en que pronto volvería a verlo la felicidad inundó su pecho. Tumbada en la cama, mirando la oscuridad, se imaginó la cara que pondría él cuando abriera la puerta y la viera allí.

Pensó en su *verdadera* madre, Grace Rowan-Hampton, y no se acordó de sus padres y en cuánto estarían sufriendo en Connecticut. No pensó en ellos en absoluto.

9

Hacía una mañana espléndida cuando Kitty partió hacia el castillo de Dunderry para visitar a su hermana Elspeth. El sol brillaba con fuerza en el cielo despejado y las gaviotas extendían sus alas como si también ellas disfrutaran de su esplendor. El regreso de Jack a Ballinakelly había hecho añicos la paz que tanto le había costado encontrar. El único remedio que encontraba era cabalgar por las colinas, pues allí, entre la belleza agreste del país que tanto amaba, podía recuperar momentáneamente el sentimiento de armonía que anhelaba. Solo a caballo, a ritmo de galope y sintiendo el viento en la cara, podía ser ella misma de verdad.

Se le aligeró el corazón cuando el extenso paisaje de picos rocosos y laderas herbosas y el fragor de las olas la ancló al presente, permitiendo durante un instante mágico que su mente se aquietara y se centrara únicamente en lo que percibían sus sentidos. Luego, los adustos muros grises del castillo de los MacCartain aparecieron ante su vista y se vio obligada a salir de su ensueño al preguntarse, como hacía siempre, cómo demonios podía vivir su hermana en un lugar tan inhóspito.

El castillo de Dunderry no se parecía en absoluto al de Deverill. Parecía más una fortaleza que un palacio. Las ventanas eran pequeñas, como ojillos maléficos en la cara de un viejo amargado que había olvidado cómo sonreír. No había jardines que suavizaran su aspecto, solo herbazales empapados y rocas, y hasta la hiedra, con su apetito voraz por treparse a las paredes, se había retirado de aquellas piedras resbaladizas dejándolas desnudas y frías. Al acercarse ella, grandes cuervos negros graznaron estentóreamente desde las almenas, ahuyentando a los petirrojos y los carrizos, más tímidos, de modo que solo se oía su lúgubre parloteo. Kitty llegó a la conclusión de que Elspeth debía de querer muchísimo a Peter para soportar vivir allí.

Llevó su caballo al establo de la parte de atrás y encontró a Peter y Elspeth en el patio adoquinado, hablando con el señor Browne, el caballerizo. Miraban con expresión preocupada a una recia yegua gris. Al ver a su hermana, Elspeth se apartó del grupo para ir a recibirla.

—*Jezebel* está coja —anunció.

—Ah, cielos —dijo Kitty al desmontar—. ¿Es grave?

—Espero que no. Lleva así un par de días. He llamado al veterinario.

Kitty se quedó sin respiración.

—¿Al veterinario? —repitió.

No será a Jack, se dijo.

—Sí, viene para acá. La herraron hace un par de días, así que el señor Browne sospecha que el herrero hizo una chapuza —explicó su hermana, enojada—. El señor O'Leary sabrá qué hacer.

Kitty sintió una oleada de pánico.

—Bueno, ya veo que estáis ocupados —dijo, alejándose—. Volveré después.

Elspeth se rio.

—¡No seas tonta! —dijo con el ceño fruncido—. Solo será un minuto.

—Tengo cosas que hacer —balbució Kitty, consciente de que a su hermana le extrañaba su reacción.

—¡Kitty!

Estaba a punto de montar de nuevo cuando el ruido de un coche las distrajo y al volverse vieron que se acercaba un Ford T. Dentro, al volante, se veía la cara inconfundible de Jack O'Leary.

Kitty apartó a su caballo del camino para dejarlo pasar. Al hacerlo, sus ojos se encontraron. Jack pareció tan sorprendido de verla como ella de verlo a él. Se miraron un instante y Kitty notó que la sangre se le agolpaba, ardiente, en las mejillas. Entreabrió los labios y vio, impotente, cómo se endurecía el semblante de Jack. Aquella no era la cara que ella recordaba, sino la del hombre al que había abandonado en la casita de campo, la del hombre al que le había roto el corazón, y una oleada de vergüenza se apoderó de ella.

El coche se detuvo, se abrió la puerta y salió Jack. Kitty no tuvo más remedio que quedarse. Lo observó desde lejos y, al hacerlo, sintió una melancolía abrasadora. Aquel hombre, cuya piel conocía antaño tan bien como la suya, era ahora un desconocido. Había en él una rigidez que antes no existía, y Kitty ansió abrazarse a él y ablandarlo a fuerza de besos. Pero dudaba de que sus besos pudieran disipar el dolor que ella misma le había infligido. Ahora, era su esposa quien lo besaba. Kitty recordó cómo había enlazado él la cintura de Emer, cómo había inclinado la cabeza para escuchar lo que decía, y sintió que se le encogía el estómago, llena de celos. Pero la culpa era únicamente suya.

Se quedó junto a su caballo, mirando a Jack con recelo, sabedora de que solo se merecía su rechazo.

Elspeth lo saludó calurosamente.

—Se acuerda usted de mi hermana, ¿verdad, señor O'Leary? —preguntó con inocencia, pues Kitty nunca le había hablado de Jack.

Él no miró a Kitty directamente, pero asintió con un gesto y se llevó la mano a la gorra. Kitty también inclinó la cabeza y masculló un saludo. Elspeth tal vez habría reparado en la actitud abochornada de su hermana si no les hubiera dado la espalda para acercarse a la yegua.

Con la yegua, Jack volvió a ser el de siempre: seguro de sí mismo, resuelto y prudente. Pareció olvidar que Kitty estaba solo a unos metros de allí y que lo miraba con anhelo. Se agachó y palpó hábilmente la pata de la yegua, con aquellas manos que ella había conocido tan bien. ¡Cuántas veces habían acariciado su cuerpo, llevándola hasta la cúspide del placer! ¡Cuántas veces había pensado Kitty en ello durante los años que siguieron a su marcha! A veces, cuando Robert y ella hacían el amor, se descubría inmersa en sus recuerdos y la intensidad del placer aumentaba porque las manos de Robert se convertían de pronto en las de Jack. Se llevó los dedos a los labios y se los acarició, distraída.

Jack levantó la pata de la yegua para examinar el casco. Estaba absorto en su trabajo y Kitty se acordó de cómo solía observarlo. Jack tenía un don para tratar con los animales, que respondían a su bondad con confianza y docilidad. Siempre había sido amable con ellos, incluso con las arañas más feas. No había ni un solo ser vivo al que Jack no tratara con respeto, con excepción de los humanos. Eso, Kitty lo había aprendido durante la Guerra de Independencia.

Jack inspeccionó a la yegua palmo a palmo, con el ceño fruncido, atento a cualquier señal de fiebre o hinchazón. Por fin palmeó el cuello del animal y Kitty comprendió que no era nada grave. Elspeth, Peter y el señor Browne se rieron de algo que dijo y luego Elspeth se acercó corriendo a su hermana.

—No hay por qué preocuparse —dijo—. *Jezebel* solo necesita descanso y una cataplasma. El señor O'Leary va a aliviarle el dolor. Aunque por desgracia no voy a poder sacarla durante una temporada.

—Es una pena, pero por lo menos se va a poner bien —comentó Kitty, intentando concentrarse en el semblante serio de su hermana y no desviar la mirada hacia Jack.

—Vamos dentro. Aquí fuera hace frío. Nos vendrá bien una taza de té. ¿Qué tal está Florence? Espero que se le haya pasado el resfriado.

—Sí, no fue nada —contestó Kitty distraídamente.

Un mozo se acercó para llevarse su caballo y ella se sintió de pronto expuesta sin el calor del animal a su lado. Dudó un momento, retorciéndose las manos, reacia a seguir a Elspeth al interior de la casa. Sabía que Jack no quería hablar con ella, y de todos modos ella no sabría qué decirle. Él estaría harto de sus disculpas. Kitty le había defraudado tantas veces que era imposible que volviera a ganarse su confianza. Pero no sabía cuándo podría volver a verlo y la angustia de perder aquella oportunidad comenzó a asfixiarla. Se quedó clavada en el sitio, mirándolo con impotencia, sabedora de que, si no se movía pronto, despertaría sospechas y le pondría aún más furioso.

—¿Vienes, Kitty? —preguntó Elspeth.

En ese momento Jack volvió a mirarla. La conocía demasiado bien para no ver la desesperación que reflejaban sus ojos. Sabía perfectamente cómo se sentía y sin embargo permaneció impasible, y Kitty, dolida en su orgullo, dio media vuelta y siguió a su hermana.

Emer acababa de acostar a Liam cuando Jack llegó de la taberna de O'Donovan. Sintió su olor a cerveza cuando él entró en la cocina, la atrajo hacia sí y la besó en el cuello. Ella se rio y le apartó, consciente de que su hija los observaba desde la mesa. Alana se levantó de un salto, dejando abandonada su taza de leche caliente, y abrazó a su padre. Jack se inclinó para besarla en la coronilla y sintió que el olor dulce de su cabello lo consolaba. No había nada como el cariño de un niño para restaurar un espíritu maltrecho.

—¿Qué tal está, mi pequeña Alana? —preguntó.

—La escuela es muy aburrida —contestó la niña.

—La escuela siempre es aburrida —rio Jack—. Si prestas atención, quizás aprendas algo.

—Hacía un día tan bonito que otra vez me dieron ganas de escaparme a las colinas.

—No puedes hacer eso —dijo Jack, inquieto ante la idea de que volviera a encontrase con JP Deverill.

Ella le sonrió con las mejillas coloradas.

—Me perderé solo para que me encuentre JP.

Jack meneó la cabeza.

—No te acerques a los Deverill —le advirtió con severidad—. No son de fiar.

Emer sonrió a su hija con indulgencia.

—Era muy guapo, eso puedo asegurarlo.

—¿Guapo? —exclamó Jack—. Alana tiene diez años. ¡Qué le importa a ella que un hombre sea guapo o no! No quiero oír ni una palabra más sobre JP Deverill, Alana. Voy a darle las buenas noches a Liam. ¿Estará todavía despierto?

—Seguro que está esperándote —dijo Emer con suavidad—. Dale también un beso a Aileen, lo notará aunque esté dormida.

Jack salió de la cocina y subió a la habitación que Liam compartía con Alana. Vio brillar los ojos de su hijo en la oscuridad. Sonrió y, sentándose al borde de la cama, le acarició el pelo con ternura.

—¿Has tenido un bien día, Liam?

—Sí, papá —contestó el pequeño.

—¿Te has portado bien con mamá?

—Sí.

—Así me gusta.

—¿Y tú qué tal, papá? —preguntó el niño, y Jack se sintió conmovido.

Alana solo pensaba en sí misma. Liam, en cambio, siempre se preocupaba por los demás, a pesar de que solo tenía siete años.

—El perro de Meg Keohane, *Didleen*, se tragó un calcetín —le dijo.

—¿Se ha muerto? —preguntó Liam.

—No, no se ha muerto. Pero me parece que Mag no querrá volver a usar el calcetín cuando por fin lo expulse, ¿no crees? —El niño se rio—. La cabra de Badger Hanratty tiene tos.

—No sabía que los animales tuvieran tos.

—Pues sí, tosen y se acatarran como nosotros —le explicó Jack.

—¿Se va a morir?

—No, se pondrá bien. Luego fui a ver a la yegua del señor MacCartain.

—¿Qué tenía?

—Un esguince.

—Entonces, ¿no se va a morir?

Jack le pellizcó la nariz.

—¿A qué viene hablar tanto de morirse, Liam?

—Todo se muere al final —dijo él, asustado.

—Sí, así es. Pero es voluntad de Dios, hijo.

—¿Y luego qué pasa?

—Que vamos al cielo y nos reunimos con las personas a las que queremos y que murieron antes que nosotros. Es lo que nos enseña el catecismo, ¿no?

—Sí —dijo Liam, y empezaron a cerrársele los ojos—. No quiero que mamá y tú os muráis.

—Yo tampoco —dijo Jack, inclinándose para besarlo en la frente—. Que Dios te bendiga, hijo.

Vio cómo se quedaba dormido el pequeño. Sentado al borde de la cama, contempló su rostro inocente y se preguntó qué le depararía la vida. Confiaba en que el destino fuera más amable con Liam de lo que había sido con él.

Entonces pensó en Kitty. La vio de pie junto a su caballo, con el cabello rojo cayéndole en espesos mechones sobre los hombros y por la espalda, y los ojos grises fijos en él con una expresión derrotada. Sintió su pena y su arrepentimiento como si estuviera inexorablemente unido a ella por el corazón, y la tristeza embargó su pecho como aquel día en su casita de campo, cuando ella le dijo que no se marcharía a América con él. Le había permitido quedarse y había fijado sus ojos en el mar con todas sus fuerzas para no salir tras ella; para no caer de rodillas y suplicarle que cambiara de idea. Había tenido que hacer acopio de voluntad para permanecer junto a la ventana y, solo al estar seguro de que se había marchado, se había dejado dominar por el dolor. Sollozó hasta quedar agotado. Luego agarró su maleta y prometió no volver nunca a Ballinakelly. Durante los años siguientes, la tristeza le había envuelto el corazón como un tejido cicatricial denso e impenetrable. Se había creído incapaz de amar a ninguna otra mujer y sin embargo Emer, con su tierna paciencia y su devoción sin reservas, le había demostrado que se equivocaba.

Juntos se habían labrado una vida en Estados Unidos y después, cuando él tuvo que huir de la mafia, en Buenos Aires, donde compraron un pub irlandés. Emer nunca se había quejado de su estilo de vida, ni de la pistola que tenía siempre bajo la almohada. Lo había seguido dócilmente de Estados Unidos a Argentina y ahora a Irlanda, y parecía feliz allí donde recalaran, siempre que estuviera *con él*. Kitty había preferido Irlanda a su amor, y él nunca podría perdonárselo. Emer merecía su cariño y su lealtad. Y también merecía su entrega.

Tras besar a Aileen, que dormía en una cuna en la habitación de al lado, salió del cuarto con paso decidido. De pronto sentía deseos de abrazar a su esposa y darle las gracias por su amor, que era incondicional, generoso y puro.

Cesare observaba a Niamh O'Donovan, de diecisiete años, ayudar a su madre detrás de la barra de la taberna. La imagen de la piel pálida y ligeramente pecosa de su pecho le excitaba. La muchacha tenía los pechos grandes y turgentes, la cintura estrecha y un trasero orondo y redondeado que meneaba al andar. Llevaba el cabello castaño recogido hacia arriba, lo que dejaba a la vista su cuello largo y sus lindas orejas, como exquisitas caracolas, y, a pesar de que se había pintado cuidadosamente los labios con carmín, seguía pareciendo tan fresca y lozana como si acabara de levantarse de la cama. Niamh notó que la miraba y le dedicó una sonrisa juguetona.

Cesare solo llevaba en Ballinakelly unas semanas, pero se había acostado ya con tantas mujeres que estaba seguro de que no se aburriría en aquel apacible pueblecito irlandés. Grace Rowan-Hampton era ya demasiado mayor para interesarle en ese aspecto, pero seguía siendo muy servicial. Fiel a su palabra, había redactado una lista de personas a las que invitar al baile de verano. Sería un modo de presentar al conde y la condesa a la alta sociedad del condado de Cork, como les había explicado. Vendrían todos por curiosidad y se marcharían llenos de cariño y admiración. La idea de celebrar un baile repleto de muchachas encantadoras, listas para dejarse seducir, atraía enormemente a Cesare, que se había cansado hacía tiempo de hacerle el amor a su mujer.

Estaba sentado a la mesa del rincón de la taberna con Badger Hanratty, un viejo truhan de cabello blanco y rizado, espesa barba blanca y ojos azules, grandes y brillantes, rebosantes de malicia. Badger le había dado a probar el poitín que elaboraba clandestinamente detrás de un almiar de su granja, y aquel brebaje casi le había quemado el gaznate. A la izquierda de Badger, de espaldas a la sala, estaba Jack O'Leary, al que Cesare consideraba más afín, pues había vivido en Estados Unidos y era más o menos de su misma edad. Según contaba Bridie, Jack había desempeñado un papel importante en la Guerra de Independencia y había matado a muchos hombres en el camino hacia la libertad. Cesare no lo dudaba. Jack tenía unos ojos de mirada turbia que brillaban con recelo cada vez que se abría la puerta, como si temiera que un enemigo pudiera asaltarlo en la taberna en cualquier momento. A la izquierda de Jack estaba Paddy O'Scannell, el dueño del colmado y la oficina de correos, un tipo moreno y barrigudo, de mejillas coloradas y risa fácil, muy aficionado a la cerveza negra, de la que podía beberse incontables jarras. Cesare disfrutaba jugando a las cartas con aquellos hombres, porque lo trataban con deferencia, como al señor del castillo, y le divertían mucho más que Sean, Rosetta y Bridie. Había una parte de su ser, profunda e intrínseca a su carácter, que se identificaba con los hombres de clase trabajadora: una faceta de su yo que procuraba mantener oculta en cualquier otra situación.

Mientras fumaban, bebían y charlaban sin dejar de jugar a las cartas, Cesare lanzaba miradas lujuriosas a Niamh. El reto de hallar la manera de quedarse a solas con ella le producía una excitación embriagadora. Se imaginaba quitándole la blusa y pasando las manos por sus pechos tersos. Le metía la mano bajo la falda y ella separaba las piernas, sedienta de caricias.

Soltó un gruñido al ver aquella imagen y, llevándose la jarra de cerveza a los labios, la apuró de un trago.

—Señorita O'Donovan —llamó levantando la jarra.

La señora O'Donovan miró a su hija y entornó sus ojillos.

—Ya voy yo —dijo y, para desilusión de Cesare, Niamh se quedó detrás de la barra, secando vasos con un paño.

La señor O'Donovan no era tan ingenua como su hija. Conocía a los hombres y sabía lo que querían. El conde di Marcantonio tenía ya fama en Ballinakelly de poseer un apetito insaciable en cuestión de mujeres. Tal vez contaba con que las irlandesas fueran un regalo para la vista; con lo que no contaba, en cambio, era con que fueran unas charlatanas. La señora O'Donovan estaba al tanto de que, para las chicas más descaradas, el conde era una conquista de la que jactarse y se contaban alegremente los detalles de sus escarceos con una desvergüenza asombrosa. Ella no pensaba permitir que su hija cayera en semejante deshonra.

La señora O'Donovan se compadecía de la pobre Bridie Doyle. Se había casado con un ricachón, sí, y hasta se había instalado en el castillo en el que su madre había trabajado como cocinera, pero su marido no era ningún caballero, ni mucho menos. La señora O'Donovan reconocía a un caballero cuando lo veía, y el conde no era de esa categoría. No tenía ni la dignidad ni el porte de lord Deverill, ni de su padre, el anterior lord. Era extranjero, lo que bastaba para despertar sus recelos, pero además era muy indiscreto, lo que venía a confirmar sus sospechas. Los caballeros mantenían sus aventuras en secreto; el conde, no. La señora O'Donovan presentía que aquello no acabaría bien. A fin de cuentas, ¿no era su cuñado el imponente Michael Doyle? Michael podía haberse reformado; podía haberse convertido en un hombre piadoso y en un pilar de la comunidad y de la Iglesia, pero era en el fondo un hombre brutal que no toleraría la mala conducta del conde. La señora O'Donovan vio al conde echarse al coleto otra jarra de cerveza negra y guiñarle un ojo a su hija, y meneó la cabeza. Sí, se dijo, aquello acabaría muy mal.

Cuando Cesare se levantó para marcharse, Badger apenas se tenía en pie; Paddy cantaba a voz en grito, desafinando, comiéndose las consonantes y silbando las notas que no alcanzaba a entonar, y Jack también cantaba, aunque una canción distinta a la de Paddy sobre una chica de cabello rojo. Cesare los vio marchar y luego se acercó a la barra, donde la señora O'Donovan y su hija estaban guardando vasos. Dejó sobre el mostrador un puñado de billetes que bastaba para pagar todas las bebidas de la taberna y sonrió a Niamh. Sintió que la tensión se inflamaba entre ellos y vio subir y bajar los pechos de la joven cuando se le aceleró el corazón. A ella se le sonrojaron las mejillas de placer, le brillaron los ojos de lujuria y Cesare comprendió por su sonrisa que sería suya en cuanto se lo pidiera. Pero la señora O'Donovan los vigilaba como un gato a un par de ratones y Cesare solo podía comunicarle su deseo mediante la intensidad de su mirada.

—Ha sido una noche muy entretenida —comentó sin dejar de mirar a Niamh—. Tienen ustedes la mejor taberna de todo el condado de Cork.

—Gracias, señor —contestó la señora O'Donovan con severidad—. Niamh, ya puedes irte. Sube a acostarte. Yo me encargo de cerrar.

Cesare se puso el abrigo y el sombrero y salió de mala gana. Una vez en la calle, levantó la vista hacia las ventanas de la casa. Estaban todas a oscuras, menos una, en la que se veía el brillo suave y cálido de una bombilla. Se quedó parado en medio de la calle, mirando con fijeza la ventana, convencido de que Niamh estaba allí y sabía que él estaba fuera, esperándola. Encendió un cigarrillo y lanzó el humo al aire húmedo. Se dispuso a esperar, pero su espera fue corta. La silueta de la joven apareció al instante, recortándose contra los visillos. Vio su voluptuoso perfil mientras se desabrochaba la blusa y se la deslizaba de los hombros. Aspiró profundamente y la punta del cigarrillo brilló, escarlata. Ella se volvió hacia la ventana y abrió despacio los visillos. Vestida solo con la combinación, miró hacia la oscuridad. Cesare distinguió sus senos bajo la fina tela y sintió una punzada de deseo en la entrepierna. Le dieron ganas de escalar por la pared, colarse en su habitación y tomarla allí mismo. Ella bajó la mirada y, con una sonrisa, levantó la mano para desatarse el pelo, que cayó en rubias ondas. Se apagaron entonces las luces de la taberna y Cesare se imaginó a la señora O'Donovan subiendo las escaleras con paso trabajoso. Niamh miró hacia atrás. Agitó una última vez el pelo antes de correr los visillos. Se quedó allí un momento, de espaldas a la ventana, y luego se alejó. Cesare tiró su cigarrillo al suelo y se dirigió a su coche. Estaba excitado como un toro. Quizás esa noche le hiciera el amor a su mujer, después de todo, se dijo. Si no se presentaba nada mejor, siempre podía recurrir a Bridie. A la dulce y sumisa Bridie.

Mientras conducía hacia el castillo, resolvió que Niamh O'Donovan sería suya, fuera como fuese. Era solo cuestión de tiempo.

10

Estaba lloviendo cuando Martha y la señora Goodwin llegaron a Ballinakelly, ya muy tarde. Negros nubarrones ocultaban las estrellas y un
viento tempestuoso soplaba del mar, pero a Martha no le importó: estaba
cerca de JP y eso era lo único que importaba. Suspiró de placer por haber
llegado al fin, tras el largo y fatigoso viaje desde Londres. Al día siguiente
le daría una sorpresa a JP. No pensaba en otra cosa desde que se había
subido al tren en Paddington. Sujetándose los sombreros, entraron rápidamente en la posada.

Una mujer rechoncha y de gruesas gafas salió a recibirlas a la entrada.
Detrás de los cristales de las gafas sus ojos parecían tan grandes como los
de un búho, pero tenía una sonrisa amigable y las saludó con preocupación maternal.

—Estarán agotadas, las señoras —dijo con un suave acento irlandés
que parecía abrazar las vocales como si ellas también necesitasen calor—.
He encendido el fuego en su habitación para que esté bien caldeada. Pasen, resguárdense de la lluvia. Lleva así todo el día, lloviendo a mares. Soy
la señora O'Sullivan y ustedes deben de ser la señora Goodwin y la señorita Wallace. He pensado que tendrían hambre y les he dejado algo de
cena en la mesa, nada del otro mundo, solo un poco de pan y fiambre de
ternera, pero servirá para calmar el gusanillo. Vengan, no les entretengo
más. Voy a enseñarles su habitación. Mañana podemos hablar todo lo que
queramos.

La señora O'Sullivan las condujo por una estrecha escalera, con los pies
enfundados en unas pantuflas que apenas hacían ruido al pisar los peldaños
y las medias arrebujadas alrededor de los tobillos. Al llegar al descansillo, se

llevó la mano al pecho. Se había quedado sin resuello y tuvo que pararse un momento para recuperarlo.

—Ya estamos —dijo por fin, y abrió la puerta—. Espero que les resulte cómodo. El cuarto de baño está al final del pasillo.

Les dio la llave. La señora Goodwin y Martha entraron en la habitación, que era muy pequeña. Una cruz de madera colgaba en la pared blanca, sobre la cómoda, y sobre la mesilla, entre las camas, había una Biblia deteriorada por el uso. El fuego de turba humeaba, pero daba poco calor.

—Hasta mañana —dijo la señora O'Sullivan—. Espero que duerman bien.

Desapareció y un momento después llegó un joven con gorra y barba incipiente llevando sus maletas. Como apenas había espacio para los tres, el muchacho soltó las maletas en la alfombra y se marchó farfullando algo que las mujeres no comprendieron.

Martha se acercó a la ventana y descorrió las cortinas. Miró a través del cristal la calle mojada. Los faros de un coche la distrajeron. Era un coche grande y lujoso, el tipo de coche que uno no esperaba ver en un pueblecito irlandés como Ballinakelly. Martha lo vio pasar despacio bajo su ventana. Al pensar que lord Deverill podía ir dentro con JP, le dio un vuelco el corazón.

—Puede que mañana encuentre a mi madre —dijo en voz alta.

Cerró las cortinas y se volvió para mirar a la señora Goodwin, que ya estaba buscando sus camisones en las maletas.

—¡Qué ganas tengo de que llegue mañana! —exclamó con un suspiro—. Estoy tan emocionada que no puedo dormir. Voy a quedarme despierta, soñando con mañana.

Cuando por fin llegó el día siguiente, Martha se levantó y se vistió con las primeras luces. La señora Goodwin seguía dolorida del largo viaje, pero sabía que no podía quedarse en la cama todo el día y dejar que Martha vagara sola por el condado, de modo que se levantó, se vistió y bajó a desayunar para cobrar fuerzas.

Habían decidido ir primero en busca de JP y pedirle ayuda para encontrar a lady Rowan-Hampton. No sería decoroso presentarse en su casa sin una invitación previa y confiaban en que JP les consiguiera una.

—¿JP Deverill? —dijo la señora O'Sullivan cuando la señora Goodwin le preguntó por su dirección—. Claro que puedo decirles cómo llegar a la Casa Blanca. Claro que lo suyo sería que él viviera en el castillo. —Frunció los labios y sacudió la cabeza mientras les servía té de una gran tetera de cobre—. Los Deverill fueron los dueños del castillo casi trescientos años. El primer lord Deverill de Ballinakelly se revolvería en su tumba si viera quién vive allí ahora. Pero Dios me libre de chismorrear. JP Deverill vive con su hermana, la señora Trench.

—¿No deberíamos escribir para avisarles de que estamos aquí? —preguntó la señora Goodwin, que estaba chapada a la antigua y no consideraba adecuado presentarse sin previo aviso.

Martha se echó a reír.

—Escribiremos una nota y se la dejaremos al ama de llaves si no está —dijo—. Hace sol esta mañana, podemos ir dando un paseo.

La señora Goodwin suspiró. No le apetecía ir andando a ninguna parte.

—¿Está lejos? —preguntó, nerviosa.

—Ya sé, podemos ir en taxi y volver andando. ¿Qué le parece, Goodwin? —sugirió Martha. Si por ella hubiera sido, habría ido corriendo.

Llena de emoción, subió al taxi y se sentó junto a la señora Goodwin. Se había arreglado con gran esmero. El cabello le caía en lustrosas ondas sobre los hombros, se había puesto el sombrero ligeramente ladeado y su carmín de color ciruela contrastaba vivamente con su piel blanca. Llevaba un vestido azul de flores bajo el grueso abrigo con cuello de piel y guantes de cabritilla. Aunque hacía sol, el viento soplaba frío. Miró por la ventanilla cuando el taxi arrancó calle arriba.

Cuando salieron del pueblo y tomaron una estrecha y sinuosa callejuela que se adentraba en el campo, estaba ya embelesada. El sol brillaba con fuerza sobre las colinas pedregosas que se sucedían una tras otra hasta hundirse bruscamente en el mar. El brezo y la madreselva crecían en abundancia entre la hierba silvestre y el trébol, ovejas de cara negra pastaban agrupadas en lanosos hatos y casitas encaladas, con tejado de teja gris, refulgían alegremente a la luz de la mañana. La belleza de todo ello alegraba el corazón de Martha, que suspiró de felicidad. *Allí* estaba su sitio. Lo sentía en la sangre. Cada fibra de su ser parecía responder a una llamada silenciosa que surgía de lo hondo de la tierra, y sonrió, dichosa, porque sabía que al fin había llegado a casa.

La señora Goodwin se frotaba las manos con nerviosismo. No le hacía gracia presentarse en casa de la señora Trench sin haber sido invitadas. Le parecía grosero y descortés. Pero Martha, por lo general tan prudente y reservada, parecía haber lanzado el sentido común al garete. Estaba enamorada y la señora Goodwin sabía que el amor, cuando golpea, ofusca por completo la razón. Tenía cierta experiencia amorosa, aunque no con el señor Goodwin, que había sido un hombre sensato y comedido, poco dado a los vuelos de la fantasía. Con él, nunca había experimentado verdadera pasión. Pero una vez había amado a otro, a un hombre al que no podía tener, y ese amor imposible la había conducido casi a la locura. Conocía, desde luego, ese deseo incontrolable que veía en Martha. No tenía sentido tratar de aconsejarla o refrenarla. Era absurdo. Solo podía observarla con indulgencia y, a decir verdad, con un poco de inquietud, mientras iba hacia JP como un cometa que surcara el cielo.

Llegaron a la Casa Blanca y el taxi tomó el camino y subió por la colina. Situada frente a una alta arboleda, la casa miraba hacia el mar a través de los centelleantes cristales de sus ventanas. Martha estaba ahora tan nerviosa como la señora Goodwin, pero respiró hondo y se bajó del coche, pisando la grava del camino con sus zapatos de ante de cordones. La señora Goodwin la siguió de mala gana. Habría preferido esperar en el coche, pero su lealtad hacia Martha la impulsó a seguirla. Se quedaron de pie ante la puerta, una a cada lado, mientras el taxista bajaba por el camino, de vuelta a Ballinakelly a la taberna de O'Donovan.

Martha sonrió con nerviosismo a la señora Goodwin, que esbozó una sonrisa tranquilizadora. La joven levantó la aldaba de bronce y llamó tres veces. Esperaron y a Martha comenzó a latirle el corazón a toda prisa. Por un instante se apoderaron de ella las dudas y deseó no haber ido, haber hecho caso de la señora Goodwin y enviado una nota. Pero entonces se abrió la puerta y apareció una doncella entrada en carnes, vestida con uniforme negro.

—Buenos días —dijo Martha—. Soy la señorita Wallace. Vengo a ver al señor Deverill.

La doncella arrugó el entrecejo, desconcertada. Martha se preguntó si se habrían equivocado de dirección. Pero tras dudar un segundo la doncella abrió la puerta de par en par y las invitó a pasar.

—Avisaré a la señora de que están aquí —dijo.

—Si llegamos en mal momento, podemos dejar una nota —sugirió la señora Goodwin.

—La señora está en casa —contestó la doncella—. Pasen, por favor. Voy a avisarla enseguida.

Las hizo pasar al vestíbulo y les pidió que esperaran mientras iba en busca de su señora. Martha miró a su alrededor. Había una chimenea grande, que no estaba encendida, y una mesa redonda y bruñida, cargada de libros. Cuadros con escenas de caza colgaban de las paredes, y una raída alfombra persa cubría el suelo de baldosas. Martha vio un atisbo del cuarto de estar, a su derecha. Sobre una mesa, junto a la ventana, había unas cuantas fotografías enmarcadas. Se preguntó si JP aparecía en alguna de ellas, pero, antes de que pudiera acercarse y echarles una ojeada, una mujer bellísima apareció por el pasillo, vestida con pantalones de montar marrones y botas altas, seguida por un perro labrador negro. Llevaba suelto el largo cabello rojo, que a Martha le recordó a JP, pues era del mismo color que el suyo. Pero había algo más en ella, algo que le resultaba familiar pese a que no lograra definir qué era. Estaba segura de no haberla visto nunca y sin embargo tenía la sensación de *conocerla*.

—Hola —dijo la recién llegada sonriendo amablemente—. Soy la señora Trench. Tengo entendido que vienen a ver a JP. —Les tendió la mano y Martha y la señora Goodwin se la estrecharon al presentarse.

Cuando Martha le dijo su nombre, una chispa pareció iluminar el semblante de Kitty.

—¿Es usted Martha Wallace? —dijo.

—Sí, conocí al señor Deverill en Dublín y…

—Por supuesto que sí. Pero JP no está aquí.

Martha no pudo ocultar su decepción.

—¿Ah, no? —preguntó con voz ahogada.

—Creo que ha ido a Londres a verla.

Martha la miró horrorizada.

—¡Ha ido a Londres!

Kitty se compadeció de la joven, que se había puesto muy colorada.

—¿Por qué no pasan a tomar el té? Iré a cambiarme. ¡Agnes! —Apareció la doncella—. Enciende la chimenea del cuarto de estar y trae té para la señora Goodwin y la señorita Wallace. Solo tardaré un minuto. Pónganse cómodas, por favor.

Martha tenía ganas de llorar. Siguió a la señora Goodwin al cuarto de estar y se quitó el sombrero, el abrigo y los guantes y se los dio a Agnes.

—Qué tonta soy —dijo con voz queda—. Debería haber esperado a tener noticias suyas. ¿Qué vamos a hacer ahora?

—¡Vamos a buscar a tu madre! —dijo la señora Goodwin con firmeza—. Para eso vinimos a Irlanda. Así, cuando regrese JP, ya habrás cumplido parte del plan. Puede que sea una suerte que no esté aquí para distraerte.

—Pero ¿cómo vamos a encontrarla?

—Eso déjamelo a mí.

La señora Goodwin pareció encantada de tomar de nuevo las riendas. Se acercó al sofá y se sentó dando un suspiro. Mientras Agnes volvía para encender el fuego, Martha se paseó por la habitación mirando las fotografías que había entrevisto desde el vestíbulo. Había muchas de JP, tanto de niño como de jovencito, siempre sonriente, siempre a punto de gastar una broma o hacer una travesura. Su desilusión se desvaneció cuando lo vio sonreír. Estaba segura de que JP regresaría a casa en cuanto se enterara de que ella estaba allí y volverían a encontrarse.

Kitty no tardó en reaparecer, vestida con unos pantalones de pernera ancha y un jersey azul marino. No se había molestado en cepillarse el pelo, que seguía cayéndole en tumultuosos rizos por la espalda. Todo en ella emanaba energía, pensó Martha, desde su paso resuelto a su franqueza al hablar. Su vigor reanimó a Martha, que solo un instante antes había sentido el impulso de meterse debajo de una manta y desaparecer.

—Bueno, dígame, Martha, ¿qué la trae por Irlanda, aparte de mi hermano, claro? —Kitty se rio enseñando sus bonitos dientes blancos, y

Martha sintió que su timidez se disipaba al fulgor que irradiaba aquella mujer carismática que tanto se parecía a JP.

Le contó a Kitty la misma mentira que le había contado a lord Deverill: que sus padres le habían mandado a Irlanda porque su madre era originaria de Clonakilty.

—Eso está muy cerca de aquí —comentó Kitty.

—Pensamos ir de visita, claro —dijo la señora Goodwin.

—Pero *usted* es inglesa —repuso Kitty fijando en ella sus brillantes ojos grises.

—En efecto —dijo la señora Goodwin, y le habló un poco de sí misma mientras la doncella volvía trayendo una bandeja con té y bizcocho.

—Bien, ya que están aquí, ¿por qué no se quedan a cenar? —propuso Kitty—. Esta noche ceno con mi padre y unos amigos. Mis tías abuelas también estarán allí y les encanta jugar a las cartas. ¿Usted juega? —preguntó a la señora Goodwin.

—Me crie jugando a las cartas —contestó ella alegremente—. Hace mucho que no juego, pero me apetece muchísimo una partidita de bridge.

—Entonces todo arreglado. Tienen que venir. Será una reunión informal y a mi padre ya lo conocen. Me encargaré de que un taxi pase a recogerlas a las siete. ¿Dónde se alojan?

—En Seafort House.

Kitty se rio.

—Ah, con la parlanchina señora O'Sullivan. Es todo un personaje. Aunque han de tener cuidado, porque cualquier cosa que le digan se sabrá en medio Ballinakelly antes de que les dé tiempo a pestañear. Como casi toda la gente que presume de ser el colmo de la discreción, es una chismosa incorregible.

Martha y la señora Goodwin bebieron un sorbito de té, contentas de estar en compañía de Kitty.

—Avisaré a JP de que están aquí y de que estoy cuidando de ustedes. Qué malentendido tan absurdo.

—Debería haber esperado a que me escribiera —dijo Martha, avergonzada.

—Y él debería haber esperado a que usted le contestara. Creo que son los dos igual de impulsivos.

Cuando la señora Goodwin y Martha salieron de la Casa Blanca era casi la hora de comer. Kitty les recomendó un sitio agradable para comer en el puerto, con vistas a los barquitos de pesca. Lo que no les dijo fue que era el único café de Ballinakelly.

—Esta noche le preguntaré por lady Rowan-Hampton —dijo la señora Goodwin cuando echaron a andar por el camino—. Nos estamos acercando —añadió al darle el brazo a Martha—. Y JP volverá muy pronto. Todo va a salir bien, lo presiento.

—Se parece mucho a JP, ¿verdad? —preguntó Martha.

—Mucho, sí —convino la niñera.

Si me caso con JP, formaré parte de su familia, se dijo Martha entusiasmada e, impulsada por esa idea, avanzó por el camino casi brincando de alegría.

A las siete en punto, Martha y la señora Goodwin partieron de nuevo en un taxi, esta vez hacia el pabellón de caza, donde estaban invitadas a cenar. Estaban ambas muy emocionadas y un poco asustadas. Tenían la sensación de estar introduciéndose en la familia con engaños, aprovechándose de su hospitalidad sin revelarles el verdadero motivo de su presencia en Ballinakelly.

—Le diré la verdad a JP en cuanto vuelva —afirmó Martha, presintiendo que la señora Goodwin estaba pensando lo mismo que ella.

—Creo que sería lo más prudente —repuso la niñera—. Con un poco de suerte, para entonces ya habremos encontrado a lady Rowan-Hampton. Si ese joven es el hombre adecuado para ti, no le importarán lo más mínimo las circunstancias de tu nacimiento.

—No son muy distintas a las suyas —dijo Martha.

—Otra cosa que tenéis en común.

—¿Verdad que es curioso? Es como si estuviéramos destinados a estar juntos. —Martha sonrió—. ¿No se estará usted arrepintiendo de haber venido?

—Al contrario, querida. Es una aventura. ¿Quién, a mi edad, tiene la ocasión de vivir otra vida? Creía que mi jubilación sería el fin de algo, no el principio.

—¿Qué hará cuando acabe todo esto?

La señora Goodwin se miró las manos, entrelazadas sobre el regazo.

—No lo sé, Martha. Creo que estaré muy triste. Dicen que siempre hay un roto para un descosido, pero no ha sido así en mi caso.

El taxi se detuvo frente al pabellón de caza, que tenía un aspecto imponente a la luz inquietante de la luna. Sus puntiagudos gabletes parecían clavarse en el cielo, salpicándolo con un millón de estrellas. Oyeron voces procedentes del interior mientras se quitaban los abrigos. Una súbita carcajada se elevó sobre el zumbido de las voces y Martha miró con nerviosismo a la señora Goodwin. Esta echó a andar ante ella, con la cabeza bien alta. Siempre era preferible parecer más segura de lo que una se sentía, se dijo.

El mayordomo anunció su llegada y todos los presentes guardaron silencio. A Martha se le paró un instante el corazón al verse observada con curiosidad por tantos pares de ojos, pero lord Deverill se levantó de un salto y fue a recibirlas con entusiasmo.

—¡Vaya, mi querida señora Goodwin y la señorita Wallace! ¡Qué placer volver a verlas! —Les estrechó la mano calurosamente, fijando en ellas sus ojos grises con una sonrisa encantadora—. Bien, déjenme ver. A mi hija, la señora Trench, ya la conocen.

Kitty, resplandeciente con un vestido azul largo y el pelo recogido hacia arriba y adornado con una pluma negra, se adelantó y las saludó con afecto.

—A quienes no conocen es a mis tías, la señorita Laurel Swanton y la señorita Hazel Swanton —prosiguió él, y se rio cuando dos ancianas delicadas como pajaritos las saludaron con la mano desde el sofá.

Debían de tener más de ochenta años, calculó Martha, y se parecían mucho, con su sonrisa dulce, sus ojos chispeantes y su cabello blanco rizado con esmero y sujeto en la coronilla con pequeños pasadores adornados con brillantes.

—Y este es lord Hunt —añadió Bertie señalando a un caballero alto y distinguido de espeso cabello plateado, inteligentes ojos castaños y un cuidado bigote sobre una boca sensual.

—Es un placer conocerlas —dijo lord Hunt al besarles la mano.

—El marido de mi hija, el señor Trench.

A Martha le sorprendió que aquel hombre reservado, que parecía brillar menos que los demás invitados, estuviera casado con Kitty. Esperaba que su marido fuera alguien con una personalidad poderosa, como la propia Kitty. Robert se acercó y les estrechó la mano ceremoniosamente. Martha notó que cojeaba, y que era muy guapo, de facciones cinceladas, nariz larga y recta y ojos amables e inteligentes que miraban a través de pequeñas gafas redondas.

—Y no nos olvidemos del reverendo Maddox —dijo Bertie, y un hombre corpulento y de cara sonrosada, de cerca de sesenta años, se acercó a saludarlas.

Martha intuyó por su expresión jovial que el reverendo tenía un gran sentido del humor y que disfrutaba del vino y la buena mesa. Cuando le dio la mano, no le sorprendió descubrir que tenía la piel cálida y la mano fofa, pese a la firmeza con que estrechó la suya.

—Bienvenida a Ballinakelly —le dijo a Martha—. Y bienvenidas al *corazón* de Ballinakelly, pues sin duda es aquí, en casa de lord Deverill, donde late más fuerte.

Todos se rieron, salvo la señora Goodwin, que miraba al reverendo Maddox con los labios ligeramente entreabiertos y las mejillas coloradas, como si se hubiera quedado sin respiración. Y, en efecto, apenas respiraba.

—Bienvenida sea usted también, señora Goodwin —añadió el reverendo tomándola de la mano, y entonces se detuvo y la miró más de cerca—. ¿Hermione? —preguntó con voz ronca y una expresión de incredulidad que le hizo palidecer.

—John —dijo ella tímidamente, y el tiempo pareció detenerse a su alrededor.

—¿De veras eres tú? —La voz del reverendo Maddox había cambiado por completo. Ya no era estruendosa, sino suave, y desprendía una ternura que solo la señora Goodwin reconoció.

—¿Se conocen? —preguntó Bertie rompiendo el silencio.

—Sí —contestó el reverendo sin soltar la mano de la señora Goodwin—. Fue hace mucho tiempo.

—¡Vaya, qué coincidencia! —exclamó Bertie alegremente.

Martha vio con asombro que la señora Goodwin y el reverendo Maddox seguían mirándose embobados.

Se oyó cierto revuelo en el vestíbulo al llegar la última invitada. Miraron todos hacia la puerta en el instante en que una ráfaga de viento frío la atravesaba. Un momento después apareció en el umbral una señora que, evidentemente, no era reacia a hacer entradas triunfales. Era muy hermosa. El cabello castaño claro, peinado con la raya al medio y sujeto por una pequeña diadema, le caía en suaves ondulaciones sobre los hombros. Su vestido de seda verde, muy escotado, dejaba ver la piel tersa de su pecho, y caía en pliegues brillantes hasta el suelo desde la estrecha cintura. Pero lo más fascinante de todo era su aplomo. Atrajo todas las miradas de la sala, como era, obviamente, su intención. Cuando sonrió, su encanto pareció despedir rayos a su alrededor como una fuente de calor. Martha no creía haber visto nunca a una mujer con tanto glamur, salvo en el cine. Un hombre bajo y grueso, de mejillas rubicundas y cabeza calva, entró tras ella. A pesar de que vestía esmoquin y lucía un grueso sello de oro en el dedo meñique de la mano izquierda, no podía evitar verse eclipsado por su esposa.

—¡Ah, Grace! —exclamó Bertie—. ¡Sir Ronald, qué agradable sorpresa verlo por aquí!

Martha se quedó de piedra. ¿Era posible que la mujer a la que había ido a buscar desde el otro lado del Atlántico acabara de entrar en el salón? Atenazada por el miedo y la inseguridad, se quedó allí parada, muda, viendo cómo la pareja saludaba a lord Deverill con afecto, como viejos amigos.

Luego, lord Deverill se volvió hacia ella.

—Permítanme presentarles a una nueva amiga —dijo, poniéndole la mano en el brazo para que se acercara—. Y amiga de mi hijo JP —añadió con una sonrisa—. La señorita Wallace.

Grace le tendió la mano y Martha se la estrechó.

—Lady Rowan-Hampton —dijo Bertie.

—¿Cómo está? —dijo Grace.

Martha miró atónita sus ojos castaños, sin ver en ellos ni una sola chispa de reconocimiento.

—Es un placer conocerla, lady Rowan-Hampton —contestó, y le sorprendió que la voz le saliera tan claramente.

Al oír aquel nombre, la señora Goodwin apartó la mirada del reverendo Maddox y miró a Grace, boquiabierta. Nunca antes, en toda su vida, le había hecho tanta falta un buen trago de licor.

De pie ante la puerta del número 10 de Ormonde Gate, con el sombrero en la mano y el corazón en la garganta, JP llamó al timbre. Pasó un rato antes de que se abriera la puerta y una doncella lo mirara inquisitivamente.

—Buenos días. Vengo a ver a la señorita Wallace —declaró, y el nombre de Martha le sonó más dulce cuando lo dijo en voz alta.

—Lo siento, pero la señorita Wallace no está, señor —dijo la doncella.

—Ah. ¿Cuándo volverá?

—No va a volver, señor. La señora Goodwin y ella se fueron hace tres días.

JP se quedó estupefacto.

—¿Puedo preguntar adónde han ido?

La doncella se acercó un poco y bajó la voz. Normalmente no era tan indiscreta, pero aquel caballero tenía algo que le daba ganas de complacerlo, y además parecía apenado.

—Se han ido a Irlanda —susurró—. A un pueblo llamado Ballina... Ballinakilty o algo así.

—¡Ballinakelly!

—Sí, señor, eso es. Ahí se han ido.

—¡Santo Dios! —exclamó JP al tiempo que se ponía el sombrero con una sonrisa agradecida—. ¡Qué extraño! ¡Hasta pensamos igual! —dijo, y echó a andar calle abajo, silbando alegremente.

La doncella lo observó mientras se alejaba. *Qué suerte tiene esa señorita Wallace*, pensó. *Es la chica más afortunada del mundo.*

11

—¡Tengo que hacer algo! —dijo Adeline, angustiada, mientras se paseaba por el cuarto.

—Si sigues paseándote de arriba abajo así vas a marearnos a todos
—refunfuñó Barton.

—Pero no puedo quedarme callada. No puedo —dijo ella.

—Querida mía —terció Hubert desde el sofá donde estaba sentado
con los dedos entrelazados sobre la barriga—, el hecho de que puedas ir
adonde quieras y ver cosas que no deberías ver no significa que tengas
que intervenir. ¡Si los espíritus interviniéramos constantemente, el mundo sería aún más caótico de lo que es!

Adeline lo miró, ceñuda.

—Que Martha y JP se enamoraran no estaba previsto. ¡Entre los mi-
llones de personas que hay por el mundo, tenían que fijarse el uno en el
otro! —dijo, volviendo a pasearse.

—¿Y qué demonios importa eso? —preguntó Egerton.

Adeline se detuvo.

—Importa porque son mellizos —contestó en tono acongojado.

Egerton y Barton, que no se sorprendían nunca, se sorprendieron al
oír aquello.

—¿Mellizos? —exclamaron al unísono.

—Son los dos hijos ilegítimos de Bertie —les informó Adeline, y
miró a Hubert, que meneó la cabeza exasperado por la imprudencia de
su hijo.

—Santo Dios —dijo Egerton con una sonrisa.

—¿Y se han enamorado? —preguntó Barton.

—Se reconocen el uno en el otro. Supongo que es una especie de narcisismo —comentó Adeline.

Barton se rio.

—¡Qué shakespeariano!

—No supe preverlo —añadió ella, poniéndose en marcha otra vez—. Quería que Martha viniera a Ballinakelly para que encontrara sus raíces. Es una Deverill. Es de los nuestros. Era lógico que viniera.

—*Tú* lo propiciaste —repuso Hubert en un tono de reproche que entristeció a Adeline. Hubert nunca había empleado ese tono con ella en vida.

—No, querido. Fue su tía Joan, al decírselo a Edith, que a su vez se lo dijo a Martha. Era inevitable que viniera en busca de su hogar en cuanto lo supiera. Solo necesitó un pequeño empujoncito. Y resultó que no había perdido su sexto sentido, después de todo. Estaba latente. Solo necesitó un pequeño empujoncito —repitió—. Pero yo no podía prever que JP y ella se conocerían en Dublín, y menos aún que fueran a enamorarse.

—Poco puedes hacer al respecto —dijo Hubert.

—Más vale poco que nada —replicó Adeline.

—¿Qué propones? —preguntó Barton, al que aquella situación le parecía tremendamente divertida. En el limbo en el que vivían no pasaba nada de interés, y la más ligera perturbación en la vida de los vivos resultaba entretenida para los muertos. Solo lamentaba que aquello estuviera sucediendo fuera del castillo, donde no podían presenciarlo.

—Propongo advertir a Kitty —contestó Adeline, parándose otra vez.

—Lo descubrirá muy pronto, de todos modos —dijo Egerton.

—Pero ¿y si no lo descubre? ¿Y si se casan? ¡No soporto pensarlo!

—Eso sí que sería divertido —añadió Egerton, encantado—. Esto estaba muy animado cuando ese ridículo conde se acostaba con las criadas, pero ahora que pasa casi todo el tiempo fuera del castillo la vida se ha vuelto muy aburrida. Bridie está de lo más tristona y esa Rosetta está tan gorda como una vaca premiada en la feria de Ballinakelly.

—Bridie quiere a su conde a pesar de sus defectos —repuso Adeline.

—Ella no los ve —dijo Egerton—. Las mujeres se vuelven ciegas cuando están embriagadas por el amor.

—¡El amor! —gruñó Barton—. Es un truco, un truco cruel. ¿Quién ha tenido alguna vez éxito en el amor?

Adeline fijó una mirada tierna en su marido.

—Yo —contestó con voz queda.

Hubert pareció azorado y le sonrió con gratitud.

—Pues eres de las pocas —añadió Barton—. Los demás solo podemos rumiar su recuerdo, como hojas de regusto amargo.

—¿Alguna vez nos contarás tu historia? —preguntó Adeline.

—No —respondió él y, echando la cabeza hacia atrás, rompió a reír—. ¡Me llevaré el secreto a la tumba!

A Leopoldo no le gustaban sus primos. No le gustaban ni pizca. Eran cinco. Los mayores, Emilio, Mariah y Joseph, de catorce, doce y nueve años respectivamente, eran demasiado mayores para meterse con ellos, y el de seis, Tomas, se quejaba enseguida a su padre. En cambio el pequeño, Eugenio, de cuatro años, era tímido, apocado y fácil de controlar. Era el que le caía mejor.

Leopoldo disfrutaba arrancándoles las patas a las arañas, torturando a escarabajos con alfileres y dando patadas a los perros y cachetes en la cara a los caballos, pero lo que más le gustaba era atormentar al pequeño Eugenio. Le irritaba que el niño fuera tan bueno y dulce, y que su corazón estuviera siempre listo para llenarse de nuevo en cuanto él, Leopoldo, lo vaciaba con sus maldades. Le sacaba de quicio que Eugenio se levantase cuando le derribaba a patadas y que estuviera siempre dispuesto a hallar bondad en su primo a pesar de que este hacía todo lo posible por demostrarle que carecía por completo de esa virtud. Le ponía realmente furioso que fuese tan adorable y confiaba en que al crecer se volviera feo.

Leopoldo era moreno como su tío Michael, pero, a diferencia de Michael, no era guapo. Tenía la cara alargada y estrecha, los ojos demasiado juntos, pequeños y muy negros, como cuentas diminutas, siempre moviéndose de un lado a otro en busca de problemas. Su sonrisa era sardónica. Lo único que despertaba su humor era el infortunio o el dolor de los demás, y además tenía los dientes torcidos. Estaba muy orgulloso de sus colmillos, que parecían los de un lobo, y de haber sido un lobo no le habría importado lo más mínimo hincarlos en la carne de su primito. Pero como no podía hacerlo, le lastimaba sirviéndose de las palabras. Se ganaba su confianza como si atrajera a un pez enrollando el sedal de la caña y un instante después le lanzaba una pulla cruel. Eugenio miraba a su primo mayor parpadeando, con un brillo en los ojos, asombrado de que pudiera ser tan mezquino.

Cesare había dejado bien clara la superioridad de Leopoldo al instalarse Sean y Rosetta en el castillo. Leopoldo era un príncipe, les recordó, y como tal debían tratarlo. Así pues, era el primero al que servían en las comidas, ocupaba el mejor puesto de la mesa y los demás niños tenían que hacer exactamente lo que él quería. Bridie debería haber sabido que tratándolo así solo conseguirían criar un monstruo, pero estaba tan ofuscada por el amor que sentía por su precioso hijo que no veía más allá. No advertía, desde luego, su crueldad. Para ella, Leopoldo era perfecto en todos los sentidos. Para Cesare, que lo veía mucho menos, era un príncipe de la dinastía Barberini, un descendiente del papa Urbano VIII. Procuraba que su hijo, igual que él, se adornara con abejas de oro siempre que era posible. A la tierna edad de siete años ya llevaba gemelos en forma de abeja en los puños de las camisas y tenía en la mesilla de noche un reloj de bolsillo de oro, en cuya tapa estaban grabadas las tres abejas del emblema de los Barberini. Leopoldo era muy consciente de su posición, y de la de sus primos (¡a fin de cuentas, su abuela y su tío Michael vivían en una choza!). Y aunque Cesare y Bridie no vieran sus defectos, su tío Sean los veía todos, y también su tío Michael, pero dependían tanto de su hermana que no se atrevían a expresarle su preocupación.

Como todos los matones, Leopoldo era un cobarde. Su cobardía se hacía más visible que nunca cuando Egerton se aparecía de madrugada, sacudiendo los pomos de las puertas y haciendo crujir el suelo. El niño temblaba y gemía en su cama, demasiado aterrorizado para levantarse e ir en busca de su madre. Por la mañana se quejaba de que su habitación estaba embrujada, pero Bridie le aseguraba que no había fantasmas en el castillo de Deverill. Él era demasiado orgulloso para admitir sus temores ante sus primos y le hablaba a Eugenio de los fantasmas con bravuconería confiando en que el pequeño le dijera que a él también lo visitaban por las noches, pero Eugenio aseguraba no haber visto nada. Dormía a pierna suelta. Así pues, Leopoldo resolvió vestirse de fantasma y asustarle él mismo.

La perspectiva de colarse en la habitación de Eugenio y darle un susto de muerte le producía un enorme alborozo. Se quedó tumbado en la cama mientras el viento invernal aullaba alrededor de los torreones, fantaseando con el miedo que pasaría Eugenio. Vio la cara de terror que pondría, su boca abierta en un grito, sus nudillos blancos al aferrarse a la ropa de cama. Cada detalle del tormento de Eugenio le entusiasmaba. De hecho, se entusiasmó tanto que empezó a olvidarse de sus propios miedos. Pero ignoraba que Egerton le vigilaba —le vigilaba *constantemente*—, decidido a darle un escarmiento.

Leopoldo estaba tan emocionado que no podía dormir, de modo que, cuando su reloj dio la medianoche, se levantó de la cama y se puso la bata. Cogió una linterna y quitó la sábana de la cama. Avanzó de puntillas por el pasillo hasta el ala este y se detuvo frente a la puerta del cuarto de Eugenio. Las habitaciones de los niños estaban muy lejos de las de los adultos y Leopoldo estaba seguro de que no oirían gritar a Eugenio y, si lo oían, él volvería a su habitación mucho antes de que acudieran.

Se preparó respirando hondo un par de veces para refrenar su emoción, que le hacía temblar como un caballo de carreras en la línea de salida. Luego giró el pomo.

La habitación estaba a oscuras y en silencio. Solo se oía el gemido del viento fuera. Las gruesas cortinas impedían que entrara la luz de la luna, pero Leopoldo alcanzó a distinguir un pequeño bulto en la cama, donde Eugenio dormía apaciblemente. ¡Cuánto le envidiaba por dormir tan tranquilo! Pero eso estaba a punto de acabarse. Después del susto que iba a darle, seguro que no volvería a dormir tranquilo. Con eso en mente se echó la sábana por encima para que lo tapara por completo y encendió la linterna. Luego dijo en voz baja:

—Soy el fantasma del castillo de Deverill y vengo a matarte.

Oyó el frufrú de las mantas y luego un grito, tan fuerte y repentino que él, el fantasma, se sobresaltó. Antes de que pudiera apagar la linterna y salir, Eugenio se levantó de un brinco y echó a correr por el pasillo, aterrorizado.

Con una risita satisfecha, Leopoldo se quitó la sábana. La cama en la que segundos antes yacía Eugenio estaba vacía. Se quedó mirando mientras rememoraba el susto que le había dado a su primo. Entonces la puerta, que Eugenio había dejado abierta, se cerró de golpe. Leopoldo dejó de reír y se giró. El aire se había vuelto gélido. Sintió que un escalofrío lo recorría, poniéndole la piel de gallina, y contuvo la respiración al ver muy claramente una sombra en la pared. Tenía la silueta de un hombre. Leopoldo la alumbró con la linterna, pero la sombra no desapareció. Permaneció allí, como si fuera una mancha en el papel. Al ver al verdadero fantasma, el corazón se le encogió de miedo y soltó un aullido salvaje.

Parecieron pasar minutos antes de que Bridie entrara corriendo en la habitación, con el semblante descompuesto. Leopoldo estaba llorando. Miraba fijamente la pared, con la sábana y la linterna aún en las manos.

—¿Qué ha pasado? —preguntó su madre al encender la luz y estrecharlo en sus brazos—. ¿Qué ocurre? Háblame, Leopoldo, ¿qué pasa?

—¡He visto un fantasma! —lloriqueó él.

—¿Qué haces en el cuarto de Eugenio? —Entonces vio la sábana y la linterna—. ¿Qué hacías, Leopoldo?

—Solo quería asustarle —gimió el niño.

Bridie miró la cama.

—¿Dónde está? —preguntó.

Entonces apareció Cesare en la puerta, en bata y pantuflas, muy serio.

—Será mejor que vengas, deprisa —dijo.

Miró a su hijo con expresión severa, meneando la cabeza, y Leopoldo tuvo la sensación de que su padre le había agarrado el corazón y se lo había estrujado con fuerza. Bridie siguió a su marido por el pasillo, hasta la escalera. Todos los habitantes de la casa parecían haberse despertado y reunido en el vestíbulo, en torno a Rosetta, que estaba de rodillas y sostenía en brazos el cuerpo inmóvil de su hijo. La miraban todos sin saber qué hacer.

Al ver el rostro angustiado de su hermano, Bridie se llevó la mano a la boca. Agarrándose a la barandilla para no perder el equilibrio, bajó la escalera. Tenía la impresión de que en cualquier momento le fallarían las piernas, y casi confiaba en que así fuese, pues le daba miedo formular la pregunta inevitable. ¿Estaba Eugenio muerto?

—El médico viene para acá —dijo Sean.

—¿Está...? ¿Está...? —balbució ella.

Dios mío, si eres un Dios caritativo, por favor, no te lo lleves. Miró a Rosetta y luego al niño. Entonces vio que el pequeño abría los ojos y movía el brazo. Eugenio trató de incorporarse y empezó a llorar, y Rosetta también se echó a llorar, llena de alivio porque hubiera vuelto en sí. *Gracias, Dios mío*, pensó Bridie. *Gracias.* Se volvió entonces hacia Leopoldo, que seguía de pie en lo alto de la escalera. Ya no sujetaba la sábana y la linterna.

—¿Qué ha pasado, Leo? —preguntó su padre—. ¿Qué hacías en el cuarto de Eugenio?

Bridie contestó antes de que su hijo tuviera tiempo de articular palabra.

—Oyó gritar a Eugenio y corrió a ver qué le pasaba. Dice que ha visto el mismo fantasma que él. Santo Dios, Cesare, tenemos que avisar enseguida al padre Quinn para que exorcice este sitio. Sea lo que sea lo que pasa, tiene que parar.

Y entonces se acordó de los fantasmas de Kitty, los herederos de los Deverill, encerrados en el castillo hasta que un O'Leary volviera a ser dueño de aquellas tierras, y se preguntó si Kitty veía de verdad sus espectros. Si estaban allí, en el castillo, y si Leopoldo también los veía.

Su hijo la miró y asintió.

—El fantasma que ha asustado a Eugenio también me ha asustado a mí —afirmó.

El semblante de Cesare se relajó y Leopoldo sintió que la mano de su padre dejaba de estrujarle el corazón.

—Te has portado muy bien, Leopoldo —dijo—. Ahora, vuelve a la cama.

—Yo le acompaño —dijo Bridie, sintiéndose enferma por haber mentido.

Después de arropar a Leopoldo, le dio un beso en la frente.

—Cariño mío, a veces los juegos, aunque no tengan mala intención, acaban mal. Eso es lo que ha pasado. Sé que no querías asustar tanto a Eugenio, y no es culpa tuya que se haya caído por la escalera. Se pondrá bien, estoy segura.

Leopoldo se mordió el labio inferior.

—No quería asustarle, mamá. Es como un hermano para mí. Yo no le haría ningún daño.

—Ya lo sé —dijo ella en tono tranquilizador mientras le acariciaba el pelo moreno.

—¿Se ha roto algún hueso?

—Puede ser.

Leopoldo ocultó su regocijo.

—Estaba muy, muy asustado —dijo, disimulando.

—Sí, tenía que estarlo.

—Yo también vi al fantasma. Tenía tres cabezas. Era un monstruo.

—Sea lo que sea, el padre Quinn lo echará de aquí.

—¿Vendrá mañana?

—Seguro que sí. —Bridie le dio otro beso—. Eres un buen chico, Leo. No te preocupes por Eugenio. El médico llegará enseguida y le curará. Que duermas bien.

Y, por primera vez desde hacía semanas, Leopoldo durmió a pierna suelta.

12

—¡Santo cielo! ¡Qué sorpresa tan grande! ¡Todavía estoy aturdida! —dijo la señora Goodwin, acostada en la cama mientras la luz de primera hora de la mañana entraba en haces por las rendijas de las cortinas.

Martha entendió que se refería a lady Rowan-Hampton, pues en efecto había sido una coincidencia extraordinaria. Pero la señora Goodwin pensaba en realidad en John Maddox. Estaba persuadida de que esa parte de ella que John había despertado antaño se había extinguido tras su despedida, pero una sola mirada de ternura había bastado para insuflarle vida de nuevo la noche anterior. Se sentía como si fuera joven otra vez y tuviera toda la vida por delante, y esta vez ni el señor Goodwin, ni la culpa ni un sentido del deber mal entendido se interponían en su camino. Era libre. Pero también era mayor. ¿Era posible que él la deseara aún?

—Me encuentro mal —gruñó Martha, poniéndose de lado bajo las mantas para mirar a la señora Goodwin—. Me encuentro mal desde que la vi. Es más bella, más carismática y segura de sí misma que cualquier mujer que yo haya conocido. No da la impresión de haber pasado los últimos diecisiete años añorando a su hija perdida.

La señora Goodwin fijó su atención en la joven. Quería que Martha fuera tan feliz como ella.

—Querida mía, no sabes lo que lleva en el corazón. Ignoras cuánto puede haber sufrido. Diecisiete años es mucho tiempo, el suficiente para asimilar la pena y aceptar lo que una tiene y lo que ha perdido. —Ella lo sabía de buena tinta—. Fue muy amable. Y te ha invitado a visitarla. —Se incorporó apoyándose en el codo—. A mí me pareció increíblemente simpática. Tiene una cara bondadosa, ¿verdad?

—Sí —convino Martha—. No puedo creer que haya encontrado a mi verdadera madre. Pensaba que me sentiría eufórica, pero solo estoy asustada.

—¿Qué esperabas, Martha querida?

—No lo sé. ¿Un reencuentro emocionante? —Sonrió con tristeza—. Cuando piensas en una madre, se te viene a la cabeza la imagen universal de la maternidad. Y lady Rowan-Hampton es casi demasiado bella para encajar en esa imagen.

—Ve a verla esta mañana y cuéntaselo todo. A fin de cuentas, ¿qué puedes perder?

Martha suspiró.

—Nada que no perdiera ya hace diecisiete años.

La señora O'Sullivan no tuvo ningún inconveniente en llamar a un taxi para que llevara a Martha a casa de lady Rowan-Hampton. La joven le dijo a la señora Goodwin que prefería encarar sola aquel momento y al salir se encontró con el reverendo Maddox, que se dirigía a la posada con paso decidido. Caminaba alegremente y tenía una ancha sonrisa en los labios y, cuando se levantó el sombrero y le deseó buenos días, Martha supuso que no era el brillo del sol lo que llenaba su corazón de dicha. Cambiaron unas pocas palabras amables porque ambos estaban impacientes por llegar a sus respectivos destinos. Martha subió al taxi que esperaba y el rector entró en la posada. Ella lamentó de pronto no haberle preguntado a la señora Goodwin de qué conocía al reverendo Maddox, pero había estado demasiado absorta en sus preocupaciones.

El taxi avanzó zarandeándose por las sinuosas callejuelas que subían por la costa y, aunque hacía un día muy hermoso, Martha se sentía tan presa de las dudas que apenas se fijó en el sol que centelleaba en el agua como un millón de estrellas saltarinas. ¿Había hecho bien en venir? ¿En hurgar en su pasado? ¿Obtendría en aquella conversación las respuestas que tanto ansiaba? Pensó en JP y deseó que la hubiera acompañado. Se preguntó si no debía dar media vuelta, volver a la posada y esperarlo.

Pero antes de que pudiera cambiar de idea el taxi se apartó de la carretera y pasó por una ancha abertura en un viejo muro de piedras. La mansión gris de lady Rowan-Hampton se alzaba, enorme e imponente, al final de una larga y ancha avenida. La fachada, aunque sombría, estaba animada por glicinias trepadoras que sin duda lucirían espléndidas cuando estuvieran en flor, y la simetría de las dos alas, que flanqueaban la parte central de la casa, le brindaban una armonía grata a la vista.

Martha respiró hondo cuando el taxista se apeó para abrirle la portezuela del coche. Le había dicho que esperara. No estaba segura de cuánto iba a durar aquel encuentro. Si todo iba bien, le diría que se fuera. Si no, tardaría escasos minutos en salir.

Llamó al timbre y salió a recibirla un mayordomo de aspecto altanero, vestido con librea, que la hizo pasar a un aireado salón con un cómodo sofá y varias butacas dispuestas en torno a la chimenea. Martha dedujo del hecho de que el fuego estuviera encendido y chisporroteara alegremente que lady Rowan-Hampton recibía numerosas visitas. Dudó si sentarse o permanecer de pie y finalmente optó por acercarse a la ventana que daba al jardín de la parte de atrás de la casa. Mientras esperaba, aguzando el oído por si escuchaba pasos en el vestíbulo, se retorcía las manos para impedir que le temblaran.

Lady Rowan-Hampton entró en el salón en silencio, como un ave rapaz. Sintiendo que no estaba sola, Martha se giró.

—Lo siento, lady Rowan-Hampton, no la he oído llegar.

La señora le sonrió afablemente. Esa mañana tenía un aspecto menos formidable. Lucía un sencillo vestido de flores verdes y una chaqueta de punto morada y llevaba el pelo recogido en un moño descuidado, a la altura de la nuca.

—Por favor, llámame Grace, Martha —dijo tendiéndole las manos.

Martha se las tomó y se fijó en lo radiante que era su cutis sin maquillaje. Sus ojos, libres de la pincelada dramática que les prestaba la sombra artificial, parecían también más suaves y tiernos. Era como si la noche anterior hubiera llevado una máscara y ahora le revelara su verdadera faz: un rostro amable y maternal.

Martha se sintió más animada.

—Qué alegría verte —prosiguió Grace—. ¿Verdad que lo de anoche fue divertido? En casa de Bertie siempre se lo pasa una en grande.

—Lord Deverill fue amable al invitarme —repuso Martha.

—Todos los amigos de JP son amigos suyos y, por lo tanto, míos también. Siéntate, por favor.

Mientras Martha se acomodaba torpemente al borde de uno de los sofás, entraron un par de doncellas llevando bandejas con té, tarta y galletas. Martha empezaba a darse cuenta de que en Irlanda era costumbre ofrecer a los invitados algo más que una taza de té.

—Conozco a JP desde que era un crío —añadió Grace, y cuando echó mano de la tetera Martha reparó en las bonitas pulseras de oro de sus muñecas y los relucientes anillos que adornaban sus dedos.

Todo en lady Rowan-Hampton irradiaba elegancia y buen gusto.

—Era un diablillo, igual que su padre —dijo Grace—. Tienen los dos ese mismo brillo travieso en los ojos.

—Sí, es cierto —convino Martha.

Grace le pasó una delicada taza de porcelana llena de té humeante. Martha la aceptó y, haciendo acopio de todas sus fuerzas para ocultar su temblor, la sostuvo con firmeza.

Tras servirse otra taza, Grace se recostó en el sillón con un suspiro.

—Dime, ¿cuántos años tienes, Martha?

—Diecisiete —contestó la joven.

—La misma edad que JP. Es una lástima que se fuera corriendo a Londres cuando venías para acá. El destino os ha jugado una mala pasada, la verdad. Pero volverá pronto a Ballinakelly y no me cabe duda de que te llevará a las colinas. Ya sabes que le chiflan los caballos. Como a todos los Deverill. Lo llevan en la sangre. ¿Tú montas?

—Sí, y me encanta, pero mi familia no es tan aficionada a los caballos como los Deverill. Mi hermana Edith no los soporta. Pero yo siento algo mágico cuando voy a caballo, a galope tendido.

—Entonces tienes que venir a cazar con nosotros.

—Nunca he cazado.

—JP te enseñará. Es fácil, solo hay que seguir a los sabuesos y saltar cualquier obstáculo que se interponga en tu camino. —Se rieron las dos y

Martha comenzó a tranquilizarse—. ¿Cuánto tiempo piensas quedarte? ¿O es absurdo preguntarle eso a una joven que acaba de enamorarse?

Martha se sonrojó.

—No sé… Quiero decir que… Voy a esperar para ver cómo…

—Entiendo, querida. Puede que ahora parezca un saco de patatas, pero yo también he sido joven.

—No pareces en absoluto un saco de patatas, Grace, al contrario —repuso Martha.

—Hay que darse tiempo, pero siempre he creído que esas cosas se saben enseguida. Si tienes esa capacidad de amar, y creo que tú la tienes, lo sabes sin más. ¿Me equivoco? Creo que no.

Se rio de nuevo y Martha pensó en cuántos hombres debían de haber caído rendidamente enamorados por aquella sonrisa a lo largo de los años. Era irresistible. Se preguntó cuál de esos hombres sería su padre.

Dejó su taza sobre la mesa.

—Necesito decirte algo, Grace —dijo, y debió de palidecer, pues Grace se puso alerta de inmediato.

—Claro que sí. ¿Puedo ayudarte en algo? ¿Tienes algún problema?

—No, no, ninguno. ¿Te he dicho ya que mi madre nació en Clonakilty?

—No, no lo sabía.

—Bueno, pues mi padre y ella no podían tener hijos, al menos no podían cuando se casaron. Edith vino después, ¿comprendes? Es hija suya. —Martha advirtió la expresión de desconcierto de Grace y se dio cuenta de que estaba hablando sin ton ni son. Aun así, siguió adelante—. Tenían muchísimas ganas de tener un hijo, así que vinieron aquí, a Irlanda, y adoptaron un bebé que había nacido en un convento de Dublín.

Grace dejó su taza en la mesita, a su lado, y cruzó cuidadosamente las manos sobre el regazo. Martha no reparó en que había empezado a frotar los pulgares entre sí y que la observaba con mayor atención. La joven estaba demasiado asustada para mirarla a los ojos, y los fijó en la alfombra.

—No supe que era adoptada hasta que mi tía Joan se lo dijo a mi hermana, que a su vez me lo dijo a mí. Encontré mi partida de nacimiento en un armario, en el cuarto de baño de mi madre y… —Se le quebró la voz.

—Mi nombre figura en él —concluyó Grace suavemente.

—Sí —contestó Martha, y por fin se atrevió a mirarla.

Grace permanecía muy quieta y tranquila en su sillón, como si no acabaran de decirle algo sorprendente o fuera de lo normal.

Respiró hondo.

—Mi querida Martha, me temo que yo no soy tu madre.

Martha la miró sin comprender.

—¿No?

Grace negó con la cabeza.

—No. Ayudé a una muchacha que estaba en apuros. Me temo que las monjas pusieron mi nombre en la partida de nacimiento para que la pareja que te adoptó les pagara más. Habían pedido expresamente un bebé de noble cuna.

Martha no supo qué decir. Miró a la mujer a la que creía su madre y una oleada de desilusión le oprimió el corazón. Grace se levantó y se acercó a la ventana. De espaldas a la habitación, contempló el jardín como si buscara algo escondido entre los árboles. Se frotaba la nuca con la mano y, si Martha hubiera podido verle la cara, habría advertido en ella una rigidez que solo podía atribuirse al instinto de conservación.

—Una conocida mía coincidió con tus padres en Londres —continuó Grace sin darse la vuelta. Necesitaba pensar con claridad: había mucho en juego—. Me dijo que querían adoptar un bebé y pensé enseguida en la joven que tenía a mi cuidado. El momento no podía ser más idóneo.

Sentada muy tiesa en el sofá, Martha sintió ganas de vomitar, como si mirara el fondo de un abismo y sufriera vértigo.

—Cuando naciste, tus padres vinieron a Irlanda a recogerte. Habían dicho que querían un bebé de noble cuna. Fueron muy claros al respecto. La joven madre no quiso de ningún modo que su nombre apareciera en el certificado, así que yo di generosamente mi nombre. Me pareció lo correcto. No pensé ni por un instante que quizá me buscarías años después creyendo que era tu madre. Siento haberte desilusionado, Martha.

—¿Cómo se llamaba mi madre? —preguntó la joven en voz baja.

—Oh, no me acuerdo.

A Martha le pareció extraño que no se acordara.

Grace se dio la vuelta, comprendiendo que no había logrado engañarla.

—Revisaré mis papeles —dijo con un arrebato de entusiasmo—. Encontraré su nombre. Déjamelo a mí. —Sonrió, y Martha volvió a sentir esperanzas—. Ayudé a tu madre y ahora te ayudaré a ti. Sé dónde te alojas. Iré a buscarte.

—¿Cómo era mi madre? —preguntó Martha al levantarse.

—Como tú —contestó Grace, y era cierto—. Era igual que tú.

En cuanto Martha se hubo ido, Grace corrió al teléfono. Pidió a la operadora que le pusiera enseguida con la Casa Blanca y, al oír la voz de Kitty al otro lado de la línea, dijo:

—Kitty, tenemos un problema espantoso. Necesito veros a ti y a tu padre enseguida, sin perder un momento.

—¿Qué ocurre, Grace? —preguntó Kitty.

—No puedo decírtelo por teléfono. Esas operadoras están siempre escuchando y no quiero que se enteren de esto. Nos vemos en el pabellón de caza dentro de media hora. Espero que tu padre esté en casa.

Martha pidió al taxista que la dejara cerca de la playa. Había decidido regresar a Ballinakelly caminando desde allí. Tenía el corazón contraído en una bola muy prieta dentro del pecho. Le parecía una piedra dura, fría y muy pequeña. Necesitaba pasar algún tiempo sola para pensar antes de ver a la señora Goodwin y darle la mala noticia. Todo parecía tan prometedor la noche anterior, cuando Grace entró de pronto en el salón de lord Deverill… Allí estaba por fin su verdadera madre, o eso había pensado. Pero el emotivo reencuentro con el que soñaba no había sido más que un espejismo creado por su angustiosa necesidad de sentirse querida. No debería haber venido, se dijo ahora mientras caminaba entre la larga hierba, hacia la orilla. Debería haberse quedado en Estados Unidos, en lugar de perseguir aquel espejismo. Porque eso era: una nube de vapor, nada más. Dudaba ahora de que alguna vez fuera a encontrar a su verdadera madre.

Caminó por la arena con los hombros encorvados y las manos metidas en los bolsillos del abrigo. El viento barría la playa a rachas, arrancándole las lágrimas y enrojeciendo su nariz de frío. Se sentía como si hubiera perdido de nuevo a su madre, solo que esta vez le dolía, porque creía haberla encontrado. Volvió a ver el rostro de Grace y lloró amargamente, porque deseaba con todo su corazón que ella fuera su madre. Tras creerla distante y poco maternal, ahora se daba cuenta de que era perfecta en todos los sentidos, y su pérdida le parecía aún más insoportable.

Kitty y Bertie estaban esperando en la biblioteca cuando Grace llegó a toda prisa al pabellón de caza. Se levantaron al verla entrar y vieron que cerraba la puerta a su espalda. Ella rechazó el té que le ofrecieron, pero pidió un vaso de whisky bien cargado y, cuando le sugirieron que se sentase, también se negó. Prefería estar de pie. Tenía el semblante crispado y el ceño fruncido por la preocupación. Ni Bertie ni Kitty la habían visto nunca tan angustiada. De hecho, Grace había sido siempre capaz de mantener la compostura en cualquier situación: era una actriz consumada, una reina del engaño. Ahora, en cambio, parecía a punto de perder el control, y la forma en que apuró de un trago el whisky y pidió otro hizo que un mal presentimiento se adueñara de sus corazones.

—¿Qué ocurre, Grace? —preguntó Bertie suavemente, poniéndole una mano en el hombro—. Tienes que decírnoslo enseguida.

Kitty se acercó a ellos.

—Sí, Grace —dijo—. No nos tengas en ascuas.

Ella los miró y sus ojos castaños adquirieron de pronto una expresión feroz, como los de un animal acorralado.

—No sé cómo deciros esto —dijo atropelladamente—. No sé cómo contároslo sin que os pongáis en mi contra para siempre.

—¿Qué quieres decir? —repuso Kitty—. Nuestra amistad ha sobrevivido a cosas terribles. Seguro que también sobrevivirá a lo que tengas que decirnos.

—He hecho algo imperdonable —dijo ella casi sin aliento—. Algo indecible. He caído muy bajo, más abajo aún que la peor de las escorias.

Siento mucha vergüenza, pero os suplico que no me deis la espalda —dijo lanzando a Bertie una mirada implorante, llena de lágrimas—. Mi queridísimo Bertie, por favor, perdóname.

—¿Qué es lo que pasa? —contestó él en tono de súplica.

—JP no fue el único bebé que tuvo Bridie. Había un gemelo. Una niña. Les pedí a las monjas que le dijeran a Bridie que la niña había muerto en el parto.

Kitty y Bertie la miraron anonadados, llenos de estupor.

—Puse mi nombre en la partida de nacimiento porque la pareja que adoptó a la niña quería un bebé de origen noble y estaba dispuesta a pagar un precio muy alto por él. Las monjas insistieron en que lo hiciera, y yo no le di importancia. Creí que estaba ayudando a la niña y a los padres adoptivos. Y ahora esa niña ha venido a buscarme, creyendo que soy su madre.

Kitty sofocó un grito de horror y se llevó la mano a la boca.

—¡Martha! —exclamó, espantada.

Bertie se frotó la frente y se acercó al armario de las bebidas para servirse un whisky. No probaba el alcohol desde hacía casi quince años, cuando su primo Digby le persuadió de que lo dejara. Ahora, sin embargo, necesitaba una copa más que nunca. *Santo cielo*, se dijo. ¡Bridie tuvo gemelos! No tenía uno, sino dos hijos ilegítimos. El sentimiento de vergüenza que creía haber dejado atrás volvió a alcanzarlo y se abatió sobre él como una horrible sombra.

—Martha es mi hija —dijo con voz ronca tras dar un buen trago. Se sirvió más whisky de la botella con mano temblorosa—. ¡Dios mío, Grace!

Ella se apartó como si su mirada la quemase.

—Lo siento. Debería habértelo dicho, pero…

—Martha es la hermana gemela de JP —la interrumpió Kitty, ahorrándole el esfuerzo de tejer más mentiras. Se acercó a la ventana para tomar algo de aire fresco—. Pero no se parecen nada.

—No son gemelos idénticos —repuso Grace—. Son tan distintos como si hubieran nacido con cuatro años de diferencia. Pero nacieron el mismo día, doy fe de ello.

—¡Mi pobre JP! —exclamó Kitty con un profundo suspiro—. ¿Qué vamos a decirle?

—¿La verdad? —sugirió Grace en tono resignado.

Kitty se volvió bruscamente hacia ella.

—¿La verdad? ¿Estás loca, Grace? Le dije a JP que su madre había muerto. No puedes decirle ahora que está viva y que vive en el castillo. Te lo prohíbo.

—Tiene razón —añadió Bertie con calma—. No podemos decirle toda la verdad a Martha. Pero sí una parte.

—Entonces hay que preparar lo que vamos a contarle —dijo Grace con repentina firmeza, pues no había nada que le gustara más que maquinar una conspiración—. Yo no le he dicho nada, excepto que puse mi nombre en la partida de nacimiento. Le he asegurado que la ayudaría a encontrar a su madre. No descansará hasta que la encuentre. Por lo tanto, tenemos que ponernos de acuerdo y decidir con mucha cautela qué información vamos a divulgar.

—Sentémonos —propuso Bertie, acercándose al sillón que había junto al fuego.

Ellas ocuparon el sofá, unidas de nuevo en un complot.

—Hemos de hacer lo que sea más conveniente para JP —dijo Bertie con firmeza—. Se trata, sobre todo, de limitar los daños todo lo posible. JP cree que su madre está muerta, de modo que eso le diremos a Martha. Luego le diremos que yo soy su padre. Y que Dios la ayude, a la pobre, cuando se entere.

—Pero papá —protestó Kitty—, esto acabará definitivamente con mamá.

—No hay forma de evitarlo —contestó él con expresión abatida—. JP tendrá que saber que Martha es su hermana. Su romance tiene que acabar de inmediato.

Kitty se llevó la mano al cuello.

—Sufrirá muchísimo —dijo, cada vez más acongojada—. ¿Y si se entera Bridie? Podría hacer alguna estupidez. Si le cuenta la verdad a JP, nos odiará por habérselo ocultado. ¡Sabrá que no solo tiene una hermana, sino también una madre! Dios mío, las consecuencias podrían ser espantosas.

Grace entornó los párpados.

—Quizá podamos convencer a Martha de que guarde el secreto —sugirió con calma—. Es una chica sensata. Comprenderá lo delicada que es la situación. Al menos habrá encontrado a su padre. ¿Para qué hacerlo público? No ha venido para eso. Está aquí porque quiere saber quiénes son sus verdaderos padres.

Kitty se apresuró a darle la razón.

—Sí, no tiene por qué decírselo a nadie —dijo, agarrándose a la sugerencia de Grace como a un clavo ardiendo—. Puede ser nuestro secreto, compartido por todos nosotros.

Bertie se frotó la barbilla pensativamente.

—Tengo otra hija —dijo. Todavía le costaba hacerse a la idea—. Estuvo aquí anoche y yo no lo sabía. —Apuró de un trago su copa—. No tenía ni idea.

—Se parece a Bridie —comentó Grace—. Debería haberme dado cuenta enseguida, pero no lo vi.

—Yo tampoco —dijo Kitty—. Pero ¿cómo vamos a decírselo a JP? Cree que está enamorado. Va a ser un golpe muy duro para él.

—Los corazones se curan —repuso Grace, pero no se atrevió a mirar a los ojos a Bertie, al que una vez, hacía muchos años, le había roto el corazón.

—¿Cómo te las arreglaste para organizarlo, Grace? —preguntó Kitty.

Ella cerró los ojos y sacudió la cabeza. ¿Cómo podía explicarle que estaba celosa de Bridie por su aventura con Bertie y que tomar el control del destino de la muchacha le había brindado la oportunidad perfecta para vengarse? ¿Cómo iba a expresar una cosa así en voz alta sin parecer un monstruo? ¿Cómo podía confesar que no había actuado movida por el deseo de evitarle un escándalo a Bertie, ni para salvar a Bridie de la deshonra, sino por interés propio? Con su consumada habilidad para manipular a los otros, se las había ingeniado para quitar de en medio a Bridie enviándola a Estados Unidos. Tenía intención de organizar la adopción de los dos pequeños lo antes posible, deshaciéndose así de las pruebas del desliz de su examante, que era una afrenta *para ella*, pues Bridie no era más que una criada, una vulgar criada ¡y además sin ningún encanto!

Entonces, sin embargo, intervino Michael Doyle: secuestró a JP y lo llevó al pabellón de caza en un capazo mientras a su hermana gemela la sacaban clandestinamente del convento para mandarla al otro lado del Atlántico con Larry y Pamela Wallace, que estaban sumamente agradecidos. Grace no esperaba que la joven fuera a buscarla a ella. Santo Dios, pensó con profundo pesar, ¿qué la había impulsado a poner su nombre en la partida de nacimiento?

—No fue difícil —contestó, abriendo los ojos—. Las monjas hacen estas cosas continuamente. Ganan mucho dinero de esa forma. No está bien, pero es así. Sabían perfectamente lo que tenían que hacer. Engañaron a Bridie, le hicieron creer que la niña estaba muerta, y Bridie... Pobrecilla, era como un cordero camino del matadero. Que Dios me perdone —murmuró, agobiada de pronto por los remordimientos—. Si pudiera dar marcha atrás al reloj y hacerlo de otro modo, lo haría.

—Pero, como no puedes, hay algo que sí debes hacer, Grace —repuso Kitty.

Bertie levantó los ojos por encima del vaso.

—Fingirte tan sorprendida y horrorizada como nosotros —prosiguió Kitty—. Tú ignorabas que los bebés eran dos, las monjas no te lo dijeron y también te engañaron a ti. El nombre de la criada era Mary O'Connor, que es el nombre que mi padre y yo acordamos decirle a JP, y está enterrada en Dublín, no sabes dónde. Murió poco después de dar a luz debido a la hemorragia. De ese modo, estarás a salvo de la ira de JP y evitaremos que Martha siga haciendo indagaciones.

Grace le agarró la mano y se la apretó.

—Gracias —dijo.

Kitty le devolvió el apretón.

—Hemos de dar gracias —comentó—. Si no hubieras puesto tu nombre en la partida de nacimiento, Martha habría venido buscando a Bridie Doyle y estaríamos metidos en un lío aún mayor.

Tuvo que hacer un esfuerzo, sin embargo, por sofocar sus verdaderos sentimientos. En el fondo, le horrorizaba que Grace hubiera tomado la decisión de separar a los gemelos al nacer: no lograba entender cómo podía haber hecho su amiga una cosa tan atroz y despiadada.

La señora Goodwin comprendió que el encuentro de Martha con lady Rowan-Hampton había tenido resultados nefastos antes incluso de ver su cara llorosa, pues su paso desganado era el de una persona que ha perdido toda esperanza. La anciana niñera, que iba de vuelta a la posada tras haber pasado la mañana en la deliciosa compañía de John Maddox, dejó a un lado su felicidad y corrió a abrazar a la joven. Martha había vuelto de la playa con el sombrero en la mano y tenía el pelo revuelto y enredado. Dejó que la señora Goodwin la abrazara y la condujera a su habitación antes de que la señora O'Sullivan saliera de entre las sombras para hacerles preguntas incómodas. Cuando estuvieron a salvo en su cuarto, con la puerta cerrada, Martha se dejó caer en su cama y arrojó su sombrero sobre la colcha.

—Grace no es mi madre —dijo—. Puso su nombre en el certificado de adopción para que las monjas sacaran más dinero del trato. Supongo que un bebé de noble cuna vale mucho más que la hija de una simple criada.

La señora Goodwin se sentó al borde de su cama, frente a Martha.

—Ay, mi niña querida, qué desilusión te habrás llevado.

—Creía que la había encontrado, Goodwin. Pero solo he encontrado un fantasma.

—¿Qué te ha dicho?

—Que mi madre era una criada, pero que no se acordaba de su nombre. En cambio sí se acordaba del nombre de mis padres.

La señora Goodwin arrugó el ceño.

—¿De qué conocía a esa criada? ¿Trabajaba para ella?

—No lo sé. Ha dicho que era joven y que estaba en apuros, y que ella asumió la responsabilidad de ayudarla. Y también que va a hacer averiguaciones y que me contará lo que descubra.

—Debería haber ido contigo —comentó la señora Goodwin, enojada.

Allí estaba ella, divirtiéndose inmensamente, mientras Martha se enfrentaba al mayor desengaño de su vida. Debería haber estado más atenta.

—No, es mejor que haya ido sola. Es solo que estoy muy desanimada.

La señora Goodwin sonrió.

—Si lady Rowan-Hampton va a ayudarte, estoy segura de que encontrarás a tu madre. Creo que esa mujer es capaz de cualquier cosa. Y JP volverá pronto. Eso nos animará un poco.

Martha pareció algo menos abatida.

—Sí, es cierto. Ahora mismo, siento que lo necesito más que nunca. Creo no equivocarme al esperar que él lo entienda. —Se rio melancólicamente—. Me he equivocado en todo lo demás, pero no creo que vaya a equivocarme en *eso*.

13

Esa noche, Martha procuró ocultar su desilusión cuando la señora Goodwin y ella cenaron en la Casa Blanca. Kitty les hizo llegar la invitación a través de la señora O'Sullivan, y ellas dedujeron que deseaba entretenerlas mientras aguardaban a que JP regresara de Londres. Cuando llegaron, Kitty abrazó a Martha con tanto cariño como si ya fuera una Deverill y su marido, Robert, que la noche anterior se había mostrado muy reservado, estuvo sorprendentemente cordial, lo que Martha atribuyó a que se sentía más relajado en su casa. La hermana de Kitty, Elspeth MacCartain, y su marido, Peter —que se había tomado más de una copita antes de llegar—, estaban ya en el salón, y el reverendo Maddox, cuya aparición había puesto en tal estado de frenesí a la señora Goodwin la noche anterior, estaba apostado junto a la puerta como si llevara toda la tarde esperando su llegada. Las atenciones de Kitty consiguieron animar a Martha, que más de una vez sorprendió a su anfitriona observándola con atención desde el otro lado de la mesa. Se preguntaba si Kitty la miraba con tanto interés a causa de JP y, de ser así, si la juzgaba digna de él.

Había estado tan absorta en sus emociones toda la tarde que solo cuando estaban a mitad de la cena y la señora Goodwin se rio de algo que había dicho el rector, reparó en que un cambio extraordinario se estaba operando en su niñera. Nunca la había oído reír tan relajadamente. Al prestar atención, se dio cuenta además de que a la niñera se le había aflojado el moño y los mechones sueltos se rizaban en ondas plateadas alrededor de su cara, suavizando sus rasgos. De hecho, estaba muy guapa. La luz de las velas difuminaba sus arrugas y bailoteaba en sus ojos. ¿Era posible, se preguntó Martha al ver que el reverendo Maddox se inclinaba hacia ella para decirle algo en voz baja, que la señora Goodwin estuviera enamorada? Siempre había creído que el corazón de las personas mayores no era igual que el de los jóvenes. Daba por sentado que, al llegar a los sesenta años, se marchitaba como una ciruela pasa, y sin embargo el de la señora Goodwin parecía tan lozano como una fruta fresca. Aquella Goodwin era muy distinta a la que la había criado en el cuarto de los niños. Volvió a reírse y Martha envidió su felicidad. Ansiaba que JP volviera a casa para poder ser tan dichosa como ella. *Ya no tardará mucho*, se dijo. *Y cuando por fin volvamos a vernos, se lo contaré todo.*

—¡Qué cena tan espléndida! —comentó satisfecha la señora Goodwin cuando subieron al coche, al acabar la velada—. Y qué encantadora es la gente aquí, en Ballinakelly. Encantadora de verdad. Debo decir que estoy disfrutando muchísimo.

—Dígame, Goodwin, ¿de qué conoce al reverendo Maddox? —preguntó Martha.

La señora Goodwin volvió la cara hacia la ventanilla cuando el taxi enfiló la avenida.

—Lo conocí hace mucho tiempo, en Brighton —contestó con voz queda—. Él aún no había descubierto su vocación. Éramos muy jóvenes los dos.

—¿Se enamoró de él?

La señora Goodwin siguió mirando por la ventanilla un rato, sin contestar, y a Martha empezó a preocuparle que su pregunta fuera demasiado indiscreta.

Por fin, la anciana niñera se miró el regazo y respondió:

—Sí, querida, me enamoré.

Martha intuyó que no quería contarle nada más. Deseaba preguntarle si en aquel entonces conocía ya al señor Goodwin, pero no quería avergonzarla si la respuesta era sí, de modo que guardó silencio. Se daba cuenta de que su niñera estaba pensando en John Maddox. Conocía aquella mirada porque la había visto otras veces en su propio reflejo: esa mirada de maravillado asombro ante la belleza del mundo, únicamente porque él estaba vivo. Suspiró y dejó que su mirada se posara en las pequeñas cuentas de lluvia prendidas en el cristal de la ventanilla. Era todo muy bello, sí, porque JP lo llenaba todo de belleza.

A la mañana siguiente, salieron a dar una vuelta por las tiendas del pueblo. El cielo estaba nublado y el aire frío y húmedo auguraba lluvia. No había muchas tiendas de interés en Ballinakelly para dos mujeres acostumbradas a la abundancia de Estados Unidos, pero necesitaban algo en lo que entretenerse. Tras visitar un par de establecimientos que vendían chucherías y figuritas, se sintieron atraídas por los coloridos sombreros y adornos del escaparate de la sombrerería. Empujaron la puerta, haciendo tintinear alegremente la campanilla, y descubrieron que había ya un par de señoras hablando con la dueña de la tienda, al otro lado del local. La sombrerera las saludó con una inclinación de cabeza y les dio amablemente los buenos días, pero siguió conversando con las otras dos mujeres, ataviadas con elegantes abrigos y sombreros. Sin prestarles atención, Martha se puso a echar un vistazo a las estanterías.

—Mire esto, Goodwin —dijo, levantando un sombrero de color azul verdoso—. ¡Qué color tan bonito!

Al oír su acento americano, Bridie se volvió. Observó un instante a la joven que, parada delante del espejo de cuerpo entero, estaba cambiando su sombrero marrón por el azul verdoso.

—¿Qué le parece, Goodwin? —preguntó la muchacha.

—Me parece precioso —dijo Goodwin—. *Todos* me parecen preciosos.

Incapaz de refrenar su curiosidad, Bridie cruzó la tienda para acercarse a ellas.

—¿Saben?, la señora O'Leary puede hacerles el sombrero que quieran —dijo—. Es una artista. Y ese color no van a encontrarlo en ningún otro sitio. Es único.

Martha se volvió y le sonrió.

—Gracias —dijo—. Es usted muy amable.

—Por favor, disculpe mi curiosidad, pero veo por su acento que es usted americana —prosiguió Bridie con una sonrisa—. He vivido en Estados Unidos muchos años. Si no le importa que se lo pregunte, ¿de dónde es?

—De Connecticut —contestó Martha.

El rostro de Bridie se iluminó, lleno de sorpresa.

—¡Qué coincidencia! También he vivido allí.

La señora Goodwin se apartó de los hermosos sombreros para escuchar la conversación.

—Goodwin, ¿verdad que es una coincidencia asombrosa? —dijo Martha—. Esta señora tan amable...

—Condesa di Marcantonio —la interrumpió Bridie, y Martha se llevó tal sobresalto al saber que se hallaba en compañía de una condesa que de pronto se puso nerviosa y no supo si hacer una reverencia o no. Pero a la condesa parecía importarle muy poco la etiqueta—. ¿Puedo presentarles a mi amiga, la señora O'Leary? —añadió.

Al oír su apellido, Emer y la dueña de la tienda se giraron y Bridie se rio.

—Hay dos señoras O'Leary —explicó—. La señora de Jack O'Leary y la de Séamus O'Leary.

—Es un placer conocerlas —dijo Martha con tanta cortesía como si se encontrara ante la realeza—. Soy la señorita Wallace y esta es la señora Goodwin.

—¿Es la primera vez que visita Irlanda? —preguntó Bridie.

—Sí —contestó Martha—. Pero mi madre es originaria de Clonakilty.

—Entonces, ¿ha venido en busca de sus raíces?

—Así es —respondió la joven, tan acostumbrada a decir aquella mentira que ya casi se la creía.

Bridie entornó los ojos y la miró atentamente.

—¿Sabe, señorita Wallace? —dijo—. Usted y yo tenemos el mismo tono de piel y de cabello, y en mi opinión el color que mejor nos sienta es el morado oscuro.

La sombrerera sacó del escaparate un sombrero de fieltro de color ciruela, con una ancha banda rosa, y se lo dio a Bridie. Martha se quitó el azul verdoso y dejó que Bridie le pusiera el otro sombrero. Al verlas a las dos ante el espejo, Martha con el sombrero morado y Bridie con uno de un tono beis más discreto, la señora Goodwin tuvo un sobresalto. Se parecían muchísimo. Ambas tenían la tez pálida y los ojos de color chocolate, pecas en la nariz y el cabello largo y castaño oscuro.

—¿Lo ve? —dijo Bridie—, ese color resalta el tono rosado de sus mejillas. Le favorece. Usted y yo podemos parecer un poco descoloridas a veces, y este tono ciruela da vida a nuestras caras.

—La condesa tiene razón —convino la sombrerera, asintiendo con la cabeza—. Y el estilo cloché está muy de moda.

Emer sonrió, divertida.

—Parecen las dos muy irlandesas —dijo—. ¿No cree, señora Goodwin? ¡No podrían ser de ningún otro sitio!

Bridie se rio.

—Bueno, yo soy de Ballinakelly y la señorita Wallace de Clonakilty. Quién sabe, puede que incluso seamos familia.

Martha se rio, halagada.

—Me encanta el sombrero, condesa, pero nuestro presupuesto es muy limitado. —Se quitó el sombrero y se lo devolvió a la dueña—. La condesa tiene razón. Es usted una artista, señora O'Leary.

—¡Pero tiene que llevárselo! —insistió Bridie—. ¿Verdad que sí, Emer?

—Desde luego —respondió ella—. Aunque entiendo lo del presupuesto limitado. ¿Cuánto tiempo van a quedarse? —preguntó.

—Un par de días más, quizá —respondió la señora Goodwin—. Nos alojamos en Seafort House, que no es un sitio muy caro, y lo estamos pasando en grande. No tenemos prisa por irnos.

—Eso es estupendo —dijo Bridie—. Quizá pueda pensárselo, señorita Wallace. La señora O'Leary le guardará el sombrero un día o dos, por si cambia de idea, ¿verdad que sí, Loretta?

—Claro que sí —contestó Loretta O'Leary, y se llevó el sombrero detrás del mostrador. Estaba dispuesta a hacer cualquier cosa por la condesa que, aunque solo llevaba unas semanas en Ballinakelly, ya le había encargado más de una docena de sombreros.

—Entonces, todo arreglado —dijo Bridie con satisfacción—. Creo que estará usted muy elegante en Connecticut con ese sombrero morado.

Martha se sonrojó, halagada por la amabilidad de aquellas desconocidas. La gente en Irlanda era extremadamente amable, se dijo.

—Bueno, ha sido un placer conocerlas —dijo—. La señora Goodwin quiere dar un paseo por la iglesia antes de comer —añadió—. Así que será mejor que nos vayamos.

—Si quieren ver algo milagroso —sugirió Bridie—, hay una estatua de la Virgen en la ladera de la colina, al salir del pueblo. Se construyó en 1828 para conmemorar la visión de una muchacha. De vez en cuando se mueve por sí sola. Viene gente de todo el mundo a verla. No pueden marcharse de Ballinakelly sin visitarla. Nunca se sabe, quizá se mueva *para ustedes*.

Martha miró a la señora Goodwin.

—¿Vamos a verla después de comer? —preguntó.

—Es buena idea —contestó la señora Goodwin.

Martha se volvió hacia Bridie.

—¿*Usted* la ha visto moverse?

—De niña, la vi moverse muchísimas veces —contestó ella.

—Santo cielo, es extraordinario.

—No la he visto moverse desde que volví, pero la verdad es que apenas le he dedicado una mirada de pasada.

—¿Trae buena suerte? —preguntó Martha.

Bridie suspiró, escéptica.

—No lo sé. Yo, hasta ahora, he tenido buena y mala suerte en mi vida, así que no sabría decirle. Pero si la Virgen interviniera en la vida de todo el mundo no daría abasto, ¿no cree? Y yo creo que cada uno tiene que cometer sus propios errores y aprender de ellos. Estoy segura de que si se mueve para usted, señorita Wallace, le traerá buena suerte.

Martha y la señora Goodwin salieron de la sombrerería muy animadas, comentando lo amable y servicial que era la gente en Ballinakelly.

—Esa señora tiene que haberse casado con un conde extranjero —dijo la señora Goodwin mientras subían hacia la iglesia—. Era muy elegante, ¿verdad? ¿Te has fijado en sus pendientes de diamantes? ¡Eran del tamaño de margaritas!

Martha se rio.

—No me he fijado en los diamantes, Goodwin. ¿Una condesa es como de la realeza?

—Una extranjera no, querida. Las hay a miles.

—Ah —dijo Martha, desilusionada.

—Ha dicho que creció en Ballinakelly y tiene mucho acento irlandés aunque haya vivido años en América. Yo diría que no era una dama cuando conoció a su marido. A mi modo de ver, la Virgen le trajo buena suerte. A fin de cuentas, se ha casado con un conde.

Llegaron a la iglesia protestante de Saint Patrick pasadas las once. Al dirigirse hacia el portón, la señora Goodwin apretó el paso, no porque hubiera empezado a lloviznar sino porque allí, cerca de la entrada, estaba el reverendo Maddox, portando una caja de cartón llena de breviarios. Se fingió sorprendido al verla, pero Martha notó que su encuentro estaba acordado de antemano. La cara redonda del reverendo adquirió el color de la mermelada de arándanos y la sarta de exclamaciones que profirió acerca de aquella extraordinaria coincidencia sonó demasiado teatral para ser espontánea. Llevaba ensayada su reacción y como actor dejaba mucho que desear. Martha, que no deseaba interferir en el avivamiento de aquel viejo romance —pues eso era lo que sucedía, a todas luces—, se excusó y los dejó solos, diciéndole a la señora Goodwin que se verían en la posada a la una para comer. Echó entonces a andar por la carretera, dispuesta a explorar el pueblo. Al mirar hacia arriba, vio que no muy lejos de allí las nubes se adelgazaban y empezaban a asomar retazos de cielo azul.

Subió sin prisa por la calle, gozando de su soledad. Se deleitó ante la anticuada estampa de un caballo que tiraba de un carro lleno de sacos y de un par de chiquillos con gorra y chaqueta que montaban en bicicleta por mitad de la calle. En Ballinakelly reinaba una quietud soñolienta, casi propia de otra época. Se preguntó cómo habría sido el pueblo cuando su madre era niña. Pero, tras convencerse de que sus raíces estaban allí, ahora se daba cuenta de que su sitio no estaba en Ballinakelly, a fin de cuentas. El sentimiento de haber llegado a casa había sido también un espejismo, tan irreal como el emotivo reencuentro con su madre con el que tan a menudo había fantaseado. Que ella supiera, su madre podía haber llegado allí desde la otra punta del país. Quizá ni siquiera fuera irlandesa. Sintió un peso en el corazón y dejó de mirar a su alrededor maravillada para fijar los ojos en el suelo, afligida.

Pasado un rato levantó la vista y vio que se hallaba delante de la iglesia católica de Todos los Santos. Era una iglesia de piedra gris cuyo campanario se alzaba hacia el cielo, descollando entre la neblina como un faro hospitalario. Atraída por la luz dorada que brillaba a través de las vidrieras emplomadas y por la certeza de que allí encontraría consuelo, entró en el templo. Los Tobin, la familia de Pam, eran católicos, pero ella había sido educada en la fe de su padre, que era presbiteriano. No le parecía indecoroso, sin embargo, aventurarse a echar un vistazo dentro. A fin de cuentas, Dios era Dios, se dijo, en cualquier casa donde una fuera a buscarlo.

La de Todos los Santos era una iglesia pequeña, con varias filas de bancos de madera, paredes blancas e imágenes de la Virgen y diversos santos colocadas en las esquinas a fin de que su ejemplo sirviera de inspiración a los parroquianos. Al final del pasillo central, se alzaba el altar en medio de un remanso de luz suave que entraba en haces nebulosos por la ventana ojival del piso superior. Se llegaba al púlpito subiendo un corto trecho de escalones, y gigantescos cirios se alzaban, con llama temblorosa, sobre elevados soportes de madera. Martha no estaba sola. Había varias personas arrodilladas en los bancos, sumidas en serena contemplación, y una señora mayor, muy menuda y ataviada con largo vestido negro y mantón, estaba encendiendo velas junto a un altarcillo en el que brillaban ya numerosas llamitas. Un hombre alto, de rizos negros, hablaba en voz baja con el sacerdote. El lugar olía a incienso y a cera de velas, y era tan acogedor que Martha pensó en sentarse en uno de los bancos para disfrutar un rato de aquella quietud.

Al cura no pareció importarle. Martha vio que la miraba un instante y pensó que sin duda se había dado cuenta de que necesitaba estar sola. Dejó que sus pensamientos vagaran de nuevo hacia JP. Confiaba en que llegara al día siguiente. Estaba deseando compartir con él sus preocupaciones. Sabía que, siendo él también hijo ilegítimo, la comprendería. Aunque nunca encontrara a su madre, al menos había encontrado a JP.

El hombre alto y de cabello rizado y la anciana, que ahora caminaba lentamente por el pasillo, hacia ella, la sacaron de su ensimismamiento. Martha los observó distraída. La mujer era tan frágil como un pájaro. A su lado, el hombre de anchos hombros y poderosa presencia parecía un gigante. Entonces, él la miró. Sus miradas se cruzaron un instante y ella desvió los ojos. Luego, la anciana dijo:

—¿Bridie?

Martha no le prestó atención.

—¿Bridie? —repitió la mujer, esta vez con más insistencia.

El hombre se inclinó y le susurró algo al oído, y la mujer ahogó una exclamación de sorpresa.

—Válgame Dios, Michael —dijo—. He pensado que era Bridie hace veinte años.

Martha levantó la vista a tiempo de ver la cara marchita de la anciana, que la observaba con pasmo, como si fuera un fantasma. Se marcharon enseguida y ella se quedó sola, sin que el cura interrumpiera su meditación.

Al fin llegó el día del regreso de JP. La señora O'Sullivan les entregó una invitación a la hora del desayuno y, justo después, Martha y la señora Goodwin tomaron un taxi para ir al pabellón de caza, llenas de emoción. Brillaba el sol, el mar centelleaba, los barquitos se mecían en el agua como una bandada de gaviotas y a Martha y a la señora Goodwin todo les parecía lleno de belleza. Salió a recibirlas el mayordomo, que las condujo al salón, donde las aguardaban lord Deverill y lady Rowan-Hampton. No fue, sin embargo, la expresión nerviosa de ambos lo que llamó la atención de Martha, sino el retrato que colgaba sobre la chimenea. En su anterior visita no estaba allí, y al verlo Martha reconoció de inmediato a la persona retratada. Se detuvo delante del cuadro y sintió que un extraño mareo se apoderaba de ella. Pero antes de que pudiera entender de qué conocía a aquella mujer de cabello rojo y ojos claros, vio a Kitty, que acababa de entrar con JP.

Cuando JP la vio a ella, su semblante, crispado por el enfado desde que su hermana le había dicho que no podía ver a la joven hasta que hubieran hablado todos juntos en el pabellón de caza, se suavizó de repente. La tomó de las manos y besó su mejilla sonrojada. Nada de lo que pudieran decirle, se dijo, le impediría casarse con ella. Nada. Se acordó del deseo que había pedido en Ha'panny Bridge y comprendió que ni siquiera el rechazo de su familia podría disuadirlo de seguir el dictado de su corazón. Había pedido un deseo y se le había concedido, pues veía que la mirada de ternura de Martha era idéntica a la suya.

—Por favor, siéntate, JP —dijo su padre en un tono más hosco de lo que pretendía a causa del nerviosismo.

JP dio un respingo y su rostro se crispó de nuevo, lleno de irritación. Saludó a la señora Goodwin y a Grace y fue a sentarse en el guardafuegos para que Martha y su dama de compañía tuvieran el sofá para ellas solas. Se preguntaba qué pintaba Grace allí. Sin duda, si había algún problema, Kitty o su padre podrían haber hablado con él en privado. Kitty se sentó junto a Grace en el sofá de enfrente y Bertie se dejó caer en el sillón con un gruñido.

—Hay una cosa que tenemos que deciros —comenzó.

La atmósfera de la habitación era opresiva y Martha comenzó a sudar. Por su cabeza pasaron todos los motivos por los que podía parecerles inconveniente para JP. Quizá pensaban que era católica, o tal vez no les gustaba por ser americana…

—¿Grace? —dijo Bertie, y todos miraron a lady Rowan-Hampton.

—No sé si lo sabes, Martha, pero la madre de JP falleció en el parto —comenzó a decir Grace.

JP se puso colorado.

—¿Qué tiene eso que ver con…? —dijo, enojado.

Bertie levantó la mano.

—Déjala hablar, por Dios. Es importante.

De nuevo, su angustia dio a su tono una aspereza que incluso a él le sorprendió.

—JP nació en un convento en Dublín en enero de 1922 —continuó Grace, y entonces fue Martha quien se sonrojó. Miró a la señora Goodwin, que le lanzó una mirada de alarma—. Su madre era una doncella de lord Deverill. Lo que nadie sabía hasta hace un par de días, cuando Martha me hizo una visita, es que esa joven dio a luz no a un niño, sino a dos. Tuvo gemelos.

Martha miró a JP y su rubor se esfumó junto con sus esperanzas, dejándola tan pálida como la muerte. JP la miró pestañeando, anonadado, con la garganta oprimida por un horrible sentimiento de decepción. No había imaginado *aquello* al pensar en todos los motivos por los que no debía permitirse que dos personas se casaran.

—Las monjas pusieron mi nombre en la partida de nacimiento, conscientes de que conseguirían un precio mayor si la madre tenía un apellido aristocrático —prosiguió Grace—. Pero yo no soy tu madre, Martha. Ahora puedo decirte que tu madre era una muchacha de pueblo, dulce y encantadora, que se llamaba Mary O'Connor y que es una verdadera lástima que ni JP ni tú hayáis podido conocerla. Pero lord Deverill es vuestro padre y sois hermanos carnales. Lamento que no podáis estar juntos como deseabais, pero vinisteis al mundo a la vez y es un milagro que el destino haya vuelto a reuniros.

JP sacudió la cabeza, juntó las manos con fuerza y se puso muy colorado mientras trataba de contener las lágrimas.

Martha fijó la mirada en lord Deverill, su padre. Solo había fantaseado con encontrar a su madre, y sin embargo allí estaba, en presencia del hombre que la había engendrado. De pronto se sintió abrumada. No habría abrazo emocionado, ni un final feliz para una larga vida de búsqueda, ni conclusión satisfactoria. Lord Deverill la miró y ella le devolvió la mirada, y no hubo ni una sola chispa de reconocimiento, como una perplejidad dolorosa y hueca. *Qué penoso ha de ser para él descubrir que tiene otra hija ilegítima*, se dijo. Tan penoso como para ella haber encontrado a un padre desconcertado y gruñón, en lugar de a una madre cariñosa.

El retrato atrajo de nuevo su mirada y fue como si la dama del cuadro no fuera una imagen pintada, sino una persona de carne y hueso que la miraba con ojos auténticos. Mientras la contemplaba, un recuerdo afloró como una burbuja que hubiera estado atrapada durante años bajo una roca en el fondo del mar. Ascendió lentamente hasta su conciencia y estalló en su mente con sorprendente claridad. Había visto antes a aquella dama. La había visto muchas veces y la había querido.

—Esa es Adeline —dijo en voz baja—. Mi abuela.

Y se le llenaron los ojos de lágrimas.

—¿Conoces a Adeline? —preguntó Bertie, atónito.

Él también fijó la mirada en el cuadro. Adeline le sonreía con tristeza. *Sí, Martha, siempre he estado a tu lado, incluso cuando perdiste la capacidad de verme. Nunca te he dejado y nunca te dejaré.* Martha oyó sus palabras en un susurro que podría haber sido el silbido del viento fuera, de no ser por la nitidez con que las escuchó.

—Siempre ha estado conmigo —respondió, y la imagen del cuadro se emborronó cuando un sentimiento de profunda desilusión se adueñó de ella.

Kitty corrió a su lado y la estrechó en sus brazos.

—Tú y yo hemos heredado el don de la visión de Adeline. Siento que no hayas encontrado a tu madre, cielo, pero nos has encontrado a nosotros y también somos tu familia —dijo, y se le saltaron las lágrimas, no por sí misma, sino por JP y por la hermana a la que acababa de descubrir.

JP se levantó.

—Por favor, ¿podéis dejarnos un momento? —dijo, mirándolos sucesivamente a todos—. Quiero hablar a solas con Martha.

Con el corazón apesadumbrado, Bertie, Kitty, Grace y la señora Goodwin salieron del salón y volvieron a reunirse en la biblioteca, donde compartieron su angustia hablando en voz baja mientras tomaban una copa de whisky.

Martha y JP se miraron sin saber qué decir. Sabían que se querían, pero ninguno de los dos había imaginado que ese sentimiento tenía su origen en un profundo reconocimiento inconsciente, en una atracción magnética que había empezado diecisiete años antes, en el vientre materno. ¿Cómo podían expresar su consternación y al mismo tiempo celebrar el milagro de su reencuentro? Agobiados por el peso terrible de la revelación de Grace, se fundieron en un abrazo desesperado.

—Nos vamos de Irlanda —dijo Martha cuando volvió a subir al taxi con la señora Goodwin—. No puedo quedarme aquí ni un minuto más. Necesito tiempo para pensar. Espacio para ordenar mis ideas. Acabo de sufrir el mayor desengaño de mi vida y no sé cómo asumirlo. No debería haber venido. Vivía mejor en la ignorancia. Debería haber sabido apreciar la familia que tenía, en lugar de perseguir una fantasía. He sido una idiota, Goodwin.

La señora Goodwin la atrajo hacia sí y apoyó la mejilla en su cabello.

—No sé cómo consolarte —dijo, abatida.

—Llorar por mi pobre madre muerta es como llorar por un sueño perdido. JP en cambio es real. No creo que vaya a recuperarme nunca de ese golpe, Goodwin. No sé cómo voy a seguir adelante —añadió con voz entrecortada—. Creo que no puedo. Todo ha cambiado. Antes, el mundo era precioso. Ahora es duro e inhóspito, y me da miedo estar en él.

Llegaron a la posada. Parecía irreal que apenas unas horas antes se hubieran marchado en tal estado de euforia. Abrieron la puerta y entraron en el vestíbulo.

Y allí, sentado en una silla, estaba Larry Wallace.

Se levantó al ver a su hija y una nube de incertidumbre cruzó su semblante, pero Martha corrió a su encuentro y se abrazó a él.

—¡Papá! —sollozó—. ¡Has venido!

Larry la tomó en sus brazos y miró a la señora Goodwin por encima de su cabeza. El rostro abatido de la anciana le hizo comprender que había ocurrido algo espantoso.

—Martha —dijo en tono tranquilizador mientras le acariciaba el pelo—. No pasa nada, ya estoy aquí. Todo se va a arreglar.

—¿Cómo me has encontrado?

—Gracias al profesor Partridge y a un poco de trabajo detectivesco. No ha sido muy difícil.

—¿Has venido desde América *por mí*?

Él la apretó con tanta fuerza que casi le cortó la respiración.

—Eres mi niña, ¿no?

—Sí —sollozó ella—. Soy tu niña. Llévame a casa —dijo.

Larry Wallace cerró los ojos y dejó escapar un profundo suspiro.

—Confiaba en que dijeras eso.

Martha no lamentó marcharse de Ballinakelly. Quería borrarlo de su memoria. Quería que las cosas volvieran a ser como antaño, antes de que se enamorara y de perder de un modo tan terrible lo que tanto amaba. Pero la señora Goodwin había tomado una decisión: *ella* no pensaba moverse de allí.

La vieja niñera la tomó de las manos y le dijo que, aunque su aventura hubiera tenido un final tan desdichado, no se la habría perdido por nada del mundo.

—Pero mi sitio está aquí, en Ballinakelly, con John —añadió—. Se me ha concedido una segunda oportunidad, mi queridísima Martha, y no quiero desperdiciarla.

—Entonces no debe hacerlo —respondió la joven—. El reverendo Maddox tiene suerte de haber vuelto a encontrarla. Al menos una de nosotras es feliz. Gracias, Goodwin...

—No me des las gracias —la interrumpió la señora Goodwin—. No son necesarias. Anda, vete antes de que yo también empiece a llorar...

Justo cuando Martha se disponía a subir al taxi, la señora O'Sullivan salió apresuradamente de la posada llevando una sombrerera.

—Esto ha llegado para usted esta mañana, señorita Wallace —dijo.

Martha supo de inmediato lo que contenía la caja, pero no alcanzaba a imaginar por qué alguien le enviaba aquel regalo. Emocionada, abrió el sobrecito que acompañaba la sombrerera y leyó la nota. Decía sencillamente: *Querida señorita Wallace, este sombrero estaba hecho para usted. Con mis mejores deseos. Condesa di Marcantonio.* ¿Por qué le regalaba un sombrero una dama a la que acababa de conocer?

Una idea la asaltó de pronto.

—Hay algo que tenemos que ver antes de irnos —le dijo a su padre mientras el taxista guardaba la caja en el coche—. Solo será un minuto.

Larry y Martha Wallace se detuvieron al pie de la colina y miraron la estatua de la Virgen, que parecía contemplarlos serenamente y con un ápice de curiosidad desde su pedestal, entre la hierba. No era tan alta como imaginaba Martha, medía en torno a un metro veinte y vestía una túnica blanca y un manto azul echado sobre los estrechos hombros. Inclinaba ligeramente la cara pálida y brillante, como si estuviera dispuesta a escuchar con compasión y tolerancia los problemas de todo el mundo. Larry ignoraba por qué quería su hija ver aquella estatua, pero todo en

Martha le desconcertaba desde que leyera la nota que su hija dejó en el vestíbulo de la casa y la carta que les escribió posteriormente desde Londres. No había sido difícil encontrarla. El problema era saber si ella *quería* que la encontraran. Para su profundo alivio, la respuesta a ese interrogante había sido un sí rotundo.

Ahora, sin embargo, mientras permanecía a su lado pacientemente, se preguntaba qué estaba esperando su hija.

Entonces, la estatua se movió. Martha contuvo la respiración. Larry pestañeó.

—¿Se ha movido esa cosa? —preguntó.

Martha asintió en silencio. Temía hablar por miedo a estropear aquel instante. La estatua se movió de nuevo, visiblemente, meciéndose de un lado a otro.

—¿Es una broma? ¿La está moviendo alguien? —preguntó Larry, y se adelantó un poco para echar un vistazo detrás de la imagen.

Martha, sin embargo, sabía que no era ninguna broma. Era la Virgen. No sabía cómo ni cuándo, pero estaba segura de que, al final, todo saldría bien.

Maggie O'Leary

La primera vez que Maggie vio a lord Deverill fue una mañana lluviosa de principios de primavera, cuando, acompañado por un séquito de unos quince hombres, entró en el villorrio de Ballinakelly. Montaba un majestuoso caballo alazán y vestía un hermoso manto carmesí, sombrero de ala ancha adornado con una pluma exuberante, botas altas de cuero y espuelas relucientes. Su cabello, castaño y lustroso, se rizaba en ondas muy a la moda sobre sus hombros anchos y arrogantes. Maggie no advirtió, sin embargo, lo guapo que era, con su nariz recta y sus ojos de un gris claro. Cegada por la ira, se interpuso en su camino, en la callejuela.

Aquel hombre le había robado las tierras a su familia. Tierras que eran de los O'Leary desde hacía generaciones. Había arrasado su casa y levantado en su lugar un castillo, arrebatándole así el majestuoso panorama del océano y todos los recuerdos que contenía. Los altos muros grises del castillo se alzaban ahora hacia el cielo donde antaño flotaba suavemente el humo de su modesta chimenea. Torres y torreones formaban poderosas defensas para proteger de sus enemigos a aquel soldado ennoblecido, donde anteriormente la pequeña granja de los O'Leary acogía a cualquiera que pasara por allí camino de la costa. El castillo era una afrenta para el pueblo de Ballinakelly, un agravio para los O'Leary —o lo que quedaba de ellos— y una ofensa personal para Maggie, que ahora tenía a su cargo a su hermana y a su abuela, que había enloquecido de desesperación en la destartalada cabaña que ella había construido en el bosque.

Allí estaba, el recién nombrado lord Deverill de Ballinakelly, hablando un inglés que Maggie no entendía. Su voz competía con el viento que barría la calle mayor del pueblo en ráfagas insolentes, como si él también quisiera echarlo de allí. Maggie se detuvo en medio de la calle, con el manto arrastrando por el barro, a sus pies. Lord Deverill dejó de hablar y la miró con interés. A su lado, un hombre alzó la voz y acercó la mano a la empuñadura de la espada, pero lord Deverill levantó su guante para hacerle callar y Maggie se bajó la capucha del manto. Sacudió la cabeza, y la oscura cabellera le cayó sobre los hombros en gruesos y agrestes rizos. Pese a su ira, advirtió la expresión de maravillado asombro de lord Deverill. Clavó en él sus grandes ojos verdes y pronunció una maldición que no parecía brotar de ella sino *a través* de ella, procedente de alguna fuerza sobrenatural que escapaba a su control.

—*Is mise Peig Ni Laoghaire. A Tiarna Deverill, dhein tú éagóir orm magus ar o shliocht trín ár dtalamh a thógáil agus ár spiorad a bhriseadh. Go ftí go gceartaíonn tú na h-éagóracha siúd, cuirim malacht ort féin agus d-oidhrí, I dtreo is go mbí sibh gan suaimhneas síoraí I ndomhan na n-anmharbh.*

Mientras hablaba, su voz fue adquiriendo un tono melifluo, como el siseo de una serpiente encantada, y vio con delectación que lord Deverill parecía hipnotizado por ella. Cuando acabó, él se volvió hacia uno de sus hombres y Maggie dedujo que estaba pidiendo que le tradujera lo que acababa de decir, porque el hombre palideció, asustado, y contestó de mala gana, con voz temblorosa pero fuerte, para que le oyera todo el séquito.

—Lord Deverill —dijo, y una sonrisilla se dibujó en los labios de Maggie mientras aguardaba la reacción de lord Deverill—, me habéis agraviado a mí y a mis descendientes al apoderaros de nuestras tierras y quebrantar nuestro espíritu. Hasta que remediéis esas faltas, os condeno a vos y a vuestros herederos al desasosiego eterno en el mundo de los no muertos.

Los hombres echaron mano de sus espadas, pero lord Deverill pareció tomarse a la ligera aquella palabras siniestras. Cuando volvió la cara, Maggie se levantó las faldas y, con la agilidad de una cierva joven, desapareció entre las casas de tejado de paja.

Solo dejó de correr cuando se halló segura en el bosque. Tras cerciorarse de que nadie la había seguido, se sentó en el suelo, al pie de un árbol. Su cuerpo temblaba, sacudido por una risa nerviosa. Le divertía pensar que no solo había embrujado a lord Deverill, sino que además le había robado el corazón. *Él nos ha quitado nuestras tierras y yo juro arrebatarle el corazón y machacarlo con mis propias manos*, se dijo y, cogiendo una pequeña genciana azul, le dio vueltas entre los dedos. Después de llevar tanto tiempo sintiéndose impotente, de pronto tenía una meta y un plan que la llenaba de energía.

Vigiló a lord Deverill como un depredador. Acechaba fuera de las puertas del castillo y lo observaba cuando salía y cuando regresaba. Incluso osó acercarse a los muros para mirar por las ventanas las noches oscuras, cuando las habitaciones estaban alumbradas por la luz de las velas. Le maravilló ver tanto lujo, y le sorprendió que aquel hombre gozara de tales privilegios. No esperaba, en cambio, cobrarle afecto a lord Deverill.

Desde su escondite junto a la ventana, lo observaba pasearse por las habitaciones con el ceño fruncido por la preocupación. Lo veía jugar a las cartas con sus amigos junto al gran fuego que ardía alegremente en la chimenea e intuía que su risa era fingida, pues percibía cierta tristeza en la despreocupación con la que bebía su vino. Pero ¿qué motivos tenía para estar triste?, se preguntaba. ¿Cómo podía ser desgraciado viviendo en un castillo espléndido y con tales vistas para solazarse? La melancolía que percibía en él la pilló desprevenida. Esperaba que fuera soberbio y altanero, y veía, en cambio, a un hombre sensible y agobiado por las preocupaciones. Con el paso del tiempo, se descubrió deseando alisar su ceño con los dedos y besar aquellos labios que sonreían en tan contadas ocasiones.

A veces, él desaparecía durante meses y la luz de las velas solo brillaba alegremente en unas pocas estancias del castillo, mientras los sirvientes cuidaban de la casa en su ausencia. Maggie sospechaba que lord Deverill regresaba entonces a Londres y se preguntaba si tenía allí una esposa y cómo pasaba los días. Se lo imaginaba cenando con el rey, lo que le producía un escalofrío de placer. En cambio, cuando pensaba en su esposa se ponía celosa.

Pasaron los años. Maggie no sabía cuántos. Transmitía mensajes de los muertos y su nombre se hizo famoso en todo el condado de Cork. Decían que era una bruja y quienes la visitaban no se quedaban mucho tiempo, pero a ella no le importaba. Era su deber hacer de intermediaria entre este mundo y el otro. Apenas pensaba en la maldición que había lanzado contra lord Deverill. Hacía mucho tiempo de eso, y lord Deverill se había convertido en una presencia tan constante en su vida que casi había olvidado su plan de machacarle el corazón. Ahora, sentía su nombre envuelto en ternura.

Luego, un día de finales de verano, estaba en el bosque cuando oyó el estruendo de los cascos de unos caballos y el sonido de un cuerno de cazador. Los pájaros echaron a volar y los animalillos corrieron a esconderse. Maggie vio un ciervo sobre un altozano cubierto de hierba, un animal noble y majestuoso que se erguía irradiando pureza y benevolencia. Vio entonces el cañón del mosquete de lord Deverill apuntándolo y el horror que le causó pensar en la muerte de aquella espléndida criatura la impulsó a actuar. Remangándose el vestido, corrió ladera arriba y, en el instante en que el ciervo se alejaba de un salto, se abrieron las nubes y un rayo de sol cayó sobre ella, como si un poder superior le agradeciera su intervención. Lord Deverill bajó el mosquete y la miró, anonadado. Sus mejillas se sonrojaron, entreabrió los labios y Maggie sintió, asombrada, que el corazón, rebosante de deseo, comenzaba a martillearle el pecho como si él también hubiera olvidado que aquel hombre era el enemigo que le había robado sus tierras.

Se bajó la capucha y lo miró fijamente. Sus ojos se encontraron y el silencio se hizo a su alrededor, como un velo invisible que los ocultara del mundo. Lord Deverill desmontó y ató las riendas a una rama. Mientras avanzaba enérgicamente hacia ella, Maggie bajó corriendo por el otro lado del promontorio, sabedora de que él la seguiría. Al menos, eso esperaba. Al volverse, lo vio en lo alto de la colina y sonrió, invitándolo a alcanzarla al tiempo que apresuraba el paso.

Se internaron en el bosque. Los árboles, cada vez más tupidos, entrelazaban sus ramas formando un oscuro dosel sobre ellos. Los pájaros dejaron de cantar y solo unos finos y acuosos rayos de sol lograban colarse entre las rendijas de las hojas para iluminar su camino.

Entonces él la alcanzó. La hizo volverse y, empujándola contra el tronco de un roble, la besó en los labios. Ella dejó que deslizara la lengua entre sus dientes y explorara su boca con un ansia que la cautivó. Era la primera vez que la besaban, y aquel beso hizo brotar en su interior sensaciones desconocidas hasta entonces. Sintió un placer ardiente y ávido entre las piernas y un fuerte deseo de que la tocara allí. Él respiraba agitadamente por la nariz, como un caballo que ha recorrido una gran distancia al galope, y trataba de desatar las lazadas de su vestido. Por fin lo consiguió y le bajó el corpiño hasta la cintura. Sus pechos, ahora desnudos, eran blancos y suaves y, al acariciarlos él con ambas manos, la sensación que notaba en el abdomen creció en intensidad hasta hacerse casi insoportable. Él acercó la cara a su cuello y le lamió la piel, y Maggie dejó escapar un gemido gutural cuando le rozó los pezones con los pulgares. Un estremecimiento de placer atravesó su vientre como una flecha al rojo vivo. Levantó la barbilla y cerró los ojos cuando él metió la mano bajo su falda, buscando el oscuro núcleo de su anhelo. Sus caricias suaves, rítmicas, resbaladizas, fueron intensificando el placer que sentía hasta que perdió el dominio de sus actos y de sus pensamientos y solo fue consciente de aquel gozo que, cada vez más agudo, la atormentaba y la extasiaba en igual medida.

Al fin, él se desabrochó los pantalones y se sacó el miembro. Levantándole la pierna, lo deslizó dentro de su sexo caliente y húmedo. Con un gruñido, empezó a moverse como una bestia, y la sensación arrebatadora que sentía Maggie volvió a crecer hasta que solo pudo pensar en ella y en la necesidad de alcanzar una cúspide, ignoraba cuál. Lord Deverill se movía ahora más aprisa y Maggie se movió con él. Ahogó un gemido de asombro, como si el glorioso placer que se extendía por su cuerpo fuera una especie de milagro, y finalmente soltó un grito agudo. Una especie de calor inundó todos sus nervios, y se estremeció cuando lord Deverill vertió su simiente dentro de ella. Volvieron lentamente en sí, aturdidos y sofocados, con el corazón palpitando contra los huesos que los separaban. Estaban empapados en sudor, inmersos en felicidad. Sintiendo que les flaqueaban las rodillas, se dejaron caer sobre el blando suelo del bosque.

Maggie se arrodilló y se bajó la falda, pero dejó sus pechos al aire, con el corpiño suelto alrededor de la cintura. Miró con fijeza a lord Deverill, cautivándolo con su mirada un instante más. Él la miró con la expresión de un hombre rendido de amor y de deseo, y ella se echó a reír. No pudo evitarlo.

—¿Me ha dado lord Deverill su corazón? —preguntó en tono provocativo, y él frunció el ceño porque no entendía su idioma.

Alarmado por su risa, se llevó la mano izquierda al pecho, en cuyo dedo corazón brillaba un anillo de oro. Al ver la alianza de boda, la ira se agitó dentro de Maggie como un animal enloquecido y, acordándose de pronto de su maldición y su promesa, se sacó un cuchillo de la falda y se lo puso en el cuello. Podía ponerle fin a aquello en ese mismo instante, se dijo. Podía matar al ladrón que la había tomado estando casado con otra. Pero el miedo que cubrió el semblante de lord Deverill le hizo perder el valor. Apartó el cuchillo y se rio de su propia necedad y de su asombrosa cobardía. No era la compasión lo que le impedía quitarle la vida, sino el amor.

Temerosa de que lord Deverill volviera el cuchillo contra ella, escapó internándose en el bosque.

SEGUNDA PARTE

14

Ballinakelly, verano de 1939

Si Bridie pretendía que su baile de verano fuera el más espectacular que había conocido Ballinakelly, lo había conseguido. La avenida estaba flanqueada de antorchas y los rododendros se hallaban en su apogeo. La lavanda esparcida por el césped desprendía un dulce perfume mientras los invitados cruzaban la pradera, y los árboles y matorrales, iluminados desde abajo, parecían irradiar una luz dorada en medio del atardecer. Al caer la noche, se encendieron tal cantidad de luces en el castillo que pareció un milagro que la central eléctrica de Cork no se colapsara. Dentro del castillo nunca se había visto tal derroche de lirios y rosas. Los espejos del salón de baile centelleaban, iluminados por el destello de cinco mil velas, y las grandes arañas, bruñidas hasta que sus caireles brillaron como diamantes, dominaban la estancia en todo su esplendor. Sirvientes vestidos de librea atendían a los invitados, rellenando sus copas con el mejor champán y haciendo circular bandejas de plata cargadas con los canapés más exquisitos que cualquiera de los presentes hubiera probado. Bridie, sin embargo, apenas intervino en los preparativos de la fiesta. Grace le había sugerido que contratase a la famosa Violet Adair, que organizaba las fiestas más fastuosas de Londres, e insistió en que lo dejara todo en sus manos, explicándole que la señora Adair era una mujer de gusto sublime que, no hallándose constreñida por la escasez de presupuesto, crearía un auténtico paraíso terrenal que deslumbraría incluso a los invitados más exigentes. Aquella mujer elegante, perfeccionista y de maneras enérgicas y eficientes cumplió con creces las expectativas de Bridie. Incluso Cesare, con sus aires de grandeza, tuvo que reconocer que ni siquiera él había visto nunca nada tan impresionante.

—Amor mío, estoy orgullosísimo y es gracias a ti —le dijo a Bridie, besándola en la frente mientras disfrutaban de uno de los escasos momentos de tranquilidad que tendrían esa noche—. Nuestros invitados hablarán de esta fiesta durante años.

Bridie se sintió henchida de satisfacción. Complacer a su marido se había convertido en una especie de vocación para ella. A fin de cuentas, era consciente de que Ballinakelly tenía muy poco que ofrecer a un hombre tan cosmopolita como Cesare. Lo único que parecía agradar a su marido era el castillo y las partidas de cartas en la taberna de O'Donovan. Bridie le estaba muy agradecida a Grace por haber invitado a sus amigos y conocidos, y sentía un profundo alivio porque ellos hubieran aceptado la invitación. Grace, por su parte, no había dudado en ningún momento de que acudirían a la fiesta: tenían curiosidad por ver quién había comprado el castillo, le dijo a Bridie, y además eran incapaces de resistirse al atractivo del dinero y de un título nobiliario rodeado de glamur. En fin, si era lo que hacía falta para entretener a su marido, Bridie estaba dispuesta a hacer ostentación de su título y su riqueza.

Notó que Cesare recorría con la mirada a los invitados que bebían champán en la pradera. Si reparó en que sus ojos se detenían en el rostro de las jóvenes más atractivas, prefirió ignorarlo. Su marido *tenía* que ser feliz, fuera cual fuese el coste para ella y para su bolsillo.

Con un profundo suspiro, Bridie, ataviada con un vestido de seda verde y una rosa roja en el pelo, surcó aquel mar de desconocidos del brazo de Cesare. Estrechaba manos y sonreía amablemente, deseosa de que su marido viera que era una perfecta anfitriona, y todo el mundo le sonreía con deferencia, como si fuera de la realeza, y se fijaba en sus pendientes de diamantes y en el broche de brillantes en forma de trío de abejas que adornaba su vestido. Un momento después, sin embargo, Cesare se alejó, adentrándose en la multitud, y Bridie solo alcanzó a ver su cabeza de cabello negro y reluciente, que se destacaba entre el resto, mientras se presentaba a las señoras. Sin su marido a su lado, Bridie sintió de pronto que se ahogaba, que perdía pie, y buscó ansiosamente a sus hermanos Michael y Sean, que andaban por allí, entre el gentío. Estaba segura de que todos aquellos desconocidos que la escudriñaban con la mirada la veían tal y como era en realidad: la hija de un simple granjero y de la cocinera del castillo, siempre descalza y con la cara sucia. Se sentía como una farsante cuyas tretas hubieran sido descubiertas. Mientras estuviera en Ballinakelly, nunca se desprendería del pasado, pues lo veía reflejado en los ojos de todos los que la miraban.

Se sintió aliviada cuando al fin encontró a Jack y Emer O'Leary y por un instante pudo relajarse y volver a ser ella misma. Solo con Jack, que la conocía desde niña, y con su familia era capaz de sentirse a gusto. Jack le traía infinidad de recuerdos. Posó la mirada en su viejo amigo y sintió de pronto el anhelo de volver a estar junto al río, cazando ranas entre la maleza con Kitty y Celia mientras Jack las observaba desde la orilla, con su perro a los pies y su halcón amaestrado posado en el brazo. La vida era mucho más sencilla entonces, cuando sabía qué lugar ocupaba en el mundo. ¿Quién fingía ser?, se preguntó. ¡Una condesa en un gran castillo! Era una idea ridícula y sin embargo allí estaba, haciendo el papel protagonista en una obra absurda. ¿A quién intentaba engañar? ¿A Cesare? ¿A los Deverill? ¿A sí misma? Por más dinero que tuviera, siempre sería la misma en su fuero interno.

Bebió un sorbo de champán y se rio con amargura. Pero cuando Jack le preguntó de qué se reía, no supo qué contestar. ¿Cómo iba a explicarle que los veinte años anteriores habían sido una farsa?

Cuando todos los invitados estuvieron reunidos en la pradera, el conde subió a una tarima elevada colocada allí con ese propósito y levantó la barbilla con aire de importancia mientras las conversaciones iban apagándose y los invitados se volvían hacia él, expectantes. En ese momento hubo un revuelo junto a las puertas de la terraza, a su espalda, y apareció lady Rowan-Hampton con un deslumbrante vestido de color azul claro, acompañada por dos sirvientes. Todos los invitados apartaron la vista del conde para fijarla en Grace, tan aficionada como siempre a las entradas espectaculares.

—Siento muchísimo llegar tarde —dijo con una sonrisa encantadora, confiando en que Michael Doyle estuviera entre las muchas caras que la contemplaban embelesadas.

Cesare se bajó de un salto de la tarima y se llevó su mano a los labios.

—Mi querida lady Rowan-Hampton, faltaba algo en la fiesta sin usted —dijo cortésmente, besando su guante.

—He interrumpido su discurso —dijo ella.

—No, en absoluto —contestó él con una sonrisa—. Ha llegado en el momento justo. ¿Cómo iba a empezar sin usted? ¡Qué ocurrencia! Pero ahora que está aquí, ya puedo dar la bienvenida a nuestros amables invitados a este primer baile de verano. —Soltó la mano de Grace y volvió a subir a la tarima.

Grace se situó a un lado y fingió escuchar con atención mientras escudriñaba el gentío confiando en poder hablar con Michael si se hallaba allí cerca. Mientras oía hablar al conde y veía a todas aquellas personas distinguidas escuchándole, pensó en lo increíblemente engreído que era aquel hombre. Cesare sacó pecho al mencionar a su antepasado, y Grace tuvo de nuevo la intuición de que era un grandísimo impostor. A fin de cuentas, ¿quién podía saber si de verdad estaba emparentado con Maffeo Barberini? ¿Quién sabía si era o no conde? Entornó sus hermosos ojos marrones y se preguntó si Michael estaría dispuesto a escucharla, en caso de que descubriera alguna verdad oculta acerca del conde. Recordó que había sido el complot para asesinar al coronel Manley durante la Guerra de Independencia lo que los había unido en primer lugar. ¿Volvería a unirlos otro complot?

Rosetta observaba a Bridie mientras el conde seguía discurseando. El semblante de su amiga rebosaba orgullo y admiración, y también miedo, creía Rosetta: miedo a que Cesare estuviera muy por encima de ella; miedo a que se escapara con otra; miedo a que su relación no fuera como ella quería; y miedo, quizá, a no dar la talla y decepcionarle. Rosetta detestaba aquel nuevo temor que había enraizado en el corazón de Bridie. En su opinión, Cesare era arrogante, egoísta y, si había que hacer caso a los rumores que circulaban por el pueblo, un mujeriego incorregible. Por lo visto —según contaba su doncella, que era una chismosa encantadora— había seducido a Niamh O'Donovan y a muchas otras chicas de los alrededores. Imaginaba que aquellos rumores no habían llegado a oídos de Bridie. ¿Quién iba a contárselo? Sospechaba, aun así, que Bridie lo sabía. A fin de cuentas, no era tonta. Y, además, ¿qué importaba? Bridie estaba dispuesta a perdonárselo todo. A sus ojos, Cesare era perfecto, no había en él nada de criticable. Rosetta se preguntaba hasta qué punto tenía Bridie el control de sus finanzas y lamentaba que Beaumont Williams, el abogado de Nueva York, no estuviera allí para aconsejarla. Por algún que otro comentario que había hecho Bridie, daba la impresión de que el conde estaba derrochando su fortuna a velocidad de vértigo. Rosetta dudaba mucho de que hubiera tenido dinero alguna vez, antes de casarse con una mujer rica. Seguía inquietándola el hecho de que Cesare no hablara bien italiano. Para haber pasado toda su infancia en Italia, como decía, hablaba muy mal el idioma. Habría deseado disponer de medios para investigar un poco, pero no sabía por dónde empezar. Necesitaba la ayuda de alguien con contactos, con contactos *internacionales*. Tenía la horrible sensación de que Bridie había cometido un gravísimo error al casarse con aquel guapo aventurero. Una cosa era que se gastara todo su dinero y otra muy distinta que le robara su autoestima y el respeto que sentía por sí misma.

Justo cuando anunciaron que la cena estaba lista, Grace localizó por fin a Michael. Estaba hablando con un grupo de hombres que lo escuchaban atentamente, pendientes de cada una de sus palabras. Le dio un vuelco el corazón. Habían pasado casi veinte años desde aquellos días emocionantes, durante los Disturbios, cuando los había unido la lucha por la libertad de Irlanda, y sin embargo Michael estaba más guapo que nunca. Conservaba el mismo cabello oscuro, rizado y rebelde, sus ojos oscuros rebosaban misterio y peligro y su poderosa presencia irradiaba energía, como si su cuerpo no bastara para contener el fulgor de su espíritu. Grace sintió un pálpito de deseo al recordar sus caricias, y un estremecimiento de placer recorrió su piel. Con la desenvoltura de una mujer acostumbrada, por su belleza, a ser bien recibida en todas partes, se acercó al corrillo de hombres.

—Temo que la promesa de un banquete sea lo único capaz de alejarlo de sus intrigas —dijo con una sonrisa coqueta tan deliciosa que los hombres apartaron de inmediato la vista de Michael para fijarla en ella con admiración—. Señor Doyle, ¿tendría la amabilidad de acompañarme a cenar?

Michael, al que no sorprendía en absoluto su descaro pero sí el empeño con que le perseguía, no tuvo más remedio que ofrecerle el brazo.

—Tengo un mal presentimiento respecto al conde —dijo ella cuando echaron a andar lentamente hacia el castillo.

—¿Un mal presentimiento? ¿De qué tipo? —preguntó Michael.

—Me da la impresión de que es un farsante —contestó Grace.

—Además de un adúltero, entonces —repuso él, y Grace apretó los dientes, pues era consciente de que Michael aborrecía el adulterio (especialmente, el suyo) desde que había hallado la fe.

—Bueno, de eso no me cabe duda.

—Eso cuentan los rumores.

—En efecto, y no hay humo sin fuego.

—Has sido muy amable con Bridie —dijo en un tono de ternura que Grace no escuchaba desde hacía mucho tiempo.

—Le tengo cariño, como sabes, Michael. Lo ha pasado muy mal. No estoy segura de que el castillo la haya hecho tan feliz como ella esperaba. Quizás hubiera sido más prudente quedarse en Estados Unidos. Pero así son las cosas, y yo me siento responsable. La ayudé cuando estaba embarazada y solo para que se estableciera en América. Y ahora que está aquí quiero asegurarme de que tenga amigos. Va a necesitarlos, estando casada con ese golfo.

Michael dudó ante las puertas de la terraza del castillo.

—Grace —dijo en voz baja, reteniéndola un momento—, a mí tampoco me gusta. No me gusta cómo trata a Bridie ni me gustan los rumores. Ballinakelly es un pueblo pequeño y está siendo muy indiscreto. Si decides hacer averiguaciones, te agradeceré cualquier información que puedas darme.

En sus ojos apareció de nuevo un brillo amenazador.

A Grace le dio otro vuelco el corazón, pues de pronto parecía el Michael de antaño, el que ella había amado antes de que abandonase el alco-

hol en Mount Melleray y regresara convertido en un santurrón. Se hallaban unidos nuevamente en una conspiración.

—Puedes confiar en mí, Michael —susurró, aturdida de felicidad.

—Lo sé —contestó él, muy serio—. Eres la única persona en la que
siempre he podido confiar.

La cena fue un festín suntuoso, aún más lujoso que cualquier banquete
celebrado por los Deverill. Su alegre bullicio —el estruendo de las conversaciones y las carcajadas estridentes de los invitados— resultaba extrañamente desconcertante para Bridie, que a medida que avanzaba la noche
se sentía cada vez más acongojada. No sabía cómo hablar con aquellas
personas, con aquellos desconocidos invitados por Grace cuyas preguntas inquisitivas le sonaban condescendientes y entrometidas, quizá porque las escuchaba con profunda desconfianza.

En cuanto pudo, huyó del castillo. Deseaba esconderse. Quería desaparecer en la oscuridad, donde los ojos vigilantes de sus invitados no pudieran encontrarla. Deseaba echarse a llorar allí donde sus oídos atentos
no alcanzasen a oírla, y ocultarse para que sus lenguas malintencionadas
no hallaran en ella ningún defecto sobre el que chismorrear. Ansiaba buscar en el bosque a la niña que había sido antaño, perdida ahora bajo sus
elegantísimas ropas.

Se remangó las faldas por encima de los tobillos y corrió entre las
matas de rododendros, hacia la verja del final de la avenida. Sus zapatos repiqueteaban en la gravilla y las luces eléctricas que brillaban entre el follaje arrancaban destellos a las lisas facetas de sus diamantes,
que titilaban como estrellas fugaces. La emoción de sentirse libre,
aunque fuera solo un instante, hizo que un gemido se le agolpara en la
garganta. Lo dejó escapar, y la sensación de alivio que la embargó fue
tan intensa que soltó otro grito, hasta que finalmente dio rienda suelta
a las lágrimas.

De pronto dejó de correr. Contuvo la respiración y refrenó sus sollozos. Vio horrorizada las caras de decenas de personas que la observaban
mientras los guardias de seguridad vestidos con librea que Cesare había

contratado en Dublín se aseguraban de que los curiosos permanecieran fuera de los muros del castillo. La miraban igual que ella había mirado a los pasajeros de primera clase desde la cubierta de tercera del barco que la había llevado a Estados Unidos. Se quedó paralizada, como un animal atrapado y sin ningún sitio al que escapar, y contempló sus miradas de asombro. Luego pestañeó y comenzó a distinguir sus caras y a reconocerlas. Reconoció a la gente con la que había crecido en Ballinakelly, cuando también ella era pobre y tenía hambre e iba descalza. Allí estaba ahora, sin embargo, con sus joyas y sus sedas, del otro lado de la verja, mientras ellos miraban, ansiosos por ver el espectáculo de aquella noche de lujos inimaginables.

Sintió deseos de abrir las puertas y dejarles entrar, pero sabía que no podía hacerlo. Pensó en su madre y en su abuela, y el rostro de su padre se le apareció de pronto entre los vecinos reunidos al otro lado de la verja, y la miró con una expresión de tristeza y desilusión.

Dio media vuelta y regresó corriendo al castillo y a la vida que el destino había escogido para ella, dejando que la gente del pueblo se preguntara si había visto de verdad a la condesa o si era un espectro de los Deverill. A fin de cuentas, ¿no decían que el castillo estaba encantado?

Rosetta no creía que pudiera haber fiestas más suntuosas que aquella, ni siquiera entre la realeza. Aquello era un derroche de proporciones gigantescas, todo el mundo lo comentaba. Después de la cena hubo baile en el salón y a medianoche el cielo se iluminó con un magnífico despliegue de fuegos artificiales. Rosetta oyó comentar que la última vez que el cielo de Ballinakelly se iluminó hasta ese punto fue la noche fatídica en que el castillo se quemó hasta los cimientos.

Había visto a Bridie beber copa tras copa de champán. Era *su* fiesta, pero no parecía estar divirtiéndose mucho. El conde, en cambio, disfrutaba enormemente. Todas las señoras de la sala querían bailar con él, y él accedía de buena gana. Su sonrisa blanca y sus ojos verdes las deslumbraban mientras giraba con ellas en torno al salón de baile con la agilidad de un bailarín de ballet.

Pasada la medianoche, Rosetta fue en busca de Bridie. No la había visto durante los fuegos artificiales, ni tampoco en el salón de baile. Había preguntado a Michael, pero ni él ni Sean, su marido, la habían visto. Al final, subió las escaleras hacia la salita de estar de Bridie para ver si había ido a esconderse allí. Sin embargo, un golpeteo la alertó de que estaba ocurriendo algo al fondo de un pasillo muy oscuro. Desviándose de su camino, siguió aquel ruido. El sonido de la orquesta que tocaba en el salón de baile fue quedando atrás y las voces de los invitados se convirtieron en un zumbido lejano. Sintió que el corazón le latía a toda prisa a medida que la inquietud se apoderaba de ella, produciéndole un picor en la piel. No se atrevió a encender ninguna luz. Presentía que lo que iba a encontrarse, fuera lo que fuese, no convenía exponerlo al resplandor de la luz eléctrica.

Pasado un rato, oyó jadeos y gemidos procedentes de detrás de una de las grandes puertas de roble. Sabía que no debía mirar, pero no pudo refrenarse. Su curiosidad había crecido hasta tal extremo que era irresistible. Giró despacio el pomo y empujó la puerta, que basculó sobre sus bisagras sin hacer ningún ruido. Se asomó con cautela. Allí, haciendo el amor sobre la cama, estaba el conde. A la mujer que estaba tumbada bajo él, rodeándolo con las piernas, no la reconoció. Ajenos a su presencia, siguieron gozando del que parecía ser el pasatiempo preferido del conde. Rosetta retrocedió tan sigilosamente como había entrado y cerró la puerta. Ahora estaba más decidida que nunca a desenmascarar a aquel hombre y a mostrarlo tal y como era: un aventurero y un sinvergüenza sin el que Bridie estaría *mucho* mejor.

Por fin encontró a Bridie donde imaginaba, en su salita de estar, recostada en la esquina del sofá, con su hermoso vestido verde y una copa vacía en la mano. Rosetta notó que había estado llorando.

—Bridie, ¿qué haces aquí? —preguntó, y por un instante temió que supiera lo de su marido. Pero no se trataba de eso.

—No sé qué hago aquí, Rosetta. No soy ni una cosa ni otra. No sé por qué volví. Debería haberme quedado en Nueva York. Al menos allí tenía una vida. Tenía amigos. No tenía que pedirle a una amiga que alquilara una multitud. Y, además, ella no es mi amiga. Lady Rowan-Hampton y yo jamás seremos amigas.

Rosetta se sentó en el sofá, a su lado.

—¿Qué ha pasado? ¿Por qué estás así? —preguntó.

—¿Quién me creo que soy, viviendo en un gran castillo? A mí no me criaron para vivir en castillos, Rosetta, como no fuera para servir en uno. Como dice mi madre, «lo que arraiga en el hueso, en el tuétano queda». ¿Quién soy yo para creer que la distinción puede comprarse con dinero? —Una risa amarga escapó de su garganta—. No, esta fiesta no es mía, es de Grace. Entró encandilándolos a todos y ya nadie se acuerda de que la condesa soy *yo* y este es *mi* castillo. Cesare debería haberse casado con alguien como Grace, no con alguien como yo, que no sabe interpretar ese papel.

—Esta noche lo has interpretado de maravilla —dijo Rosetta con énfasis, poniéndole la mano en el brazo—. Seguro que todo el mundo ha pensado que eres una gran señora en un gran castillo, dando un gran baile.

Bridie sonrió con tristeza.

—¿De veras lo crees?

—Sí. Los únicos que quizá tengan algún inconveniente en que seas la dueña de este sitio son los Deverill.

—Los Deverill… —Bridie sacudió la cabeza—. Antes los quería mucho. Kitty era como una hermana para mí. Celia estaba siempre contenta, todo el tiempo. Su vida era una fiesta, y mira lo que pasó después. La felicidad es una cosa muy esquiva, Rosetta. Es como una nube. Crees que la tienes y se te escapa entre los dedos. Es un espejismo, la felicidad. —Suspiró, afligida.

—Vuelve a la fiesta, Bridie —dijo Rosetta levantándose—. Es *tu* fiesta y *tú* eres la anfitriona. Si quieres vivir en Ballinakelly, vas a tener que trabar amistad con esas personas.

Bridie se levantó de mala gana.

—No, Rosetta. Si quiero que mi *marido* viva en Ballinakelly, voy a tener que trabar amistad con esas personas. Yo te tengo a ti y a mi familia, y a Jack y a Emer O'Leary. No necesito más amigos.

La fiesta seguía en su apogeo, aunque el flujo constante de champán y baile había restado lustre a casi todos los invitados: los vestidos estaban arrugados, las corbatas de lazo sueltas, el maquillaje corrido y las cabezas necesitadas de un buen peine. Rosetta dejó a Bridie con su hermano Sean y fue a empolvarse la cara al tocador. Al salir, se tropezó con Grace.

—Ah, Rosetta, ¿sabes dónde está Bridie? —preguntó—. Quería decirle lo fantástica que está siendo la fiesta. Todo el mundo me ha comentado lo guapa y encantadora que es, y lo espléndido que está el castillo.

—Le vendrá bien un piropo —dijo Rosetta.

Grace comprendió de inmediato que algo no iba bien.

—¿Por qué? ¿Le ocurre algo?

—Solo está un poco insegura —contestó Rosetta, y no pudo evitar desahogar parte de su furia contra el conde—. Cesare siempre se las arregla para minar su confianza en sí misma.

—No me digas —dijo Grace y, tomándola del brazo, la condujo a un rincón—. He oído los rumores, como todo el mundo, y me ponen enferma.

—Son todos ciertos —repuso Rosetta en voz baja—. No solo se está acostando con las chicas del pueblo, sino que se está acostando con otra ahora mismo. Lo he visto con mis propios ojos.

—¿Qué? ¿Aquí? ¿Esta noche?

—Pues sí, lady Rowan-Hampton. Aunque parezca increíble, es cierto.

—¡Qué denigrante para su mujer! Hay que hacer algo —dijo Grace, omitiendo el hecho de que ella también se había acostado con Bertie Deverill allí mismo, en el castillo, durante un baile de verano mientras la esposa de él bailaba en el piso de abajo.

Rosetta la miró y comprendió que era la persona más indicada para ayudarla a desvelar la verdadera faz del conde. Ignoraba, sin embargo, lo ansiosa que estaba Grace por sacar a la luz los trapos sucios de Cesare y por qué.

—No creo, además, que tenga nada que ver con Italia —añadió atropelladamente—. He intentado hablar italiano con él muchas veces y, por lo poco que me ha dicho, es evidente que casi no conoce el idioma.

Grace entornó los ojos.

—¿Estás segura?

—Completamente.

—¿Me estás diciendo, Rosetta, que el conde es un impostor?

—Creo que sí.

—Entonces, ¿de dónde es?

—No lo sé y no tengo ni idea de cómo averiguarlo.

—Déjamelo a mí —dijo Grace con firmeza, cada vez más emocionada ante la perspectiva de una misión secreta.

—Conozco a una persona que puede ayudarla —dijo Rosetta—. Un hombre que quiere mucho a Bridie y que cuidó de ella cuando vivía en Nueva York.

—¿Quién? —preguntó Grace.

—Beaumont Williams, su abogado —dijo Rosetta—. Lo sabe todo sobre Bridie y hará lo que sea necesario para protegerla.

Grace puso la mano sobre la de Rosetta.

—Estamos juntas en esto porque queremos a Bridie —dijo—. También yo haría cualquier cosa por protegerla.

Rosetta sintió un enorme alivio. Tenía ante sí a una mujer que disponía de los medios necesarios para desenmascarar al conde y que además estaba dispuesta a ayudarla. De hecho, parecía decidida a hacerlo. Vio alejarse a Grace con el aplomo y la desenvoltura de una dama que solo ha conocido espléndidos salones y personas ilustres, y pensó que, si alguien había nacido para vivir en un gran castillo y ostentar un gran título, era ella.

Grace entró en el salón de baile y observó al gentío con expresión calculadora. Luego, clavó en Michael una mirada llena de determinación.

15

Londres

—No comprendo cómo puede atreverse tu madre a traer a su amante a un funeral de familia —le dijo Boysie Bancroft a Harry Deverill, cuya madre, Maud, acababa de entrar en la iglesia de Kensington del brazo de Arthur Arlington.

—Deduzco de ello que nunca le tuvo simpatía a su prima política —contestó Harry—. A mí Augusta siempre me pareció chillona, autoritaria y grosera, pero lo pasábamos en grande burlándonos de ella a sus espaldas. Está claro que a mi madre le hacía menos gracia. No sé cómo se lo va a tomar mi padre. Creo que es posible que se lleve un disgusto.

La bella boca de Boysie, casi demasiado bella para un hombre, esbozó una sonrisilla.

—Querido, los funerales son tan aburridos… Cuento con tus padres para que monten una escenita.

Harry se rio.

—No es muy probable. Seguramente harán como que no se han visto.

—No, qué va —dijo Boysie con convicción—. Maud no habría traído a su amante si no esperara alguna reacción de Bertie.

—Mi madre es un misterio. Nunca sé lo que está pensando.

—En eso no te pareces a ella —repuso Boysie—. Yo siempre sé lo que estás pensando.

Boysie era alto y elegante, de ojos verdemar, cabello castaño claro y hermoso rostro aniñado. Tenía un aire lánguido y frívolo que sugería largas noches en vela bebiendo coñac y fumando cigarrillos, y fama de poseer uno de los intelectos más finos de todo Londres. No solo era listo, sino que además era un maestro del disimulo, pues Harry y él llevaban diecisiete años siendo amantes en secreto.

—Bien, ¿y qué estoy pensando ahora mismo? —preguntó Harry.

—Que es una lástima que te corresponda a ti, en calidad de familiar y acomodador, acompañar a tu madre y a su amante a sus asientos.

Harry se rio.

—Bueno, en este caso no era muy difícil. Pero tienes razón. Uno tiene que cumplir con su deber —dijo, y echó a andar hacia su madre.

Maud, vestida suntuosamente con un traje de Chanel y diamantes, tenía ya cerca de setenta años, pero seguía siendo alta y esbelta. Llevaba el cabello blanco cortado a media melena, a la altura de la mandíbula, y su rostro conservaba los últimos vestigios de lo que antaño había sido una gran belleza. La estructura angulosa de sus huesos, que la había convertido en una beldad en su juventud, seguía favoreciéndola en la vejez. Parecía al menos una década más joven que sus coetáneas. Sus ojos, de un azul invernal, recorrieron a los circunstantes con expresión altanera, desafiándolos en silencio a criticar su decisión de llevar consigo a Arthur, que era su pareja desde hacía más de diez años.

Harry los saludó educadamente. Arthur, de cara lustrosa, pecho ancho, piernas escuálidas y ojillos porcinos hinchados por la bebida y el juego, de los que había abusado durante años, pareció encantado de ver a tantos personajes de alcurnia entre los asistentes. Aunque era el hermano menor del conde de Pendrith y tenía, por tanto, un sitio reservado en los peldaños más altos de la sociedad, seguía buscando con avidez la compañía de la «gente adecuada». Era, no obstante, demasiado obtuso y engreído para advertir que muchas de aquellas personas desaprobaban su relación con una mujer casada, pues Maud seguía siendo lady Deverill, aunque solo fuera de nombre.

—Pobre Augusta —dijo ella con un pesar que obedecía más a su propio sentimiento de hallarse cada vez más cerca de la muerte que al afecto que sentía por la prima de su marido—. Siempre estaba hablando de su muerte inminente y mira, ¡casi ha llegado a los cien!

—Una vida muy larga —comentó Arthur riendo, y sus ojillos localizaron a una o dos personas con las que le convenía hablar en la recepción posterior al funeral.

—¿Ha venido Beatrice? —le preguntó Maud a Harry, pues Beatrice Deverill, la nuera de Augusta, se había retirado a su casa de campo tras la muerte de su marido y vivía allí desde hacía casi una década, sumida en el luto.

—No —contestó Harry—. No se sentía con ánimos para venir.

Maud levantó la barbilla.

—Por favor. *Yo* he sufrido y he seguido adelante —dijo, desviando la conversación hacia sí misma, como era típico de los narcisistas—. A veces, una tiene que enterrar su pena y seguir viviendo. Vamos, Arthur, querido. Harry, llévanos a nuestros asientos.

—Estás en primera fila, mamá.

—Como es natural —contestó ella.

Boysie vio a Harry acompañar a su madre por el pasillo seguida de Arthur, que cada pocos pasos se paraba a saludar a alguien. Sonrió al observar las sonrisas tensas y los desganados apretones de manos, pues Arthur no era del agrado de nadie, con la salvedad de Maud, y Boysie ni siquiera estaba seguro de que a *ella* le gustara mucho. Le agradaba que perteneciera a la aristocracia, claro, y le gustaba su riqueza —o lo que quedaba de ella—, pero Boysie se preguntaba si no sería su presencia constante y aduladora lo que le interesaba más de aquel arreglo. A fin de cuentas, Maud necesitaba sentirse adorada y detestaba estar sola.

En cuanto a Harry, Boysie lo quería más cada año que pasaba. Ninguno de los dos sentía mucho afecto por sus esposas, a las que más bien *soportaban*, y ambos habían cumplido con su deber y engendrado varios hijos, pero lo que deseaban más que nada en el mundo era algo que no podían tener: estar juntos. Años atrás, Charlotte, la esposa de Harry, los había sorprendido abrazándose en el baile de verano de Celia en el castillo de Deverill, y tras unos meses penosos de lágrimas y rabietas habían llegado a un acuerdo por el cual Harry podía volver a ver a Boysie como amigo. Así habían retomado su amistad, aunque constreñida por el celibato, y su afecto mutuo había ido haciéndose cada vez más profundo. Se habían portado bien —magníficamente— durante años, pero a medida que el cariño que Harry sentía por su esposa disminuía también habían mermado su determinación y sus buenas intenciones. Habían vuelto a encontrarse en aquel hotelito discreto del Soho donde solían pasar las mañanas en la cama. Boysie siempre le había dicho a Harry que a nadie se le ocurriría buscarlos allí, ni siquiera a Charlotte con su vocación de espía, y tenía razón. Había que aceptar las pocas satisfacciones que te ofrecía la vida, y *esa* no era como para dejarla escapar. Ahora, mientras veía a Harry acompañar a su madre, sintió un íntimo bienestar.

Harry siempre había sido guapo. Su cabello rubio se había oscurecido con la edad hasta volverse del tono de la arena mojada, y las arrugas que los años habían dibujado en su rostro le favorecían. Ahora tenía un aspecto menos juvenil, más distinguido. Sus ojos azules eran de la misma tonalidad que los de su madre, pero mientras que los de Maud eran fríos y duros como el hielo, los suyos eran suaves y chispeantes como la nieve. Boysie le vio reírse de algo y su corazón dio un pequeño brinco.

Los Deverill irlandeses estaban representados por Bertie, Kitty y Robert, y Elspeth y Peter. Bertie había dudado en asistir al funeral porque sabía que cabía la posibilidad de que su esposa lo avergonzara presentándose con Arthur y no quería hallarse en el aprieto de tener que saludarlo, pero el deseo de volver a ver a Maud se impuso finalmente. Tras años de separación, la opinión que tenía de su esposa había cambiado, porque la opinión que tenía de sí mismo también había cambiado. Ya no buscaba culpables alrededor y había aprendido a asumir sus faltas, que eran muchas, por desgracia. Debido a esas flaquezas de su temperamento se había abierto entre ellos un abismo infranqueable, y Bertie se preguntaba si era inútil abrigar la esperanza de que algún día Maud se aviniera a salvar ese abismo mediante el perdón. Si él no hubiera cedido al deseo, si no se hubiera entregado a sus muchos escarceos amorosos, si no se hubiera enamorado de Grace, si no hubiera dejado embarazada a la criada y traído a JP y Martha al mundo, si *solo* hubiera tenido ojos para Maud y la hubiera regado con afecto como a una orquídea delicada, quizá su esposa aún seguiría queriéndolo. Pero si nunca se veían, ¿cómo iba a convencerla de que había cambiado?

Después del oficio religioso se celebró una recepción en Deverill House, la espléndida mansión de Kensington construida en estilo italianizante por Digby, el difunto hijo de Augusta, que había amasado una gran fortuna en las minas de diamantes y oro de Sudáfrica y la había perdido en el crack de 1929. Dado que su viuda, Beatrice, no había querido abandonar su refugio en Deverill Rising, su finca de Wiltshire, les correspondió a sus hijas gemelas, Leona y Vivien, dar la bienvenida a la familia y los amigos en aquella casona que se habrían visto obligadas a vender de no ser porque la hija menor de Beatrice, Celia, había sorprendido a propios y extraños viajando a Sudáfrica y abriendo una mina en una vieja granja que su padre había comprado a principios de siglo, con resultados sorprendentes. Celia había triunfado allí donde todos esperaban que fracasara. Había fundado la Compañía Minera de Excavaciones en Profundidad del Estado Libre y estaba recuperando la fortuna de su padre a pasos agigantados. Augusta, naturalmente, se jactaba de haber visto siempre el empuje que tenía su nieta menor. «De tal palo, tal astilla», había dicho poco antes de morir. «Pero la única que se daba cuenta de sus buenas cualidades era yo. Ha dado una sorpresa a todo el mundo, menos *a mí* y, si su padre siguiera vivo, a él tampoco le habría sorprendido.» Si su padre siguiera vivo, Celia no habría tenido que ir a Sudáfrica. Pero, en todo caso, nadie hablaba de Digby, ni de Celia, ni siquiera de Augusta. Hablaban de la posibilidad de una guerra inminente.

—Si hay guerra —le dijo Maud a su nuera, Charlotte—, será una guerra espantosa. No será como la última. Será mucho peor. Los alemanes han avanzado tanto técnicamente que nos borrarán del mapa en una semana.

—Estoy segura de que Chamberlain hará todo lo posible por evitar la guerra —dijo Charlotte, esperanzada.

—Me temo que es inevitable. No hay más remedio que ir a la guerra, y tendremos que sacrificar a una generación de jóvenes. Irlanda permanecerá neutral, claro. Qué listos —comentó Maud, y levantó los ojos en busca de alguien más interesante con quien hablar, porque Charlotte le parecía muy aburrida. Al tropezarse con la mirada melancólica de Bertie, murmuró una exclamación de sorpresa.

Charlotte siguió su mirada y frunció el ceño.

—¿No deberíamos ir a hablar con Bertie? Está solo —dijo.

—Bueno, no veo por qué no —repuso Maud mientras buscaba a Arthur con la mirada. Lo encontró enfrascado en una conversación con el conde de Shaftesbury y el duque de Norfolk.

Abriéndose paso entre la gente, Charlotte y ella se acercaron a Bertie, que estaba de pie, solo, tomando un refresco de lima.

—Hola, Maud —dijo él.

—Cuánto tiempo —contestó ella—. ¿Cómo estás, Bertie? Tienes buen aspecto.

—Me estoy haciendo mayor, Maud —contestó él con una sonrisa.

Maud miró a su alrededor y vio que Charlotte se había perdido por el camino, a propósito, quizá. No era tan tonta como parecía, a fin de cuentas, se dijo Maud con sorna.

—¿Qué tal te trata la vida en Irlanda?

—No del todo mal —respondió Bertie.

No podía contarle que había descubierto que tenía otra hija ilegítima y que JP se había marchado a Dublín, a casa de un amigo, mientras trataba de asimilar que la mujer de la que se había enamorado era en realidad su hermana.

—Veo que Arthur sigue presente en tu vida.

Maud apretó los dientes.

—Es un amigo muy querido, Bertie —contestó, pero sabía que su marido no era tonto—. Necesito hablar con Victoria —dijo cambiando de tema—. Si hay guerra, y estoy convencida de que va a haberla, tendremos que buscar refugio en Broadmere. No podemos quedarnos en Londres. Es una lástima que ya no tengamos ese castillo tuyo. Los alemanes no se molestarán en bombardear Irlanda.

—Siempre eres bienvenida si quieres volver a casa, Maud —dijo Bertie con énfasis, confiando en recordarle que todavía estaban casados—. Puedes volver al pabellón de caza. Que yo recuerde, pasamos muy buenos ratos allí.

—Yo no recuerdo *tantos* —replicó ella secamente.

—Vamos, Maud. Vivir conmigo no fue tan terrible.

Su tono esperanzado le hizo esbozar una sonrisilla.

—Pero una solo se acuerda de lo malo.

—Si elige hacerlo —repuso Bertie y, con la esperanza de que nadie fuera a interrumpirles, bajó la voz—. Mira, querida, te pido perdón por haber si un marido lamentable. Te merecías algo mejor.

El semblante de Maud se suavizó al oír aquella disculpa que no esperaba. Viendo que bajaba mínimamente sus barreras defensivas, Bertie se animó a añadir:

—Me he dado cuenta de los muchos errores que he cometido, Maud. De las equivocaciones que cometí durante nuestros primeros años de matrimonio. No te cuidé como debía. Ahora soy consciente de ello.

Ella entreabrió los labios como si se dispusiera a decir algo, pero, fuera lo que fuese ese algo, no llegó a decirlo y se limitó a mirar a Bertie con perplejidad. Él descubrió entonces que lo más difícil de disculparse era pedir disculpas: una vez decías «lo siento», era muy fácil decirlo otra vez, y otra.

—No me daba cuenta de lo infeliz que eras porque solo pensaba en mí mismo y en mi propia satisfacción —continuó, cada vez más animado—. De joven era muy egoísta. Me iban bien las cosas y era un niño mimado. Pero desde entonces he afrontado muchas desgracias y mucha infelicidad, lo que no habría servido de nada si no hubiera aprendido la lección. He aprendido a valorar mi hogar, Maud, y mi familia, y *a ti*. Sí, sobre todo *a ti*.

Maud se sonrojó. No sabía qué decir. Ni siquiera sabía qué sentía. Fijó en él sus ojos de un azul escarchado y pareció pasar largo rato antes de que pestañeara.

Hacía mucho tiempo que Bertie no se sentía tan aligerado de espíritu. Durante los veinte años anteriores había ido desprendiéndose de su antiguo yo poco a poco, capa a capa, como si pelara una cebolla. Su primo Digby le había animado a dejar la bebida, y JP le había enseñado a vivir otra vez. El incendio que había arrasado su hogar y acabado con la vida de su padre, el fallecimiento de su madre y las otras muertes terribles que habían diezmado el clan de los Deverill habían ido despojándolo de los elementos más turbios de su ego. Con cada tragedia se sentía menos poderoso y ansiaba menos serlo. Ahora le pedía poco a la vida: sus hijos, sus nietos y Maud. Quería recuperar a su esposa, y la expresión que empezaba resquebrajar el endurecido semblante de Maud le hacía abrigar esperanzas. Sin embargo, al ver que Arthur Arlington avanzaba torpemente entre los invitados, esa esperanza se disipó.

—Piensa en lo que te he dicho, Maud —añadió rápidamente, tocándole la mano—. Se avecina una guerra y quién sabe qué será de nosotros. Irlanda sigue siendo tu hogar y me darías una gran alegría si volvieras.

Maud lo siguió con la mirada mientras se alejaba. Sentía una especie de debilidad en las piernas.

—Ah, Arthur —dijo cuando él llegó a su lado—. Cuánto me alegra verte. Necesito sentarme.

—¿Estás bien? Te he visto hablando con Bertie. ¿Qué te ha dicho? ¿Te ha molestado?

—No, claro que no. Solo hablábamos de los chicos.

—Ah —dijo Arthur, aliviado.

Ella le dio el brazo y dejó que la condujera a una salita de estar del piso de abajo, en cuyos sofás dormitaban un par de ancianos. Maud vio a través de las ventanas el jardín, en cuyo césped, bañado por el sol, se congregaban los invitados en pequeños grupos. Al acomodarse en una butaca, vio que Bertie se acercaba a Kitty, Elspeth y Harry y se ponía a hablar con ellos alegremente. No había ninguna ceremonia, ninguna formalidad o rigidez en su forma de relacionarse. De hecho, se pusieron a charlar tranquilamente, como si su conversación no se hubiera interrumpido, y Maud sintió una punzada de celos. Sus hijos y Bertie se sentían a gusto juntos. Ella, en cambio, estaba al margen. Solo Victoria, su hija mayor, se tomaba algún interés por ella.

Maud se volvió hacia Arthur con avidez, y él respondió a su necesidad con una respuesta bien ensayada:

—Eclipsas a todas las mujeres de la sala, Maud, amor mío —dijo.

Ella sonrió débilmente y dejó que su halago llenara el vacío que sentía dentro.

Gran Bretaña declaró la guerra a Alemania a principios de septiembre y una oleada febril de temor y entusiasmo recorrió el país. Los mayores recordaban la Gran Guerra con horror, pero los jóvenes corrieron a alistarse, ansiosos de correr aventuras. Londres se transformó de inmediato. Frente al Palacio de Buckingham, la Guardia Real cambió su uniforme escarlata de tiempos de paz por el caqui de guerra, y el morrión de piel de oso por el casco de acero. Se evacuaron los hospitales y los colegiales fueron enviados al campo, etiquetados como paquetes. Los londinenses siguieron yendo a trabajar, pero junto con sus maletines llevaban máscaras de gas. Confiaban en no tener que llegar a usarlas.

La primera alarma antiaérea sonó a los veinte minutos de declararse la guerra, y todo el mundo corrió a los refugios, formando filas ordenadas, sin el menor pánico. De hecho, reinaba una atmósfera flemática, típica del temperamento británico. Maud, que consideraba humillante ir a esconderse junto a extraños en una estación de metro o un sótano, abandonó la ciudad y buscó refugio en la mansión que su hija Victoria tenía en Kent, llevándose consigo a Charlotte y a los hijos de esta. Harry, por su parte, se empeñó en ponerse al servicio del gobierno. Boysie mandó a su esposa al campo, a casa de una tía, y también se alistó. Tenían ambos más de treinta años. Habían luchado en la Gran Guerra y eran demasiado mayores para reincorporarse a sus antiguos regimientos, pero estaban decididos a hacer algo útil, y a permanecer juntos.

Para JP, la guerra fue un regalo que llegó en el momento oportuno. Con el corazón apesadumbrado y el alma atormentada por el deseo, vio en ella una forma de olvidarse de sí mismo y de su dolor. Pospuso su ingreso en el Trinity College de Dublín y escribió al Ministerio del Aire diciendo que quería pilotar un avión. Tras sopesar distintas opciones, había llegado a la conclusión de que lo que más le gustaba del mundo era galopar por las colinas, lo que debía parecerse mucho a volar. La RAF le envió unos impresos para que los rellenara y poco después lo convocó a una entrevista en Adastral House, en Kingsway, Londres. Su padre, que había combatido en la Gran Guerra, trató de quitarle esa idea de la cabeza. Era demasiado joven para entender lo que era una guerra, le dijo, y también para pilotar un avión. Pero Robert, al que su cojera le había impedido luchar en la guerra anterior, entendía el deseo del joven de cumplir con su deber y, aunque temía por su vida, no hizo nada por disuadirlo de que acudiera a la entrevista en Londres. Kitty comprendía la necesidad de su hermano de escapar de su sentimiento de decepción. Había oído que en Dublín se había entregado a la bebida y, teniendo en cuenta la costumbre de su padre de ahogar sus penas en alcohol, se daba cuenta de que ingresar en la Fuerza Aérea era quizá su única salvación.

Pronto se extendió la noticia de que JP Deverill se había alistado. A nadie en Ballinakelly le sorprendió lo más mínimo. JP era angloirlandés, de modo que era normal que quisiera servir a su país y a su rey. Hubo, sin embargo, una persona a la que afectó profundamente la noticia de que el joven iba a poner su vida en peligro: una jovencita que se había enamorado de él una mañana en las colinas, cuando JP la rescató a caballo como un caballero de reluciente armadura salido de un cuento de hadas.

Alana O'Leary solo tenía once años. Era demasiado joven para entender el amor adulto, pero sabía lo que sentía y dónde lo sentía: en el centro del pecho. De noche, cuando se iba a la cama, se quedaba con los ojos abiertos, fantaseando con tropezarse de nuevo con él. En clase, miraba por la ventana y se imaginaba su sonrisa y el brillo de sus ojos grises. Volvía a casa caminando al final de la jornada con la mirada perdida a lo lejos, imaginándose las distintas circunstancias en las que podían volver a cruzarse sus caminos. En misa, le pedía a Dios que protegiera a JP. Que lo salvara de las bombas y las balas y que lo trajera a casa de una pieza. Rezaba con tanto fervor que se le ponían las manos blancas de tanto apretarlas. Consciente de la opinión que su padre tenía de los Deverill, no hablaba con nadie de su enamoramiento. Lo guardaba dentro de su corazón como un tesoro secreto. Saber que tenía ese secreto la llenaba de regocijo, y saber que JP existía, aunque solo lo hubiera visto una vez, hacía que la belleza del mundo fuera aún más deslumbrante.

—Otra guerra —comentó Adeline con tristeza, mirando por la ventana con los brazos cruzados.

Las sombras de la noche avanzaban sobre la pradera cubierta de rocío mientras el sol se ponía sobre el castillo de Deverill.

—Los seres humanos son tan estúpidos —añadió.

—Nunca aprenden —repuso Hubert, malhumorado—. No hay duda de que habrá más bajas en la familia. La muerte no está tan mal cuando se ve desde este lado —dijo con una risa amarga—. De hecho, cuando pienso en la muerte de Rupert en el campo de batalla, me doy cuenta de que fue mucho peor para nosotros que para él.

—Para la mayoría de la gente, la muerte es algo muy rápido —convino Barton desde su sillón—. Pero para nosotros se alarga y se alarga y se alarga…

—¿Alguna vez volveremos a ver a Rupert? —preguntó Hubert con expresión abatida—. Me encantaría volver a ver a nuestro chico.

—Veremos a Rupert —le aseguró Adeline con firmeza.

—Pero, querida mía, tú podrías irte en cualquier momento —dijo su marido—. No tienes por qué quedarte aquí, conmigo.

—Me quedo porque quiero —respondió ella y, acercándose a él, le abrazó y apretó su cara contra la suya—. Porque te quiero.

Barton gruñó en su sillón. Egerton se levantó y salió de la habitación. A los dos les incomodaban las expresiones de cariño, aunque en el fondo de sus cuarteados corazones las ambicionaran.

16

Connecticut

Cuando Martha regresó a casa, a Connecticut, era una persona muy distinta a la que se había marchado de allí un par de meses antes. Tenía entonces el corazón intacto. Ahora, en cambio, lo tenía hecho añicos y no sabía si alguna vez podría recomponer sus pedazos.

Pam, a la que la desaparición de su hija había sumido en la aflicción, la abrazó llena de remordimientos y culpabilidad y buscó el perdón en la mirada distante de la joven. Edith había recibido una reprimenda a la altura de su falta, pero, debido a su corta edad, no la castigaron. Fue Joan, la cuñada de Pam, quien se convirtió en objeto de la ira de toda la familia, pues había sido ella quien le reveló el secreto de la adopción de Martha a la niña. Edith confesó quién se lo había contado en cuanto la interrogaron al respecto, y Joan quedó desenmascarada como una persona manipuladora y cruel. No pudo alegar nada en su defensa. Se había equivocado y tenía que aceptar las consecuencias de sus actos. Ted Wallace, que aborrecía la deshonestidad, quedó horrorizado y su esposa, Diana, se llevó un enorme disgusto porque su nieta favorita hubiera descubierto la verdad sobre su nacimiento de esa manera tan insensible y brusca. Pam y Larry estaban ansiosos por demostrarle a Martha que no solo la querían sino que siempre había sido una Tobin y una Wallace, fuera lo que fuese lo que había averiguado en Irlanda. Martha, sin embargo, se sentía incapaz de contarles lo que había descubierto. Había ido en busca de su madre solo para descubrir que estaba muerta. Ya nunca tendría posibilidad de conocerla. Sentía que, junto con su madre, había perdido una parte de sí misma; una parte llena de potencial aún por descubrir. Todavía estaba lamiéndose sus heridas y no estaba preparada para enseñárselas a nadie.

En cuanto a JP, le horrorizaba la idea de hablarles de él a sus padres.

Su afecto por el chico tenía raíces muy profundas. Tan profundas, de hecho, que no creía que fuera a recuperarse nunca de esa pérdida. Su amor mutuo no había sido un capricho superficial, y aquella extraña sensación de reconocimiento que habían experimentado el uno con el otro y que habían interpretado a la manera de los poetas, se explicaba ahora fácilmente. No había sido el enamoramiento romántico de dos personas que acababan de conocerse, sino el reavivarse de un amor antiguo entre dos personas que se habían perdido la una a la otra. Habían sido concebidos juntos, habían crecido en el útero materno el uno junto al otro y venido al mundo a la par. Aunque no se parecieran, tenían muchas cosas en común, además del gusto por el té con mucha leche y el bizcocho. Cuanto más pensaba en él y revivía las escenas del día que pasaron juntos en Dublín, más evidente se le hacía su parecido. Se reían de las mismas cosas, se emocionaban con las mismas cosas y a ambos les había asombrado ese extraño paralelismo. Ella había dado gracias a Dios por unir a dos personas que se compenetraban tan a la perfección. No se daba cuenta de que, en realidad, era un reencuentro. Y ahora había perdido a ambos: al hombre al que amaba y a su hermano gemelo. Era una pérdida doble y le partió el corazón con redoblada intensidad.

Sin Goodwin, se sentía desamparada. La niñera siempre había estado ahí, y en muchos aspectos se sentía más unida a ella que a Pam. Ahora que se había ido, su ausencia resonaba en la casa con un eco sombrío, intensificando la tristeza de Martha, que sentía que no le quedaba nada por lo que vivir. Por más que sus padres trataron de compensarla por haber mantenido en secreto sus orígenes, se sentía profundamente traicionada. En parte deseaba poder dar marcha atrás al reloj, porque antes de su descubrimiento había sido feliz. Y en parte agradecía aquella experiencia porque le había hecho conocer el amor y había sido muy bello. Nunca volvería a conocerlo: no tenía ningún deseo de volver a experimentarlo.

Rechazaba íntimamente a Edith. Su hermana pequeña había tomado parte en aquella traición y Martha no creía que pudiera perdonárselo nunca. La muchacha que antes veía las cosas buenas de Edith ahora
la veía tal y como era: celosa, malcriada y vengativa. El desengaño sufrido le había agriado el carácter, y su corazón, antes abierto y generoso, se
contraía ahora lentamente. La Martha de antes habría exonerado a
Edith de toda responsabilidad; la de ahora era menos benevolente.

Larry percibió el cambio que se había obrado en su hija nada más
verla en Ballinakelly. Tras su emotivo reencuentro, Martha se había re-
traído y no había querido contarle nada. Cuando le preguntó si había
encontrado a sus padres biológicos, ella se limitó a encogerse de hombros y a mascullar que había sido todo una enorme decepción. Larry la
llevó a casa en el barco y durante la travesía hablaron de otras cosas. De
vez en cuando, vislumbraba fugazmente a la antigua Martha. La entre-
veía a veces en su sonrisa, cuando lograba sacarle alguna con mucho esfuerzo. Pero, en general, Martha se había retirado a un lugar muy lejano,
donde él era incapaz de alcanzarla. Ignoraba qué había ocurrido en Irlanda y no tenía allí a la señora Goodwin para preguntárselo, pero sabía
que, fuera lo qué fuese, había cambiado a su hija irremediablemente.

Pam procuraba pasar todo el tiempo que podía con su hija mayor.
Revisó con ella los álbumes de fotos de su infancia, recordando las cosas
divertidas que hacía y decía de pequeña y lo felices que habían sido con
ella. Y aunque Martha aparentaba disfrutar de las anécdotas que le contaba, Pam percibía el peso que oprimía su corazón y no sabía cómo ali-
gerarlo.

Martha era incapaz de dejar de pensar en JP, por más que lo deseaba. El joven dominaba sus pensamientos día y noche. ¡Cuánto le habría
gustado poder cortar el cordón que ataba sus corazones! Pero igual
que él la añoraba en la escuela de pilotos de Leicestershire, ella lo añoraba a él, y la atracción de sus corazones era constante y dolorosa. ¡Con
la cantidad de hombres que había en el mundo, había tenido que ir a
enamorarse de su hermano! Pero quizá no fuera tan extraño, concluyó
por fin. Eran las dos mitades de un todo: ¿y no era eso lo que creían ser
los enamorados, a fin de cuentas?

Diana Wallace trató de sonsacarle alguna información, pero a pesar de lo unidas que estaban, Martha no pudo contarle lo que sentía. Temía decir las palabras en voz alta por si abría una puerta al dolor que ya no podría cerrar. Si empezaba a llorar, tal vez no parara nunca. De modo que guardó silencio mientras su familia, tanto los Wallace como los Tobin, se preocupaban hondamente por ella.

Había, no obstante, una persona con la que Martha siempre podía hablar. Alguien que no la juzgaba ni la criticaba. Una persona que siempre la querría, pasara lo que pasase: Adeline. Martha sabía que su abuela irlandesa estaba con ella en espíritu y, aunque no pudiera verla como cuando era niña, había recobrado su recuerdo. La sentía a menudo a su lado. Se sentía envuelta en cariño y ternura, y esa sensación era tan reconfortante como deprimente. Adeline la entendía bien porque lo había presenciado todo. Había visto enamorarse a su nieta y había visto cómo ese amor se frustraba. Martha adoptó la costumbre de apagar la luz cuando se acostaba por las noches y ponerse en manos de Adeline. Dejaba que su abuela la llevara en volandas como si la levantase literalmente de la cama y la condujera a un lugar silencioso y apacible, muy lejos de su sufrimiento: un lugar más cercano a Dios.

Y rezaba. Rezaba por JP y rezaba por su madre muerta y, mientras buscaba alguna luz en la oscuridad de su alma, se aferraba a la presencia radiante de Dios.

JP se alegraba de estar lejos de Irlanda y de los recuerdos de Martha, que pendían sobre el lugar como una bruma esquiva pero muy bella. En la base de la Real Fuerza Aérea en Desford, en el condado de Leicestershire, podía concentrarse en su entrenamiento y volcar todas sus energías en aquella nueva destreza, en lugar de matar el tiempo en las tabernas de Dublín, lamentándose por su amor perdido. Allí nadie sabía quién era. Podía ser alguien nuevo, alguien *completo*. La mayoría de sus compañeros eran canadienses, sudafricanos, neozelandeses y australianos. No todos aprobarían. JP confiaba en que él sí. En cuanto puso los ojos en los numerosos Tiger Moths alineados en la pista, comprendió que había tomado la decisión correcta y su corazón marchito comenzó a latir otra vez, rebosante de vida. Aspiró el olor de la lona, el aceite y el gasoil y se apoderó de él una extraña determinación.

Aún no pertenecía oficialmente a la RAF. Como alumno civil de la escuela de pilotos militares, tenía que aprobar el curso completando cincuenta horas de vuelo con un instructor. Su primer vuelo le causó una impresión honda y duradera. Su instructor ocupó el asiento delantero; él se sentó detrás, con casco, gafas y el paracaídas a la espalda; la hélice se puso en marcha y el motor arrancó. El avión se deslizó por la hierba traqueteando como una caja de herramientas y cobró velocidad, hasta que el ruido cesó de repente y pareció que flotaban. JP observó maravillado cómo iban alejándose de la tierra. El panorama era tan hermoso que le embargó una cálida sensación de asombro y optimismo. Allá arriba se olvidó de Martha. El paisaje invernal de Inglaterra se extendía bajo él con sus pueblecitos como de juguete y sus aldeas, sus granjas, sus bosques y sus campos de labor. Era todo tan pequeño e insignificante visto desde aquella altura… ¿Era así, quizá, como veía Dios el mundo? ¿Eran para Él los seres humanos como hormigas para un gigante? Allá arriba, sintió que había dejado todo sus problemas en tierra. ¿Sería eso lo que se sentía al morir y abandonar el mundo?, se preguntaba. La emoción de volar le anclaba al presente, y el pasado y el futuro se disolvían como una neblina a la luz del sol.

Tardó muy poco en hacer amigos entre sus compañeros de escuela. Era, al igual que su padre, simpático y campechano, y la gente se sentía atraída por la luz que irradiaba, y que prometía calor y diversión como la ventana iluminada de una taberna en una fría noche de invierno. Ocultaba su melancolía detrás de bromas y risas, de cerveza y cigarrillos, y no le hablaba a nadie de Martha. Pero cuando dormía perdía el control de sus pensamientos y ella volvía a aparecérsele en sus sueños, recordándole su dolor.

Nunca se había detenido a pensar mucho tiempo en su madre biológica, pero al recordar el cabello y los ojos oscuros de Martha, que tan poco se parecían a su pelo rojo y sus ojos grises, se preguntaba si su madre se habría parecido a ella. Por primera vez en su vida deseaba saberlo.

Después de soñar con Martha, se despertaba dando vueltas a las mismas preguntas, una y otra vez: *¿Cómo era mi madre? ¿Quién era? ¿Cuáles fueron las circunstancias de nuestro nacimiento y de su muerte?* Por primera vez en su vida, sentía la necesidad de saberlo. No quería morir en la ignorancia.

. Volar no era tan fácil como había imaginado. Despegar era complicado. El avión se zarandeaba y no había forma de estabilizarlo. Aterrizar era aún más difícil y a menudo el instructor tenía que tomar los mandos para que el aparato tomara tierra sin peligro. JP era presa de las dudas. Quizá no sirviera para ser piloto. El hecho de que montara bien a caballo no significaba necesariamente que fuera a ser un buen piloto. Tras varias semanas volando con instructor, su destreza no pareció mejorar y la idea de volar solo le atormentaba.

Tampoco ayudaba el hecho de que no hubiera conseguido trabar amistad con su instructor, Brian McCarthy, un escocés de carácter agrio, hosco y sin sentido del humor. JP nunca había conocido a nadie a quien no pudiera ganarse con su sonrisa contagiosa y su simpatía. Brian era el primero, y ningún derroche de buen humor o ingenio era capaz de resquebrajar su impenetrable coraza. A medida que se acercaba el final del periodo de cincuenta horas, después del cual se esperaba de él que volara solo, comenzó a ponerse más nervioso. De nada servía ser capaz de mantener la estabilidad del avión en vuelo si no podía despegar y aterrizar debidamente. ¿Le expulsarían de la escuela? Y si así era, ¿qué haría? Estaba empeñado en ser piloto. Si luchaba en aquella guerra, sería desde la cabina de un avión, costase lo que costase.

Una noche, en la taberna del pueblo, mientras fumaba y bebía con dos compañeros de los que se había hecho amigo durante las pocas semanas que llevaban entrenando, expresó en voz alta su preocupación.

—Tienes que relajarte —le dijo Stanley Bradshaw, un joven de veintitrés años originario de Yorkshire, de cabello castaño y cara sonrosada—. No le pongas tanto empeño.

—Cuanto más te preocupas, más te paralizas —añadió Jimmy Robinson, un australiano alegre y vivaz que llevaba una foto de su madre en la cartera—. Todo es cuestión de confianza.

—A vosotros los irlandeses os gustan los caballos, JP. Finge que es un caballo.

Se rieron los tres y Stanley apuró su pinta, dejándose una línea de espuma blanca en el labio superior.

—La verdad es que nunca antes había dudado de mí mismo —comentó JP—. Es la primera vez y no me gusta.

—Todos tenemos dudas. Bien sabe Dios que yo también tengo las mías —repuso Jimmy—. Despego como un canguro con un cohete metido en el culo.

—Igual que yo —dijo JP riendo. No había nada como la compañía de sus amigos para que se sintiera mejor.

Stanley se limpió la espuma con el dorso de la mano.

—¿Sabes?, no tardaremos mucho en estar allá arriba, y no solo habrá palomas para hacernos compañía —dijo, muy serio—. Vamos a enfrentarnos a los condenados alemanes.

—Tienes razón —dijo Jimmy.

Se quedaron callados un momento, incómodos con sus respetivos temores.

Stanley lanzó a JP una mirada cautelosa.

—Eres muy joven —dijo.

—Tengo casi diecinueve años —respondió él.

—Eres un chaval. Un pipiolo —añadió Jimmy, y todos supieron lo que estaba pensando: que a los dieciocho años se era muy joven para morir en una guerra.

—Yo tengo novia en casa —dijo Stanley con aire soñador.

Jimmy asintió con un gesto.

—¿Cómo se llama?

—Phyllis.

—Igual que mi madre —dijo Jimmy.

Guardaron silencio otra vez.

JP pensó en Martha.

—Bueno, yo no tengo nada que perder —dijo al cabo de un rato, mirando el fondo de su vaso.

—O a nadie, querrás decir —repuso Jimmy, y a JP se le nublaron los ojos.

Después de aquello, JP recuperó su confianza. Procuró relajarse y dejó de intentar ganarse la simpatía de su instructor. Comenzó a despegar y aterrizar con más suavidad y consiguió mantener la estabilidad del avión durante los vuelos de entrenamiento. Luego, un día, tras un aterrizaje especialmente suave, McCarthy se bajó de la cabina, se acercó a JP y le gritó para hacerse oír entre el ruido del motor:

—Bueno, Deverill, prueba a hacer un circuito tú solo.

Y JP se dio cuenta con asombro de que le estaba dando permiso para volar solo.

Nunca olvidaría su primer vuelo en solitario. Con una mezcla de nerviosismo y euforia, despegó en su pequeño Tiger Moth, hacia las nubes algodonosas y el cielo que se extendía más allá. Se sintió suspendido en el aire, sacudido suavemente por la vibración de los tensores de las alas y las turbulencias de la estela, con el viento en la cara y el sol irradiando a su alrededor. Todo le pareció más intenso porque iba solo. Entonces pensó en Martha. Vio su sonrisa dulce y la ternura con que lo miró aquel día en el puente de Dublín. Se acordó de cómo había deslizado ella su mano en la suya y de cómo habían vuelto al hotel, cogidos de la mano. Rememoró su último encuentro. Casi podía sentir su abrazo, su cara apretada contra su pecho, mientras luchaba por refrenar el deseo de besarla. Mientras se dejaba llevar por los recuerdos que con tanto empeño había tratado de olvidar, se le llenaron los ojos de lágrimas, pero la belleza del cielo inflamó su corazón y el dolor que sentía le pareció, en cierto modo, exquisito.

Cuando aterrizó y llevó el avión hasta la zona de estacionamiento, sentía una alegría que no experimentaba desde hacía mucho tiempo. Quería a Martha, sabía que nunca dejaría de amarla, pero había hallado en el vuelo un gozo profundo que le sostendría mientras aprendía a vivir sin ella.

Aprobó las pruebas de vuelo y los exámenes finales de la RAF. Él, que nunca había tenido que esforzarse mucho en casa, donde le daba clases Robert, disfrutó estudiando de firme para algo que de verdad le importaba y descubrió con satisfacción que se le daba bien. Lo enviaron a Hastings con Stanley y Jimmy para que pasara el periodo de transición de civil a oficial de la Fuerza Aérea. Llegaron sus uniformes de la sastrería de Londres —chaqueta azul y pantalones del mismo color, con una franja fina—, pero les faltaba empaque sin las alas doradas de la RAF en la pechera. JP ansiaba que llegara el momento de lucirlas. Confiaba en que no se retrasara mucho. La guerra seguía su curso y estaba ansioso por tomar parte en ella.

Tras unas semanas de instrucción, desfiles y arengas, lo destinaron a la Unidad de Vuelo C, responsable del adiestramiento de pilotos de aparatos de un solo motor, es decir, de los North American Harvard. Le alegró ver que Jimmy y Stanley también estaban entre los seleccionados. Eran todos conscientes de que, si se entrenaban para pilotar el Harvard, en algún momento tendrían que pilotar aviones de caza de un solo motor. Iban a estar allá arria enfrentándose a los boches. JP no tenía ninguna duda de que estaba hecho para pilotar cazas.

Llegaron a la Escuela de Entrenamiento de Vuelo de Little Rissington, en los Cotswolds, en febrero de 1940. Hacía frío y humedad, y una niebla mojada saturaba la atmósfera. El edificio, simétrico y austero, tenía un aspecto imponente y lúgubre. Recogieron su equipación —un casco provisto de protector facial y micrófono, guantes de piel, mono enterizo, uniforme y botas de vuelo—, y fueron a presentarse en la Unidad de Vuelo C, en el hangar número dos, donde el comandante de vuelo les dio una enérgica charla introductoria. Después, JP conoció a su nuevo instructor de vuelo. El sargento Dawson era un hombre bajo y fibroso, con la mirada fija de quien ha escudriñado los cielos desde muchas cabinas de avión en todo el mundo. Aunque no sonreía, su mirada desprendía una suave sabiduría que enseguida se ganó el respeto de JP. Dawson lo condujo a un hangar enorme y JP se olvidó por completo de la niebla y de lo inhóspito del lugar al ver por primera vez el formidable Harvard.

El sargento Dawson le explicó que el Harvard era el avión más avanzado en uso. Más grande que el Tiger Moth, era un monoplano de ala baja con tren de aterrizaje retráctil, alerones y hélice de velocidad constante. JP no estaba seguro de qué era una «hélice de velocidad constante», pero se lo calló y confió en entenderlo todo cuando estuviera en el avión. Conocía ya la mala reputación del Harvard, en el que se habían matado varios pilotos expertos, pero no se dejó arredrar por ella. Al contrario: sintió que la determinación se adueñaba de él como cuando salía a cazar y encontraba delante de sí un seto muy alto. El desafío lo llenaba de entusiasmo.

El primer fin de semana del curso les dieron un par de días de permiso. JP tomó el tren en Kingham para ir a la estación de Paddington, en Londres, donde se alojaría en casa de su hermano Harry, en Belgravia. Londres era ya una ciudad en alerta máxima. Se había evacuado a los niños al campo, por todas partes se veían uniformes militares, las puertas y las ventanas se oscurecían al caer el sol y se animaba a los hombres a que llevaran los faldones de la camisa por fuera cuando caminaban por la calle de noche para que fuera más fácil verlos desde los coches, que llevaban los faros apuntando al suelo. Sacos terreros se amontonaban a la puerta de las tiendas y los edificios públicos, y se esperaba que cayeran bombas en cualquier momento. Todo el mundo cargaba con una máscara de gas y con el peso de cierto recelo.

Harry se alegró de ver a JP y le dio un fuerte abrazo. La guerra le había insuflado un intenso sentimiento de urgencia y una añoranza melancólica de aquellos días apacibles de su niñez en el castillo de Deverill. Días de merendar en la playa, de cabalgar por las colinas, de sentarse al amor de la lumbre a jugar a las cartas. De jugar al cróquet, al tenis y al bádminton en el prado, al resplandor dorado del sol de finales de verano. Se acordaba de la última guerra. De hecho, la herida de bala que tenía en el hombro aún le dolía a veces, y el recuerdo de tantas muertes había aflorado para recordarle la fragilidad de la vida. Había perdido a su tío Rupert, a su primo George y a numerosos amigos. La idea de volver a sufrir pérdidas semejantes se le hacía casi insoportable. Cada momento era precioso. Cada amanecer era digno de celebración.

Charlotte y los niños estaban en Broadmere, la finca de Victoria en Kent, de modo que la casa estaba vacía. Sus pocos sirvientes se habían alistado dejándole solo, y Harry se veía obligado a prepararse él mismo la cena, que solía consistir en pan tostado y huevos cocidos que Charlotte le enviaba de la granja de Kent, donde Victoria tenía una amplia selección de gallinas exóticas. Le habían asignado un trabajo administrativo en Whitehall no mucho más interesante que trabajar en un banco, mientras que a Boysie lo habían mandado a un lugar secreto en Buckinghamshire tras ganar un concurso de crucigramas en el periódico. Estaban ambos radiantes de felicidad porque por primera vez en su vida podían estar juntos sin pensar en sus esposas. Podían verse casi todos los fines de semana y se habían acostumbrado a comer en el White's, a dar paseos por el Serpentine, a cenar tranquilamente y a pasar la noche en el hotelito del Soho, pues Harry no quería arriesgarse a que Charlotte volviera a sorprenderlos en casa por un descuido.

La visita de JP no supuso ninguna molestia para Harry. Se dio la casualidad de que ese fin de semana Boysie tenía que trabajar, de modo que Harry agradeció la compañía e invitó a su hermano a un copioso almuerzo en su club. Comentó que tenía la sensación de que en Londres reinaba un ánimo excelente. Incluso puso en duda que la guerra fuera a llegar hasta allí. Las bombas que se esperaban no habían caído aún y las sirenas que saltaban era siempre falsas alarmas. La gente empezaba incluso a dejarse en casa la máscara de gas, le dijo JP, lo que supuso una decepción para el joven. Ahora abrigaba la ambición de lanzarse al cielo pilotando un avión de caza y, si los alemanes no invadían Inglaterra, quizá nunca tuviera esa oportunidad.

En abril, sin embargo, el clima había cambiado. Alemania invadió Dinamarca y Noruega y la guerra empezó en serio. En mayo, los alemanes invadieron Holanda, Bélgica y Luxemburgo y el rey Jorge nombró a Winston Churchill primer ministro, lo que supuso una gran alegría para Maud, porque los Spencer-Churchill eran buenos amigos de su familia. Ese mismo mes, el ejército aliado fue rechazado en Dunkerque, desde cuyas playas fue evacuado gracias a una operación de rescate casi milagrosa, sin ayuda de Eric, el marido de Victoria, que zarpó de la costa de Kent en su barquito de pesca y se hundió tras recorrer solo media milla debido a una vía de agua en el casco. No fue, sin embargo, un triunfo y en junio los franceses capitularon ante Alemania.

JP y sus amigos, Stanley y Jimmy, consiguieron por fin las alas de la RAF y fueron enviados a Warmwell para recibir entrenamiento especializado. No llevaban allí ni una semana, sin embargo, cuando el comandante de vuelo les informó de que su entrenamiento había tocado a su fin. Iban a sumarse a un escuadrón en Biggin Hill, donde pilotarían Spitfires. Todo indicaba que los alemanes intentarían invadir Inglaterra a fin de cuentas, y *ellos* tendría que impedírselo.

17

La Batalla de Inglaterra había empezado, en efecto, y en Biggin Hill JP se hallaba en primera línea del frente. La base de la RAF al sureste de Londres se alzaba sobre una meseta conocida en el Mando de Cazas como *Biggin on the Bump* por sus muchos baches. Encargada de proteger los accesos a la capital, presentaba ya numerosos indicios de guerra: cráteres allí donde las bombas habían arrancado grandes pedazos de tierra, restos de Spitfires y Harvards abandonados entre la hierba como bestias abatidas y hangares arrasados por el fuego. Pero JP tenía solo dieciocho años y a esa edad se sentía inmortal y ansiaba entrar en acción. Para eso le habían entrenado. Se había esforzado mucho por conseguir sus alas y estaba deseando cumplir con su deber a pesar de que era consciente de que tal vez fuera lo último que hiciera en la vida.

Al rayar el día llegó a la zona de despegue con su escuadrilla, de la que también formaban parte Jimmy y Stanley. Su Spitfire parecía casi delicado comparado con el Harvard, como un mosquito comparado con un moscardón. Con el paracaídas colgado del hombro y el casco puesto, se acercó a los dos operarios que habían estado atareados retirando la lona y enchufando el arrancador portátil. Aquel era su momento. El momento que había estado esperando desde su ingreso en la RAF el otoño anterior. La adrenalina circulaba a toda prisa por sus venas, pero su nerviosismo nacía de la euforia, no del miedo. Estaba listo para desfogar contra los alemanes toda la furia acumulada por el desamor.

El cielo estaba despejado; el aire, húmedo. La mañana parecía contener el aliento como si presintiera la batalla que se avecinaba. Al caminar por la hierba, sus botas se impregnaron de rocío y por un instante sintió aflorar un recuerdo. Se vio caminando por el césped delante de la Casa Blanca de Ballinakelly, pero sus zapatos eran pequeños y tenían cordones: eran los zapatos de un niño.

El ruido de los Spitfires arrancando rompió el silencio y aquel recuerdo se dispersó como un reflejo en la superficie de un charco agitado de pronto. Los motores cobraron vida con una explosión, y una llamarada brotó de sus escapes. El ruido hizo vibrar el aire, el chorro de aire alisó la hierba detrás de los aviones y el terreno tembló a su alrededor. JP miró a Jimmy y Stanley y los otros nueve pilotos de su escuadrilla y se preguntó si alguno de ellos no regresaría.

Apoyando el paracaídas en el ala, subió a la cabina y revisó rápidamente el avión: combustible, presión de frenado, timón, elevadores, hélice. Habló luego un momento con el mecánico y su ayudante, que esperaban para informarle. Completada la preparación, regresó al barracón, se puso el chaleco salvavidas y se tumbó en un catre a esperar la orden de salida. Algunos hombres leían revistas, otros dormían. Nadie hablaba mucho. Reinaba una atmósfera tensa y el aire estaba cargado de expectación. Unas horas después sonó estrepitosamente el teléfono y todos dieron un respingo. Los que estaban durmiendo despertaron sobresaltados. El corazón de JP pareció caer como un peso muerto. Miró a Jimmy, pero Jimmy no le estaba mirando.

—Escuadrilla, despegue inmediato. Doce ángeles —dijo el oficial de guardia.

Había llegado la hora.

JP corrió a su Spitfire. Los operarios de pista estaban poniéndolo en marcha. Vio la llamarada del motor. Encontró su paracaídas en el ala, donde lo había dejado, y subió a la cabina. Los operarios le abrocharon los cinturones de seguridad. Se puso el casco, se ajustó la máscara de oxígeno y sintió la vibración del motor al soltar el freno y abrir el regulador. Toda la escuadrilla iba a salir a la vez. Vio a Jimmy y se situó a su lado, a su izquierda, según las instrucciones que había recibido.

La voz de Jimmy a través de la radio le reconfortó.

—¿Listo, pipiolo? —preguntó el australiano, llamándolo por el mote que le había puesto.

—Listo, Jim —contestó JP.

—Muy bien, allá vamos.

Y juntos, con los ojos de los pilotos fijos en el jefe de la escuadrilla, los aviones aceleraron por la pista y despegaron.

Los Spitfires se elevaron mientras el alba daba paso al día, en medio de un cielo azul claro, sin nubes. La voz del controlador de vuelo se oyó por la radio:

—Gannic, aquí Sapper. Ciento cincuenta mínimo aproximándose a Dungeness a las doce en punto. Vector 120. Cambio y corto.

JP contempló el azul claro del cielo, el vasto dosel de serenidad y belleza que en cualquier momento se convertiría en un campo de batalla lleno de humo y fuego. Parecía una abominación mancillar el espléndido cielo creado por Dios de una manera tan violenta. Una completa abominación. Pero JP no tenía tiempo de pararse a pensar en el cielo. El enemigo se acercaba. De pronto vio los aviones: aparecieron como un enjambre de avispas, oscureciendo el cielo.

Había más de ciento cincuenta, pensó JP, acompañados por M19s para cubrir a los bombarderos. Era una imagen sublime y aterradora a un tiempo. Miró los once pequeños Spitfires y su determinación flaqueó. ¿Cómo iban a enfrentarse a aquel escuadrón?, se dijo. Pero estaban juntos. Formaban un equipo y eran lo único que se interponía entre los alemanes e Inglaterra.

—Gannic a escuadrilla. Muy bien, chicos, allá vamos. Una buena andanada para empezar y nos alejamos. Ojo con los 109.

JP miró hacia abajo para ver la formación de Dorniers alemanes. Eran aviones grandes como mastodontes, pero no tan rápidos ni tan manejables como los Spitfires. Al ver uno que se había apartado ligeramente de los demás, decidió ir a por él. No había ningún 109 a la vista, de modo que se centró en su objetivo y salió en su persecución. Cuando estuvo lo bastante cerca, acercó el dedo al botón de la palanca y disparó. Las ametralladoras hicieron un ruido semejante al de una tela al rasgarse. Las balas agujerearon el fuselaje del avión enemigo. *¡Lo conseguí!*, pensó entusiasmado y vio cómo el avión caí en espiral hacia el mar, dejando una estela de humo negro.

La escuadrilla se había dispersado y los pilotos se hallaban solos. JP se encontraba a tres mil pies por debajo de los alemanes y volaban a velocidad vertiginosa. Tiró de la palanca hacia atrás y regresó a la batalla, volando en zigzag para no ofrecer un blanco fácil a los boches. Allá arriba cundía el caos: aviones volando en todas direcciones, hombres colgaban de paracaídas, humo negro, algún que otro estallido de llamas y aparatos que se desplomaban hacia el mar como pájaros abatidos por un disparo.

JP luchó por su vida, acordándose de la regla de oro: no volar en línea recta más de veinte segundos. Si lo hacías, eras hombre muerto. Consiguió dar a un Heinkel, que emprendió el regreso a casa con la panza llena de agujeros. Falló unas cuantas veces y tuvo que esquivar más de una bala. Y sin embargo, en medio del combate, pensó en Martha. Pensó en ella y en su imposibilidad de amarla, y la temeridad se apoderó de él, envuelta en la niebla roja de la furia. No sentía miedo. Ni siquiera temía morir. En ese momento, rodeado por un centenar de aviones enemigos, casi deseaba morir: así, a fin de cuentas, descansaría su corazón enfermo.

Vio entonces que un M109 lo seguía de cerca, virando cuando él viraba. Su cañón centelleaba al sol. No sintió terror. La expectación de la muerte lo silenció todo a su alrededor. El ruido del motor sonó de pronto amortiguado, como si estuviera ya muy lejos. Sintió que se hallaba fuera de su cuerpo y que era otro quien pilotaba. Alguien que rechinaba los dientes, que entornaba los ojos y sonreía. Sí, ese otro sonreía como si la posibilidad de morir lo llenara de regocijo.

Volvió entonces a su cuerpo y comenzó a volar en estrechos círculos, perseguido de cerca por el 109. Sabiendo que el Spitfire podía virar más bruscamente que el voluminoso avión alemán, dio un bandazo, desafiando al piloto alemán a seguirlo. El pequeño aparato se zarandeó, pero no protestó. Empezó a sudarle la frente. Tenía un calor insoportable, pero estaba intentando salvar la vida y disfrutaba de aquel instante dramático. El alemán disparó de nuevo y erró el tiro. JP estaba eufórico.

—¡Inténtalo, vamos! —gritó aunque sabía que el otro piloto no podía oírle.

El alemán trató de imitar sus bruscos virajes, en vano. Su aparatoso avión no podía competir con la agilidad del Spitfire, ni el piloto con la temeridad de JP, que, poseído por el espíritu indomable de los Deverill, se había entregado a una furia salvaje.

Al fin, cuando empezaba a temer haber forzado en exceso el Spitfire, el avión alemán se vio obligado a retirarse. Se apartó y, posiblemente escaso de combustible, se dirigió hacia el mar. JP soltó una risa enloquecida. Había ganado aquella pequeña batalla. Respiró hondo, sacudió la cabeza y pestañeó para quitarse el sudor de los ojos. Miró el indicador de combustible. Era hora de que él también regresara a la base. Había sobrevivido a su primera batalla.

Cuando aterrizó descubrió, horrorizado, que Jimmy no había tenido esa suerte.

Perder a su amigo fue un golpe terrible para él y para Stanley. Habían formado una pandilla de tres. Ahora solo quedaban dos. En ese momento, al comprender que Jimmy había muerto, sintió que había pasado de ser un niño, un «pipiolo» como lo llamaba Jimmy, a ser un hombre. Un hombre en una guerra de hombres. No se detuvo a pensar en exceso en la muerte de su amigo, sin embargo. Ninguno de ellos lo hizo. Perder camaradas iba a convertirse muy pronto en algo demasiado frecuente como para entregarse a la pena. Solo tenía que intentar sobrevivir. Más tarde, cuando todo aquello acabara, tendría tiempo de llorar a los caídos. Mientras tanto, tenía que librar una guerra y no le quedaba más remedio que ponerse manos a la obra.

Estaba en la cantina cuando recibió carta de Kitty. No se había dado cuenta de hasta qué punto añoraba su hogar hasta que la leyó.

Mi querido JP:

> *Espero que te encuentres bien y con buen ánimo. Aquí en Ballinakelly todos te echamos muchísimo de menos. Ojalá esta guerra acabe pronto y puedas volver cuanto antes a casa y empezar tus estudios en Dublín. Sé*

que lo que querías era pilotar aviones, pero preferiría que te conformaras con la emoción de montar a caballo. En fin, déjame que te dé algunas noticias.

La tía abuela Hazel falleció ayer en su cama, apaciblemente, pero como podrás imaginar Laurel está fuera de sí. Dice que ella también quiere morirse, aunque ahora tenga a ese viejo bribón de Ethelred para ella sola. Nuestro padre va a plantar un avellano en su honor y Laurel dice que, cuando le toque a ella el turno de irse, quiere que plantemos un laurel justo al lado. Como Ethelred no tiene nombre de árbol, supongo que no está incluido en el plan.

Mi madre está furiosa porque el ejército ha requisado Broadmere para convertirlo en un hospital y la casa va a llenarse de soldados heridos. A mí me hace gracia, porque ella no soporta el desorden y todos esos vendajes ensangrentados la van a volver loca. Puede que regrese a casa después de todo. Ya sabemos que eso es lo que querría papá, ¡solo Dios sabe por qué! No me explico por qué cree que podrían ser felices después de tantos años de infelicidad, pero nuestro padre se rige por sus propias normas. Victoria parece dispuesta a arremangarse y a hacer algo útil en esta guerra. Tengo entendido que también ha acogido a un montón de niños evacuados y que los tiene a todos trabajando en la granja. ¿Quién iba a imaginar que la condesa de Elmrod querría mancharse las manos? Charlotte me escribe a menudo quejándose de que Victoria se comporta como una generala, dando órdenes a todo el mundo. Ha encontrado su vocación y se la está tomando muy a pecho. Por lo visto uno de los oficiales heridos se ha prendado de ella, así que más vale que Eric se ande con cuidado. Claro que está muy atareado con la milicia local, defendiendo nuestra línea costera, así que imagino que ni siquiera se enterará.

Robert te manda mucho cariño. Está escribiendo, como siempre. La guerra lo pone de muy mal humor porque le recuerda la última, cuando no pudo luchar por culpa de su cojera. Vuelve a sentirse inútil. Pobrecillo. Creo que ese el tema de su nuevo libro. Seguramente será el mejor. Florence te echa de menos. Aunque Irlanda es neutral, la guerra también nos está afectando. Hay racionamiento y los alemanes bombardearon Campile, en el condado de Wexford, y mataron a tres personas. Nos quedamos todos

horrorizados, como puedes imaginar, porque nadie creía que la Luftwaffe
fuera a bombardear Irlanda. Pero lo ha hecho. Por aquí, aún sobrevivimos.
La vida continúa, aunque llena de angustia.

Mi queridísimo JP, espero que hayas conseguido olvidar ese desenga-
ño. No voy a insistir en ello, pero quiero que sepas que te llevo siempre en
el corazón y en el pensamiento. Rezo por que estés a salvo.

Tu hermana, que te quiere
Kitty

P.D. Una niña encantadora llamada Alana vino a casa el otro día y me dio
una carta para ti. Le pregunté su nombre, pero solo me dijo que se llamaba
Alana. Hablaba con un acento americano bastante extraño, así que imagi-
no que debe de ser la hija de Emer y Jack O'Leary. El caso es que me dijo
que erais amigos y que por favor te hiciera llegar su carta. ¡Creo que tienes
una admiradora!

Disfrutó leyendo la carta de Kitty, salvo por la noticia de la muerte de
Hazel. Era una alegría tener noticias de casa. Ballinakelly parecía hallarse
muy, muy lejos de Biggin Hill, en un mundo completamente distinto al de
las batallas que libraba cotidianamente en el cielo de Inglaterra. El bombardeo de Campile reforzó su empeño de borrar a la Luftwaffe de la faz
de la tierra.

Fijó su atención en la carta de Alana, escrita con una letra pulcra y
ondulante, evidentemente con gran esmero. Sonrió al acordarse de la
niña a la que había rescatado en las colinas y sintió una punzada de melancolía al recordar la paz que se respiraba allí, en aquel paisaje agreste y
verde. Aquellas semanas, antes de que Martha llegara a Ballinakelly, habían estado cargadas de inocencia, de ilusión y optimismo. Luego, todo
había cambiado. Martha había regresado a Estados Unidos, había estalla-
do la guerra y el mundo había dado un vuelco. De pronto, todo parecía
distinto, lúgubre y distorsionado.

Leyó la carta de la niña. Era larga. Había páginas y páginas, de modo
que se saltó casi todo. Desvaríos de una niña enamorada, se dijo sacudien-

do la cabeza divertido. Le contestaría para hacerla feliz y porque, mientras esperaba en el barracón la orden de despegue, no tenía gran cosa que hacer.

Pasó el verano y mientras JP libraba combates cada vez más intensos en el aire, los alemanes aumentaban sus ataques contra aeródromos británicos y estaciones de radar, acosando sin descanso a la RAF, a la que superaban en número en una proporción de cuatro a uno. Luego, en septiembre, el enemigo cambió de táctica y arremetió contra Londres, oscureciendo el cielo de la capital con sus bombarderos.

Harry nunca había imaginado que las cosas llegarían a ese punto. No había imaginado que el enemigo atacaría el corazón de Londres. Hasta entonces la batalla se había librado sobre el mar. Ahora, tenía lugar a su alrededor, por todas partes. Los bombardeos eran nocturnos y los vecinos de la ciudad buscaban refugio bajo tierra, como animalillos, y salían de nuevo al amanecer, con ojos legañosos, para evaluar los daños.

Lo más aterrador de los ataques eran sus ruidos: el zumbido amenazador de los aviones enemigos aproximándose, el silbido de las bombas al caer, el estruendo de las explosiones, el tableteo de las baterías antiaéreas, el estrépito de las tejas al desplomarse y de los cristales rotos, los relinchos de los caballos, el aullido de los perros, los gritos de la gente y el chisporroteo del fuego. Y luego el silencio, el silencio pavoroso de una ciudad a oscuras cuyos habitantes aguzaban el oído, escuchando sonidos inexistentes.

En Navidad pareció haber una tregua. Algunos de los niños evacuados volvieron para pasar las fiestas con sus padres y las iglesias se llenaron de gente que celebraba la Navidad como siempre había hecho. Harry pasó el día en Broadmere y asistió al oficio religioso en la capilla familiar de la finca con su esposa, Charlotte, y sus hijos. Desde allí escribió a Kitty contándole las muchas anécdotas ridículas que había protagonizado su madre y hablándole del evidente idilio de Victoria con aquel oficial del ejército, ya muy restablecido de sus heridas. Regresó a Londres a la mañana siguiente y pasó el día con Boysie.

—Me cuesta admitirlo, muchacho, pero parece que sí, que estamos en guerra —le dijo a Boysie mientras cenaban en el Savoy—. Aun así, este ha sido el mejor año de mi vida.

Boysie sonrió.

—De la mía también. Brindemos por ello. —Levantaron sus copas de champán—. ¿Cómo vamos a sobrevivir cuando todo vuelva a la normalidad?

—¿Crees que volverá? —preguntó Harry.

—Lo *sé* —contestó Boysie y, dado que ocupaba un puesto importante en los servicios de espionaje, Harry supuso que sabía algo que él ignoraba.

Apuraron sus copas y se miraron con ojos brillantes.

Harry se llevó la mano al corazón.

—Esta noche me emociono fácilmente —dijo—. No creo que pueda decirlo en voz alta.

—Entonces no lo digas —contestó Boysie, y también se llevó la mano al corazón—. Y yo tampoco lo diré.

Se sonrieron con complicidad absoluta, sin apartar la mano del pecho. Cualquiera que los hubiera visto en ese instante habría pensado que estaban haciendo una especie de saludo militar, en lugar de declararse su amor.

Boysie regresó a su trabajo secreto en Bletchley Park y Harry a su oficina. Harry se preguntaba si los bombardeos habrían terminado de una vez por todas. Quizá los alemanes hubieran fijado su atención en otra ciudad, en un país muy lejano, como Rusia. Hacía dos semanas que no bombardeaban y en las calles empezaba a reinar una atmósfera de normalidad. Luego, llegó el 29 de diciembre.

El bombardeo comenzó a las cinco y media de la tarde.

La ciudad estaba a oscuras, como de costumbre. La oscuridad dificultaba al enemigo dar en el blanco, pero esa noche los alemanes tenían previsto encender la ciudad como una hoguera.

Harry estaba en un cine del West End, viendo la nueva película de Charles Chaplin con un par de amigos del trabajo cuando empezaron a caer las bombas. La proyección se detuvo de golpe y en la pantalla apareció un aviso recomendando a los espectadores que se dirigieran a los refugios lo antes posible. Al salir precipitadamente a la calle, descubrieron que no se trataba de bombas normales, sino de artefactos incendiarios. Las pequeñas bombas caían en los tejados y las calles con un tintineo antes de echar a arder con un fogonazo amarillo. Harry corrió de un lado a otro, tratando de sofocar los fuegos con su abrigo. Otros siguieron su ejemplo y comenzaron a arrojar todo lo que podían sobre las llamas y a pisotearlas. Pero eran demasiadas. Daba la impresión de que los aviones alemanes arrojaban bombas a miles y que cada llamita prendía un hoguera. Pronto, pareció que toda la ciudad ardía.

A las siete y media, la primera fase había terminado. Ahora que Londres se hallaba iluminada por centenares de edificios en llamas, la segunda oleada de bombardeos podía atacar con facilidad. Otros treinta aviones sobrevolaron la ciudad. Harry miró el cielo enturbiado por el humo y vio caer las bombas como gigantescas piedras de granizo, suspendidas en los haces de luz de los reflectores de las baterías antiaéreas. Aquella visión lo dejó sin aliento. Horrorizado, se preguntó si quedaría algo de Londres a la mañana siguiente.

Impulsado por su sentido del deber, se esforzó por ayudar allí donde podía. Había que apagar fuegos, que rescatar a personas atrapadas en edificio derruidos, y al parecer la catedral de San Pablo estaba en llamas. Los camiones de la brigada contra incendios no daban abasto para apagar los incendios cada vez más extensos y, para colmo, comenzaba a levantarse el viento.

Y entre tanto los aviones seguían llegando, oleada tras oleada. Parecían no tener fin.

Harry sabía que debía buscar refugio, pero le repugnaba la idea de esconderse hasta que pasara el temporal. Londres le necesitaba. Pensó en todos esos niños que habían vuelto de sus hogares temporales en el campo para pasar la Navidad con sus familias y un inmenso deseo de salvar Londres de la destrucción se apoderó de él.

Trabajó toda la noche, apartando cascotes en busca de supervivientes, rescatando a gente de debajo de los montones de escombros, apagando llamas a zapatazos, ayudando a los bomberos y al personal de las ambulancias. El humo inundó su pecho y las llamas chamuscaron su piel, pero no se detuvo. Ni un solo instante. Estaba en tierra, siendo útil, y no se sentía útil desde la Gran Guerra, cuando había luchado en los campos de batalla de Francia.

Luego, oyó un grito de auxilio. Un niño llamando a su madre. Su voz aguda se impuso al chisporroteo casi ensordecedor del incendio, arrastrada por el viento que avivaba las llamas y las hacía crecer y elevarse hacia el firmamento como monstruos de un intenso color naranja. Mientras corría calle abajo, Harry oyó el silbido de una bomba sobre él. El chisporroteo cesó, el rugido de las llamas se detuvo. Solo se oyó el silbido de la bomba y luego el silencio. El sonido espectral de la muerte inminente.

Harry no miró hacia arriba. No hizo falta. Siguió corriendo, aunque sabía que no había forma de esquivar la bomba. Pensó en Boysie, en sus hijos, en Kitty y en su padre y sintió pena, porque su vida estaba empezando a cobrar sentido al fin y ahora iba a acabarse.

La bomba cayó delante de él y lo levantó varios metros en el aire. Pero cuando cayó al suelo ya no habitaba su cuerpo. Se hallaba de pie a su lado, mirando al hombre caído y roto que había sido hasta hacía un instante. A aquel hombre que había tratado valientemente de hacer el bien. «Maldita guerra», se dijo.

Entonces vio a Adeline. Estaba a su lado, envuelta en una luz que no pertenecía a aquella noche nefasta. Le sonrió y él sonrió a su vez.

—Así que se acabó —dijo, incapaz de creer aún que ya no estaba vivo. Se *sentía* vivo. Más vivo que nunca.

—Sí, se acabó, cariño mío. Ya has cumplido tu parte.

—¿Y ahora qué? —preguntó él, pero antes de que su abuela pudiera contestar vio una luz más brillante que cualquiera que hubiera visto hasta entonces. Era el amor, que lo envolvía en su abrazo.

Adeline observaba la escena con asombro. Sin duda, como heredero del castillo de Deverill, Harry tendría que quedar atrapado en el limbo igual que sus predecesores. Pero no, la luz lo estaba envolviendo, disolviéndose en el infinito, y allí, en medio de aquella aureola enceguecedora, Adeline distinguió apenas las confusas figuras de Digby y Hazel, de Rupert y George, de Stoke y Augusta, dándole la bienvenida a casa. Por un instante el deseo de reunirse con ellos se enseñoreó de su corazón como si la luz tirara también de ella, como si ya formara parte de esa luz y ansiara su plenitud, pero se resistió. Tenía muchas cosas que hacer antes de abandonar esta dimensión.

Así pues, Harry no padecería el limbo. Solo podía haber un motivo para que escapara de la maldición, pensó Adeline: no era un heredero de los Deverill, lo que significaba que no era un Deverill. Adeline pensó en Maud y se acordó de su aventura con Eddie Rothmeade, hacía muchos años. Debería haberlo imaginado. Harry no era hijo de Bertie, a fin de cuentas. Nunca había lo había sido. ¡Qué suerte para él, haber escapado del horrible limbo en el que Hubert estaba cautivo!

Adeline lo vio marchar. Luego contempló su cuerpo destrozado y sintió una inmensa tristeza por los vivos que le habían amado.

18

La noticia de la muerte de Harry sumió a su familia en el dolor. Kitty salió a cabalgar por las colinas como hacía siempre que se enfrentaba a una inmensa desdicha, y mientras montaba a galope tendido lloró por lo injusta que era la vida. Bertie venció la tentación de recurrir a la botella y se fue a la iglesia, donde se sentó en un banco, serenamente, y trató de recordar lo que le había enseñado Adeline sobre la muerte. Elspeth abrazó a sus hijos con fuerza y dio gracias a Dios porque aún no tuvieran edad de ir a la guerra. En Kent, Maud se metió en la cama como había hecho Beatrice al morir Digby y lloró amargamente, convencida de que la muerte de su hijo era un castigo de Dios por sus pecados. Su hija Victoria fue más pragmática:

—La gente muere en la guerra —dijo en tono flemático—. Ha sido mala suerte que Harry muriera en un bombardeo, pero no es nada sorprendente.

En su fuero interno lamentaba que la bomba no hubiera matado a Eric, el pelmazo de su marido. Pero Eric estaba defendiendo la costa con otros hombres mayores de las milicias locales y, si alguna vez oía una bomba, era en los noticiarios de la radio.

Boysie estaba destrozado. Era como si la bomba hubiera destruido su vida por completo, convirtiéndola en un yermo de aislamiento y aflicción. Lo peor de todo era no poder hablarle a nadie de su dolor. Quería gritar a los cuatro vientos su amor y su pena para que todo el mundo supiera lo que había significado Harry para él. Quería homenajearlo de ese modo.

Pero la existencia de su mujer y sus hijos le impedía cometer esa imprudencia. Por más que deseara honrar a Harry, no soportaba la idea de hacerles daño. Así pues, ocultó su dolor y lloró a su único amor verdadero
como si Harry solo hubiera sido un amigo muy querido.

El funeral se celebró discretamente, en medio de una atmósfera sombría, en la iglesia protestante de Ballinakelly. El cielo de enero era de un
azul acuoso y claro, el sol invernal brillaba bajo en el horizonte y el viento frío y salobre del mar soplaba hacia el interior en rachas violentas.
Allí, en aquella iglesia, Kitty había asistido a los funerales de muchos de
sus seres queridos. Había despedido a su tío Rupert, muerto en la Gran
Guerra, y a sus abuelos Hubert y Adeline, a los que había querido fervorosamente. Hacía muy poco tiempo había dicho adiós también a su tía
abuela Hazel y, mientras rezaba, había cerrado los ojos con fuerza y le
había pedido a Dios que salvara a JP de aquella guerra. No le había pedido, en cambio, que protegiera a Harry, aunque de poco habría servido
que lo hiciera si su hermano estaba destinado a morir esa noche. Aun así,
lamentaba profundamente no haber mencionado a su hermano en sus
plegarias. Sentía que le había dejado en la estacada. Y allí estaba ahora,
en su funeral, cuando era ya demasiado tarde para oraciones y de nada
servía ya arrepentirse.

Nunca había imaginado que tendría que despedirse de Harry tan
pronto. Su hermano había sido su aliado y su amigo, y ahora había muerto. No había tenido una vida fácil, se dijo. Se acordó de cuándo lo descubrió en la cama con Joseph, el lacayo, cuando vino de permiso durante la
guerra anterior, y de aquella vez que le pidió consejo después de que
Charlotte lo sorprendiera besando a Boysie en el baile de Celia. Harry no
estaba hecho para el matrimonio. Ni para los convencionalismos. Pero la
sociedad lo había obligado a adoptar un papel, y él había cumplido con
sus deber y se había conformado. Kitty se preguntaba cuál había sido el
precio que había tenido que pagar por guardar las apariencias. Dudaba
de que su hermano hubiera sido verdaderamente feliz en un mundo que
no le permitía ser como era en realidad.

No podía mirar a Charlotte y a los niños. Era demasiado espantoso
contemplar su sufrimiento. Los niños habían perdido a su padre y Char-

lotte a su marido, aunque Kitty sabía que Harry nunca había sido del todo suyo. Su corazón siempre había pertenecido a Boysie.

Kitty miró entonces a Boysie, que estaba sentado al otro lado del pasillo, junto a su esposa, Deirdre. Su perfil parecía petrificado. Tenía el ceño fruncido, la boca torcida en un rictus de tristeza y los labios temblorosos. Kitty comprendió que su amor por Harry era muy profundo. De pronto parecía un viejo, pensó, a pesar de que solo tenía cuarenta y cinco años. Él notó su mirada y se volvió. Sus ojos se encontraron y su expresión de dolor impresionó a Kitty. Le dedicó una sonrisa comprensiva, pero él estaba tan desolado que no respondió. Fijó la mirada en la hoja de oraciones que temblaba entre sus manos. Ella volvió a mirar al reverendo Maddox, que había engordado de felicidad desde su boda con la señora Goodwin la primavera anterior.

Después del funeral comieron en el pabellón de caza. Maud y Bertie se sentaron en el asiento de la ventana y por cómo inclinaba él la cabeza para escuchar a su mujer, Kitty notó que confiaba en que Maud volviera a casa. Se preguntó si la pena por la muerte de su hijo volvería a unirlos. Sin duda Arthur Arlington no podía compartir el dolor de Maud en la misma medida que Bertie.

Kitty habló brevemente con su hermana Victoria, la formidable condesa de Elmrod, pero los años habían crecido entre ellas como un denso bosque y Kitty no tenía energías para abrirse paso entre la espesura en busca de la hermana a la que había conocido antaño y por la que en realidad nunca había sentido simpatía. Habló con sus primas gemelas, Leona y Vivien, que le contaron que Celia estaba volviendo de Sudáfrica sin los niños, que se quedarían en Johannesburgo hasta que terminase la guerra. Kitty sabía que la noticia de la muerte de Harry tenía que haber sido un golpe muy duro para ella. Las gemelas le contaron, además, lo rica que se había vuelto Celia, y ellas, por añadidura.

—Ha hecho una fortuna con las minas de oro —dijo Leona con orgullo.

—¡Una fortuna! —repitió Vivien, y Kitty sonrió por primera vez desde la muerte de Harry, pues las gemelas siempre habían considerado a Celia una inútil.

Grace Rowan-Hampton estaba acompañada, para variar, de su marido, Ronald, más colorado y gordo que nunca. Sir Ronald ofreció su pañuelo a Laurel con una mano carnosa y la Arbolillo se enjugó los ojos con un lloriqueo. Lord Hunt estuvo muy atento, dándole palmaditas en la espalda con aire apesadumbrado, y Kitty se preguntó por qué no se casaba con ella ahora que Hazel había muerto, pero estaba claro que el viejo truhan no tenía intención de rebajarse a semejante convencionalismo.

Pasado un rato, Kitty sintió que el aire saturado de humo del salón la asfixiaba y salió al vestíbulo. Encontró a Boysie sentado a solas en el sofá, mirando su copa de jerez.

—Hola, Boysie —dijo al sentarse a su lado.

Él sacudió la cabeza.

—¿Qué hacía Harry en esa parte de la ciudad? —preguntó—. ¿Por qué no estaba en un refugio? ¿Cómo se le ocurrió?

—Imagino que intentaba ayudar —respondió Kitty.

—Idiota —dijo Boysie amargamente.

Se hizo un largo silencio mientras pensaban ambos en la necedad de Harry.

—Sé cuánto lo querías, Boysie —dijo ella quedamente—. Harry y yo compartíamos muchos secretos y ese era uno de ellos. Sé cuánto te quería.

Boysie se volvió hacia ella con los ojos arrasados en lágrimas.

—¿Sí?

—Sí.

Él enrojeció y clavó de nuevo la mirada en su copa.

—No sé cómo voy a seguir adelante —dijo—. No sé cómo voy a vivir ahora que Harry no está.

Kitty puso la mano sobre la suya y se la apretó suavemente.

—Seguirás adelante porque tienes que hacerlo —dijo—. Cuando no tienes elección, de algún modo te obligas a seguir.

Él tragó saliva con esfuerzo.

—Te agradezco mucho tu comprensión, Kitty.

Ella sonrió compasivamente.

—A Harry lo ayudó saber que podía hablar conmigo y compartir sus sentimientos. Y tengo la sensación de que Celia también estaba al corriente de vuestra amistad.

—Celia —gruñó él—. ¿Dónde está cuando la necesito? ¿Eh? ¡Buscando oro! ¡Esa no es ocupación para una chica a la que siempre le ha gustado llevar las uñas perfectamente arregladas! —añadió con una risa desprovista de alegría.

—Está de camino —dijo Kitty.

Boysie la miró, atónito.

—¿Va a venir?

—Esas brujas de sus hermanas acaban de decírmelo.

—¿Por qué no me lo ha dicho ella misma?

—Ahora es una mujer muy misteriosa. Puede que quiera darte una sorpresa, o puede que solo tenga muchísima prisa por llegar a casa.

—Ella debe saber lo desamparado que me siento sin Harry —dijo Boysie, y Kitty pensó que, en efecto, parecía completamente desamparado.

—Entonces es que viene a rescatarte —contestó—. A fin de cuentas, se rescató a sí misma después del suicidio de Archie, ¿no? Tiene talento para sobrevivir.

—Como todos los Deverill. Dime, Kitty, ¿cómo lo hacéis?

Ella suspiró y pensó en las muchas ocasiones a lo largo de su vida en que había tenido que levantarse del suelo, sacudirse el polvo y seguir adelante.

—No lo sé, Boysie. Creo que hay algo dentro de nosotros que se resiste a darse por vencido.

—El espíritu de los Deverill —dijo él—. Así lo llamaba Digby.

—Sí, eso es. El espíritu de los Deverill.

Él esbozó una sonrisa triste.

—¿Puedes prestarme un poco, por favor?

Kitty se rio y apoyó la cabeza en su hombro.

—Tú tienes tu propio espíritu, Boysie. Está ahí, en alguna parte. Solo tienes que encontrarlo.

Perder a Harry hizo que Kitty sintiera nostalgia del pasado, agradeciera el presente y se angustiara por el futuro, pues era más consciente que nunca de que la vida era terriblemente corta y precaria. De ahí que su deseo de vivirla plenamente y de primera mano se intensificara. Seguía saliendo a cabalgar como siempre, pero adoptó la costumbre de pararse en lo alto de una colina desde la que tenía una vista despejada de la caleta solitaria de más abajo, en la que el mar acariciaba una playa en forma de herradura, de arenas blancas, y la casa de Jack se erguía aislada, entre matorrales y árboles de escasa altura. Se quedaba allí, mirando la casa con la esperanza de divisar al hombre al que seguía amando. Sabía que no debía, era muy consciente de lo que perdería si cedía al impulso de su corazón, pero llevaba tanto tiempo queriendo a Jack que ya no sabía sentir de otro modo. Y sospechaba que, en las cavernas más remotas de su corazón, por debajo del rencor y la furia, él también la quería. Porque siempre la había querido.

A veces veía desde lejos a Emer, la mujer de Jack, paseando por la playa con sus hijos, y deseaba estar en su lugar y que esos hijos fueran los suyos. Los observaba desde la distancia, jugando con el perro, corriendo al viento y riendo mientras perseguían a las gaviotas e imitaban su vuelo con los brazos extendidos, y sufría al ver a la familia de Jack, porque Emer le había robado esa vida que debería haber sido la suya. Le envidiaba su felicidad y su buena suerte. ¿Por qué había favorecido el destino a Emer y a ella le había hecho la zancadilla a cada paso? ¿Qué había hecho aquella mujer para merecer a Jack cuando ella llevaba toda la vida queriéndolo? Cuando veía a Jack, tenía que hacer volver grupas a su caballo y alejarse al galope, porque verlo con su esposa le causaba una congoja demasiado honda.

Luego, una tarde de principios de primavera, estando en la colina, al darse la vuelta vio a Jack tras ella, a caballo. Se había acercado sin que se diera cuenta y la miraba con el semblante muy serio. Kitty se puso colorada al comprender que la había sorprendido espiando su casa, pero la sorpresa de verlo le impidió inventar una excusa para explicar su presencia en lo alto de la colina. Así pues, no dijo nada.

Jack parecía incómodo y Kitty intuyó que él tampoco sabía qué decir.

—Siento lo de Harry —dijo por fin—. Era un buen hombre.

Kitty sintió alivio al ver que no le reprochaba que estuviera allí, fisgando.

—Gracias —contestó.

—Quería decírtelo desde hace tiempo, pero... —Jack fijó la mirada en la playa.

Hacía cuatro meses que Harry había muerto y había tardado todo ese tiempo en encontrar una manera de acercarse a ella.

—Entiendo —lo interrumpió Kitty, y también miró la casa solitaria de la caleta—. ¿Damos un paseo? —preguntó de repente, ansiosa por alejarlo de Emer y de aquellos lugares que antaño había compartido con *ella*.

Le dedicó una sonrisa retadora, como tantas otras veces, y él sonrió a medias como si estuviera cansado de estar enfadado con ella. Como si no pudiera seguir estándolo.

Partieron juntos, pero por el camino por el que había venido Kitty. Ella experimentó el mismo estremecimiento de placer que había sentido siempre cuando se encontraban en secreto. Cuando hacían el amor en la casita de campo de Jack o se besaban en el Anillo de las Hadas. Siempre habían corrido peligro de que los descubrieran y ese peligro seguía presente, vibraba en el aire, entre ellos. Sin decir una palabra, trotaron por las colinas, el uno junto al otro, y el viento pareció arrancarles aquel sentimiento de incomodidad y llevárselo lejos. En su lugar se instaló el deleite de siempre.

Se detuvieron en lo alto de un acantilado y desmontaron. El sol era una naranja sanguina que teñía el cielo de rosa y el mar de un añil oscuro. Las olas se mecían soñolientas en la arena mientras bajaba lentamente la marea. Un par de gaviotas se disputaron un pequeño crustáceo y luego echaron a volar hacia los acantilados. Salvo por el sonido rítmico del mar y el suave resuello de los caballos, la tarde estaba callada y quieta.

La belleza de aquel instante embargó su espíritu mientras estaban allí, juntos, contemplando el océano como habían hecho tantas veces en su juventud, antes de que el destino les arrebatara sus sueños. Vieron su pasado en el extenso horizonte y todo lo que habían perdido en los tenues jirones de nubes que iban oscureciéndose a medida que se ponía el sol, y la añoranza y la decepción inundó sus corazones con una tristeza dolorosa. Kitty sintió un nudo en la garganta cuando las palabras que tanto ansiaba decir se hinchieron de emoción. Miró el perfil de Jack, duro e inescrutable, y se preguntó si estaba pensando en Emer, del mismo modo que ella había pensado antaño en Robert. Ahora, sin embargo, no pensaba en él.

Jack se volvió para mirarla, con ojos rebosantes de tristeza. Estaba a contraluz, con la cara casi en sombras, pero aun así Kitty percibió su dolor en la expresión de su boca. Se miraron el uno al otro, conscientes de que los segundos siguientes serían decisivos. Kitty sintió crecer la tensión hasta hacerse casi insoportable. Quería hablarle de su arrepentimiento y de su anhelo, y de las muchas horas que había pasado en lo alto de la colina mirando su casa con la esperanza de verlo. Pero, sobre todo, quería borrar su tristeza a base de besos.

Dio un paso hacia él. Apenas se atrevía a respirar. Después de todo lo que había ocurrido entre ellos, ¿la rechazaría él, se marcharía? Pero la belleza había calado hasta esas cavernas ocultas de su corazón en las que su amor por ella seguía intacto. La atrajo hacia sí y la besó.

Al llegar a Londres, Celia Mayberry apenas reconoció la ciudad. Se había marchado a Sudáfrica en el verano de 1932, cuando la era chispeante de los «Jóvenes Brillantes», que habían pasado los años veinte de fiesta en fiesta, con un descaro que ahora le producía sonrojo, se disolvía rápidamente en la penumbra ominosa de la Gran Depresión. Londres ya había cambiado entonces, pero aquel cambio no era comparable al que se había operado en la ciudad al iniciarse la guerra. Las ventanas estaban a oscuras, las calles prácticamente desiertas, había numerosos edificios en ruinas, un espeso polvo gris parecía cubrir las calles y una niebla densa y húmeda prolongaba el invierno, que ya debería haber cedido el paso a la primavera. No había niños jugando en los parques y todo el mundo hablaba deprisa, con urgencia y aspereza. Reparó en que los cobradores del autobús eran mujeres y, cuando se puso a charlar con la señora del kiosco de prensa, se enteró de que las mujeres habían ocupado muchos trabajos que antes hacían los hombres, que habían tenido que marcharse al frente. La kiosquera también le habló con emoción de los bombardeos que se sucedían noche tras noche y de las aventuras que había corrido en su refugio antiaéreo. Y, guiñándole un ojo, comentó lo guapos que estaban los hombres con el uniforme del ejército.

Celia sintió un inmenso alivio al ver que Deverill House seguía en pie, a pesar de que solo quedaban un par de sirvientes ancianos para cuidar de la casa, junto con la cocinera y un par de doncellas. Los demás se habían unido al esfuerzo de guerra, le explicó su hermana Leona, y todos los que habían podido marcharse de Londres lo habían hecho.

Aparte de Leona —que estaba de paso en Londres no para ver a Celia sino para ir a la peluquería—, Boysie fue la primera persona que la visitó. Hacía casi diez años que habían comido en el Claridge's con Harry para despedirse. Celia no había tenido intención de ausentarse tanto tiempo, y las cartas mensuales que le escribía al principio habían ido espaciándose poco a poco, hasta que su correspondencia se redujo a una o dos cartas al año. Ahora, al entrar en el salón en el que Beatrice Deverill celebraba antaño sus famosas veladas de los martes, Boysie contempló con delectación a su vieja amiga. Celia notó cuánto había envejecido y se emocionó al ver la mueca de tristeza de su boca, antes tan desdeñosa y petulante. Boysie sonrió, feliz, al verla, pero detrás de su alegría se dejaba sentir una pena lacerante y descarnada.

Celia lo abrazó con fuerza y al aspirar su olor, tan familiar para ella, se acordó de Harry. Lloraron juntos entonces, por lo que Harry había significado para ambos.

Ella había encendido la chimenea en el salón de arriba y se acomodaron en uno de los sofás, Boysie con un gran vaso de whisky y Celia con una copa de jerez más modesta. Se quitó los zapatos y se acurrucó en la esquina, recostada en los cojines de seda. Boysie le sonrió y el brillo de sus ojos reflejó su alivio porque Celia hubiera vuelto a casa cuando más la necesitaba.

—Mi querida niña —dijo con un suspiro—, estás más guapa que nunca. Los años no te han pasado factura. Al contrario, ahora tienes un brillo de astucia en los ojos que te hace aún más atractiva. Aunque yo adoraba la mirada de inocencia que tenías antes.

Celia tomó su mano.

—He recorrido un camino muy largo en una década.

—Pues espero que haya valido la pena, porque nos sacrificaste a *nosotros* —repuso Boysie, y los dos volvieron a pensar en Harry.

—¿Cómo está Deirdre la Triste? —preguntó ella maliciosamente.

—Tan triste como siempre —contestó él con una sonrisa desganada.

—¿Nunca se enteró?

—Nunca.

—¿Ni siquiera lo sospecha? —Él negó con la cabeza—. Charlotte lo sabía, ¿verdad? Pero nunca dijo una palabra. Así es ella. ¡Siempre tan cumplidora!

—Charlotte dejó que siguiéramos siendo amigos y lo intentamos, pero me temo que acabamos yendo un poco más allá.

—¿Era feliz Harry, Boysie? Siempre estaba tan inquieto, como si buscara una forma de dar sentido a su vida. Creo que nunca la encontró.

—Tienes razón. Se sentía inquieto y desarraigado. Perder el castillo fue para él un golpe muy duro, mucho más duro de lo que imaginábamos. Había crecido estando seguro de cuál sería su destino y de pronto le arrebataron esa idea y solo quedó un vacío. Nunca encontró nada con lo que llenarlo.

—*Contigo* se sentía completo, Boysie.

—Sí, mi niña, pero solo hasta cierto punto. Un hombre se define por su trabajo, de ahí que Harry nunca estuviera del todo seguro de quién era. Antes de la guerra, yo encontré mi vocación en el mundo del arte y ahora la he encontrado otra vez en el Cuartel General de Comunicaciones del Gobierno, lo que es enormemente satisfactorio. Harry quería ser útil, pero acabó sentado detrás de una mesa, en un aburrido despacho de Whitehall. Quería a sus hijos y le tenía cariño a Charlotte, pero es muy frustrante no ser libre, tener que ocultarse. Para él, la carga de llevar una doble vida era insoportable.

—Puedo imaginármelo —dijo Celia.

—Pero ¿y tú, tesoro? Háblame de tus amantes. Espero que hayas llevado una vida inmoral en Johannesburgo.

Los ojos azules de Celia brillaron.

—He tenido amantes, desde luego, pero nunca volveré a enamorarme, Boysie. No quiero.

—¿De veras? —preguntó él, poco convencido.

—Tuve un buen matrimonio y quise mucho a Archie. Pero me hizo daño, Boysie. Me hirió profundamente. No quiero volver a sentir ese dolor.

—Qué me vas a contar a mí. Yo tampoco quiero.

Ella sonrió con afecto.

—Si no estuvieras casado con la Triste Deirdre me casaría contigo y viviríamos muy felices con nuestros recuerdos y todo el dinero que he ganado en las minas.

—No me tientes, pequeña.

—Bueno, ¿y ahora qué? —preguntó ella.

Boysie retiró la mano de la suya y sacó una pitillera de esmalte del bolsillo interior de su chaqueta. Se puso un cigarrillo entre los labios y Celia encendió el mechero. Él lanzó una bocanada de humo a la habitación.

—Busco dentro de mí el espíritu de los Deverill —contestó con una sonrisa—. Kitty me dijo que, si me empeñaba en buscarlo, lo encontraría.

—Mi querida Kitty —rio Celia—. ¿Cómo está?

—Inquieta —contestó él levantando una ceja.

—¡Ay, cielos!

—Sí. He notado en ella una inquietud que no tenía nada que ver con Harry.

—¿Qué crees que será?

—Quizá deberíamos ir juntos a Irlanda y averiguarlo.

—¡Sí! ¡Vamos! —exclamó ella entusiasmada—. ¿Podrán pasar sin ti en el Cuartel General de Comunicaciones del Gobierno? Suena muy importante.

—Quizá tengamos que esperar a que acabe la guerra.

Celia le levantó el brazo y se lo pasó por los hombros.

—Me gustaría ir a ver qué ha hecho la condesa di Marcantonio con mi castillo. ¿Sabes que cuando me escribió Kitty para contarme que la condesa era nada menos que Bridie Doyle casi vomito el desayuno? Pero solo es un castillo. ¡Ladrillos, piedra y un montón de dinero de Archie!

—Para Kitty es mucho más que eso —le recordó Boysie.

Celia suspiró.

—Lo sé, y no será feliz hasta que aprenda que el hogar está allí donde está el amor.

19

Ballinakelly

Alana estaba tumbada en la cama con su perro, *Piglet*, un adorable bull-dog francés que le había regalado Bridie por su duodécimo cumplea-ños, en septiembre pasado. Estaba tan entusiasmada con su nuevo ami-go que se lo llevaba a todas partes, menos al colegio, donde las monjas habían retrocedido horrorizadas al ver a un perro en el pupitre y la ha-bían mandado castigada a casa. Lo único que le emocionaba más que regresar a casa al final del día y encontrarse con *Piglet* era recibir carta de JP Deverill.

La primera carta que recibió llegó en julio del año anterior. Su ma-dre había mirado atentamente el sobre, escudriñando la letra, sorpren-dida porque alguien escribiera a Alana. Se la había enseñado a Jack, que estaba leyendo el periódico en la mesa de la cocina, y él también había inspeccionado la carta sosteniéndola a contraluz con el ceño fruncido. Luego le había preguntado a Alana directamente, y ella no había tenido más remedio que decirles que había escrito a JP y que aquella era su respuesta. Sus padres la miraron estupefactos, sin decir nada. La niña solo tenía once años. No estaba bien que escribiera a un joven al que apenas conocía. Cuando expresaron su preocupación, Alana agarró la carta y salió corriendo, llorosa. Sus lágrimas se secaron enseguida, sin embargo, al leer lo que le había escrito JP. Había rellenado las *dos* caras de la hoja, le daba las gracias por *su* carta y le contaba acerca de su vida como piloto de la RAF todo lo que le permitía contar la censura. A Ala-na le pareció la vida más fascinante del mundo. Llena de euforia, se olvidó muy pronto de la desaprobación de sus padres y leyó la carta una y otra vez. Después, la escondió dentro de la enciclopedia que le había regalado su padre.

Volvió a escribir a JP enseguida. Le contó cómo habían reaccionado sus padres al ver su carta y le sugirió que le escribiera a casa de su hermana Kitty. Siempre había sido una niña atrevida, y los reproches de sus padres reforzaron su determinación. Al día siguiente fue a la Casa Blanca después del colegio y le contó a Kitty su plan. A Kitty, que tan aficionada había sido a conspiraciones y complots, le hizo gracia su coraje y aceptó enviar sus cartas a JP y dejar las que mandara él bajo una piedra del muro que rodeaba su jardín. Alana no podía imaginar que, hacía muchos años, su padre y ella solían dejarse notas detrás de una piedra del muro del huerto del castillo de Deverill. Kitty, en cambio, reparó en ese paralelismo y accedió encantada a ayudar a la niña.

Ahora, tumbada en su cama mientras *Piglet* roncaba suavemente a su lado, Alana leía la última carta de JP. Había rellenado la hoja por las dos caras contándole historias de su niñez en Ballinakelly, cuando pasaba el día cazando, pescando y construyendo una maqueta de tren con su padre. Le hablaba muy poco de los combates aéreos en los que participaba a diario, pero por lo poco que podía contarle ella comprendía que arriesgaba su vida al cumplir con su deber y se angustiaba por él. Para Alana era un héroe que defendía a Gran Bretaña del enemigo más feroz que esa pequeña isla había conocido jamás. Volcaba esa angustia en sus plegarias, convencida de que Dios haría lo que le pedía y protegería a JP.

Él siempre acababa sus cartas diciendo «De tu caballero», refiriéndose al día en que la rescató en las colinas. Alana sentía su presencia a través de las cartas, como si el eco de su fuerza vital resonara en su escritura.

Apretó el papel contra su pecho y, cerrando los ojos, se lo imaginó a caballo. Sus ojos grises la miraban brillando bajo el ala del sombrero. Se acordó de cómo había pegado la espalda a su cálido cuerpo y de cómo la había rodeado él con los brazos para tomar las riendas del caballo y conducirla a casa. Recordó la vibración de su voz mientras hablaban y su sonrisa al apearla del caballo. A sus casi trece años, estaba convencida de que lo quería y de que, aunque no fuera aún una mujer, JP correspondería a su amor algún día.

Estaba segura de que sus padres se habían olvidado por completo de él. Después de que encontraran su primera carta, había tenido mucho cuidado de ocultarles su correspondencia. Ninguno de los dos había vuelto a mencionar a JP y, cuando Alana sentía la necesidad de hablar de él, le susurraba sus sentimientos a *Piglet* al oído y *Piglet* meneaba la colita. Tenía ya más de una docena de cartas llenas de recuerdos nostálgicos y anécdotas divertidas. Podía ser una niña, pero JP la trataba como a una adulta. A veces, se preguntaba si habría olvidado qué edad tenía en realidad. JP incluso le había hablado de su tristeza por la muerte de su hermano Harry víctima de un bombardeo, y Alana había llorado por él y por su pena, que él describía de manera tan emotiva.

Estaban a principios de verano y la guerra duraba ya casi dos años. A pesar de su neutralidad, la República de Irlanda no había escapado al poderío de los bombarderos alemanes, que había atacado Dublín en dos ocasiones, primero en enero y luego en mayo, cuando murieron veintiocho personas. Alana se preocupaba por JP y Kitty lloraba a Harry, pero Jack, el padre de Alana, parecía hallarse libre de preocupaciones por primera vez desde hacía años. Alana había advertido en él una súbita alegría, una disposición a reír, una energía que parecía revigorizar todos sus músculos y hacerle sonreír sin motivo aparente. Era como si el verano no solo hubiera devuelto la vida a los cerros y los bosques, sino también a su padre. La casa estaba llena de sol incluso cuando el sol no brillaba, y su madre también parecía impregnada por aquel nuevo espíritu, pues se reía cuando él ponía música y bailaba con ella alrededor de la mesa de la cocina. Alana no se preguntaba cuál era el motivo —el mundo de los adultos era para ella un misterio sobre el que no se atrevía a preguntar—, pero aun así disfrutaba de aquella atmósfera de optimismo.

En la Casa Blanca, Robert notó también cambiada a Kitty. A pesar de su tristeza por haber perdido a su querido hermano, su mujer parecía haber hallado de nuevo el goce de vivir. Robert se preguntaba si la muerte de Harry le había enseñado a valorar lo que tenía. Si le había demostrado, quizá, que las personas a las que amaba eran mucho más importantes que los ladrillos y el mortero. Hacía mucho tiempo que Kitty no hablaba de Bridie ni del castillo. Daba la impresión de que al fin se había olvidado de aquel asunto. Qué ironía, pensaba Robert, que hubiera hecho falta que muriera un ser querido para hacerla despertar y devolverla a la vida.

Grace Rowan-Hampton colgó el teléfono y sonrió. Se quedó un momento sentada a su escritorio, pensando con delectación en Michael Doyle. Cómo iba a gustarle aquello, se dijo.

Se llevó la mano a la nuca y cerró los ojos. ¡Cuánto le deseaba! ¡Cuánto le añoraba su *cuerpo*! Tenía sesenta y seis años y la libido de una mujer de treinta y tres. Siempre había sido sensual y Ronald nunca la había satisfecho en la cama, ni siquiera de joven. Muchos otros, en cambio, sí. Pensó en las aventuras que había tenido a lo largo de su vida. De algunas solo se acordaba vagamente; otras habían sido tormentas pasajeras en la noche, y unas pocas descollaban por encima de las demás. Entre ellas, su largo idilio con Bertie Deverill, un amante muy hábil, sensible, travieso y tierno; su tórrida y apasionada aventura con Michael Doyle, que la había hecho gozar como ningún otro hombre; y, por último, su escarceo con el fanfarrón del conde, que había convertido el placer sexual en un arte. Pero, entre esos tres hombres tan dispares, era de Michael Doyle de quien no lograba olvidarse.

Entreabrió los labios y suspiró. Haría lo que fuese por Michael Doyle, cualquier cosa por pasar otra noche en sus brazos. Los años iban pasando y ella envejecía. Su atractivo se disipaba. Ya no era la joven madura a la que Michael había tomado por primera vez en aquella vieja granja de Dunashee Road, pero conservaba cierta belleza. Ella lo sabía. Se lo veía en los ojos cuando la miraba, aunque Michael se esforzara por ocultarlo. No había conseguido convencer a Kitty de que lo perdonara, pero en cambio podía servirle al conde en bandeja. Sí, se dijo resueltamente al levantarse de la silla. Le entregaría al conde en bandeja.

El conde estaba allí donde era más feliz: en la cama con Niamh O'Donovan. Había alquilado una casita a las afueras de Drimoleague a nombre del señor McGill y solía llevarse allí a Niamh, escondida bajo una manta en el asiento trasero del coche. Aquella triquiñuela le excitaba tanto como a Niamh, que tenía el cuerpo más voluptuoso que había visto nunca y gozaba sin ningún pudor dejándole hacer con él todo cuanto deseaba. Era una mujer muy distinta de la jovencita a la que había seducido dos años antes, cuando todavía era virgen. De hecho, seguramente haría que hasta una curtida profesional del oficio se sonrojara con las cosas que le había enseñado a hacer.

Ballinakelly no le ofrecía muchos entretenimientos, aparte de las mujeres, y ya se había acostado con las más atractivas. Estaba cansado de las quisquillosas señoritas de la alta sociedad de Manhattan y de las descaradas camareras de Connecticut. Ansiaba un cambio y el castillo tenía un poderoso atractivo, pero Ballinakelly era un pueblecito sin apenas diversión para un hombre acostumbrado al glamur de los partidos de polo y a las chispeantes *soirées* de la gran ciudad. Si Bridie hubiera sido distinta, quizás él habría disfrutado saliendo a cazar con los Deverill, pero tal y como estaban las cosas se veía obligado a codearse con personas de clase inferior que además le aburrían. Con Niahm, en cambio, no se aburría. La chica tenía algo que siempre le hacía volver a por más. Además de su sexualidad exuberante, poseía un ingenio y una astucia naturales, y era traviesa y juguetona como una gata voluptuosa. Cesare disfrutaba hablando con ella. Niamh tenía una manera deliciosa de escucharle, no como Bridie, cuya cara ávida revelaba un deseo de complacer rayano en el miedo. Niamh le escuchaba con gran interés, como si todo lo que decía fuera inteligente y sabio. Bridie le hacía sentirse poco hombre, porque el dinero que se gastaba era *suyo* y el castillo en el que vivía también, aunque él hubiera conseguido hacerse con el control de su fortuna con el paso de los años. Con Niamh, en cambio, se sentía poderoso. Ella no sabía que no había aportado nada a su matrimonio, excepto un rimbombante título italiano. No solo le hacía sentirse un as en la cama, sino también una lumbrera. Cesare ignoraba cuánto tiempo más iba a aguantar en Ballinakelly, pero, cuando se marchara, como sin duda se marcharía un día, pensaba llevarse a Niamh.

Lo único que le disuadía de marcharse era su hijo Leopoldo. Quería muchísimo al chico. Le habría gustado tener más hijos para que algún día los Marcantonio de Ballinakelly fueran una dinastía formidable. Pero sus ambiciones se habían visto frustradas por la incapacidad de Bridie de volver a concebir. No creía que el culpable fuera él. Culpaba por completo a Bridie, y ya nunca le apetecía hacer el amor con ella. Su mujer le aburría tanto como Ballinakelly. No era tan aburrida cuando vivían en Estados Unidos. Entonces era muy divertida, pero en Ballinakelly se había convertido en otra persona. En una persona sin coraje, sin ímpetu ni alegría.

Michael Doyle estaba apoyado en el muro de piedra de la granja cuando Grace llegó en su coche. La señora Doyle, su madre, apartó la cortina y miró por la ventana. Admiraba a lady Rowan-Hampton, que había pasado muchas horas en su cocina dejándose instruir en la fe católica. Pero de eso hacía ya unos cuantos años. Ahora asistía a misa en el Cottage Hospital, pretextando su posición social. La señora Doyle sabía lo delicada que había sido su conversión al catolicismo y no había hablado de ese tema con nadie. Solo lo sabía Michael, y nunca hablaban de ello. La anciana se sorprendió al ver llegar su coche y se preguntó de qué querría hablar con Michael.

Él no se movió, pero observó lánguidamente a Grace por debajo de su gorra mientras exhalaba el humo del cigarrillo. La señora Doyle pensó que esa no era forma de recibir a una dama, pero no se lo diría a Michael. Él era el cabeza de familia desde la muerte de su padre a manos de un hojalatero, y la señora Doyle sabía que no debía importunarlo. Michael vio acercarse a Grace con su abrigo de verano de color claro y su sombrero. El viento le levantó el abrigo, dejando al descubierto el elegante vestido que llevaba debajo y parte de su muslo. Seguía siendo atractiva, de eso no había duda.

—Bueno, ¿qué te trae por aquí, Grace? —dijo quedamente cuando ella llegó a su lado.

Ella se llevó la mano al sombrero para impedir que se le volara con el viento. El sol iluminó su cara, dando a su piel un tono ambarino.

—Tengo noticias que quizá te interesen —contestó esbozando una sonrisa felina.

—Cuéntame.

—He recurrido a mis contactos a ambos lados del Atlántico, Michael, y tengo cierta información sobre tu cuñado que podría interesarte.

—Si vas a hacerme una lista de las mujeres con las que se ha acostado, puedes ahorrarte el esfuerzo porque ya estoy al tanto.

Grace sonrió, y Michael sintió despertarse su interés, pues había algo en aquella sonrisa que le recordaba a la Grace de antes, a la que había hecho suya en la granja de Dunashee Road. Se irguió y apagó el cigarrillo en la pared.

—El conde no es conde en realidad —prosiguió ella y, al ver que Michael contenía la respiración, sorprendido, sintió un estremecimiento de placer—. De hecho, ni siquiera es italiano —añadió.

—¡Santo cielo, Grace! —exclamó Michael meneando la cabeza.

—Es albanés.

—¿Albanés?

—Su familia es de Tirana, pero su padre emigró a Italia y Cesare nació allí. Sus padres son albaneses y pobres, por añadidura. Al parecer, su padre, cuyo verdadero nombre es Besmir Zaharia, trabajaba como jardinero para la familia Barberini en Roma. Se mezcló en asuntos turbios, ganó algún dinero y luego salió por piernas, llevándose a su mujer y su hijo. Debía dinero, por lo visto, y tuvo que escapar para salvar la vida. Besmir se inventó el título de conde Benvenuto di Marcantonio al emigrar a Argentina, y evidentemente era un timador muy hábil, porque consiguió engañar a todo el mundo. Hizo negocios en la industria y la agricultura, exportando ternera y cosas así, pero era uno de esos empresarios que tan pronto ganan una fortuna como la pierden. En Buenos Aires es famoso por su afición al juego y las mujeres y, por lo que me han dicho, su mujer, que dice ser una princesa italiana, le ha dejado. Dudo que Cesare haya tenido contacto con su padre desde hace años. Se marchó de Argentina e hizo carrera aprovechándose de ricachones. Tiene encanto y carisma, y un título nobiliario. —Esbozó una sonrisa sagaz—. ¡A los americanos les chiflan los títulos! Me temo que está tan emparentado con los papas de Roma como tú y como yo. Esas ridículas abejas que ha puesto encima de la puerta del castillo solo son fantasías.

—Fantasías financiadas con el dinero de mi hermana —añadió Michael, malhumorado.

—Hablando del dinero de Bridie, Cesare ha logrado manipularla para que le entregue el control total de su fortuna.

—Eso me parecía. Bridie está ciega, no ve sus defectos, ni sus intenciones.

Grace enarcó una ceja.

—¿Crees que piensa huir con el dinero?

—¿Y tú? ¿Crees que un hombre como ese va a pasar el resto de su vida en Ballinakelly? Si ha aguantado tanto tiempo ha sido solo por la guerra. Créeme, en cuanto acabe, saldrá de aquí como si le persiguiera el diablo.

—Dejando a Bridie destrozada —añadió Grace.

Michael se frotó la barbilla, pensativo.

—¿Quién sabe? —dijo ella—. Puede que sus padres también lo hayan engañado a él, como a todo el mundo. Quizá sea inocente. —Se encogió de hombros como si le concediera el beneficio de la duda, y luego desdeñó la idea sacudiendo la cabeza—. No, en mi opinión, Cesare es un aventurero y un impostor. Ya me lo pareció cuando lo conocí, pero entonces no me di cuenta de hasta dónde llegaba su engaño. —Entonces, acordándose de pronto de que estaba hablando del cuñado de Michael, puso una expresión compungida y agregó—: Lo siento mucho por Bridie, Michael. Me temo que Cesare se ha aprovechado de ella.

Él no contestó. Grace lo miró y pensó que el paso de los años solo había acrecentado su atractivo. Tenía la piel curtida, las arrugas en torno a su boca y sus ojos se habían hecho más profundas y su cabello tenía trazas de gris, pero sus ojos seguían teniendo una mirada tan negra y turbulenta como siempre, aunque asegurara llevar una vida piadosa sirviendo al prójimo y a la Iglesia. Grace estaba segura de que, bajo aquella fachada, seguía bullendo la lujuria con la misma intensidad que siempre, como lava bajo una costra endurecida. Casi la sentía vibrar en el aire, entre ellos, como si se filtrara por las rendijas de su gélido caparazón.

—¿Estás segura de que tus fuentes son de fiar? —preguntó él al fin.

—Segurísima. Tengo fuentes tanto en Italia como en Argentina.

No mencionó a Beaumont Williams, el abogado de Bridie en Nueva York, que se había mostrado encantado de ayudarla porque él también desconfiaba del conde y había hecho algunas averiguaciones sobre él antes de que se casara con Bridie. La primera vez no había indagado lo suficiente. La segunda, en cambio, no había dejado piedra sin remover.

—De modo que el verdadero apellido de Cesare es Zaharia —concluyó ella—. Cesare Zaharia. No suene tan bien, ¿verdad que no?

—No, desde luego —convino Michael, y posó sus ojos oscuros en Grace como si la viera por primera vez—. Has hecho bien. Vuelves a las andadas, ¿eh?

Ella sonrió con astucia.

—Antes nos lo pasábamos bien, ¿verdad? Ahora estamos juntos en otra conspiración. No me digas que no te apetece.

Él se rio, y Grace percibió en su risa una intimidad que no veía desde hacía años. Era una risa que parecía decir «Qué bien me conoces, Grace».

—¿No irás a permitir que se salga con la suya?

—Voy a consultarlo con la almohada —contestó él.

—Pobre Bridie. Sé que él se está acostando con Niamh O'Donovan —agregó ella.

—Eso parece —contestó Michael, muy serio—. Pero no es momento de precipitarse. Un necio correría a clavarle un cuchillo en el corazón, pero yo no soy un necio. Esperaré el momento oportuno. Has hecho bien viniendo a verme.

Grace le dedicó su sonrisa más encantadora.

—Hemos pasado por muchas cosas, tú y yo. En mí tienes una amiga leal, Michael.

Él la miró entonces de una forma que hizo que se le derritieran las entrañas. Era una mirada que contenía el recuerdo de largas noches de placer, de una época en que habían sido cómplices y aliados secretos, cuando él conocía cada curva y cada resquicio de su cuerpo porque los había saboreado todos.

Grace tuvo que hacer un ímprobo esfuerzo por apartarse de él. Si la señora Doyle no hubiera estado espiándoles a través de la ventana, tal vez se hubiera arrojado en sus brazos, pero no estaban solos y Michael aún no estaba preparado. Tenía que hacerle creer que no podía tenerla. Solo le había abierto el apetito, nada más. Como los gitanos viejos, se volvería temerario cuando sintiera el aguijonazo del hambre.

Michael la vio marchar. Grace poseía un atractivo nacido de una total confianza en sí misma. Él, no obstante, había prometido en Mount Melleray respetar los mandamientos divinos y llevar una vida decente. Grace estaba casada. Iba a hacerle falta toda su fuerza de voluntad para resistirse a ella, pero lo haría. En cuanto a Cesare, Grace tenía razón: no iba a dejar que se saliera con la suya. La cuestión era qué estaba dispuesto a hacer para impedírselo.

20

Jack no pensaba en el futuro. Antes, solo pensaba en el futuro. Soñaba con una Irlanda independiente y una vida con Kitty. Había luchado denodadamente por ambas cosas y solo había conseguido una. Kitty se le había escapado. Ahora se daba cuenta de que había malgastado su juventud dejándose llevar por su sentimiento de insatisfacción. Estaba tan ensimismado pensando en el porvenir y tratando de manipularlo a su antojo que apenas había vivido el presente. Pero es una tontería creer que uno puede controlar el futuro y Jack no era tonto. Su vida era demasiado complicada para confiar en que su asunto con Kitty llegara a buen puerto. Su sueño de vivir juntos en una casita con vistas al mar de Irlanda ya no se realizaría nunca. Lo único que podía hacer era amarla y aprovechar el poco tiempo que podían pasar juntos. Era dueño de su corazón y sabía que debía dar gracias por ello.

Quería también a Emer y adoraba a sus hijos. Su vida familiar le daba grandes satisfacciones y estaba decidido a no ponerla en peligro, pero no podía resistirse a Kitty. Lo había intentado. Lo había intentado *de veras*, y mientras estaba lejos, en Estados Unidos o Argentina, le había sido posible, pero ahora que estaba de vuelta en Ballinakelly se sentía sencillamente incapaz. Había creído que la rabia que sentía contra ella por no haberse escapado con él a América enfriaría su ardor. Que su relación con Emer era lo bastante fuerte como para resistir al atractivo de un viejo amor. Creía que había cambiado, pero se equivocaba.

En cuanto había pisado suelo irlandés había sentido la presencia de Kitty como si su perfume impregnara el aire mismo que respiraba. El asalto de ese perfume y el alud de recuerdos que arrastraba consigo lo habían dejado aturdido. Su corazón se había encogido de deseo y añoranza, y de nuevo se había convertido en ese hombre que miraba por la ventana, haciendo un esfuerzo por no volverse, mientras Kitty salía de su casa, montaba a caballo y se alejaba. Se había convertido en el amante despechado que era cuando subió a bordo del barco y partió rumbo a una nueva vida al otro lado del Atlántico, una vida que ya no viviría con Kitty, como soñaba. Todos esos recuerdos lo habían asaltado de golpe al desembarcar en Irlanda y, aunque estaba casado y tenía hijos, la sombra de Kitty lo había envuelto como un manto invisible que, por más que lo intentaba, no conseguía sacudirse de encima.

Luego la había visto a través del escaparate de la tienda de sombreros y se había dado cuenta de que no había cesado de buscarla desde el instante en que había llegado a Ballinakelly, mirando ansiosamente en cada calle, en cada ventana, temiendo a medias y a medias muriéndose de ganas de volver a verla. Y allí estaba ella por fin, detrás del cristal, y al verla le abandonaron de pronto las fuerzas. Estaba más pálida y tenía los pómulos más salientes y los ojos más oscuros, y más que se oscurecieron al clavarse en los suyos. Él había tratado de resucitar su rabia, de decirse a sí mismo que le había hecho daño, que no se merecía ni una sonrisa, y había dado media vuelta. Pero ¡cuánto había deseado entrar en aquella tienda y gritarle, furioso, por romper su promesa y por su crueldad, y luego tomar entre las manos su bello rostro y besarla!

Más tarde, le hizo el amor a su mujer con una pasión de la que no disfrutaban desde los primeros tiempos de su matrimonio. Emer se rio de aquel ardor inesperado, pero él sabía que era Kitty quien había excitado su deseo. Y aunque había tratado de alejar de sí su imagen, había permanecido entre ellos, de modo que tuvo que abrir los ojos y mirar fijamente la cara de Emer, temiendo ver de nuevo a Kitty si los cerraba.

La ira era su única forma de afrontar el conflicto de emociones que jugaba al tira y afloja dentro de su pecho. Si seguía enfadado, podría rechazarla. Procuraba recordarla como aquella mañana, sentada frente a él, al otro lado de la mesa, confesándole que estaba embarazada de Robert y que no podía irse con él a Estados Unidos. Se concentró en ese recuerdo, no en la imagen de la muchacha de cabellera roja, temperamento impulsivo y sonrisa traviesa a la que amaba desde que era un hombre.

El arrepentimiento de Kitty, sin embargo, lo había cambiado todo. Ella no había tenido que explicarle nada. Jack lo había visto en sus ojos, en esos ojos grises que conocía mejor que los suyos propios. Sus emociones estaban a flor de piel. Parecía decir «Toma mi arrepentimiento y mi pena y mi dolor. Tómalo todo y haz con ello lo que quieras, pero nunca, nunca dejaré de quererte. Porque no puedo».

La había visto montada a caballo, sobre la cresta de una colina lejana, y había oído su llamada silenciosa como si se la acercara el viento. Y no había podido seguir resistiéndose a ella, porque él tampoco podía dejar de quererla.

Ahora no se dejaban notas detrás de una piedra del muro del huerto del castillo, sino en el Anillo de las Hadas, bajo un piedra escondida en un arbusto. Ninguno de los dos fantaseaba con el futuro, pues ese tiempo había pasado. Aceptaban lo que tenían, que era muy poco: besos furtivos en la cala de Smuggler's Bay, abrazados en la falda de la colina, ocultos entre la alta hierba y las aulagas, un cruce de miradas desde el otro lado de la calle. Había demasiadas cosas en juego para que se arriesgaran a que alguien los sorprendiera. Demasiada gente podía salir herida. Y aunque pareciera imposible amar a dos mujeres al mismo tiempo, Jack quería a Emer y no estaba dispuesto a hacerle daño.

Para Kitty, el hecho de que Jack fuera suyo de nuevo lo cambió todo. Solo deseaba que acabara la guerra y que JP volviera a casa sano y salvo para que su felicidad fuera completa. Pero la guerra no tenía visos de ir a acabar en un futuro próximo. Los alemanes habían recrudecido sus ataques aéreos contra ciudades británicas y Kitty temía por la vida de JP.

Su hermano no había vuelto a casa desde el comienzo de la contienda, hacía ya más de dos años. La semana de permiso que le concedían muy de tarde en tarde era demasiado corta para que viajara a Irlanda, y se quedaba en la casa de Harry en Londres, donde se veía con Boysie y Celia. Habían acordado los tres volver a Ballinakelly en cuanto acabara la guerra y Kitty encontraba cierto consuelo pensando que volverían a estar todos juntos, aunque fueran a echar terriblemente de menos a Harry.

En el verano de 1942 murió Ethelred Hunt dejando sola a Laurel, sin su hermana para consolarla. Con la impresión de su muerte, Laurel envejeció una década en un solo día. No estaba segura de dónde estaba ni de cómo se llamaba, y Kitty, compadeciéndose de su tía abuela, le propuso impulsivamente que se fuera a vivir con ellos hasta que se sintiera mejor. Robert se quedó atónito cuando se lo dijo, pero, como no quería parecer mezquino, accedió de inmediato. Su hija Florence, que tenía ya casi dieciséis años, se mostró encantada, en cambio, porque quería ser enfermera y sus padres no le habían permitido ofrecer sus servicios en Inglaterra, donde había gran demanda de enfermeras. Al fin iba a tener una paciente, aunque fuera una paciente tan cascarrabias como resultó ser Laurel.

Una templada tarde de julio, el grupo aéreo de la base de Biggin recibió orden de volar al norte de Francia para escoltar a los bombarderos en su regreso a casa. Al despegar, JP pensó que Stanley y él eran los miembros más antiguos del escuadrón. Parecía que habían pasado décadas desde que fue a aquella entrevista en Adastral House, en Londres. Una eternidad desde que se había sentado por primera vez en la cabina de un avión. Pese a su juventud se sentía mayor, curtido como un veterano. Apenas se reconocía en el muchacho que había sido antaño. Pensó en Jimmy y en los otros compañeros que habían muerto en aquella guerra absurda y por un momento se apoderaron de él los nervios. Nunca pensaba en su propia muerte porque no tenía sentido hacerlo. No se permitía ceder al miedo, porque el miedo te hacía precipitarte y al precipitarte cometías errores fatales. Esa tarde, sin embargo, sin saber por qué, mientras se alejaba de tierra pensó en la muerte.

Cuando sobrevolaba Francia, algo más allá de Lille, el cielo se llenó de M109 y de pronto se le ocurrió que aquel podía ser el fin. Ese pensar en la muerte había sido una premonición, sin duda. Le había llegado su hora. Miró al enemigo con desaliento. Había tantos… Se sentía de nuevo como una abeja que, metiéndose sin querer entre un enjambre de avispas, se diera cuenta de que no saldría de él: es sencillamente imposible, por la cantidad de avispas. Pensó en los acantilados blancos y el corazón se le anegó de añoranza. Se preguntó si los habría visto por última vez. La radio quedó en silencio cuando el escuadrón se concentró en la batalla. Estaban demasiado atareados para charlar; demasiado concentrados en salvar la vida.

De todos los combates que había librado, aquel era sin duda el más peligroso. Incapaz de centrarse en un objetivo, lo único que podía hacer era evitar convertirse en blanco del enemigo. Voló con más intrepidez que nunca, consciente de que estaba consumiendo combustible, con la angustia de saber que tal vez no tendría suficiente para volver. Estaba, de hecho, muy lejos de casa. Buscó a su alrededor a su número dos, pero no vio nada, solo al enemigo por todas partes. Parecía que estaba solo contra toda la Luftwaffe. Hacía menos de diez minutos que había empezado el combate cuando empezó a dolerle todo el cuerpo. Le ardían los músculos y el sudor le corría por la cara y le nublaba la vista. Vio que tenía dos 109 de morro amarillo a cola y comenzó a hacer virajes frenéticos intentando quitárselos de encima. Pero eran persistentes y, a pesar de las vueltas y revueltas que dio, no consiguió dejarlos atrás. Se había convertido en una diana, se dijo con un sentimiento de congoja, era hombre muerto.

—Pronto me reuniré contigo, Jimmy —dijo en voz alta, y la serenidad lo cubrió como un manto de nieve—. Y también contigo, Harry. Procurad estar ahí cuando llegue, porque no sabré dónde ir.

Pensó entonces en Kitty, en Robert, en su padre, en su sobrina Florence y en la pequeña Alana, que se creía enamorada de él. No podía permitir que sufrieran. No podía. La cara atormentada de Martha afloró a su mente enfebrecida y agarró con fuerza la palanca.

Con una última y audaz maniobra viró bajando el morro del avión. Si iba a morir, se llevaría por delante a aquellos boches, pensó con amargura. El avión se zarandeó, con el motor casi ahogado, pero logró controlarlo por los pelos. Ahora estaba de cara al enemigo. Abrió el regulador y se lanzó contra ellos a seiscientas millas por hora, disparando como un loco. Sabía que los había tomado por sorpresa y sonrió. ¿Quién se apartaría antes, él o ellos? ¿Cuál de ellos tendría el valor, o la locura, de no variar el rumbo? Si no viraban, habría una explosión colosal.

Pero no hubo explosión. Ni muerte. Solo un sentimiento de alivio embriagador cuando los alemanes se dispersaron.

Echando un vistazo al panel de control, tiró firmemente de la palanca y se elevó haciendo un tirabuzón con la esperanza de que no hubiera ningún enemigo esperándolo. Sin apartar los ojos del horizonte, estabilizó el avión. Nadie lo perseguía. Estaba solo en el anchuroso cielo. El alivio dio paso a un miedo retardado y comenzó a temblar de pies a cabeza. Puso rumbo a los acantilados blancos, que distinguía apenas, brillando entre la bruma vespertina.

Regresó a Biggin Hill casi sin combustible. Se sentía cansado. Muy cansado. Pero era un cansancio distinto al que solía experimentar. Parecía muy hondo, como si le calara hasta el tuétano de los huesos. Estaba sorprendido y un poco desconcertado. A fin de cuentas, había librado muchos combates en los últimos dos años y escapado de la muerte docenas de veces. ¿A qué venían ahora aquellos nervios? ¿Por qué temblaba? ¿Por qué estaba tan agotado? ¿Por qué ahora?

Esa tarde se dio cuenta de que no era el único que había advertido su cansancio. Su comandante de vuelo le informó de que su misión allí había terminado e iban a mandarlo a otra base como instructor. Se acabó.

—Queda liberado de servicio —le dijo el comandante—. Todos vamos a lamentar su marcha, porque ha cumplido su labor extraordinariamente bien.

JP se quedó sin palabras. Creía que seguiría combatiendo hasta el fin de la guerra. No se esperaba aquello.

—Ha llegado al final del recorrido, Deverill. Es hora de que pase página —continuó el comandante, notando su decepción—. Ha servido a su país y por Dios que lo ha hecho magníficamente.

Sus elogios no compensaron la profunda desilusión de JP. Aquella había sido toda su vida durante dos años. Había trabado amistad con los hombres de su escuadrilla y en cierto modo se había vuelto adicto a la descarga de adrenalina de la batalla. La idea de abandonar todo aquello fue un golpe tan duro que por un momento pensó que iba a vomitar.

—Vamos, JP, muchacho. No se lo tome así. El bar está abierto. ¿Qué le parece si vamos a tomar un buen whisky escocés?

Tras recibir licencia del comandante, JP colgó su paracaídas en la taquilla por última vez. Ya no formaba parte la Escuadrilla 92. Se había acabado. Iban a destinarlo a otro lugar. ¿Volvería a sentir alguna vez la euforia de estar en primera línea del frente con su Spitfire? ¿Conocería de nuevo la camaradería de un grupo de hombres que partían a combatir juntos día tras día? No hacían explícito su miedo ni expresaban su pena, pero todos lo entendían tácitamente porque compartían las mismas emociones, hasta la última. Aquello se había convertido en su vida. Ya no sabía vivir de otro modo. Tenía veinte años y ya se sentía agotado. Se tragó su pena y fue en busca de ese whisky.

Kitty se quedó atónita al recibir una carta de JP en la que su hermano le informaba de que lo habían destinado a la Escuadrilla 65 como comandante de vuelo. Su alivio fue inmenso. JP ya no saldría a combatir, estaría fuera de peligro. Kitty dio gracias a Dios, convencida de que aquello se debía a la intervención divina. JP no le contó lo duro que se le estaba haciendo acostumbrarse a la vida en su unidad de entrenamiento en Aston Down, pilotando Hurricanes. A Alana sí se lo contó, en cambio. Alana le escribió diciendo que *Piglet* y ella se alegraban mucho de que estuviera en un lugar seguro, pero que seguía rezando por él y que seguiría haciéndolo hasta que acabase la guerra.

JP echaba de menos a sus compañeros de Biggin Hill y la rutina de su vida de los dos últimos años, pero conoció a una camarera muy guapa llamada Gloria, y su cuerpo voluptuoso y su risa descarada hicieron mucho por reconfortarlo en la pequeña posada en la que solían hacer el amor y hablar de cualquier cosa, menos de la guerra. Cuando estaba con Gloria no pensaba en Martha. Poco a poco, Gloria fue desenredando la madeja de estrés que se había formado a su alrededor y JP comenzó a hallar satisfacciones en su nueva vida.

En febrero de 1944 le convocaron a una ceremonia de entrega de medallas en el palacio de Buckingham. Kitty, Robert y Bertie llegaron de Irlanda para ver cómo el rey le ponía una enorme medalla (Florence tuvo que quedarse en casa cuidando de Laurel). Se reunieron en el gran salón carmesí del palacio, con los viejos amigos de Biggin Hill vestidos de uniforme azul de gala. Tocó la banda militar y el rey habló con sinceridad y delicadeza, dio las gracias a JP por su entrega y su valor y le prendió la medalla en la pechera. Kitty se secó los ojos con un pañuelo al convertirse JP en el teniente de aviación Jack Patrick Deverill, DFC, Cruz del Mérito Aeronáutico.

Cuando JP volvió a la cantina del cuartel, se llevó una alegría al ver allí a Stanley Bradshaw.

—¡Hola, JP! —dijo—. ¡Dichosos los ojos!

Se abrazaron y el nombre de Jimmy Robinson resonó en silencio entre ellos dos.

Kitty estaba tan enfrascada en su idilio con Jack que apenas se detenía a pensar en Bridie Doyle y el castillo. Hacía tiempo que había renunciado a la esperanza de que el castillo volviera al seno de su familia, y le sorprendía vivir a solo unos kilómetros de distancia sin tropezarse nunca con sus moradores. En los cinco años que Bridie llevaba viviendo allí, sus caminos no se habían cruzado ni una sola vez. Kitty oía contar cosas a su doncella, que conocía a las chicas que trabajaban para la condesa y siempre estaba dispuesta a contarle chismorreos: que el conde gritaba a la condesa; que Leopoldo era un demonio; que el señor y la señora Doyle (Sean y Rosetta) estaban hasta el gorro del conde, al que despreciaban por cómo trataba a su esposa, y que todo el mundo parecía estar al corriente de que el conde se había acostado con muchas de las chicas más ligeras de cascos de Ballinakelly y sus alrededores. De hecho, su doncella le contaba con delectación que la fama del conde había llegado incluso hasta Cork. Kitty se preguntaba si Bridie lo sabía, y se habría compadecido de ella si hubiera dedicado a algún tiempo a reflexionar sobre aquellas murmuraciones. Pero no lo hizo. Estaba demasiado ocupada pensando en JP, cuidando de Laurel y ocultándole a Robert sus amoríos con Jack

Así pues, se llevó una sorpresa cuando, al regresar del pueblo cruzando los campos, un día de otoño a primera hora de la tarde, se encontró con Bridie. No había forma de evitarla sin parecer grosera y Kitty no quería ser grosera, de modo que levantó la cabeza y siguió caminando hasta que coincidieron en el puente que cruzaba el arroyo en el que, de niñas, buscaban ranas entre la maleza con Celia y Jack.

—Hola —dijo Bridie.

—Hola, Bridie —contestó ella.

Se miraron fijamente. Bridie tenía los ojos muy negros y su expresión recelosa no dio muestras de ablandarse. Kitty buscó a su vieja amiga detrás de aquella apariencia gélida, pero solo encontró rencor. JP siempre sería un obstáculo para su reconciliación. Martha, si Bridie llegaba a enterarse de su existencia, sería el golpe final. Pero Kitty estaba decidida a que no se enterara nunca de que la niña a la que creía muerta vivía en realidad.

—¿Cómo estás? —preguntó con la esperanza de acabar cuanto antes con las formalidades para poder seguir su camino y poner fin a aquel encuentro tan violento. Se las había arreglado durante cinco años para evitar a Bridie. Se aseguraría de seguir evitándola otros tantos años.

—Bien —contestó ella, tensa—. Espero que vosotros estéis bien en la Casa Blanca.

Su insinuación ofendió a Kitty. ¿Esperaba Bridie que le mostrara su agradecimiento por aceptar el alquiler irrisorio que Celia había acordado con el conde?

—Como sabes, es mi casa desde hace ya muchos años. Somos muy felices allí.

No quería que Bridie pensara que seguía sufriendo por el castillo. A decir verdad, era horrible que tuviera el poder de echarlos de su casa en cualquier momento.

—¿Cómo está mi hijo? —preguntó Bridie de repente, y la negrura de sus ojos pareció disiparse ligeramente al mezclarse con el anhelo.

Kitty sintió una punzada en el corazón. Podía imaginar el dolor que sentía Bridie. A pesar de todo lo que había pasado, JP seguía siendo su hijo y era natural que preguntara por él.

—Es piloto de cazas, Bridie —contestó en tono sereno, y vio que a Bridie se le iluminaba el rostro.

—¿Pilota aviones? —preguntó.

—Spitfires —dijo Kitty—. El rey le puso una medalla en el palacio de Buckingham.

Bridie se llevó la mano al pecho y su expresión severa se disolvió en una sonrisa tierna.

—¿Una medalla? Alabado sea Dios.

—Es un teniente de aviación condecorado —prosiguió Kitty con orgullo. Como Bridie estaba demasiado emocionada para decir nada, añadió—: Ahora ya no combate. Se dedica a entrenar a otros pilotos. Es un trabajo importante y más seguro, por suerte.

Bridie frunció los labios y asintió en silencio, y Kitty notó que tenía los ojos llenos de lágrimas.

—¿Cómo está Leopoldo? —preguntó cambiando de tema, pues aquel era demasiado espinoso para prolongarlo.

—Es la luz de mi vida. Tengo mucha suerte —contestó Bridie, recobrándose ligeramente.

—Bueno, me alegro de que nos hayamos encontrado y de que, aunque no podamos ser amigas, podamos al menos hablar con normalidad —dijo Kitty al pasar a su lado—. No te entretengo más.

Bridie pareció decepcionada, pero Kitty no alcanzaba a entender qué más quería decirle. Bridie encorvó los hombros y respiró hondo, y Kitty temió las palabras que estaba a punto de pronunciar.

—Si tienes alguna noticia, ya sabes, sobre JP, me lo harás saber, ¿verdad? Puedo contar con que me hagas ese favor.

—Por supuesto —contestó Kitty rápidamente.

—Sé que nunca podré ser una madre para él, pero aun así sigue siendo mi hijo. Tengo derecho a saber cómo está.

—Sí, en efecto —convino Kitty.

Bridie le sostuvo la mirada como si quisiera retenerla allí, pero Kitty desvió los ojos con esfuerzo y echó a andar por el prado todo lo deprisa que pudo. ¿La perdonaría JP si alguna vez descubría la verdad? No soportaba pensarlo. Él no podía enterarse, jamás. Haría todo lo que estuviera en su poder para impedirlo.

21

La primavera siguiente, al acabar por fin la guerra, Celia y Boysie se sumaron a los miles de personas que se echaron a las calles de Londres para celebrar la victoria aliada. Su alegría, sin embargo, estaba mezclada con la tristeza del recuerdo de Harry. Siempre habían sido tres y, ahora que eran dos, sentían la ausencia del que faltaba como la de un miembro amputado.

Maud regresó a Chester Square muy desmejorada. Parecía vieja y derrotada, como si Harry se hubiera llevado consigo toda su alegría, dejando a cambio un negro vacío infectado de pesimismo y autocompasión. Encontró Londres maltrecho y lleno de cicatrices, y contemplaba los escombros con profundo abatimiento. Antaño, aquel había sido su lugar de recreo. Ahora era el centro de su dolor. Pensaba en Ballinakelly y el tranquilo pueblecito que antes la aburría le parecía de pronto un refugio confortable en el que buscar alivio. Se acordaba de las colinas apacibles y de los riachuelos sinuosos, del fragor del océano y de los gritos de las gaviotas, y en su imaginación adquirían un encanto y un atractivo que nunca habían tenido en realidad. Su espíritu anhelaba la seguridad de los gruesos muros del castillo, la hierba mojada y la llovizna de verano, y el consuelo que solo podía hallar en su memoria. Ansiaba replegarse en sus recuerdos. Pero cuando le dijo a Arthur que deseaba tomarse un descanso en el seno de su familia, él hincó una rodilla en tierra y le pidió matrimonio, dejándola sin aliento y frustrando al mismo tiempo sus intenciones debido al asombro que se apoderó de ella.

—Pídele el divorcio a Bertie y te haré mi esposa —dijo él pomposamente, como si por fin le estuviera concediendo su mayor deseo.

Maud se dejó distraer momentáneamente del profundo anhelo que corría como un cauce oculto dentro de su corazón porque Arthur le ofrecía un anillo de diamantes, seguridad y respetabilidad. Su visión de Ballinakelly se desvaneció rápidamente, barrida por el alivio más inmediato que le brindaba la proposición de Arthur y, resistiéndose al atractivo del pasado, se centró en el divorcio y en cómo obtenerlo.

Boysie solo sintió resentimiento cuando su esposa, Deirdre, regresó a casa. Le guardaba rencor por desconocer su profundo amor por Harry y por no ser, por tanto, capaz de entenderlo. La despreciaba por la farsa que era su matrimonio y por las limitaciones que, sin saberlo, había impuesto a su estilo de vida. Mientras ella había estado fuera de Londres, él había intentado combatir su pena de la única forma que sabía: en brazos de extraños. Hombres que podían aliviar temporalmente su sufrimiento durante las largas noches en las que la muerte de Harry le sumía en el dolor. Ahora, ella había vuelto y se afanaba por satisfacer los caprichos de sus hijas, que tenían diecisiete y quince años y estaban ansiosas por divertirse en Londres tras pasar casi cinco años en el campo, trabajando en la finca de su abuelo en lugar de los hombres que se habían ido al frente. El trabajo de Boysie en Bletchley Park llegó a su fin al terminar la guerra, y regresó a su antiguo empleó en Christie's y a su antigua amistad con Celia, que lo entendía como su esposa jamás podría entenderlo.

Celia se había instalado en Deverill House con sus hijos, que habían vuelto de Sudáfrica, y había montado su oficina en el antiguo despacho de su padre con vistas a la avenida de altos plátanos en la que años atrás Aurelius Dupree había acechado entre las sombras. El recuerdo de aquel hombre quebrantado solo servía para fortalecer su deseo de mantener en secreto el pasado atroz de su padre y honrar a quienes la habían ayudado a restaurar la fortuna que él había perdido, como Duquesa y su hijo, Lucky Deverill. Sin ellos, la familia se habría hundido arrastrada por las deudas. Le producía una honda satisfacción cuidar de aquellas dos personas a las que su padre había abandonado tan cruelmente.

Cuando Celia le recordó a Boysie su plan de volver a Ballinakelly al acabar la guerra, él aceptó de inmediato, deseoso de escapar de Londres. Le habló a su mujer de su plan, en el que no estaba incluida, y se preparó para soportar la andanada habitual de reproches y recriminaciones, pero Deirdre no dijo nada. Aceptó su decisión con una sonrisa y Boysie se preguntó si aquellos cinco años viviendo separados habrían conducido al fin al tipo de matrimonio que deseaba tener: un matrimonio en el que él era libre de hacer lo que se le antojase sin que nadie le reprochase su egoísmo y el descuido con que trataba a su familia.

Kitty estaba deseando volver a ver a Celia. Había echado muchísimo de menos a su prima mientras esta estaba en Sudáfrica y la idea de que regresara a Ballinakelly con Boysie la llenaba de ilusión. Sería como en los viejos tiempos, se dijo, cuando hacían pícnics en la playa y pasaban largas hora riendo y cotilleando en la terraza al atardecer. Lamentó fugazmente no poder jugar al cróquet y al tenis como antaño durante los veranos en el castillo, pero ese pesar se esfumó con tanta rapidez como había surgido, pues tenía muchas cosas por las que dar gracias. JP iba a volver a casa por primera vez desde que se había marchado de Irlanda al estallar la guerra, y ella tenía a Jack. A Jack, cuyo amor significaba para ella mucho más que los ladrillos y las piedras.

JP volvió a Ballinakelly con un sentimiento de desasosiego. La última vez que había hecho la travesía del mar de Irlanda, la ilusión de volver a ver a Martha embargaba su pecho. Ahora, recuerdos dolorosos pendían sobre la línea costera como una bruma gris que amenazaba con engullirlo, pues Martha se había marchado llevándose consigo todos sus sueños de felicidad. Estaba deseando llegar a casa y ver a su padre, a Robert y a Kitty, pero temía el vacío que encontraría allí, pues la ausencia de Martha resonaría sin duda en él como un eco.

Había pensado a menudo en Martha durante la guerra. Ella se insinuaba en su mente de vez en cuando, inadvertida al principio, para aflorar luego en su conciencia con una sonrisa encantadora y una mirada tierna que le recordaban con crueldad lo que había perdido. Ahora, mientras se aproximaba al puerto, se preguntaba si Martha habría sufrido tanto como él, si alguna vez pensaba en él y si había logrado cerrar aquel capítulo de su vida olvidándose por completo de su encuentro, o si, al igual que él, había quedado marcada de por vida por aquella pérdida. Aun le costaba hacerse a la idea de que tenía una hermana gemela. De que, en un solo instante, la había encontrado y había tenido que renunciar a ella para siempre. No le parecía bien que ella viviera al otro lado del mundo, que un descubrimiento tan trascendental hubiera quedado arrumbado tan rápidamente. Y, sin embargo, ¿cómo iba a ser de otra manera? Amaba a Martha de un modo inapropiado entre hermanos y dudaba de que eso pudiera cambiar.

Fue así, con esos pensamientos, como pisó suelo irlandés. Se llevó una alegría al ver que Kitty había ido a recibirlo al muelle, con Robert, que sonreía a su lado. Lo saludaron vigorosamente y él soltó su petate y corrió hacia ellos para abrazarlos. Solo entonces, al estrecharlos con fuerza, se dio cuenta de lo mucho que los había echado de menos. Se había convertido en un hombre durante aquellos cinco años de ausencia, pero en su fuero interno conservaba aún algo del niño que había dejado atrás, y fue esa pequeña parte la que lloró de alivio porque, después de todo lo que había sufrido, al fin había vuelto a casa.

Había librado muchas batallas en el cielo de Inglaterra y Francia y había visto el lúgubre rostro de la Muerte más veces de las que se atrevía a recordar, pero su hogar siempre había estado en la raíz de su coraje, apuntalando su resolución y dándole fuerzas para seguir adelante cuando, de otro modo, quizá se habría dado por vencido. Su hogar siempre había sido el punto en el horizonte hacia el que soñaba con navegar algún día, una vez acabara aquella maldita guerra. Ahora que había acabado, se permitió al fin llorar por los amigos que había perdido en brazos de la mujer que lo había criado.

Al montar en el coche, Kitty le explicó que Florence tenía muchas ganas de ir a recibirle, pero que no había podido dejar sola a Laurel en casa.

—Lleva ya seis meses en cama —le dijo—. Y casi ha perdido por completo la chaveta. Florence es una santa por cuidarla como la cuida. Me temo que yo no tengo tanta paciencia.

—Tú también haces tu parte —terció Robert.

—Poca cosa —rio ella—. La verdad es que casi no soy de ayuda.

Kitty se había dado cuenta al poco de invitar a su tía abuela a pasar una temporada en su casa de que Laurel nunca se marcharía. Como había dicho Jack con una sonrisa, solo saldría «con los pies por delante», y Laurel no parecía tener ninguna prisa en morirse. Había ocasiones en que a Kitty la sacaba de quicio. Solo Florence era capaz de atenderla con afecto y paciencia. Su hija tenía ya dieciocho años, pero no mostraba ninguna inclinación por las fiestas y los noviazgos. Se sentaba junto a la cama de Laurel, le leía poesía y cuentos y le hablaba, pese a que la anciana estaba casi por completo sumida en sus delirios y la llamaba Adeline o Hazel.

—¡Ah, qué maravilla tenerte de vuelta! —exclamó Kitty, sonriendo a JP por el espejo retrovisor—. Papá está deseando verte.

No añadió que, desde la muerte de Harry, Bertie había vuelto a darse a la bebida. Confiaba en que el regreso de JP lo ayudara a restablecerse y le diera una razón para dejar de beber.

Al fin, el coche subió por el camino que llevaba a la Casa Blanca, que no había cambiado lo más mínimo desde la última vez que JP la había visto. Procuró olvidarse de Martha al correr a abrazar a su sobrina, que estaba esperando en el umbral para darle la bienvenida a casa. JP había crecido hasta mucho más del metro ochenta y se alzaba sobre Florence como una torre. La levantó en volandas, apretándola en un cálido abrazo, y ella protestó sin convicción y pataleó en el aire, emocionada, en el fondo, por el entusiasmo de su tío y por el vigor con que la estrechaba entre sus brazos. También ella le había echado de menos. Cuando JP la soltó, ella le dio un empujón en broma para ocultar sus emociones.

—No creas que porque hayas estado por ahí pilotando aviones puedes hacer lo que quieras —dijo sonriendo, llorosa.

Pero no pudo evitar fijarse en las profundas arrugas que habían aparecido en torno a la boca de JP y en la comisura de sus ojos, hacia las sienes, y en la tristeza de su mirada. Comprendió entonces que la guerra lo había cambiado hondamente.

—Vamos dentro a tomar una taza de té —sugirió entrando en el vestíbulo—. Seguro que te mueres por tomar una buena taza de Bewley's.

En cuanto llegaron a casa, Kitty telefoneó a su padre. Diez minutos después, Bertie entraba en la casa con sus dos perrazos a la zaga, llamando a JP a voces.

—¡JP! ¿Dónde diablos estás?

Al entrar en el cuarto de estar, encontró a JP en pie para recibirlo, todavía con su uniforme de la RAF.

—¡Mi querido muchacho! —exclamó Bertie abrazando a su hijo y dándole fuertes palmadas en la espalda—. Mi queridísimo muchacho. —Miró su cara con los ojos empañados por las lágrimas—. De vuelta de la guerra, gracias a Dios. Al menos ha tenido a bien devolvernos a uno de vosotros con vida.

—Toma una taza de té —intervino Kitty, que no quería que su padre se pusiera a pensar en Harry.

—¿No tienes nada más fuerte? —preguntó Bertie—. Yo creo que esto bien merece una celebración, ¿no?

Kitty le dio una taza de té.

—Puedes celebrarlo con esto —dijo con severidad, como si reprendiera a un niño.

Bertie se sentó en el sillón y JP regresó a su sitio en el guardafuegos de la chimenea, donde las cenizas de los últimos fuegos del invierno se habían enfriado.

—¿Para cuánto tiempo has venido? —preguntó su padre, y al beber un sorbo de té lamentó que no fuera whisky.

—Voy a dejar la RAF —contestó JP. Su familia lo miró con sorpresa—. Quiero ir al Trinity College, a Dublín, y estudiar en la universidad como tenía previsto. Luego, no sé qué haré —añadió con una sonrisa—. Ya veré cómo se presentan las cosas. Estoy harto de recibir órdenes y harto de la guerra. Quiero paz. Y sé que aquí puedo encontrarla.

—¡Es una noticia maravillosa! —exclamó Florence.

—Maravillosa, sí —repitió Kitty, y de pronto notó lo cansado que, en efecto, parecía su hermano.

—Has tomado una decisión muy sabia —dijo Robert.

Bertie apuró su taza.

—Entonces te sugiero que te quites ese uniforme enseguida y que te pongas los pantalones de montar. Empieza como quieras seguir, es lo que siempre digo. No hay nada como sentir el viento en la cara para refrescarse. Claro que viento habrás tenido de sobra en tu avión, pero a caballo es muy distinto, y mucho menos peligroso. —Se levantó y sonrió a su hijo. Sus ojos, empañados por la pena, parecían haber recuperado de pronto su antiguo brillo—. ¿Qué me dices, JP?

—Que por mí encantado —respondió JP, ansioso por volver a subir a lomos de un caballo, donde se sentía más a gusto que en ningún otro sitio.

—Pues no perdamos el tiempo, entonces —dijo Bertie frotándose las manos—. Nos vemos en los establos dentro de media hora.

JP llevaba más de una semana en casa cuando se acordó de Alana. Había salido a montar con Kitty, y su hermana le recordó las cartas de la niña y el papel que *ella* había desempeñado en su correspondencia.

—Creo que deberías ir a verla —propuso—. Es una chica encantadora y está loca por ti. Sería un detalle por tu parte pasar a verla.

JP, que había fantaseado muchas veces con llegar a caballo a la casa de Alana para darle una sorpresa, había cambiado de parecer ahora que la guerra había terminado. Tenía una extraña sensación de anticlímax y se había apoderado de él un sentimiento de inercia. Le daba, además, cierta vergüenza haberle contado tantas cosas por carta a una persona a la que había visto solo una vez, y que para colmo era una niña. Alana sabía cosas acerca de él —sobre sus miedos y sus errores, sobre todo— que ni siquiera se había atrevido a contarle a Kitty. A Kitty solo le había contado lo bueno. A Alana le había contado las cosas malas y se había sentido mejor al hacerlo, sí, pero solo porque creía que no volvería a verla. Se había descargado de sus mayores pesares, como en un confesionario, pero nunca se había detenido a pensar en la persona que estaba recibiendo aquella carga. Ciertamente, Alana lo había ayudado a superar la guerra. Sus cartas le entretenían, y había ido tomándole cariño a la niña aunque ni siquiera se acordara de qué aspecto tenía. Ahora se daba cuenta de que había sido poco más que un espejismo en el desierto. Una visión del hogar durante los desoladores y solitarios años de lucha. No sabía qué podía decirle, pero a Kitty se le ocurrieron varias cosas.

—Creo que deberías preguntarle amablemente por ella y por su familia. Darle las gracias por sus cartas y decirle que eran un gran consuelo para ti porque te daban noticias de casa. Estoy segura de que comprende que la diferencia de edad, religión y clase social hace que sea imposible que entre vosotros haya algo más que una amistad.

La propia Kitty conocía bien esos obstáculos.

—Sí, tienes razón —dijo él con alivio—. Iré enseguida, cuanto antes mejor. Espero no haberle dado demasiadas ilusiones.

—Estabas luchando en la guerra —dijo Kitty—. Creo que se te puede perdonar si fuera así.

Era última hora de la tarde cuando JP bajó a caballo por el camino que conducía a la casa junto al mar. El sol descendía en el cielo azul claro y el mar estaba sereno y calmo bajo el carrusel de las gaviotas. Desmontó frente a la casita blanca y tocó a la puerta. Un momento después apareció la señora O'Leary. Sonrió calurosamente al verlo, pero como no sabía nada de la correspondencia entre JP y su hija, dio por sentado que venía a ver a su marido.

—Me temo que el señor O'Leary no está —dijo—. ¿Es urgente?

—No, en realidad… —Y titubeó porque no sabía cómo preguntarle por su hija sin cometer una incorrección o parecer un sinvergüenza.

—Me alegra ver que está usted sano y salvo —añadió ella—. Su familia estará muy contenta de tenerlo otra vez en casa.

—Sí, mucho. Y yo también me alegro mucho de haber vuelto.

—¿Quiere que le diga a mi marido que lo llame? Está muy atareado estos días. Parece que todo el mundo tiene un animal enfermo.

—No es necesario. ¿Alana está en casa?

Creyendo que solo preguntaba por su hija por amabilidad, Emer sonrió y le dio las gracias.

—Qué amable por su parte preguntar por Alana. Nunca olvidaré el día que la rescató y la trajo a casa.

—No fue nada —respondió él.

—Para usted no, pero sí para nosotros. Fue muy galante por su parte. Le diré que ha preguntado por ella. Ha salido a pasear a *Piglet*.

JP se rio porque Alana le había hablado de *Piglet* en sus cartas.

—Qué nombre tan simpático para un perro —comentó.

—Así es Alana —repuso Emer, riendo—. Le gustará saber que ha preguntado por ella.

JP hizo un gesto afirmativo y se despidió, montó en su caballo y saludó con la mano a Emer al alejarse por el camino. Se preguntaba si tendría que hacer otro intento de ver a la chiquilla o si bastaba con haber pasado por su casa y haber hablado con su madre. Pero, cuando llegó a lo alto del acantilado, vio una figurilla a lo lejos, caminando hacia él. Muy cerca, correteando entre la alta hierba, había un perro. Comprendió de inmediato que se trataba de Alana, pero era demasiado tarde para alejarse al galope sin parecer grosero. No tenía más remedio que saludarla.

Nada podía haberle preparado para su encuentro con Alana O'Leary. Apenas se acordaba de la niña a la que había rescatado en las colinas, pero la persona que se acercaba a él ahora no era un niña, sino una joven de casi diecisiete años, y muy bella, además. Caminaba hacia él con paso decidido y vivo, balanceando despreocupadamente los brazos, y JP vio que sonreía. Se había recogido la larga melena rubia en una coleta que dejaba al aire su cuello esbelto y un destello de su clavícula, visible a través del cuello desabrochado de la blusa. Vestía unos pantalones beis y zapatos de caminar, pero llevaba la blusa remetida en los pantalones y JP se fijó en que tenía la cintura estrecha y unas caderas muy femeninas. Un momento después, la joven se detuvo delante de él, con las mejillas sonrosadas y los ojos azules brillando de placer, y JP se quedó sin palabras.

—Estás en casa —dijo Alana, tomando las riendas con una mano y sonriéndole feliz—. Rezaba por que volvieras sano y salvo.

JP se acordó de sus modales y desmontó. Ella le tendió la mano y él se la estrechó, pero aquel gesto le pareció inadecuado después de las largas cartas que se habían escrito, de modo que se inclinó y la besó en la mejilla cálida. Ignoraba si su brillo se debía al rubor o a la caricia del sol.

—Has crecido mucho —dijo mientras trataba de observarla con delicadeza.

—Seis años es mucho tiempo —contestó ella—. Me parece que tú también has crecido.

—Supongo que ya no te pierdes en las colinas.

Alana se rio, y JP se descubrió riendo también, pues su risa era contagiosa.

—Conozco estos montes mejor que las ovejas —dijo ella—. Conozco cada subida y bajada, y cada arbusto y cada árbol. Creo que ni con una niebla muy espesa podría perderme.

—Yo voy a tener que familiarizarme con todo esto otra vez —dijo—. Llevo fuera demasiado tiempo.

—Entonces seré yo quien te rescate. Ven, quiero enseñarte una cosa. —Sonrió y volvió por donde había venido. *Piglet* la miró desconcertado. Ella se volvió y puso los brazos en jarras, exasperada—. Está cansado y quiere volver a casa —le dijo a JP—. Venga, *Piglet*, así podrás olisquear otra vez esa vieja madriguera de tejones.

El perro dio un suave ladrido, como si hubiera llegado a la conclusión de que una madriguera de tejones era mucho más apetecible que su alfombrilla frente a la chimenea, y echó a trotar tras ellos. JP caminaba junto a Alana llevando a su caballo de las riendas.

—Gracias por tus cartas —dijo—. Me ayudaron a pasar algunos momentos muy duros.

—Me alegro. Eso esperaba. Me parecía que debías de sentirte solo allá arriba, en el cielo.

—Sí, pero tú siempre estabas conmigo.

Ahora lamentaba no haber leído sus cartas con más atención, y no haber sido más prudente en las suyas. Quizá no hubiera estado tan dispuesto a hablarle de sus miedos y sus fracasos de haber sabido que se había convertido en una joven tan bella.

—A mí también me gustaban tus cartas —repuso ella—. Imagino que habrás corrido montones de aventuras. Ahora que ya nadie te censura, puedes contármelas todas. Seguro que eras muy valiente, JP.

—Lo era porque no me quedaba otro remedio. No tenía alternativa.

—Claro que la tenías. Podías haber optado por la cobardía. Pero elegiste el valor.

Siguieron un sendero que discurría por la cima del acantilado y JP se vio obligado a caminar tras ella porque la vereda era demasiado estrecha para que caminaran lado a lado. Siguieron hablando relajadamente, como si se conocieran desde hacía años. JP comprendió entonces que las cosas que se habían contado en sus cartas habían situado su amistad en un nivel más íntimo. Se había sincerado con Alana y, sin pretenderlo, la había convertido en su confidente.

—¿Dónde me llevas? —preguntó al cabo de un rato.

—Ya no está lejos, y no te arrepentirás. El camino se ensancha dentro de un momento. Estamos cerca de la madriguera del tejón, así que es posible que perdamos de vista a *Piglet*.

El perrillo se adelantó a todo correr, siguiendo la pista del tejón.

Mientras conversaban, a JP le admiró la seguridad en sí misma con que hablaba Alana. No le daba miedo expresar sus opiniones, ni sentía la necesidad de suavizar su tono cuando estaba en desacuerdo con él. Mostraba un carácter formidable para tener diecisiete años. Y cada vez que la hacía reír, JP tenía la sensación de haber ganado un premio.

Por fin ella se detuvo. Le dijo que atara el caballo a un árbol y luego llamó a su perro con un silbido. Cuando *Piglet* salió de mala gana de la madriguera, Alana lo cogió en brazos y dijo en voz baja:

—Sígueme.

Se internaron en un sotillo de avellanos, de suelo mullido por el musgo y la hojarasca del último otoño. Los helechos verdes desplegaban sus tentáculos al sol que se colaba por entre las ramas de los árboles, y las prímulas crecían en cúmulos entre las florecientes campanillas. Alana se sentó con *Piglet* sobre el regazo.

—Ahora, calla —susurró.

JP se sentó a su lado, lleno de curiosidad.

—¿Qué tengo que mirar?

—Allí, ¿ves ese agujero?

El agujero era visible gracias al montículo de tierra que había junto a su entrada. JP reconoció al instante lo que era.

—La madriguera de un zorro —dijo.

—La zorra ha tenido cachorros —le dijo Alana.

JP pensó en los Sabuesos de Ballinakelly, pero no le dijo que había perseguido y cazado a centenares de zorros.

—¿Los has visto?

—Sí, tiene seis y son preciosos. Más o menos a esta hora salen a jugar.

—¿Crees que saldrán estando aquí *Piglet*?

—*Piglet* no les preocupa. No como los perros de caza.

—Sí, supongo que los perros de caza son más temibles que *Piglet*.

Ella le dedicó una sonrisa sagaz.

—No soy tonta, JP. Sé perfectamente que cazas zorros y que los zorros roban corderos y gallinas y que vuelven locos a los granjeros. Pero estos son cachorros y, mientras sigan siéndolo, no hacen daño a nadie.

—Entonces, ¿vamos a quedarnos aquí esperando, hasta que se decidan a salir a entretenernos?

—¿Tienes prisa por volver? —preguntó ella con un brillo burlón en la mirada.

—No —contestó JP.

—Entonces pueden tomarse todo el tiempo que quieran, porque yo tampoco tengo nada urgente que hacer en casa. Solo ayudar a mi madre con la cena y prefiero estar aquí contigo.

Lo miró fijamente y su franqueza desarmó por completo a JP.

—Yo también —dijo, y sonrió.

Se quedaron allí sentados, esperando, sin ganas de que salieran los zorros hasta que anocheciera.

22

Era de noche y llovía con fuerza cuando Michael Doyle llamó a la puerta del padre Quinn. El viento soplaba en rachas frías, fustigando los muros de la casa del cura, que se alzaba aislada detrás de la vetusta iglesia de Todos los Santos. Michael esperó encogiendo los hombros para protegerse del frío, con la gorra empapada y el pelo mojado. Se preguntaba por qué quería verlo el anciano sacerdote a aquella hora intempestiva, y se acordó de las reuniones secretas que se celebraban allí de madrugada durante la Guerra de Independencia, cuando Grace y Kitty entraban por la puerta de atrás para maquinar conspiraciones y traicionar a su clase. Sonrió al pensar en Grace ahora, con la espalda apoyada en la pared de la granja, rodeándole la cintura con las piernas y gimiendo de placer, con un suave brillo de sudor en el labio superior. Sabía lo que se ocultaba bajo su apariencia de gran señora. Sabía lo profundo que era el caudal de su lujuria y lo ardiente e incontrolable que podía ser. Había gozado con ella inmensamente.

La gruesa puerta se abrió el ancho de una rendija y la cara arrugada del padre Quinn asomó por ella, devolviendo a Michael al presente y al asunto que los ocupaba, que, a juzgar por el semblante del cura, era urgente.

Michael se quitó la chaqueta y la gorra y siguió al padre Quinn al cuarto de estar. Había un fuego encendido en la chimenea, y varias lámparas desvencijadas emitían una luz tenue y tristona, colocadas sobre mesas de madera bruñida distribuidas por la habitación. La estancia tenía un aspecto austero y sombrío, y le faltaba un toque femenino, pensó Michael, pero el padre Quinn era un hombre práctico que no tenía ni paciencia ni deseos de embellecer su entorno. Michael se alegró de hallarse a resguardo de la lluvia. Ocupó el sillón situado junto al fuego, en el que se había sentado tantas otras veces, y el padre Quinn se acomodó en el de enfrente, junto a una de las lámparas, donde solía sentarse a leer. Michael se fijó en el vaso de whisky casi vacío y en el libro abierto sobre la mesita.

El padre Quinn se quitó las gafas y lo miró con gravedad.

—No te habría hecho venir a estas horas de la noche si el asunto no fuera de la mayor importancia —dijo al tiempo que cruzaba las manos grandes y ásperas sobre el regazo.

—Ya lo suponía. ¿De qué se trata? —preguntó Michael.

—De Ethan O'Donovan. Vino a verme esta tarde. Su hija Niamh planea huir con el conde.

Michael no se mostró sorprendido: hacía tiempo que se lo esperaba.

—¿Ha dicho cuándo?

—No. Pero su mujer encontró una maleta hecha debajo de la cama de la muchacha y, cuando le preguntó, la chica se lo contó. Dice que Niahm alardeó de que iba a empezar una nueva vida en América ahora que se ha terminado la guerra. Me temo que la condesa ha dado a su marido el control sobre sus riquezas.

El padre Quinn conocía a Bridie desde que esta era una niña descalza de su parroquia, pero desde que había adquirido estatus social y una gran fortuna no solo se mostraba respetuoso con su título, sino celosamente protector de su dinero, pues Bridie concedía generosas donaciones a su iglesia y a las organizaciones benéficas de aquellos contornos. No estaba dispuesto a ver desaparecer aquella fortuna al otro lado del Atlántico con el sinvergüenza de su marido.

—¿Sabe la señora O'Donovan que Ethan ha venido a verlo?

—No —contestó el padre Quinn, que conocía a Michael lo suficiente para entender adónde quería ir a parar.

—¿Alguien sabe que ha venido a verlo?

—Creo que no. Tampoco sabe nadie que estás aquí, imagino.

—Entonces deje este asunto en mis manos.

El padre Quinn inclinó su cabeza canosa en un gesto de asentimiento y sus ojos legañosos miraron a Michael sin pestañear.

—A veces, hombres piadosos como nosotros han de tomarse la justicia por su mano. En este caso, la condesa es tu hermana y tienes derecho a defenderla. Te absolveré de todo pecado.

—Supe qué clase de hombre era el conde en el momento en que puso el pie en Ballinakelly —repuso Michael.

—Me temo que es una oveja descarriada del rebaño de Dios.

—Pero no hay pastor que pueda hacerle volver al redil, padre Quinn. Es un hombre que se rige por sus propias normas y que cree que puede actuar con impunidad por su título y su riqueza. Pero permítame que le diga que no es lo que parece.

—No me cabe duda de ello.

—No permitiré que deje a mi hermana en la ruina.

—Me alegra oírte decir eso.

—Me encargaré de él a la irlandesa. —Michael se levantó—. Usted dígale a Ethan que no puede hacer nada por ayudarlo, aparte de darle consejo y apoyo y que ahora su hija está en manos de Dios. Que lo que tenga que ser, será, y será voluntad de Dios.

—Hablaré con él mañana —dijo el sacerdote.

—Usted debe permanecer por encima de toda sospecha, padre.

El padre Quinn sonrió amargamente.

—Siempre lo estoy, Michael.

Michael dejó al cura en su sillón y salió de la casa. Seguía lloviendo, pero con menos fuerza que antes. Se levantó el cuello de la chaqueta y se acercó con paso vivo a su coche.

A la mañana siguiente, Bridie recibió una visita inesperada. Estaba sentada en la terraza con Rosetta, pues había dejado de llover y el sol brillaba con el entusiasmo del verano, cuando el mayordomo le anunció que la señora Maddox, la esposa del rector, quería verla. Bridie miró a Rosetta, extrañada. ¿De qué querría hablarle la esposa del rector? No creía que fuera una visita de cortesía, católicos y protestantes no se mezclaban, de modo que no acertaba a adivinar qué podía querer de ella. Un momento después, la anciana cruzó las puertas de la terraza.

Ballinakelly era un pueblo pequeño, pero Bridie no frecuentaba sus calles y muchas de las personas que se habían instalado en la localidad en años recientes le eran completamente desconocidas. La señora Maddox, antes señora Goodwin, era una de ellas, pero Bridie la reconoció al instante, pues era imposible olvidar aquella cara dulce y aquella sonrisa bondadosa. No recordaba, sin embargo, dónde la había visto, solo que en algún momento se había cruzado con ella.

—Señora Maddox, por favor, siéntese con nosotras al sol —dijo mientras rebuscaba en su memoria, tratando de recordar quién era—. ¿Conoce a mi cuñada, la señora Doyle?

La señora Maddox estrechó la mano de Rosetta y se sentó en una silla de jardín con lindos cojines de flores. El mayordomo fue a traer más té y otra taza. En cuanto la señora Maddox comenzó a hablar, Bridie se acordó de su encuentro en la sombrerería, cuando conoció a aquella encantadora joven que se probaba sombreros con su dama de compañía. La joven, de hecho, le había causado una honda impresión. Ahora que su acompañante había venido a visitarla, tendría oportunidad de preguntar por ella.

—Qué día tan bonito —comentó la señora Maddox, cuya vida se había convertido en un verdadero festín de placeres desde que estaba casada con su antiguo amor, John Maddox.

Su felicidad era tal que todo lo volvía hermoso. No pasaba ni un instante sin que se congratulara por su dicha. Al igual que su marido, había engordado de felicidad. Parecían un par de orondas perdices, pero la redondez daba a la señora Maddox una apariencia cordial y optimista, y le había devuelto su lozanía, antes desgastada por décadas de silencioso anhelo. Bridie y Rosetta sintieron una simpatía instantánea por ella.

—Es la primera vez que veo el castillo de Deverill de cerca. Había visto las torres asomando detrás de los árboles, claro, y el señor Maddox me lo había enseñado desde las colinas. Debo confesar que la primera vez que lo vi me quedé sin aliento. —Se llevó la mano al pecho y suspiró—. Es espléndido.

—Nos hemos visto antes, ¿verdad, señora Maddox? —dijo Bridie, contenta de haberse acordado a tiempo.

—Sí, así es —contestó la señora Maddox.

—Fue antes de la guerra —le explicó Bridie a Rosetta—. Yo estaba donde Loretta viendo sombreros con Emer cuando entró la señora Maddox con una joven encantadora con acento americano.

—La señorita Martha Wallace —terció la señora Maddox solícitamente—. Tuvo usted la bondad de regalarle un sombrero.

—Estaba hecho para ella —repuso Bridie, que se acordaba bien de aquel instante.

—Martha estaba encantada. Estoy segura de que se lo pone a menudo. El color le favorecía mucho.

—¿Regresó a Estados Unidos? —quiso saber Bridie.

—Sí, sufrió un terrible desengaño aquí y se marchó con el corazón roto.

La alegría se borró del semblante de la señora Maddox, sustituida por una expresión de tristeza y pesar al acordarse de su querida y desconsolada Martha.

—Lo lamento —dijo Bridie.

—¿Quién le rompió el corazón? —preguntó Rosetta, que no sentía, como Bridie, que estaba cometiendo una indiscreción al indagar en un asunto tan delicado.

—Bueno, es una historia muy triste —comenzó a decir la señora Maddox.

No creía estar traicionando a Martha por hablar con la condesa, que tan amable había sido con la joven. Pero cuando se disponía a contarles la triste historia de Martha, reapareció el mayordomo con el té recién hecho y una tarta en una bandeja de plata. La señora Maddox se interrumpió mientras el mayordomo servía el té. Guardaron las tres silencio y, entretanto, la señora Maddox tuvo tiempo de recapacitar.

—Continúe —la instó Rosetta tan pronto se marchó el mayordomo.

—Estaba a punto de contarnos la triste historia de esa muchacha —dijo Bridie.

Los labios de la señora Maddox se detuvieron a escasos milímetros del borde de la taza de té.

—Se enamoró perdidamente del señor JP Deverill —dijo por fin, antes de beber un sorbo.

Bridie pareció más interesada.

—¿Y él no le correspondía?

—Sí, sí que le correspondía —repuso la señora Maddox.

—Entonces ¿por qué le rompió el corazón?

Ambas mujeres la miraban expectantes. El secreto se balanceaba, inestable, en la lengua de la señora Maddox. Era cierto que la felicidad la había vuelto más parlanchina. Estaba deseando liberarse de las trabas impuestas por su posición como niñera en casa de los Wallace, y una de ellas era la discreción. En efecto, desde que se había casado con John Maddox se había vuelto un tanto chismosa.

—Acabaron *los dos* con el corazón roto, en realidad —dijo con cautela—. Tengo la convicción de que querían casarse.

Los ojos de Bridie se agrandaron.

—¿Qué les detuvo, entonces? —preguntó.

—Ellos... —La señora Maddox titubeó pero, justo cuando iba a sacar a la luz el secreto del nacimiento de Martha y JP, se refrenó—. Los Deverill se lo impidieron —dijo por fin, y las dos mujeres la miraron boquiabiertas de asombro—. Prohibieron el matrimonio, debido a los orígenes familiares de Martha. —*Eso es*, se dijo. *No es del todo mentira*—. Martha tuvo que marcharse. Pero su sombrero la animó mucho —añadió antes de probar un trozo de tarta.

Como suponía Bridie, la señora Maddox había ido a pedir dinero para una obra de beneficencia que confiaba en poder poner en marcha con ayuda de las parroquias católica y protestante, a fin de unir a los niños de ambas confesiones. Pero Bridie ya no la escuchaba. Estaba pensando en su hijo JP y preguntándose hasta qué punto habría sufrido por aquel desengaño amoroso. Imaginar su sufrimiento lastimó aún más su ya maltrecho corazón y tuvo que hacer un enorme esfuerzo por concentrarse en lo que decía la señora Maddox y ocultar sus emociones.

Sabía por Emer O'Leary que JP había vuelto. Emer le había contado que el joven se había pasado por su casa buscando a Jack y que había preguntado muy amablemente por Alana. No solo era guapísimo —le había dicho Emer—, sino que además tenía unos modales impecables.

«Esos Deverill tienen mucho encanto», le había comentado con evidente admiración.

«Pero no tienen su castillo», había replicado Bridie.

Emer, que conocía toda la historia del castillo por su suegra, había sonreído sin decir nada. Según la madre de Jack, las tierras sobre las que se levantaba el castillo aún deberían pertenecer a los O'Leary.

Leopoldo solo tenía trece años, pero ya era más alto que su madre y casi tanto como su padre. Era un niño mimado y antipático al que todos temían, desde sus tutores a sus primos. No tenía amigos, pues sus padres le habían hecho creer que por su posición de príncipe se hallaba por encima de todos los demás. De ahí que fuera solitario e infeliz, y que su infelicidad le volviera malvado y mezquino. Solo parecía disfrutar haciendo daño a animales más débiles que él. El único animal al que era incapaz de doblegar era el caballo y, como resultado de ello, les tenía pavor.

Cesare estaba empeñado en que aprendiera a montar para que pudiera salir de caza y jugar al polo, pero el miedo le impedía dominar al animal, que parecía percibir no solo su terror sino también su temperamento desagradable y respondía encabritándose y desobedeciendo. Su profesor de hípica se desesperaba, sobre todo porque el conde no parecía dispuesto a entrar en razón y a permitir que el chico desistiera de aprender a montar. Cesare quería que su hijo fuera una versión refinada de sí mismo y le enfurecía que careciera de ciertas cualidades que le hicieran sentirse orgulloso.

—¡Un príncipe no teme a nada! —exclamaba, y se le ponían las orejas rojas de furia y los labios se le llenaban de saliva—. ¡Tú tienes que ser un príncipe entre los príncipes! El deber de un hijo es superar a su padre y tú me estás decepcionando, Leopoldo.

La respuesta del chico era igual de hiriente que la de su padre, al que acusaba de ser un tirano y un abusón. Si era una decepción, se debía únicamente a lo que su padre le había inculcado. Se miraban los dos fijamente, bufando como un par de toros en un corral, pero Leopoldo era ya demasiado grandullón para que Cesare le pegara, de modo que el conde se rebajaba a utilizar la única amenaza que sabía que surtía efecto.

—Si no aprendes a montar como es debido, te desheredo. ¡Te quedarás sin un penique y le dejaré el castillo a uno de tus primos!

Leopoldo sabía que no tenía sentido apelar a su madre, dado que era su padre quien controlaba los hilos de la economía familiar. De modo que no tuvo más remedio que aprender a montar: apreciaba demasiado sus comodidades materiales y la promesa de un porvenir como señor del castillo. Había veces en que su padre le decía a su madre a gritos que Leopoldo deseaba que se muriera.

Unos días después de que la señora Maddox visitara a la condesa (y se marchara con la promesa de una generosa donación para su obra de caridad), Leopoldo encontró a su madre sollozando en la cama. Tenía en la mano una hoja de papel. Lloraba tan fuerte que no oyó entrar a su hijo. Antes de que advirtiera su presencia, Leopoldo le quitó la carta de la mano y la leyó. Se puso pálido.

—No deberías haber visto eso, Leo —dijo Bridie, incorporándose y secándose los ojos con la manga de la bata—. No es asunto tuyo.

—Claro que es asunto mío, mamá —le espetó él—. Si papá quiere divorciarse de ti, es que quiere librarse de los dos.

Bridie se echó a llorar otra vez. Se llevó una mano a la boca para refrenarse, pero aun así las lágrimas rodaron por sus mejillas. No podía explicarle a un chico de trece años que llevaba años temiendo que llegara aquel momento. Sabía que Cesare se aburría en Ballinakelly. A pesar de sus esfuerzos por entretenerle, ni el sitio ni sus habitantes le divertían. Y, lo que era peor aún, Bridie sabía que estaba aburrido *de ella*. Se había aburrido de ella desde el momento en que habían llegado a Irlanda.

—No deberíamos habernos marchado de América —dijo, apesadumbrada—. Allí éramos felices.

Y yo estaba llena de energía, y era divertida y entretenida.

—¿Por qué os marchasteis, entonces? —preguntó Leopoldo en tono de reproche.

—Porque yo quería volver a casa. Quería comprar el castillo y que fuera nuestro hogar.

Y vengarme de los Deverill, que me habían arruinado la vida.

—¿Dónde está? —preguntó Leopoldo.

—Esta noche no ha dormido en casa. He encontrado esto cuando me he despertado. Debió de dejarlo encima de la almohada mientras dormía, y luego se marchó.

—¡Qué cobarde, no decírtelo en persona!

—Supongo que no quería que hiciera una escena.

—¡Pues la va a tener! Voy a ir a buscarlo.

—No, Leo, por favor…

—Seguramente habrá pasado la noche en alguna fonda de Ballinakelly.

Bridie lo vio salir de la habitación con paso decidido. Se tumbó en la cama y siguió llorando sobre la almohada. Lamentaba no haber seguido el consejo de Beaumont Williams y haber mantenido el control sobre su dinero. Lo había perdido todo. Todo. Pero no pensaba en sí misma. A fin de cuentas, ella ya conocía la miseria. *Mi pobre Leo*, pensaba. *Mi pobre, pobre Leo.*

Leopoldo se dirigió a los establos. Iba a dominar al caballo aunque le costara la vida, se dijo, y a ir al galope a Ballinakelly en busca de su padre. Estaba tan furioso que hizo a un lado sus miedos y ensilló la yegua gris de su padre. Los mozos le miraron asombrados mientras colocaba la silla sobre el lomo del animal y ajustaba la cincha. Cuando se ofrecieron a ayudarle, reaccionó con furia. *No voy a ser un cobarde como mi padre*, se dijo mientras le ponía la brida al caballo. *Voy a demostrarle lo osado que puedo ser.* Montó con facilidad y, sofocando una duda momentánea, salió al trote del patio de los establos.

Mientras cobraba velocidad, cruzando el prado hacia las colinas, comenzó a sentirse más seguro de sí mismo. El caballo no se revolvió ni trató de derribarlo. Leopoldo sostenía las riendas con firmeza y apretaba los dientes, repitiéndose a sí mismo, *Soy el amo de este caballo, soy el amo de este caballo.* Se preguntaba si el animal percibía su transformación, si notaba que había pasado de ser un niño asustado a convertirse en un joven furioso, decidido a enfrentarse a su padre y a obligarlo a retirar su amenaza de divorcio, por el bien de su madre. Se preguntaba si el caballo notaba que era él quien mandaba.

Llegó a Ballinakelly y fue de posada en posada buscando a su padre. Nadie había visto al conde. Al entrar en la taberna de O'Donovan, encontró al dueño hablando en voz baja con el padre Quinn. Se quedaron callados al ver al chico, y en medio del silencio a Leopoldo le pareció oír sollozar a una mujer en el piso de arriba. Preguntó si habían visto al conde y ambos negaron con la cabeza.

—Hace un par de días que no viene por aquí —respondió el señor O'Donovan, y Leopoldo se marchó porque era evidente que en casa de los O'Donovan había algún problema grave y él ya tenía bastante con el suyo.

Cuando se marchó del pueblo, su furia había remitido. Estaba desilusionado por no haber encontrado a su padre. Por no haber podido demostrarle lo bien que manejaba al caballo. Subió despacio por el camino y luego torció hacia el campo que conducía a las colinas. Ya no tenía miedo y se preguntaba por qué había permitido que el caballo le aterrorizara. Ahora se daba cuenta de que solo era cuestión de demostrarle quién era el amo.

A pesar de los distintos dramas que estaban teniendo lugar, el sol brillaba con fuerza en un cielo color de aciano. Las colinas verdes relucían, exuberantes, y Leopoldo comenzó a disfrutar del paseo. Espoleó al caballo y comenzó a trotar. El viento sacudía sus cabellos y la sensación de velocidad le llenó de euforia. *Si papá pudiera verme ahora*, pensó, triunfante.

Al llegar a lo alto del acantilado, vio que había bajado la marea. La playa se extendía por espacio de varios kilómetros y la arena blanca se veía lisa e impecable a la luz de la mañana. Distinguió entonces una bandada de pájaros que picoteaban algo tirado en la arena. Parecía ser una boya y, fuera lo que fuese, estaba atrayendo a todo tipo de pájaros, desde las ávidas gaviotas a los alcatraces y los somormujos. Leopoldo hizo volver grupas al caballo y lo condujo por el sendero, hacia la playa. Quizá la marea hubiera arrastrado hasta la playa algo interesante durante la noche, se dijo, lleno de curiosidad por ver qué era.

El caballo pisó la arena y avanzaron hacia los pájaros. Al acercarse, se oyó un ruidoso aleteo al levantar el vuelo las aves de mala gana. No fueron muy lejos, sin embargo. Se quedaron sobrevolando el lugar como buitres, poco dispuestas a renunciar a un bocado tan sabroso.

Leopoldo entornó los ojos. No conseguía distinguirlo claramente. ¿Qué era aquello? Le embargó la emoción al pensar que podía tratarse del cadáver mutilado de algún pobre animal, y le dio una patada al caballo para que se acercara. Vio entonces que era una cabeza. Una cabeza *humana*. El caballo lo notó al mismo tiempo, relinchó aterrorizado y se encabritó. Leopoldo cayó al suelo con un golpe sordo. Mientras se frotaba la cadera dolorida, el caballo huyó por la playa, dejándolo solo en la arena. El chillido de los pájaros se intensificó cuando comenzaron a acercarse de nuevo a su festín.

Leopoldo se levantó y se sacudió la ropa. Miró la cabeza, comprendiendo que pertenecía a un hombre enterrado en la arena. Debía de haberse ahogado al subir la marea. Qué forma tan horrible de morir, pensó, pero la fascinación y una turbia atracción por lo macabro lo impulsaron a acercarse.

De pronto retrocedió, horrorizado. Soltó un grito de pánico, como si la cabeza se hubiera girado para mirarlo. Era la de su padre.

Cayó de rodillas. Incapaz de apartar la mirada de la cara hinchada y ensangrentada del conde, la observó con repulsión. Odiaba a su padre. Odiaba al mundo y odiaba a Dios. Pero sobre todo se odiaba a sí mismo porque, a ojos de su padre, nunca había dado la talla y ahora ya nunca la daría.

Bridie sintió que su vida se derrumbaba cuando el inspector de policía le informó de que su marido había sido asesinado. La misma angustia que se había apoderado de ella cuando su padre murió apuñalado por el hojalatero la dominó ahora, y soltó un grito desesperado antes de caer al suelo. Pensó primero en su hijo. Pero la cara de Leopoldo tenía una expresión dura como la piedra.

—Ya no se divorciará de ti —dijo cuando Bridie se abrazó a él—. No volverá a hacerte daño.

Pero Bridie había querido a Cesare a pesar de todos sus defectos, defectos que habían empañado su carácter como sombras que cubrieran un hermoso cuadro. Mientras Cesare estaba vivo, a Bridie le había resultado fácil pasar por alto esas sombras concentrándose únicamente en la belleza, pero ahora que había muerto esas sombras quedaron relegadas al fondo de su subconsciente como si nunca hubieran existido y la belleza creció hasta convertirse en un hermoso e indomable corcel. Olvidó rápidamente sus infidelidades, que tanto trabajo le había costado ignorar en vida de su marido, su indiferencia y su crueldad. A sus ojos, Cesare creció sin medida, y su dolor se hizo insoportable debido a la nobleza y la bondad del hombre al que había perdido. Bridie no era tonta, pero el amor había hecho de ella una necia. Es un tonto feliz, sin embargo, aquel que vive en la ignorancia de una fea realidad, y Bridie creía haber sido feliz. El único modo de seguir adelante sin él era persistir en su necedad.

Lo que para Bridie fue una tragedia, para Grace fue un triunfo, inevitablemente. Michael se presentó en su casa tras abandonar sus virtuosos propósitos, con un brillo lascivo en la mirada. El pecado es una ladera resbaladiza y, al poner de nuevo el pie en aquella pendiente que tan bien conocía, Michael resbaló por ella rápidamente hacia el Infierno. Hacía años que había renunciado al sexo movido por su deseo de llevar la vida piadosa de un monje, pero ese tipo de abstinencia no se avenía con su carácter. Había vuelto a las andadas al orquestar el asesinato del conde, y la emoción de ejercer poder sobre la vida y la muerte le había producido una satisfacción muy superior a la que obtenía de la estricta moralidad que se había impuesto.

—Sabía que volverías a mí —dijo Grace con voz ronca cuando Michael la empujó contra la pared de su dormitorio y le levantó la falda.

No le importaba que ella fuera mayor, ni que hubiera perdido la turgencia de la juventud: seguía habiendo algo salvaje y lujurioso en Grace que le atraía como un imán, y el recuerdo de la mujer que había sido antaño era aún tangible para él. La besó apasionadamente, magullando sus labios y cortándole la respiración al apretarse contra su pecho. Su barba le arañó la piel, sus manos ásperas acariciaron sus pechos, sus dedos se hundieron dentro de ella. Estaba tan impaciente por saborear cada palmo de su cuerpo que no tuvo ningún cuidado, pero a Grace no le importó. Nada la excitaba más que el ansia incontrolable de un hombre, y ningún hombre la excitaba tanto como Michael Doyle.

Maggie O'Leary

Maggie miraba las llamas mientras invocaba a todos los espíritus que conocía. Presa de la furia, llamó a los espíritus del viento y a los espíritus del mar, a los de la oscuridad y a los de la luz, a los de la tierra y a los del cielo eterno, y les ordenó que se alzaran contra lord Deverill por el hijo que había engendrado en ella y que nunca llevaría su nombre.

El fuego se agitaba y chisporroteaba, las llamas doradas lamían el aire con lengua afilada y Maggie las miraba con embeleso. Acercó las manos para atrapar las chispas doradas que volaban como luciérnagas en torno a la hoguera, pero no se dejaban coger. Giraban y se arremolinaban, bailoteando fuera del alcance de las yemas de sus dedos. Maggie miraba el fuego, hipnotizada por aquellas chispas de luz, semejantes a la chispa que crecía dentro de ella con luz propia.

Había tenido la osadía de llamar a la puerta del castillo para hablar con lord Deverill, pero él no se había dignado recibirla. Se había quedado de pie junto a la ventana mientras la lluvia empapaba su chal y él la había visto allí y le había dado la espalda. Había gritado, desesperada, en una lengua que sabía que él no entendía: «Os lo suplico, tened piedad de mi hijo». Y él había ordenado a sus hombres que la sacaran de allí. Maggie había hecho todo lo posible por que la escuchara y nada había funcionado. Ahora, atacaría el corazón mismo de su reputación y él se vería obligado a reconocer lo que le había hecho en el bosque y a hacerse responsable del hijo que había engendrado.

Mirando fijamente el fuego, Maggie invocó al mismísimo Diablo, pues el Dios de los católicos no aprobaba su plan.

Lord Deverill se marchó a Londres y Maggie puso en pie de guerra a los hombres del condado de Cork. No fue difícil incitarlos a la rebelión, pues los irlandeses sentían un odio profundo por los británicos. Pero aún más fuerte que su fervor patriótico era su miedo. Creían que Maggie era una bruja, y muy poderosa, además. Cuando les exigió que quemaran el castillo que se alzaba como un símbolo de la avaricia y la opresión de los británicos, empuñaron las armas, encendieron antorchas y marcharon detrás de Maggie formando un ejército de quinientos hombres. La noche era húmeda y fría y Maggie imaginó que desde los muros del castillo sus filas parecerían una serpiente de fuego que subiera, sinuosa, por el camino.

Maggie se quedó atrás y vio con emoción cómo volaban las primeras flechas encendidas sobre las tapias del castillo de Deverill. Vio incendiarse las murallas y vio cómo los soldados, sorprendidos con la guardia baja y con escasos efectivos, se esforzaban frenéticamente por defenderlas. Maggie, por su parte, estaba segura de que su gente quemaría el castillo hasta los cimientos. Un puñado de soldados soñolientos nada podían hacer contra el poder de su ejército rebelde. Luego, sin embargo, llegó el ejército del rey con sus caballos y sus estandartes con las armas del duque de Ormond y los hombres de Maggie se desbandaron como cuervos.

Ella no se resistió cuando la prendieron. Quería que la prendieran. Quería que la llevaran ante lord Deverill y que él viera su vientre abultado y supiera que el hijo que llevaba dentro y que se hacía cada día más fuerte era suyo. Ya no tardaría mucho en nacer.

La encerraron en un cuarto del fondo del castillo y, debido a su estado, le procuraron ciertas comodidades. Tenía una cama y mantas, velas y comida, y estaba más cómoda que en su casa en el bosque. Mientras descansaba, esperaba a que lord Deverill regresara de Londres. Estaba cada vez más impaciente, porque tenía la convicción de que él llegaría pronto y al fin se vería obligado a verla. Estaría furioso con ella, desde luego, pero vería que estaba encinta, embarazada *de él*, su corazón se ablandaría y la perdonaría. No volvería a darle la espalda.

El niño, sin embargo, se adelantó. Maggie se retorció, gritó y lloró, presa de los dolores del parto, y los soldados trajeron a su hermana Breda para que la ayudara a parir. Cuando al fin nació el niño, Maggie lo sostuvo en brazos y miró con ternura su cara rosada.

—Es hijo de lord Deverill —le dijo a Breda.

Su hermana palideció.

—¿De lord Deverill? —repitió, incapaz de asimilar que el noble inglés hubiera yacido con su hermana.

—Me poseyó en el bosque y ahora me hará su esposa.

—Pero ya tiene una esposa —le recordó Breda.

Maggie la miró enojada.

—¡Yo le he dado un hijo varón! —replicó.

—Un hijo *bastardo* —repuso Breda—. ¿Crees que dejará que te quedes con el niño?

Maggie la miró con aire desafiante.

—Claro que dejará que me quede con él.

—Te lo quitará y no volverás a verlo nunca. ¿Crees que va a dejar que un hijo suyo se críe como un campesino?

—¿Y yo qué?

—¿Tú? ¡De ti no querrá saber nada, Maggie!

Los ojos de Maggie se llenaron de lágrimas. Le entregó el niño bruscamente a su hermana.

—Entonces llévatelo. Procura que no le pase nada.

Breda tomó al bebé en brazos.

—No puedo asegurarte nada, si lord Deverill se entera de esto. Puede que venga a buscarlo. Puede que incluso lo mate.

Maggie dejó escapar un gemido y palideció.

—Tienes que hacerles creer que ha muerto —prosiguió Breda—. ¿Entiendes?

—El guardia ya me teme —dijo Maggie—. No me costará mucho doblegarlo a mi voluntad. Tienes que llevarte a mi hijo, Breda, y cuidar de él.

—Te lo prometo —contestó su hermana—. Es el último varón de la familia O'Leary. ¿Cómo quieres que se llame, Maggie?

—Liam O'Leary —contestó ella—. Por nuestro padre.

Breda la besó en la mejilla.

—Yo cuidaré de Liam hasta que vuelvas a casa. Porque *volverás* a casa, ¿verdad, Maggie? —preguntó, angustiada.

Había oído lo que decía la gente: que Maggie era una bruja y que iban a quemarla en la hoguera.

—Claro que volveré —respondió.

Pero el Destino no opinaba lo mismo.

Maggie esperó para ver a lord Deverill. Esperó y esperó, y siguió esperando. Esperó durante semanas, pero lord Deverill no llegaba. Se preguntaba si estaría en alguna parte del castillo, allá arriba, sin saber que ella estaba allí, encerrada en aquel cuarto, esperando a que la recibiera.

La juzgaron por brujería y no tardaron mucho en sentenciarla. Había lanzado un hechizo sobre los hombres de Cork y los había incitado a la rebelión. Todos los supervivientes confirmaron la acusación y, como recompensa por su confesión, se les perdonó la vida. En cuanto a Maggie, la pena por brujería era la muerte en la hoguera. Ella sonrió amargamente al acordarse de los espíritus a los que había invocado con fuego. Lo que había empezado entre las llamas, entre las llamas acabaría, se dijo. Le preguntaron si tenía algo que decir. «Quiero ver a lord Deverill», contestó, y se rieron y se la llevaron. La encarcelaron en la aldea de Ballinakelly y se fijó el día de la ejecución.

Ese día, el cielo amaneció de un gris pizarra y soplaba un viento frío que parecía arrastrar esquirlas capaces de desgarrar la piel. Los cuervos y los grajos graznaban desde los tejados mientras se levantaba una gran pira en la plaza y la gente se congregaba lentamente para ver el espectáculo. En su celda, Maggie rezaba. No rezaba a los espíritus paganos, ni rezaba al diablo, rezaba a Dios y le pedía perdón. No temía la muerte porque sabía que era falsa y que el alma seguía viviendo. Temía, sin embargo, el dolor de morir abrasada. Lo temía más que nada en el mundo.

Vinieron a buscarla. La ataron como a un cerdo y la subieron a un carro. Se arrodilló, cubierta con un sayo blanco que le había dado una buena mujer, y miró por entre el velo de cabello sucio y enmarañado que colgaba delante de su cara. Recorrió con la mirada las caras de aquellas gentes a las que conocía de toda la vida. A muchos de ellos los había ayudado a restañar el corazón roto al transmitirles mensajes de los muertos, y muchos habían combatido junto a su padre y sus hermanos contra los poderosos ejércitos de Cromwell. Maggie vio su miedo, descarnado e imposible de ocultar, mientras veían avanzar el carro lentamente entre ellos. Nadie decía una palabra. Nadie la increpaba. Se preguntó si temían que les echara un último hechizo antes de morir, o que volviera después de muerta para hacerles daño. Se apartaron, dejando el camino despejado hacia la pira.

Maggie seguía buscando con la mirada a lord Deverill. Estaba segura de que vendría. Convencida de que, si sabía que iban a ejecutarla, iría a impedirlo.

Justo cuando la levantaron del carro, un chiquillo se apartó del gentío y corrió hacia ella. Era pequeño y ágil y los soldados tardaron en reaccionar. Cayó contra ella y le puso en la mano un saquito de cuero. Antes de que pudieran alcanzarlo, se escabulló. Maggie apretó el saquito con fuerza a su espalda y se preguntó qué contenía.

La ataron a la estaca y le amarraron las manos por detrás, pero los soldados parecían tan asustados que no repararon en el saquito que sostenía o, si repararon en él, prefirieron ignorarlo.

Maggie no se resistió. No tenía sentido. Ahora estaba en manos de Dios.

El sacerdote leyó la acusación y luego rezó una plegaria en latín que Maggie no entendió. Se acercó un soldado con una antorcha y encendió la pira. Maggie levantó los ojos por encima del gentío. Entonces lo vio. Lo vio allí y su corazón dio un brinco de esperanza.

Lord Deverill estaba montado a caballo, con sus elegantes ropajes y su sombrero emplumado. Iba acompañado por sus hombres, pero Maggie solo lo veía a él, observándola impasible, con una mano enguantada sobre las riendas y la otra apoyada en el muslo. No se movió. Se limitaba a mirarla y ella no acertaba a adivinar qué estaba pensando.

Pensó entonces en su hijo, en Liam O'Leary, y confió en que estuviera a salvo. Confió en que creciera fuerte y sano y tuviera una vida mejor que la suya. Entonces, las llamas comenzaron a crecer, el humo envolvió la pira y el calor se intensificó rápidamente bajo ella. No apartó los ojos del hombre que amaba. Del hombre al que quería y despreciaba en igual medida.

Miró fijamente a lord Deverill y él le sostuvo la mirada, pero, aunque tenía el poder de detener la ejecución, no lo hizo.

Las llamas llegaron a sus pies y Maggie soltó un gemido bajo. Luego, el gemido se convirtió en un grito que traspasó el aire. Enloquecida por el dolor, perdió por completo la razón. Entonces, el saquito de pólvora estalló entre sus manos, liberándola por fin.

De pie junto a la hoguera, Maggie contempló cómo se quemaban sus restos. Vio entonces que lord Deverill daba media vuelta y se marchaba. Ella sabía que era él quien le había dado la pólvora al chico, pero eso le servía de escaso consuelo ahora que su vida había terminado. Lord Deverill atravesó el pueblo a caballo, de vuelta al castillo y a su esposa, dejando que las cenizas de Maggie se esparcieran al viento.

Maggie buscó la luz, pero no llegó. Aguzó el oído tratando de escuchar la llamada de Dios, pero la llamada no llegó. El mundo era oscuro y triste y su espíritu parecía anclado a él. Se preguntó cuánto tiempo tendría que permanecer en ese limbo. Y qué tendría que hacer para liberarse.

TERCERA PARTE

23

Era un típico domingo de junio en la casa palaciega de los Wallace en Connecticut. Joan Wallace estaba echada en una tumbona, con un bikini de topos rojos y blancos, muy a la moda. El cabello rojo y rizado le llegaba a los hombros, tenía las uñas esmaltadas de carmesí y los labios, fruncidos en un mohín de fastidio, pintados de Max Factor color escarlata. Sostenía un cigarrillo Virginia Slims entre los largos dedos blancos y parecía decididamente aburrida. Dorothy Wallace estaba tendida en otra tumbona junto a su cuñada, con un bañador más recatado y, en su opinión, más apropiado para su edad. Pam Wallace, en cambio, había ocupado la tumbona del otro lado de la piscina y lucía un bañador verde con puntos, pues aunque admiraba y copiaba el estilo de Joan, no tenía arrojo suficiente para enseñar la cintura, y tampoco creía que Joan debiera enseñarla. Su suegra, Diana, con un sombrero de paja y un vestido de flores, se había sentado a la mesa redonda del otro extremo de la piscina, bajo una gran sombrilla, y estaba hablando con su nieta Martha mientras tomaban grandes vasos de té con hielo. Llevaban largo rato conversando en voz baja. A lo lejos se oían los ruidos de un partido de tenis, más allá de la rosaleda. Charles, el marido de Joan, estaba jugando con sus hermanos Larry y Stephen, y con su hijo mayor, Joe. Un grupito de nietos estaba jugando al cróquet en el césped, con sus respectivos cónyuges, un par más estaban en la piscina y uno o dos habían salido a montar a caballo. El bisnieto más pequeño dormía en un cochecito, debajo de un manzano.

Ted Wallace, patriarca de la familia, estaba en un sillón a la sombra del porche, leyendo los periódicos y disfrutando de un rato de paz antes de que los invitados empezaran a llegar a las 12:30 para el almuerzo en el jardín.

Joan observaba a Diana y Martha a través de sus gafas de sol oscuras. Pam observaba a Joan y sospechaba que estaba tramando algo, o al menos refunfuñando para sus adentros. Desde que le había dicho a Edith que Martha era adoptada, Pam desconfiaba de ella y con razón. Martha nunca les había contado qué había ocurrido en Irlanda, pero aquel viaje la había cambiado irrevocablemente. Cuando por fin regresó a casa, era una persona muy distinta: solemne, reflexiva y triste. Incluso ahora, seis años después, seguía sin enamorarse, sin casarse y llevar la vida normal de una joven su edad. Y lo que era más preocupante: había tomado la costumbre de pasar horas encerrada en su cuarto leyendo la Biblia, o en la iglesia. Pam culpaba a Joan de aquel cambio drástico en su hija y jamás la perdonaría. Únicamente porque Larry le había suplicado que al menos tolerara la presencia de su cuñada, era capaz de disimular su desagrado y mantener las formas.

—¿Sabes?, a menudo me pregunto qué pasó en Irlanda —le dijo Joan a Dorothy sin apartar los ojos de Martha y Diana—. ¿Crees que se lo habrá contado a Diana?

—Es lo más probable —respondió Dorothy sin dejar de ojear su revista.

El asunto de Martha había sido tan desagradable que Dorothy no quería que la vieran cuchicheando con la persona que lo había desencadenado. Solo la imponente presencia de Ted Wallace había impedido que la familia se partiera en dos.

—Martha debería buscarse un buen hombre con el que casarse —comentó Joan exhalando una nube de humo—. Es bastante bonita —agregó de mala gana. Pensó en sus hijas y en lo bien que se habían casado y se sintió muy ufana—. Claro que nadie va a casarse con ella si no se maquilla un poco, se pone un vestido bonito y sonríe de vez en cuando. Si sigue con esa cara de amargada, acabará siendo una vieja solterona, como la tía Vera.

Nadie en la familia quería acabar como la tía Vera, que había muerto sola a los noventa y seis años y se había convertido en una leyenda familiar por su carácter huraño, mezquino y solitario. Joan observó a Martha y a Diana, que seguían hablando muy serias, con las cabezas casi juntas, y la curiosidad le picó más que nunca.

Pero ni en sus sueños más osados habría imaginado de qué estaban hablando. Ahora que la guerra en Europa había terminado, Martha quería dejar Estados Unidos y regresar a Irlanda. Pero lo que quería hacer allí nadie podía preverlo.

La noche anterior, Martha se lo había contado todo a su abuela. No tenía previsto hacerlo. De hecho, se había prometido a sí misma que nunca le hablaría a nadie de los Deverill, ni de JP. Pero su abuela no se encontraba del todo bien, estaba resfriada, y la idea de perderla la había impulsado a compartir con ella la carga de su secreto. Necesitaba el apoyo de su abuela para una idea que llevaba algún tiempo sopesando. Sabía que nadie más en su familia, y menos aún sus padres, la entendería ni respaldaría su plan.

Diana la había escuchado atentamente mientras, sentada en el borde de su cama, Martha le contaba su triste relato, con voz vacilante al principio; después, en un torrente de emoción. La había tomado de la mano, la había mirado con compasión y la había escuchado sin interrumpirla ni una sola vez. Solo cuando Martha concluyó dijo:

—Mi pobre niña, no me extraña que volvieras tan deprimida. Pero has tenido seis años para pensarlo, Martha, cielo. ¿Qué es lo que quieres hacer?

Y Martha se lo dijo. No era algo que se le hubiera ocurrido de repente, en un arrebato de inspiración, sino algo que se había ido insinuando en su conciencia a lo largo de muchos días y noches, mientras escudriñaba su alma en busca de una respuesta y se refugiaba en la Biblia. Diana se había mostrado sorprendida, pero no había intentado disuadirla. Y, sobre todo, no la había juzgado.

—Si eso es lo que quieres hacer con tu vida, cariño mío —había dicho con cierta tristeza—, tienes mi bendición. ¿Quién puede decir cuál es nuestro propósito en esta vida? Al final, todos buscamos un sentido. —Había acariciado la mejilla de su nieta y sonreído—. Te propongo que lo consultemos las dos con la almohada esta noche y que volvamos a hablarlo por la mañana. Tendremos que proceder con cautela.

Larry y Pam no aceptarían de ningún modo el plan de Martha. Harían todo cuanto estuviera en su poder por impedir que volviera a Irlanda, a no ser que ignoraran la verdad, y Diana era muy partidaria de contar alguna que otra mentirijilla si las circunstancias lo exigían.

Joan dejó de prestar atención a Diana y Martha y se fijó en los cuatro hombres que llegaron a la piscina para refrescarse tras el partido de tenis. Se quitaron el traje de tenis en el vestuario de la piscina y se lanzaron al agua de cabeza. Unos minutos después aparecieron los demás miembros de la familia desde todos los rincones de la finca, atraídos por la piscina como animales por un abrevadero. Se metieron en el agua con gritos de placer y la conversación de Martha con su abuela llegó a su fin.

A Martha no le apetecía bañarse ni hablar con los invitados que venían a comer. Ansiaba una vida tranquila. Se sentía más apartada que nunca de su hogar e incómoda en presencia de quienes deberían haber sido sus compañeros más naturales. Siempre se había sentido aislada, pero desde su viaje a Irlanda ese sentimiento se había hecho más fuerte. Aún añoraba a JP Deverill con todo su corazón. A veces temía que aquel dolor no restañara nunca, sufrir para siempre aquella pena abrasadora. Su madre y sus tías trataban constantemente de emparejarla con jóvenes ricos y bien situados, pero sus tejemanejes no conducían a ninguna parte. A Martha nada de aquello le interesaba. Ninguno de aquellos jóvenes podía compararse con JP, y ninguno bastaba para sacarla de su melancolía. De hecho, esas citas desastrosas y decepcionantes la hacían sentirse aún más desvalida y ansiosa de encontrar una salida a su sufrimiento.

Esa noche, después de que se marcharan los invitados, cuando los hombres estaban agotados después de jugar sucesivos partidos de tenis y Pam, Dorothy y Joan enrojecidas de tanto tomar el sol, Diana habló con Larry. Martha se quedó en el jardín cuando se sentaron en el balancín del porche y se pusieron a hablar mientras el sol se ponía sobre la rosaleda.

Sabía muy bien qué iba a decirle su abuela a su padre, pues lo habían planeado cuidadosamente esa mañana, junto a la piscina. Cuando terminaron de hablar, Larry le propuso que dieran un paseo, solos los dos, y ella esperó acongojada a que su padre iniciara la conversación.

La luz se reflejaba en el agua en un millar de destellos dorados y el suave canto de los grillos resonaba entre la maleza cuando Larry habló por fin.

—Tu abuela y yo hemos estado hablando de tu futuro, Martha —dijo, y ella fingió que no sabía nada.

—¿Qué futuro? —preguntó—. Por favor, no me digas que has acordado mi boda con el hijo de algún amigo tuyo, rico pero sin ningún carácter —dijo con una sonrisa.

—No, claro que no. De eso se encarga tu madre. Tus tías y ella le están poniendo mucho empeño, aunque con poco éxito —contestó él.

—No quiero casarme, papá.

Larry no la creía. Todas las chicas se casaban, salvo unas pocas como su tía Vera, y no creía que una muchacha tan guapa como Martha fuera a acabar así.

—Ya querrás, cuando llegue el momento —repuso—. Pero eres joven. No hay por qué precipitarse. Quiero hacerte una sugerencia antes de proponérselo a tu madre.

—Muy bien —dijo ella cruzando los brazos cuando aminoraron el paso.

—Tu abuela y yo estamos de acuerdo en que desde que volviste de Irlanda eres infeliz. Ya ha acabado la guerra y la gente está empezando a viajar otra vez, así que tu abuela ha sugerido que vayas a Londres a trabajar en la embajada. No será difícil arreglarlo porque conozco bien a la familia del embajador. Podrías ir un año o dos, hacer algo constructivo e interesante y llevar una vida independiente. Te sentaría bien. Y quién sabe, puede que hasta conozcas a alguien allí y les quites un peso de encima a tu madre y a tus tías.

Martha sabía que eso no sucedería nunca.

—Creo que me gustaría ir a Londres —dijo como si lo pensara por primera vez—. Os echaría mucho de menos a todos, pero seguramente la abuela tiene razón. Me sentaría bien dedicarme a algo constructivo. La embajada sería un sitio fascinante para trabajar y soy una buena secretaria. Podría ser útil allí, servir a mi país.

Miró a su padre confiando en no haberse pasado de la raya. No tenía el menor sentimiento patriótico.

—A tu madre no va a gustarle, pero estoy seguro de que puedo persuadirla si de verdad quieres ir.

—Sí, quiero —contestó Martha.

Más de lo que te imaginas.

—Entonces déjamelo a mí —dijo Larry, metiéndose las manos en los bolsillos mientras miraba el agua—. Nunca me has dicho qué te pasó en Irlanda y no voy a pedirte que me lo digas ahora, pero he vivido más que tú y puedo asegurarte que intentar desprenderse del desamor es la única manera de seguir adelante en esta vida. Sufrir es parte de vivir, Martha. Es voluntad de Dios, para que ahondemos en nuestro ser y aprendamos lo que es la compasión, y nos entendamos mejor a nosotros mismos y a los demás. Pero curar de esas heridas forma parte de la lección. Eso no debes ignorarlo. —La miró y sonrió con ternura—. Te dejaré ir a Londres si me prometes que intentarás vivir un poco.

—Lo intentaré —contestó ella con una tenue sonrisa.

—No puedo pedirte más —repuso su padre y, apoyándole la mano en la espalda, la condujo de nuevo hacia la casa.

Solo Diana y la propia Martha sabían qué era lo que se proponía en realidad. Ir a Londres era simplemente el primer paso. Diana confiaba, en el fondo, en que su nieta cambiara de idea tras pasar una temporada en Londres y antes de dar el segundo paso, más drástico, y marcharse a Irlanda. Era una mujer chapada a la antigua, creía en el matrimonio y la maternidad y consideraba que trabajar fuera de casa era solo cosa de hombres. Lo que planeaba Martha se apartaba demasiado de lo convencional para que Diana lo asumiera con tranquilidad. Pero su nieta parecía decidida y era su deber, como abuela, procurar que encontrara su camino, fuera este cual fuera.

Martha partió hacia Londres a finales de verano. Pam intentó disuadirla, pero sus lágrimas y sus protestas no consiguieron minar su determinación. Estaba empeñada en irse y Pam presentía que no iba a volver. Larry le dijo que se estaba dejando dominar por el miedo, pero Pam negó con la cabeza. Sabía que estaba en lo cierto. Martha se había ido distanciando de ellos en los últimos seis años y ahora iba a marcharse, y ella no podía hacer ni decir nada para retenerla. La había perdido y era todo gracias a Joan y a su lengua venenosa.

Pam se acordó del instante precioso en que sostuvo por primera vez en brazos a aquel bebé en el convento de Nuestra Señora Reina del Cielo y sintió una aguda opresión en el centro del pecho. Entonces no imaginaba que solo podría disfrutar de ella veintitrés años. ¡Ojalá Martha entendiera sus anhelos de ser madre! Si supiera lo profundo y sincero que era su cariño, tal vez se quedara. Pero había intentado decírselo y sus palabras se habían quedado cortas, pues no había forma de expresar algo tan poderoso. Confiaba en que pasar una temporada en el extranjero la hiciera apreciar lo que había dejado atrás. Como le había dicho Larry decenas de veces: «La vida es larga». «Habrá tiempo de sobra para la reconciliación». «Dios escribe derecho con renglones torcidos». Pero Pam no compartía su fe. Martha iba a marcharse y ella intuía que sería para siempre.

Martha llegó a Londres y se instaló en su nuevo alojamiento, cerca de la embajada, en Grosvenor Square. La señorita Moberly, su casera, era la secretaria personal del embajador, una solterona de unos cincuenta y cinco años, cabello corto y blanco, silueta elegante y aire siempre atareado y eficiente. Era una mujer inteligente, discreta y sincera, amable pero no efusiva, y Martha se alegraba de que la hubiera acogido en su casa y estuviera dispuesta a mostrarle los entresijos de su nuevo trabajo, que consistía en escribir a máquina, preparar café y hacer pequeños recados cuando ella estaba demasiado ocupada para salir. El salario de Martha era muy escaso, pero eso no le preocupaba. Su padre complementaba sus ingresos para que pudiera comprarse vestidos bonitos y salir por ahí. Estaba seguro de que su hija no tardaría en sacudirse su tristeza y empezar a compor tarse como otras chicas de su edad. Le había dicho a Pam que, según sus cálculos, Martha estaría casada antes de que acabara el año. El embajador le había asegurado que de eso se encargaría su esposa, que conocía a todos los jóvenes interesantes de Londres debido a que su propia hija acababa de presentarse en sociedad.

Martha, sin embargo, no tenía ninguna intención de salir con chicos. En cuanto llegó y se instaló en su habitación, se sentó al escritorio de madera, delante de la alta ventana que daba a un jardín público, y puso delante de sí dos hojas de papel marfil para escribir a los Goodwin. Escribía de vez en cuando a su antigua niñera para contarle lo que sentía y pensaba, y quería avisarla de que estaba en Londres y de que no tardaría en ir a Irlanda a visitarla. No le contó, en cambio, sus planes. No estaba segura de que Goodwin los aprobara. Para esa cuestión tan delicada, prefirió escribir a la condesa. Solo la había visto una vez, en la sombrerería de Ballinakelly, pero estaba claro que le había agradado lo suficiente como para regalarle un sombrero. Martha guardaba aquel sombrero como oro en paño, pero nunca se lo había puesto. Se lo pondría ahora, cuando fuera a ver a la condesa. Pero antes tenía que recordarle quién era y preguntarle si podía hacerle una visita. Necesitaba su ayuda y estaba segura de que, en cuanto conociera su historia, se la prestaría. No era mucho pedir, pero para Martha lo era todo. Mordió el extremo de su pluma mientras se preguntaba cuál sería la mejor manera de empezar.

24

JP no creía que pudiera volver a enamorarse. Estaba convencido de que no había otra mujer tan encantadora como Martha, pero Alana había barrido los vestigios de su amor por ella como una brisa de primavera barrería las últimas hojas caídas del otoño. La oscuridad que rodeaba el recuerdo de su viejo amor se disipó a la luz del nuevo, y no volvió a pensar en Martha. Era como si el cordón que los había unido se hubiera roto definitivamente, y su corazón rebosaba amor por Alana.

Tras su primer encuentro en lo alto del acantilado, JP había aprovechado cualquier oportunidad para verla durante los días que estuvo de permiso. Habían paseado por los brezales y cabalgado por las colinas, y hasta la había llevado a navegar en la barca de su padre. Habían hablado de todo y de nada, se habían reído con el alborozo de viejos amigos y se habían besado con la emoción de dos jóvenes que acababan de embarcarse en la mayor aventura de todas.

Alana no se parecía en absoluto a Martha, que era tímida, apocada y dulce. Alana era atrevida, extrovertida y segura de sí misma. Deslumbraba a JP con su ingenio, lo hipnotizaba con su encanto y lo desarmaba con su sonrisa ancha y encantadora. JP deseaba pasearse con ella por el pueblo para que todo el mundo los viera, pero Alana le advirtió de que su padre no les tenía simpatía a los Deverill y no permitiría que uno de ellos la cortejara.

—Tenemos que mantenerlo en secreto —insistía—, hasta que se presente el momento oportuno para decírselo.

JP no dudaba de que Alana lucharía por su amor si era necesario, ni de que ganaría: solo conocía a otra mujer con tanta fuerza de carácter, y era Kitty. Estaba seguro de que iban a llevarse a las mil maravillas en cuanto tuvieran oportunidad de conocerse.

Al acabar su permiso, JP regresó a la RAF con intención de presentar su renuncia. Para sus superiores fue una decepción que un piloto tan hábil decidiera dejar la aviación, pero JP estaba ansioso por volver a casa con Alana, con la que pensaba casarse tan pronto terminase sus estudios en Dublín. Esta vez, nada frustraría sus planes. Si alguien ponía reparos por su diferencia de credo religioso o de clase social, huiría con Alana y no dudaba de que ella estaría dispuesta a marcharse con él. A fin de cuentas, era una chica que sabía lo que quería y tenía el arrojo necesario para perseguirlo. Durante esos días de separación, JP volvió a leer sus cartas, muchas de las cuales apenas había ojeado la primera vez, y comprendió por su contenido y su estilo que, a medida que avanzaban las cartas, Alana se había convertido en una mujer delante de sus ojos sin que él se diera cuenta.

Mientras JP estaba aún en Inglaterra, Boysie y Celia llegaron a Ballinakelly para alojarse con Kitty y Robert en la Casa Blanca. El reencuentro fue amargo debido a la ausencia de Harry, que siempre había formado parte de su pandilla. Pero Celia y Kitty se dieron un fuerte abrazo y, al hacerlo, no pudieron evitar pensar en las tragedias familiares que se habían alzado a su alrededor como olas gigantescas. Y sin embargo allí estaban, juntas, sacando la cabeza del agua y encarnando el espíritu de los Deverill.

—No vuelvas a irte así nunca más —le dijo Kitty a su prima, agarrándola de las manos—. Nosotras las supervivientes tenemos que permanecer unidas.

A Robert le agradaban Celia y Boysie porque su compañía era sumamente estimulante, pero no formaba parte de su grupo íntimo, que incluía en cambio a su esposa, y lo notaba. Y no solo porque hablaran de un pasado del que él estaba excluido, sino porque casi parecían hablar otro idioma, un idioma que no entendía. Con ellos, Kitty se convertía en una versión reconcentrada de sí misma. Parecía desprenderse de todos los rasgos de carácter que había adquirido durante su matrimonio y volver a convertirse en una Deverill de pura cepa. Robert no podía reprocharle su actitud, pues Kitty intentaba incluirle en todo lo que hacían, pero la euforia que mostraba Kitty cuando estaba con ellos hacía que su vida conyugal pareciera insulsa en comparación. Robert se sentía aburrido y soso y estaba deseando que se marcharan para que su vida, y su esposa, volvieran a la normalidad.

—Tengo que deciros una cosa —dijo Boysie mientras estaba sentado con Celia y Kitty en la playa, acabando de merendar.

Robert había preferido quedarse en su despacho, trabajando en su novela.

—Espero que sea algo emocionante —repuso Celia—. No ha pasado nada divertido desde que volví de Sudáfrica.

—Voy a divorciarme de Deirdre —dijo él, y a Celia se le borró la sonrisa de la cara.

—¡Ay, cielos! ¡No me refería a eso al hablar de algo emocionante! —dijo llevándose una mano a la boca.

—¿Cuándo lo has decidido? —preguntó Kitty, que intuía que su decisión estaba relacionada con Harry.

—En primavera, cuando regresó de Londres. No quiero seguir viviendo en esa farsa. —Boysie se puso un cigarrillo entre los labios y se volvió de espaldas al viento para encenderlo.

—Ahora me siento mal por llamarla Deirdre la Tristona —dijo Celia.

—Yo no me preocuparía por eso, niña. El mote le viene como anillo al dedo —dijo Boysie dando una calada del cigarrillo, cuya brasa brilló rojiza.

—¿Lo sabe ella? —preguntó Kitty.

Boysie sacudió su cabello castaño y enredado, que había empezado a encanecer hacía poco, y las miró con sus ojos verdes y tristes, antaño considerados los ojos más bellos de todo Londres.

—No creo que tenga ni la menor idea, la pobrecilla. Claro que Deirdre nunca ha tenido ni idea de nada. Charlotte se vio obligada por las circunstancias a reconocer que no era a ella a quien quería su marido, pero Deirdre nunca ha tenido esa ocasión. Nunca sabré si habría sido tan abierta y generosa como Charlotte lo fue con Harry. Pero no puedo vivir con alguien que no me conoce, ¿sabéis? No puedo estar con alguien que no me comprende. Con ella no puedo ser como soy de verdad y estoy cansado de fingir. La verdad es que soy demasiado mayor para seguir disimulando. Llevo toda la vida mintiendo y estoy cansado. Harry y yo nos veíamos a escondidas, como un par de ladrones. No quiero que eso vuelva a pasarme —concluyó, y respiró hondo.

—Te echará de la casa, Boysie —dijo Celia con una sonrisa—. Así que vente a vivir conmigo. En Deverill House hay sitio de sobra y me encantaría que me hicieras compañía. Además, es prácticamente tu segunda casa. ¿Te acuerdas de las velada de los martes de mi madre?

—Era una advenediza espantosa, tu madre —dijo Boysie con una sonrisa—. Fue una pena que la muerte de tu padre la dejara hundida. Si no, ¿quién sabe a quién estaría recibiendo ahora? ¿Al rey Jorge y la reina Isabel? ¡Le habría abierto los brazos de par en par a esa arpía de Wallis y habría disfrutado con el oleaje que se habría levantado! La verdad es que ahí perdió una oportunidad.

—Ahora no tiene ganas de ir a ninguna parte —comentó Celia con tristeza—. Está siempre encerrada y deprimida. Me da mucha pena. Adoraba a mi padre.

—Volverá a ser la de antes, acuérdate de lo que te digo —dijo Boysie.

—No creo —contestó Celia.

—Quizá tú puedas recuperar sus veladas —sugirió Kitty—. Levantar oleaje a tu manera.

—No tengo lo que hay que tener para eso.

—Una hélice muy veloz en el trasero, querida —dijo Boysie riendo—. Y buen ojo para distinguir quién está en ascenso y quién en declive.

—Si Boysie se va a vivir contigo, podéis hacerlo juntos, Celia.

—Sí, eso haría volver a tu madre de su encierro —comentó él.

Celia sonrió. Le gustaba la idea.

—¿Vendrás a vivir conmigo, Boysie?

Él le apretó la mano y Kitty sintió de pronto un estremecimiento que le erizó la piel.

—Me encantaría, niña —contestó él, mirando a Celia fijamente.

De hecho, se miraban el uno al otro como si Kitty no estuviera allí.

Esa noche, Laurel despertó oyendo voces dentro de su cabeza. Eran dos y la llamaban desde muy lejos.

—Vamos, Laurel. Aquí se pasa muy bien. ¡Date prisa en venir!

—¡Sí, vamos! —Era la voz inconfundible de lord Hunt—. Te esperamos en la playa. ¡Date prisa!

Laurel salió de la cama. Se puso la bata y las pantuflas, pero se dejó las gafas en la mesita de noche. No las necesitaría en el lugar al que iba. Salió de su cuarto sin hacer ruido, cerró la puerta y bajó las escaleras sigilosamente. Todo el mundo dormía. No quería despertar a nadie, y menos a Florence, que la cuidaba con tanta ternura. Aquella muchacha tan cariñosa y compasiva necesitaba dormir. Era muy cansado ser enfermera a tiempo completo, y Laurel sabía que no era una paciente fácil. Había perdido la cabeza, era consciente de ello, pero en ese instante se sentía más lúcida que nunca.

Salió de la casa y bajó por el camino. El jardín estaba iluminado por la luna. De hecho, había tanta claridad que parecía que estuviera rayando el alba, aunque con una luz fría y plateada. Se arrebujó en la bata y bajó la cuesta a toda prisa, hacia la verja. Veía el centelleo del océano bajo el añil luminoso del mar y el titilar de las estrellas. De hecho, el mundo entero parecía brillar, y Laurel sintió que una oleada de ilusión se apoderaba de ella, porque sin duda el Cielo también resplandecía.

Las voces fueron haciéndose más fuerte e insistentes. Se estaba acercando. Tomó una callejuela entre casitas blancas, en dirección al puerto, donde los pequeños barcos se mecían en un mar en calma. Todo estaba en paz. Un gato negro saltó ágilmente de un tejado a otro, pero Laurel siguió avanzando a toda prisa, ansiosa por encontrarse con su hermana y con Ethelred. La espoleaba saber que la estaban esperando. Hasta esa noche creía que se habían ido sin ella, lo que era una faena teniendo en cuenta que su hermana y ella siempre habían sido inseparables.

—¡Vamos, Laurel! —la llamaba Hazel—. ¡Aquí se está tan bien! Estoy deseando que lo veas.

—Le falta algo sin ti —dijo Ethelred Hunt—. Estábamos esperándote, pero no queremos esperar más. Tienes que venir ya. ¡Vamos!

Laurel quiso gritarles que ya iba, pero jadeaba tan fuerte que no le salió la voz. Quería decirles que esperaran un poco más, que no tardaría mucho, que se daba toda la prisa que podía.

Por fin llegó al muelle.

—No tengas miedo, Laurel. Es muy fácil, de verdad —le dijo Hazel.

—Mete el pie. No está fría. ¡Está buenísima! —le aseguró Ethelred.

Como Laurel confiaba en Hazel, estiró el pie. Perdió el equilibrio y cayó al agua con un chapoteo. Se llevó un susto terrible. Pero lord Hunt tenía razón: tras el primer susto, descubrió que el agua no estaba fría. Era tibia y tersa como la melaza. No forcejeó. Sencillamente, se dejó llevar cuando el agua se cerró en torno suyo y llenó sus pulmones. Entonces vio sus caras, sonriéndole eufóricas como si hubiera obrado un milagro, y lord Hunt le tendía la mano con su galantería de siempre. Laurel la tomó y dejó que la sacara del mar para llevarla al cielo donde titilaban las estrellas. No miró hacia atrás, a su cuerpo, que ahora flotaba sobre las olitas que lamían el malecón del muelle, porque se dirigía a un lugar en el que ya no lo necesitaba. Se sentía ligera como si se hubiera quitado un gran peso de encima, y feliz, con una felicidad tan profunda que apenas podía contenerse. Tomó la mano de Hazel y le sonrió.

—¿Y Adeline? —preguntó.

—Adeline todavía no está preparada para reunirse con nosotros —respondió su hermana—. Pero ya no tardará mucho.

—Quiero volver a verla —dijo Laurel.

—Y la verás, pero solo un segundo. Luego tienes que venir. Has completado tu vida. Ella todavía tiene muchas cosas que hacer.

Y por un instante fugaz Laurel vio a Adeline de pie en la orilla, envuelta en un halo dorado, sonriéndole con cariño.

—Vamos, Laurel. Ethelred y yo llevamos mucho tiempo esperándote.

Y juntos los tres flotaron hacia la gran luz.

Adeline los vio partir y se preguntó cuánto tiempo tendría que pasar aún para que Hubert y ella pudieran unírseles. Se le encogió el corazón un instante, porque la atracción de aquella luz tocaba la raíz misma de su espíritu y cada vez le resultaba más difícil resistirse a ella. Pero saber que su marido estaba recluido en el castillo fortalecía su resolución. No dejaría a Hubert allí. Nunca. Solo cuando él fuera libre, sería libre ella también, y juntos dejarían este limbo de sombras por aquella luz sublime.

La muerte de Laurel les afectó a todos, pero en especial a Florence, que se culpaba por no haber cerrado con llave la puerta de su habitación. Si hubiera cumplido con su deber, decía, Laurel no habría muerto. Pero Kitty abrazó a su hija y le aseguró que, a sus noventa y ocho años, Laurel había tenido una vida muy larga y feliz.

—En algún momento tenía que irse —dijo.

Pero Florence temía el vacío que quedaría en su vida ahora que había perdido a su única paciente. ¿De quién cuidaría ahora?

JP regresó a Ballinakelly a tiempo para asistir al entierro de Laurel y a la ceremonia de plantación del laurel que Bertie había prometido poner junto al avellano plantado en recuerdo de Hazel. Kitty colocó maliciosamente entre los dos arbolillos un gnomo de jardín de mejillas coloradas en honor a lord Hunt, pero Bertie lo retiró un par de días después por si acaso la hija de lord Hunt, lady Rowan-Hampton, lo veía por casualidad y se ofendía.

Grace Rowan-Hampton estaba, sin embargo, muy ocupada con Michael Doyle. El asesinato del conde había vuelto a embarcarlos en una conspiración y, como había ocurrido tan a menudo en el pasado, el único modo que tenían de desahogar toda esa tensión era hacer el amor. Michael se había abstenido del sexo tanto tiempo que casi había olvidado lo delicioso que era. Mantenía a Grace cautiva —por voluntad de ella— en su alcoba y ambos se olvidaron del marido de ella y de los votos de él y se hundieron aún más profundamente en la iniquidad.

JP reanudó su noviazgo con Alana, que habría seguido siendo un secreto de no haber intervenido el destino. Era finales de verano y JP y Alana habían subido a escondidas al Anillo de las Hadas para ver el atardecer. Se habían llevado algo de merienda, y el caballo de JP los había llevado a ambos, como a un caballero y a su dama de leyenda. Estaban sentados en la hierba, apoyados contra los menhires, charlando tranquilamente, cuando aparecieron Jack y Kitty. Se llevaron tal susto al verse sorprendidos que no se preguntaron qué hacían Jack y Kitty allí, cabalgando juntos. En realidad, pensaban hacer lo mismo que los dos jóvenes, sin la merienda. Se habían citado cientos de veces en el Anillo de las Hadas y nunca se habían encontrado con nadie. Miraron con perplejidad a la joven pareja. JP se levantó precipitadamente y empezó a explicarse.

—Lamento no haberle pedido permiso para cortejar a su hija —dijo, mirando a Jack, que seguía a caballo, con una mezcla de determinación y remordimiento—. Pero la quiero y tengo intención de casarme con ella.

Jack los miró a ambos y no supo qué decir. No tenía, desde luego, ningún motivo para impedir que su hija se casara con un Deverill. A fin de cuentas, él llevaba toda la vida amando a una Deverill. Alana se puso junto a JP y lo tomó de la mano.

—Yo también le quiero, papá, y si me pide que me case con él le diré que sí.

Miró a JP y sonrió, y él no pudo evitar sonreírle, porque acababa de aceptar casarse con él.

Kitty sonrió mientras los dos jóvenes temblaban de emoción.

—Bueno, no veo que haya ningún inconveniente —dijo—. ¿Y usted, señor O'Leary? —añadió, acordándose de pronto de que Jack era el veterinario y en público debía tratarlo como tal.

—Señora Trench, yo tampoco veo inconveniente. Alana, ¿por qué pensabas que iba a poner obstáculos a tu felicidad? —preguntó.

—Porque odias a los Deverill —contestó la joven.

Jack miró a Kitty.

—No es verdad.

—Entonces, ¿dejas que nos casemos?

Jack miró a JP y trató de ponerse serio.

—Señor Deverill, si tiene la bondad de venir a mi casa mañana por la mañana, le recibiré y podrá pedirme formalmente la mano de mi hija.

Kitty envidió a JP por la facilidad con que iba a poder casarse con la mujer a la que amaba. Miró a Jack y comprendió que él estaba pensando lo mismo. Su hermano y la hija de Jack tendrían la vida en común, en Ballinakelly, que a ellos se les había negado. Era imposible no reparar en esa paradoja y no sentir un poco de pena porque las cosas hubieran sido así.

—Os dejamos —dijo Jack, arreando a su caballo—. La señorita Trench se ha tomado la molesta de venir a buscarme y no debo entretenerla más.

Pero a JP y Alana les importaba muy poco qué asunto hubiera reunido a Jack y Kitty. Solo tenían ojos el uno para el otro.

Cuando volvieron a quedarse solos, JP tomó a Alana de las manos y le sonrió con ternura.

—¿Quieres casarte conmigo? —preguntó.

Alana se puso colorada.

—Sí, claro que quiero casarme contigo —contestó, y se le llenaron los ojos de lágrimas—. Siempre he sabido que me casaría contigo, JP. He sido tuya desde el día en que me rescataste en las colinas.

—Entonces no quiero que haya secretos entre nosotros —dijo él, besándola—. Quiero contártelo todo y quiero que sepas que gracias a ti me he recuperado de un golpe muy duro.

La tomó de la mano y volvieron a sentarse en la estera, junto al gigantesco menhir. Le contó la historia completa, desde su nacimiento en el convento a la muerte de su madre y la aparición de su hermana. No le escamoteó ningún detalle. Se lo contó todo con franqueza, desapasionadamente, sin dejar de agarrarle la mano. Alana le escuchó sin interrumpir.

—Martha volvió a América y yo me enrolé en la RAF. Creía que no volvería a enamorarme. Pero tú empezaste a escribirme y de pronto me descubrí contándote cosas que no le contaba a nadie, ni siquiera a Kitty. Cuando vine a verte en primavera, no esperaba enamorarme de ti. La última vez que te había visto eras una niña. Pero me enamoré de ti en cuanto te vi y cada día te quiero más. Quiero que lo sepas todo, Alana, porque no quiero que haya nada que nos separe. ¿Entiendes? No quiero secretos y malentendidos que se interpongan entre nosotros. Quiero decirte siempre la verdad.

—Y yo te la diré a ti siempre —contestó ella, mirándole fijamente a los ojos.

—¿Mi historia no te escandaliza?

Alana negó con la cabeza.

—No. No cambia quién eres. Siento que sufrieras por Martha. Tal vez algún día podáis reencontraros y tener una relación normal de hermano y hermana. Tu pasado no es mío, JP, pero quiero que tu presente sí lo sea. Al menos, quiero ser la única mujer a la que quieras ahora.

—Y lo eres —afirmó él.

—Y la única mujer a la que ames el resto de tu vida.

—Lo serás —contestó él.

—Entonces te doy mi corazón para siempre.

—Y yo lo guardaré como un tesoro.

—Igual que yo el tuyo, JP. No volverás a sufrir por amor, te lo prometo.

25

La última semana de agosto, llegaron a Ballinakelly dos estadounidenses, un padre y un hijo que volvían en busca de sus raíces. El padre tenía cincuenta y pocos años y era un hombre apuesto, de frente estrecha, espeso cabello gris y bigote. Tenía los ojos hundidos y tan azules como una laguna. Su hijo no se parecía en nada a él. Tenía el cabello oscuro, era enjuto y tenía la cara alargada como una comadreja, la piel terrosa y ojillos de color castaño. Cuando entraron en la taberna de O'Donovan y pidieron cerveza negra, se hizo el silencio en el local. Pero la señora O'Donovan no tenía por costumbre refrenar su lengua.

—¿De qué parte de Estados Unidos son ustedes, caballeros? —preguntó al poner dos vasos de Guinness en el mostrador.

—De Boston —dijo el mayor de los dos—. Mi abuelo era de por aquí —añadió a modo de explicación.

—No me diga. ¿De dónde?

—De aquí —respondió el hombre—. De Ballinakelly.

—¿Cómo se apellida, entonces? —preguntó ella.

—Callaghan —dijo él—. Jim Callaghan.

—Bueno, aquí hay mucha gente que se llama así. —Levantó los ojos y señaló con un gesto a un viejo con gorra marrón y chaqueta. El cabello blanco se le rizaba debajo de las orejas y en crespas patillas que se extendían por sus mejillas—. Ese de ahí es Fergus O'Callaghan —añadió la tabernera.

El viejo se acercó a la barra con paso trabajoso.

—Jim Callaghan —dijo el americano tendiéndole la mano—. Este es mi hijo Paul.

Fergus O'Callaghan se limpió la mano en la chaqueta y estrechó la de los recién llegados. Sonrió, dejando ver sus encías lustrosas y los pocos dientes que le quedaban.

—¡Bueno, ya que somos parientes bien podrán invitarme a una copa! —dijo, mirando a los forasteros con descaro y tambaleándose un poco.

La señora O'Donovan soltó una carcajada estridente y los parroquianos que había tras ellos se echaron a reír.

—Eso está hecho —contestó Jim con una sonrisa que encantó a la señora O'Donovan y desarmó a Fergus O'Callaghan—. Póngale otra a mi primo.

La señora O'Donovan meneó la cabeza.

—Qué maravilla —dijo echando mano de otro vaso—. ¡No hay nada como la generosidad de la familia!

—Me figuro que habrán venido a buscar un par de buenas mozas que llevarse a América —comentó Fergus mientras observaba cómo llenaba la señora O'Donovan su vaso.

—Pues si es así no hace falta que vayan más lejos —repuso la señora O'Donovan.

El mayor de los forasteros se rio, pero el otro se limitó a arrugar el ceño y a mojarse los labios con la Guinness.

Fergus O'Callaghan cogió su cerveza y volvió arrastrando los pies a la mesa redonda, junto a la ventana, donde lo esperaban sus amigos. Se reanudó la charla y padre e hijo se acomodaron en sendos taburetes de la barra con sus Guinness.

—¿Dónde se alojan? —preguntó la señora O'Donovan, que no quería que, cuando se marcharan, todo el mundo le hiciera preguntas que no pudiera responder.

—En el Vickery's Inn —contestó el mayor de los dos, refiriéndose al hostal que quedaba a escasos minutos de la taberna.

—¿Y cuánto tiempo piensan quedarse?

—Una semana.

—Qué bien —dijo ella—. Pero ustedes no han venido desde América solo en busca de sus raíces, ¿verdad?

—No, tenía negocios que atender en Dublín y se nos ocurrió pasarnos por aquí.

—Estupendo —dijo la tabernera, y miró al joven—. ¿Su chico no habla?

—Sí, hablo —contestó Paul, echando un rápido vistazo a la puerta.

—Eso parece —dijo la señora O'Donovan—. Será la cerveza, que le ha soltado la lengua.

—Me han dicho que este es el meollo del pueblo —dijo Paul, y la señora O'Donovan pensó que solo trataba de conversar para demostrarle que, en efecto, podía hablar.

—Sí que lo es —respondió—. Aquí viene todo el mundo. —Miró al padre del joven y sonrió—. Puede que se encuentren con más parientes.

Él le devolvió la sonrisa.

—¡Entonces me iré de aquí más pobre que antes!

—¿Sabe dónde vivía su familia?

—En una granja, en la colina, pero ya no existe —contestó él vagamente.

—¿Eran granjeros?

—Sí, eso creo.

—¿Su abuelo, ha dicho?

—Sí.

—Bueno, espero que encuentre lo que busca.

—Gracias, señora…

—O'Donovan. Esta es la taberna de mi marido.

—Y es muy agradable, además.

Ella sonrió.

—Gracias.

Un par de noches después, Jack fue a la taberna a echar una partida de cartas. Paddy O'Scannell y Badger Hanratty, que era tan viejo que necesitaba una lupa para ver los números de las cartas, ya estaban sentados a la mesa. Habían sustituido al conde por un joven llamado Tim Nesbit que tenía la mejor cara de póquer del pueblo y buen ojo para las mujeres, pero que no invitaba a los parroquianos a beber como hacía el conde, y se echaba de menos la jovial prodigalidad del italiano.

En Ballinakelly todo el mundo sabía que Michael Doyle se hallaba detrás del asesinato de Cesare di Marcantonio. Todo el mundo, al parecer, menos Bridie, que, pese a conocer el pasado siniestro de su hermano mayor, jamás le habría creído capaz de asesinar brutalmente al hombre al que amaba. Los que tenían edad para recordar la Guerra de Independencia y la Guerra Civil que siguió, sabían, no obstante, de lo que era capaz Michael Doyle. El hecho de que se hubiera reinventado convirtiéndose en un cristiano devoto no engañaba a nadie. La elevada posición que ocupaba en la comunidad solo conseguía enmascarar hasta cierto punto su temperamento cruel e implacable, y todo el mundo le tenía tanto miedo ahora como entonces. Niamh había desaparecido la noche del asesinato del conde, y la explicación que dieron los O'Donovan —que decían haber enviado a su hija a pasar una temporada al condado de Wicklow con unos parientes— no convenció a nadie de que ambos hechos no estaban relacionados. Se corrió la voz, cundieron los chismorreos y la Garda vino a hacer preguntas, pero nadie delató a Michael Doyle: no se atrevieron.

Emer fue un gran apoyo para Bridie, cuyo dolor no tenía consuelo. Aunque intuyera la verdad, Bridie no tuvo que afrontarla, pues Michael tejió una historia verosímil y le contó que, debido a su afición por el juego, Cesare había contraído numerosas deudas. Ella se mostró dispuesta a creer que su marido había muerto por negarse a pagar a los canallas a los que debía dinero. Prefirió ignorar el hecho de que Cesare no había tenido reparos en derrochar su fortuna ni, de hecho, en intentar escaparse con ella. Michael prometió encontrar a los criminales que habían acabado con su vida y matarlos con sus propias manos, y Bridie le creyó. Juró vestir de luto el resto de su vida y encontró consuelo en la religión, para satisfacción del padre Quinn, pues la gratitud de la condesa se traducía en frecuentes y sustanciosas donaciones.

Esa noche, Jack oyó hablar en la taberna de los dos estadounidenses que habían invitado a beber a Fergus un par de noches antes.

—Tú di que te llamas O'Callaghan —le dijo Paddy mientras repartía— ¡y tendrás cerveza gratis!

—¿Qué han venido a hacer aquí? —le preguntó.

—Están buscando a sus parientes, por lo visto —dijo Paddy, al que la señora O'Donovan ya había puesto al corriente de todo—. Son de Boston.

Jack arrugó el ceño y bajó la cabeza. No había nada de extraño en que dos estadounidenses visitaran el condado de Cork en busca de sus raíces, pero aun así Jack sospechó algo. Se puso un cigarrillo entre los labios y lo encendió, pensativo. Hacía años que se había marchado de Nueva York temiendo por su vida después de que fracasara el complot para asesinar a Lucky Luciano. No creía que nadie anduviera tras él después de tanto tiempo, pero Bugsy Siegel había puesto un precio muy alto a su cabeza, de modo que siempre cabía la posibilidad de que algún cazarrecompensas le siguiera la pista. Mientras echaba un vistazo a sus cartas, desdeñó sus sospechas por paranoicas. Era una locura sospechar de cada forastero que llegaba a Ballinakelly.

Más allá del tabique de madera, en el reservado de la taberna, las seis mujeres que formaban la Legión de María, conocidas como las Plañideras de Jerusalén, se sentaban en fila en el banco, bebiendo vasos de refresco de manzana Bulmer's y mordisqueando galletas como ratoncitos. La llegada de los americanos las había llenado de alborozo, pues era un nuevo tema de cotilleo.

—El que se parece a Clark Gable comulga a diario —informó Nellie Clifford—. Son muy beatos —añadió en tono de aprobación.

—Van a misa todas las mañanas —añadió Joan Murphy.

—Sí, y ya han trabado amistad con el padre Quinn —terció Mag Keohane, cuyo anciano perrito yacía dormido a sus pies—. Han prometido poner luz eléctrica en la iglesia y electrificar el órgano. Será como estar en América. ¡Y encima le mantienen bien provisto de whisky! ¡Válgame Dios!

Maureen Hurley sacudió sus rizos grises.

—No me extraña, Mag —dijo—. La llamada de san Patricio los hace volver a todos a la tierra del trébol.

Esa noche, sin embargo, cuando Jack se fue a la cama, no pudo conciliar el sueño. No paraba de pensar en los turistas americanos y en el inquietante hormigueo que notaba en las tripas. Como no quería asustar a Emer con sus temores, prefirió callárselos, pero la agarró de la mano y estuvo así hasta que amaneció.

Por la mañana, tuvo que ir a ver a tres caballos cojos, dos ponis con hinchazón en la panza y una cabra que se había comido un arbusto de azaleas. Allá donde iba, oía hablar a los vecinos de Jim y Paul Callaghan. Las mujeres se sonrojaban al repetir los piropos que les dedicaba el mayor de los dos y hasta a los granjeros más curtidos les emocionaba el interés que demostraban aquellos dos forasteros por sus costumbres. «Es cierto eso que dicen de que la casta hace al galgo, aseguraban». «No tienen ni pizca de soberbia, esos dos yanquis, y deben de tener una fortuna si se alojan en el Vickery's Inn...» «Yo conocí a un tal Mossie O'Callaghan de Killarney cuando era niña y el mayor es su vivo retrato». Asentían encantados y las sospechas de Jack se acrecentaron, pues aquellos dos desconocidos parecían empeñados en hablar con todo el mundo en Ballinakelly.

Era cierto que no había habido turismo durante la guerra, y era emocionante comprobar que volvía a haber gente visitando la zona después de tanto tiempo, y más aún si esa gente venía nada menos que de Estados Unidos. Los irlandeses tenían además una visión idílica de Estados Unidos porque muchos habían emigrado allí y mandaba dinero a sus parientes pobres, acompañándolo con la descripción de las comodidades materiales y las oportunidades prodigiosas que habían encontrado allí. Pero, en opinión de Jack, Jim y Paul Callaghan estaban haciendo demasiadas preguntas.

Cuando llegó a casa, Emer estaba en la cocina, zurciendo.

—Tenemos que hablar —dijo ella dejando la labor, y Jack comprendió por su expresión que estaba preocupada.

—¿De qué? —preguntó mientras colgaba la chaqueta y la gorra en el perchero.

—De una cosa que me ha dicho tu madre hoy, sobre un comentario que le ha hecho Nora O'Scannell.

Nora O'Scannell era la mujer de Paddy y trabajaba en la centralita telefónica.

—¿Qué ha dicho? —Jack confiaba en que no fueran chismorreos acerca de él y Kitty.

—¿Sabes esos dos americanos de los que habla todo el mundo?

A Jack se le cuajó la sangre en las venas.

—Sí.

—Pues tu madre me ha dicho que Nora, que ya sabemos todos que es una cotilla, puso el oído cuando ese tal Jim Callaghan estaba llamando a Estados Unidos. Seguro que quería averiguar si está casado o no. Le hace tilín, ¿sabes? Dice que parece una estrella de cine. El caso es que le oyó decir que antes de que acabara la semana le daría el regalo a Jack O'Leary. —Emer le miró angustiada—. Nora se lo contó encantada a Julia. Quería saber por qué va a darte un regalo ese yanqui y qué será ese regalo. Pero yo sé qué es. Ha llegado la hora, ¿verdad, Jack?

Él sintió que la tierra se abría bajo sus pies. Apartó una silla y se sentó a la mesa.

—Eso creo —dijo apoyando la cabeza en las manos.

—Han venido a buscarte, ¿verdad? —Emer se volvió para mirar por la ventana, hacia la negra noche, para que su marido no viera el miedo reflejado en su mirada—. Creía que aquí, en Ballinakelly, estaríamos a salvo, pero nunca lo estaremos. Siempre tendremos que vigilarnos las espaldas, hasta que mueras.

Jack la miró con fijeza.

—Entonces tendré que tomarles las delantera —dijo.

Ni Emer ni Jack durmieron bien esa noche. Mientras Jack trataba de encontrar la manera de escapar de los americanos, Emer rezaba por que no tuviera que huir otra vez. Le gustaba Ballinakelly. No quería marcharse y empezar una nueva vida en otro sitio. Pero, en la oscuridad, buscó la mano de Jack y él se la apretó.

Por primera vez desde hacía años, Jack tenía miedo. Un miedo frío y duro, como un muro que se cerrara a su alrededor. Apretó con fuerza los dedos de su mujer.

—Te quiero, Jack —musitó ella.

Jack sintió que se le encogía el estómago por haberla traicionado con Kitty. Su vida cobró de pronto nitidez al apoderarse de él el miedo a perderla, y solo vio a Alana, Liam, Aileen y Emer. Emer, su querida Emer que le había seguido sin cuestionarle nunca de un país a otro.

—Yo también te quiero, Emer —dijo con voz ronca—. Que Dios me ayude. He hecho algunas estupideces. He tomado algunas decisiones absurdas y tú sin embargo siempre has estado a mi lado. Has sido mi gran apoyo, Emer, y no te merezco.

—No seas bobo —susurró ella, acurrucándose junto a él—. Cualquier mujer honrada haría lo mismo.

Pero Jack sabía que eso no era cierto.

—No, Emer, no es cierto. Tú no eres como otras mujeres. Eres mejor. —Besó su frente—. Eres mejor —repitió.

Y yo he sido un necio por no verlo, se dijo.

Por la mañana, se despidió de Emer con un beso y se fue derecho en el coche a casa de Michael Doyle. Michael y él habían luchado codo con codo durante la Guerra de la Independencia y sin embargo esos años, que deberían haberlos unido, los habían enfrentado a causa de Kitty Deverill, a la que ambos amaban. Después de todo lo que había ocurrido en el pasado, nunca podrían ser amigos, pero al menos se comprendían mutuamente. Jack sabía que Michael era la única persona que podía ayudarlo y, debido a los turbios secretos que compartían, estaría dispuesto a echarle una mano. Sin embargo, cuando entró en la casa, Jack encontró a la señora Doyle en su mecedora, casi en penumbra, fumando una pipa de arcilla y leyendo una vieja Biblia con unas gruesas gafas apoyadas en la nariz.

—Michael ha ido a ver a Badger —le informó la anciana cuando Jack le preguntó por su hijo—. Es así de bueno, mi Michael —añadió—. Badger no tiene a nadie. Ahora Michael lo es todo para él. Pero volverá pronto. Va a ver a Badger todas las mañanas, solo para cerciorarse de que está despierto —dijo con una sonrisa desdentada—. Espérelo aquí, si quiere. Puedo hacer té.

Jack se sentó a la mesa y aceptó una taza de té. Se acordó de las muchas veces que se había sentado a esa misma mesa, con Michael, su hermano Sean, el padre Quinn y unos cuantos más, para hacer planes durante la

Guerra de Independencia. La casa seguía oliendo como entonces, a humo de leña, a vacas de la granja contigua y a guisos. Bridie se sentaba junto al fuego con su madre y su abuela mientras ellos conspiraban contra los británicos, y Jack se preguntaba si habría escuchado atentamente cada palabra para luego ir a contárselo todo a su amante, el señor Deverill. Las cosas nunca eran sencillas, y muy poca gente era de fiar.

El ruido del coche al aproximarse lo sacó de sus cavilaciones. Un momento después, Michael apareció en la puerta. Al ver a Jack lo saludó con una inclinación de cabeza.

—Hola, Jack —dijo mientras se quitaba la gorra. Miró a su madre y añadió—: Badger ha muerto.

La señora Doyle se quedó boquiabierta de sorpresa.

—¿Cómo que ha muerto?

—Me temo que sí, mamá. Ha tenido que morir por la noche, porque esta mañana estaba frío como un témpano. —Michael sacudió la cabeza con tristeza—. Era un buen hombre, Badger, como hay pocos.

La señora Doyle se santiguó enérgicamente.

—Encenderé una vela por su alma —dijo—. Descanse en paz.

—Voy a decírselo al padre Quinn —añadió Michael.

—Volveré después —dijo Jack, poniéndose en pie.

Michael suspiró.

—No, podemos hablar ahora, Jack. Badger no va a ir a ninguna parte, de todos modos. —Michael se sentó frente a él—. ¿Qué puedo hacer por ti?

La señora Doyle se puso de nuevo a leer la Biblia y Jack se inclinó sobre la mesa y bajó la voz.

—Necesito tu ayuda —dijo.

Michael sonrió adustamente.

—Tú dirás.

—Esos yanquis andan buscándome —afirmó Jack.

—¿Qué dices? —preguntó Michael—. ¿Y eso por qué?

—Trabajan para la mafia. Cuando vivía en Nueva York me metí en líos y tuve que huir porque iban a matarme. Me fui con Emer a Argentina. Solo volví porque pensaba que aquí estaríamos a salvo.

—Y ahora te han encontrado.

—Nora O'Scannell ha oído una conversación de uno de ellos, que estaba llamando a Estados Unidos. Van a por mí, Michael. Así que tengo que adelantarme a ellos —dijo, apretando los dientes con determinación.

Michael se sacó un paquete de tabaco del bolsillo de la chaqueta y extrajo un cigarrillo. Se lo puso entre los labios, lo encendió y exhaló el humo. Entretanto, no dejó de mirar a Jack con los ojos entornados. Michael no era un hombre culto, pero poseía una astucia animal. Una astucia muy superior a la de muchos hombres más educados. Siguió fumando parsimoniosamente y a Jack casi le pareció oír girar los engranajes de sus pensamientos. Pasado un rato durante el cual Jack apuró su taza de té, Michael esbozó una sonrisa torcida.

—¿Quieres librarte de ellos de una vez por todas? —preguntó.

—De una vez por todas —repitió Jack.

—Entonces escúchame y te diré exactamente lo que vamos a hacer. —Se volvió hacia su madre—. Olvida lo que te he dicho de Badger, mamá.

La señora Doyle, que estaba acostumbrada a las intrigas de su hijo, asintió solemnemente con la cabeza y siguió leyendo su Biblia.

—Para que esto funcione, Jack, tienes que hacer *exactamente* lo que te diga.

Emer estaba en el castillo tomando el té con Bridie cuando el mayordomo anunció que la Garda estaba en la puerta y preguntaba por la señora O'Leary. Bridie miró a su amiga y frunció el ceño, alarmada. Evidentemente la cosa tenía que ser grave si habían ido a buscarla al castillo.

—Hágales pasar, por favor —dijo.

Emer se había puesto muy pálida.

—Santo Dios del cielo, Bridie. Es Jack… —Se levantó y corrió a la puerta, presa del pánico. Se llevó la mano al cuello cuando los dos guardias aparecieron con la gorra en la mano.

—¿La señora O'Leary? —dijo el primero en tono solemne. Emer asintió—. Soy el inspector Cremin. Creo que convendría que se sentase.

Bridie se acercó a ella.

—¿Qué ha pasado? —preguntó—. Hable, por amor de Dios.

—Me temo que ha habido un accidente —dijo el inspector—. El coche de su marido se ha salido de la carretera en Malin Point y se ha estrellado contra las rocas de abajo. Lamento decirle que el señor O'Leary ha fallecido.

Emer se mareó y los dos guardias y Bridie la ayudaron a llegar al sillón.

—¿Cómo es posible? —preguntó Bridie.

—No lo sé, condesa, pero el coche se ha incendiado y el pobre hombre no ha tenido ninguna oportunidad de salvarse.

Emer comenzó a lanzar alaridos de dolor.

—¡Yo sé quién ha sido! —gritó, agarrándose a la falda de Bridie—. ¡Sé quién lo ha matado!

—Discúlpeme, pero parece un accidente, señora O'Leary —dijo el otro inspector.

—¡Claro que parece un accidente! —le espetó ella con los ojos en llamas—. ¡Quieren que parezca un accidente!

—¿Quién quiere que parezca un accidente? —preguntó amablemente el inspector Cremin, sacando su libreta.

—Esos yanquis. Querían matarlo. —Comenzó a llorar incontrolablemente. Bridie le acarició el brazo. Cuando al fin consiguió calmarse lo suficiente para hablar, añadió—: Dijeron que le darían el regalo a Jack O'Leary antes de que acabara la semana. Pregunten a Nora O'Scannell. Ello se lo dirá.

Los guardias se miraron, extrañados, y el inspector Cremin guardó su libreta.

—Volveremos cuando esté usted más tranquila, señora O'Leary —dijo con exagerada amabilidad, como si estuviera hablando con una niña llorosa.

—La acompaño en el sentimiento —dijo el otro, y se marcharon.

Bridie pidió a una doncella dos copas de brandy y se agachó junto al sillón de Emer.

—¿Por qué dices que esos yanquis querían matar a Jack? —preguntó con los ojos llenos de lágrimas.

—Porque Jack estaba huyendo de ellos. Por eso nos marchamos de Nueva York y nos fuimos a vivir a Argentina. Llevamos años huyendo. Creía que no tendríamos que huir más, pero me equivocaba. Le han encontrado.

—¿Quiénes?

—La mafia —contestó Emer y, por cómo la miró, Bridie se preguntó si, en su dolor, no habría perdido un poco la cabeza.

La rodeó con el brazo y Emer lloró quedamente sobre su hombro.

—¿Qué vas a decirles a los niños? —preguntó.

Pero Emer no la escuchaba.

—Voy a encontrarlos —dijo—. Voy a encontrar a esos canallas y a matarlos con mis propias manos.

26

El brandy no consiguió calmar los nervios de Emer, que sollozaba en el cuarto de estar de Bridie, incapaz de aceptar que Jack hubiera muerto. Jack, al que quería tanto. Por fin, pidió a Bridie que la llevara a casa.

—Creo que será mejor que vaya a decírselo a los niños antes de que se enteren por otra persona. Aileen está con Julia, y los otros dos...

Su voz se apagó. Ninguna madre desea decirles a sus hijos que su padre ha muerto. Bridie recordó el abatimiento que había sentido al morir su padre, y se compadeció de aquellos pobres niños. Ayudó a Emer a levantarse y la llevó hasta el coche. Iría con ella. Su amiga no estaba en condiciones de ir a ningún sitio sola.

El chófer enfiló la avenida del castillo y circuló por la sinuosa carretera que llevaba a Ballinakelly. La luz dorada se reflejaba en el agua, y su belleza hizo llorar de nuevo a Emer. Las dos mujeres guardaban silencio. Bridie miraba por la ventanilla, recordando la vez en que Jack se acostó con ella en Nueva York y se marchó sin despedirse esa misma noche. Ella ya había llorado su marcha una vez; ahora, volvía a llorarla.

Ballinakelly estaba en calma, velado por la luz brumosa y sonrosada del atardecer. El coche recorrió la calle mayor y Bridie se preguntó cuánto tiempo tardarían los vecinos en enterarse de que Jack O'Leary había muerto. Se le hacía extraño ver a la gente ocupándose de sus quehaceres cotidianos, ajena a la tragedia que acababa de golpear el pueblo. De pronto, Emer le gritó al chófer que parara el coche. Él frenó de golpe y, al detenerse bruscamente el coche, Bridie y Emer se precipitaron hacia delante, empujadas por la inercia. Antes de que Bridie se diera cuenta de lo que ocurría, Emer abrió la puerta y salió tambaleándose a la calle. Bridie vio con asombro que corría hacia dos hombres que estaban en la acera y que se arrojaba sobre ellos como una leona rabiosa, lanzándoles zarpazos y gritando. Comprendió entonces que eran los yanquis a los que su amiga acusaba de haber matado a su marido.

Bridie se apeó, pero cuando llegó junto a Emer los hombres que estaban bebiendo en la taberna de O'Donovan ya habían salido a la calle, atraídos por el barullo, y estaba tratando de separarlos.

—¡Habéis matado a Jack! —les gritaba Emer a los dos forasteros a voz en cuello—. ¡Habéis matado a mi marido! No voy a permitir que os salgáis con la vuestra. ¡Tengo pruebas! No ha sido un accidente. ¡Sé quiénes sois y de dónde venís y vais a pagar por esto! ¡Os veré a los dos colgando de la horca, aunque sea lo último que haga!

Paddy O'Scannell consiguió apartarla por la fuerza, pero ella ya había arañado a Jim Callaghan, dejándole las uñas marcadas en la cara, desde el ojo a la boca. Su hijo Paul parecía aterrorizado. Temblaba visiblemente. Emer se desasió de Paddy y levantó la cabeza, desafiante.

—Sois de la mafia y habéis venido aquí a matar a mi marido. No sois turistas, nada de eso. No tenéis ninguna relación con Irlanda, me juego la cabeza.

Jim y Paul Callaghan se miraron con nerviosismo. Paddy y los demás vecinos comenzaban a mirarlos con recelo.

—No sé de qué habla esta mujer —dijo Jim Callaghan al tiempo que retrocedía—. Le doy mi más sentido pésame, señora, pero alguien debería llevarla a casa para que no agreda a nadie más. —Se tocó la mejilla y vio que tenía sangre en los dedos—. Cuando se calme y se dé cuenta de su error, aceptaré encantado sus disculpas.

Los dos forasteros se abrieron paso entre la gente y echaron a andar a toda prisa por la acera, hacia el Vickery's Inn.

La señora O'Donovan ya había salido de la taberna. Al oír la horrenda noticia, apretó a Emer contra su amplio pecho y le acarició el cabello.

—Vamos a llevarte a casa —dijo en voz baja—. Que alguien vaya a avisar al padre Quinn y le diga que venga enseguida. —Dio unas palmadas en la espalda a Emer—. Si esos dos individuos tienen algo que ver con esto, tesoro, los ahorcarán.

—Los lincharemos nosotros mismos antes de que pueda hacerlo el verdugo —añadió Paddy O'Scannell en tono sombrío.

La noticia de la muerte de Jack corrió como la pólvora. Kitty estaba cenando con Florence y Robert cuando se enteró.

—¡Jack O'Leary ha muerto! —exclamó la doncella, llorosa, al traer un plato con fiambre—. Su coche se ha salido de la carretera en Malin Point y se ha estrellado contra las rocas. Dicen que han sido los yanquis. Que no son turistas, sino mafiosos.

Kitty sintió que se derrumbaba, como si un gran agujero se hubiera abierto en el suelo, bajo su silla, y cayera por él.

—¡Es el padre de Alana! —dijo Florence sin advertir la congoja de su madre—. JP tiene que ir a verla enseguida —añadió—. Hay que telefonearlo. Está con el abuelo.

Robert se levantó.

—Voy a llamarlo —dijo.

Miró a Kitty, que se había puesto pálida como la mismísima muerte y dedujo que estaba angustiada por JP. Le tocó el hombro.

—Dos asesinatos en Ballinakelly en el espacio de un par de meses —dijo—. Se diría que hubieran vuelto los Disturbios.

Kitty no le oyó. La sangre se le había agolpado en los oídos y le martilleaba los tímpanos, ensordeciéndola. Incapaz de hablar, se levantó y se acercó a la silla con paso inestable.

—¿Estás bien, mamá? —preguntó Florence.

Kitty se tambaleó en la puerta y luego cayó al suelo blandamente y quedó allí tendida, como una muñeca abandonada en el suelo del cuarto de los niños. No quería despertarse. Nunca más.

Tan pronto supo la noticia, JP cogió el coche de su padre y se fue a ver a Alana. Cuando llegó era casi de noche. Reconoció el pequeño Ford del cura y el lujoso automóvil deportivo de la condesa di Marcantonio. Llamó a la puerta y esperó. Un momento después apareció la señora O'Donovan con una expresión al mismo tiempo acongojada e imperiosa, y JP comprendió al instante que era ella quien estaba al mando de la situación. La tabernera no le dijo una palabra, se limitó a inclinar la cabeza y abrir de par en par la puerta para dejarlo pasar.

JP entró en el pequeño vestíbulo y vio que la señora O'Leary estaba en el cuarto de estar, en compañía del padre Quinn, que se esforzaba por consolarla. Sentada a su lado, la condesa sostenía la mano de la viuda. Parecía muy apenada y JP recordó de pronto que debía quitarse la gorra. Hacía apenas un par de meses que la condesa había perdido a su marido, y JP se compadeció de ella. Como si percibiera su piedad, Bridie levantó los ojos y miró a su hijo. Él, ignorando el lazo invisible que los unía, inclinó la cabeza ligeramente: no se le ocurría otra forma de presentarle sus respetos. El semblante de Bridie se enterneció y su corazón, debilitado por la pena, pareció hundirse sobre sí mismo al ver a JP mirándola. Respondió con una inclinación de cabeza y sofocó su anhelo. Entonces, Alana se interpuso entre ellos y aquel instante se esfumó.

Alana mostraba una serena dignidad a pesar de su dolor. JP sabía que intentaba mantenerse fuerte por el bien de su madre y de sus hermanos pequeños. Tenía la cara sonrosada y los ojos llorosos, pero mantenía la cabeza bien erguida y la espalda recta, y demostraba un dominio de sí misma extraordinario en alguien tan joven. JP tenía ya alguna experiencia con la muerte. Su hermano Harry había fallecido en la guerra, igual que muchos de sus amigos, y JP sabía lo hondo que calaba una muerte así. Abrazó a Alana y la estrechó contra sí hasta que ella se relajó un poco y dejó que la descargara un instante del peso de su contención.

El día siguiente amaneció, como amanece siempre. En casa de los O'Leary las mujeres se sentaban en torno al féretro colocado en el cuarto de estar, envuelto en la luz de las velas y las plegarias. El ataúd estaba cerrado debido al terrible estado del cuerpo que albergaba, que era en realidad el de Badger Hanratty. Alguien había metido su cadáver en el coche de Jack y había empujado el coche por el acantilado de Malin Point. El coche se había incendiado y los restos mortales de Badger habían quedado irreconocibles.

—Si matas a los yanquis, vendrán otros —le había dicho Michael a Jack—. Tienes que matarte *tú* para quitártelos de encima de una vez por todas.

De modo que, junto con el padre Quinn, habían planeado la muerte de Jack. Hacer sufrir a su familia por una estratagema era preferible a que sufrieran porque hubiera muerto de verdad. En cuanto estuvieran seguros de que los dos forasteros se habían ido, Jack podría salir de su escondite y empezar de cero.

Fuera de la casa, los hombres fumaban, bebían y contaban anécdotas de Jack. Michael había explicado la ausencia de Badger contándole a todo el mundo que el padre Quinn lo había mandado a Mount Mellaray a curarse del alcoholismo y nadie sospechó nada. A fin de cuentas, Badger llevaba décadas fabricando su propio poitín, tan fuerte que era casi letal, y era uno de los pocos hombres en Ballinakelly cuyo hígado lo soportaba. La señora Doyle mantuvo la boca bien cerrada, como le había indicado su hijo.

Dentro, las mujeres cotilleaban y bebían whisky. Julia, la madre de Jack, sollozaba en un pañuelo empapado y aseguraba entre gemidos que su vida se había acabado. Alana intentaba reconfortarla mientras Emer y las dos Nellies —Nellie Clifford y Nellie Moxley—, que no podían embalsamar el cadáver, se atareaban sirviendo té y bebida a todo el mundo. La señora O'Donovan, agotada por el esfuerzo de asumir el mando, apuró su vaso de whisky y, exhalando un profundo suspiro, se sentó junto a la señora O'Scannell.

Las Plañideras de Jerusalén ya habían ahogado su pena con whisky y desatado sus lenguas.

—Lo que yo quisiera saber es si la señorita Deverill va a presentarse —comentó Joan Murphy en voz baja.

—¿Kitty Deverill? ¿Por qué no iba a presentarse? —dijo Maureen Hurley.

Joan resopló por sus ollares dilatados y bajó la voz.

—Mag Keohane vio a Jack de lejos escondiendo una nota en el muro del huerto del castillo y, que Dios la perdone, la leyó. Era una carta de amor para Kitty. Por lo visto, iban a escaparse juntos. La pobre

Mag estuvo como loca semanas enteras. Era una carga horrible, llevar ese peso.

—¿Y qué hacía ella en el jardín del huerto? —preguntó Nellie Moxley, confiando en que hubiera algún error.

—Era lógico que pasara por allí. Esto fue cuando Frank Nyhan era jardinero de lady Deverill —le informó Joan—. Hace mucho tiempo, pero una no se olvida de una cosa así. Mag no es ninguna cotilla, pero le pudo la curiosidad.

—Otra gotita de whisky y un pitillo cuando pases por aquí, Nellie Clifford. Dicen que una mujer borracha siempre dice la verdad. Que Dios nos asista —comentó Maureen Hurley riendo suavemente.

Kit Downey, que no quería quedarse atrás en cuestión de cotilleos, bajó la voz y entornó los ojos.

—Ya, puede que eso fuera hace años, pero yo tengo noticias más recientes. El año pasado, cuando estaba recogiendo moras en el círculo de piedras, los vio besuqueándose. Santo Dios, no sé ni cómo llegué a casa, de la impresión. Y no se lo he contado a nadie desde entonces, válgame Dios. Soy como una tumba cuando se trata de guardar un secreto.

Una tumba que se había abierto de par en par, pensó Nellie Moxley con ironía.

Joan Murphy sofocó una exclamación de sorpresa.

—En nombre de Dios, ¿podréis refrenar vuestras lenguas? Si no, os va a oír Emer y se morirá de pena. ¡Santo Dios!

Pero, en su estado de embriaguez, no notaron que Alana lo había oído todo.

Jack se paseaba nervioso por la casa de Badger Hanratty. Se le hacía insoportable pensar en lo que estaría sufriendo su familia. No podía comer, ni dormir, y solo bebía cerveza porque le aturdía y embotaba su angustia. El arrepentimiento por haber retomado su aventura con Kitty le reconcomía a tal punto la conciencia que se diría que había abierto un agujero en ella, una llaga que dolía, quemaba y escocía. ¿Cómo había podido dejarse seducir por el pasado cuando su presente era mucho más radiante de lo que serían nunca las ascuas de una antigua pasión? ¿Cómo había podido estar tan ciego, traicionar así a la mujer que tenía a su lado y cuyo cariño era tan puro e inmaculado? Quería a dos mujeres, de eso no había duda, pero había elegido. Lamentaba, sin embargo, no haberlo hecho años atrás, antes de encontrarse con Kitty en los acantilados y traicionar su matrimonio. Ahora estaba seguro, más seguro que nunca, de que era hora de dejar a Kitty. Apuró su vaso y lo dejó resueltamente sobre la mesa. Kitty era un espejismo, un fantasma del pasado, el dulce aroma de la nostalgia, nada más. Emer era real.

Se puso la chaqueta, se caló la gorra y salió a la noche. Caminó a escondidas, en la oscuridad, evitando las calles y los caminos para que nadie lo viera, a pesar de que a aquellas horas de la madrugada casi todos dormían. La luna brillaba alta en el cielo. Alumbraba sus pasos con su luz acuosa, y Jack avanzó deprisa entre las sombras, sin trastabillar. Al ver su casa, cobijada al abrigo de los altos acantilados rocosos y acunada por el runrún de las olas que rompían en la playa, se le encogió el corazón de añoranza. Deseó con cada célula de su ser cruzar la puerta, entrar en la acogedora cocina y encontrar allí a su querida Emer, sonriéndole desde el fogón con sus ojos confiados y bondadosos. Se escondió detrás de unos matorrales y contempló las ventanas a oscuras detrás de las cuales dormía su familia, creyéndolo muerto. Se sentía como un fantasma, incapaz de comunicarse con los vivos, y se estremeció al acordarse de los dos forasteros y de lo cerca que había estado de la muerte.

Permaneció escondido en la oscuridad largo rato, preguntándose cuánto tiempo tendría que seguir con aquella farsa y deseando ponerle fin de inmediato y comenzar de nuevo. Vio entonces que algo se movía en el dormitorio de arriba. En *su* dormitorio. El cuarto que compartía con su esposa. Dejó de respirar un momento y clavó la mirada en la cortina, que se movía. Un brazo pálido abrió la ventana. La cara de Emer se hizo visible a la luz plateada de la luna y, pese a la distancia, Jack pudo ver que la noticia de su muerte le había alterado el semblante. En efecto, sus facciones parecían tan crispadas por el dolor que parecía una anciana. Jack abrió la boca, atónito, y dejó escapar un gemido. Habría dado el brazo derecho por llamarla en ese momento, pero aquellos hombres querían acabar con su vida y eso no podía permitirlo, de modo que permaneció escondido y sofocó su anhelo hasta que Emer se retiró de la ventana y cerró la cortina.

Jack regresó a cada de Badger con paso renqueante. Se echó en la cama y, al cerrar los ojos, no fue a Kitty a quien vio, sino a Emer, con su sonrisa tierna y su mirada cariñosa, y lloró al pensar en lo cerca que había estado de perderla por culpa de su temeridad y su capricho. Nunca más volvería descuidar así el corazón de su esposa.

Alana había dormido mal. Estaba agotada por la pena, pero la rabia la había mantenido en un estado de excitación nerviosa. No conseguía quitarse de la cabeza lo que había oído por casualidad en el velatorio. ¿Sería cierto que su padre estaba liado con Kitty Trench? ¿O era solo un chismorreo malintencionado? Alana sabía cómo eran aquellas mujeres, y no quería guardarle rencor a su difunto padre si solo eran habladurías. Pero la apenaba pensar que su pobre madre hubiera sido siempre una esposa leal y cariñosa mientras su marido tenía una aventura con otra. Y Kitty Deverill no era una mujer cualquiera, era la hermana de JP y pronto sería su cuñada.

Comenzaba a rayar el alba cuando Alana entró de puntillas en el cuartito que había sido el despacho de su padre y, sin hacer ruido, comenzó a abrir cajones en busca de pruebas. No sabía qué buscaba en concreto, y confiaba en no encontrar nada que lo incriminara, pero tenía que averiguar si podía casarse o no con un Deverill.

El escritorio de su padre no tenía compartimentos secretos. No había cartas de amor escondidas entre sus papeles, ni notas escritas con letra de mujer que no pertenecieran a su madre. Solo le quedaba por registrar el maletín de veterinario de su padre, que estaba cerrado con llave, como siempre, para evitar que Aileen jugara con los medicamentos que contenía. Intentó abrirlo usando el abrecartas de plata de su padre, y le resultó mucho más fácil de lo que esperaba, pues el maletín era viejo y la cerradura cedió sin necesidad de que la rompiera.

Lo sacó todo, cosa por cosa, y lo fue colocando sobre la mesa. Después de vaciar el maletín, registró los dos bolsillos cosidos a los lados y encontró en ellos dos fajos de cartas sujetos con un cordel. Con el corazón en un puño, inspeccionó atentamente las cartas. Había en torno a una docena, desde notitas de unas pocas palabras a largas cartas con numerosos renglones, y no eran de su madre. Se dejó caer en el sillón y las leyó una por una.

Estaba claro que su padre había querido a Kitty toda su vida. Se habían enamorado siendo adolescentes y ese amor había florecido hasta convertirse en una pasión devoradora al llegar a la edad adulta. Había notas apresuradas acordando citas en el Anillo de las Hadas y apasionadas cartas de amor enviadas a prisión en las que Kitty le aseguraba que le esperaría siempre, hasta que fuera puesto en libertad. Por las fechas de las cartas daba la impresión de que su padre solo le había pertenecido del todo a su madre durante los años que había pasado en Estados Unidos y Argentina, pero Alana se preguntaba si incluso allí habría añorado a su viejo amor. Deseó que no hubieran ido nunca a Ballinakelly. De las notas más recientes de Kitty dedujo que habían retomado su idilio poco después de que él regresara a suelo irlandés, y se sintió asqueada porque hubiera traicionado a su madre, una mujer tan bondadosa y dulce, que solo veía lo mejor de cada cual.

Si de algo estaba segura era de que su madre no podía enterarse de aquello. Alana arrojó a la chimenea todas las notas, menos la última y más incriminatoria, y encendió una cerilla. Solo tardaron un minuto en consumirse del todo. Deseó que su padre viviera aún para poder encararse con él y decirle lo que pensaba. Pero, ya que no podía encararse con él, se encararía con Kitty después del entierro. Con ese propósito se había guardado aquella única carta.

Kitty estaba de pie junto a la ventana de su cuarto, mirando desconsolada el mar, cuando vio subir a Alana lentamente por el camino y se compadeció de inmediato de la joven, cuyo paso laborioso denotaba su dolor. Corrió escalera abajo para salir a su encuentro.

Pero la muchacha con la que se encontró en el umbral no era la tierna criatura que Kitty conocía, sino un demonio lleno de reproches, consumido por la rabia y la repugnancia. Alana se sacó la carta del bolsillo y se la mostró con mano temblorosa.

—¡Cómo pudiste! —le espetó—. ¿Cómo pudiste liarte con mi padre mientras mi madre pensaba que solo la quería a ella? ¿Es que no tienes vergüenza? Tienes un marido y una hija. ¿Cómo se te ocurrió?

Robert salió de su despacho al oír voces alteradas. Cuando llegó a la puerta, Alana le gritó:

—¿Sabía usted que su esposa estaba liada con mi padre?

—Disculpe, pero… —dijo Robert, dispuesto a defender a su mujer. Pero al ver la carta aparecieron dos manchas rojas en sus mejillas. Cogió el papel y vio aquella letra que tan bien conocía. Luego miró a Alana fijamente, apretando los dientes.

—Su mujer se acostaba con mi padre y al parecer en Ballinakelly lo sabía todo el mundo, menos nosotros. He quemado el resto de las cartas, una docena había, y espero que mi madre no se entere de esto porque le partiría el corazón. La destrozaría. Quería a mi padre más que nadie en el mundo. —Alana los miró con furia—. Bien, él ya está muerto, de modo que ya no podrás ponerle encima tus sucias manos. —Se llevó la mano a la boca para sofocar un sollozo—. Y si crees que voy a casarme con un Deverill, estás muy equivocada —añadió al echar a andar por el camino—. ¡Los Deverill tienen mala sangre y no quiero saber nada de ellos!

—¿Es cierto? —le preguntó Robert a Kitty.

—Sí —contestó ella, bajando los ojos.

No tenía sentido mentir. La carta que sostenía Robert lo demostraba.

—Vamos dentro —dijo él con una serenidad que solo era el preludio de la tormenta que se avecinaba—. Tenemos que hablar.

Justo cuando Alana cruzaba la verja, JP se acercaba desde el otro lado. Al ver su cara crispada corrió a abrazarla, pero ella se puso tensa y le apartó de un empujón.

—¿Tú sabías lo de tu hermana y mi padre? —le soltó, y su expresión de rabia asombró a JP hasta tal punto que no acertó a responder—. Tu hermana Kitty y mi padre estaban liados —añadió Alana con un siseo furioso—. ¿Lo sabías? ¿Lo sabía todo el mundo menos nosotros?

JP la agarró por los hombros.

—Pero ¿qué estás diciendo?

—He encontrado pruebas. Cartas en las que se declaran su amor. —Alana se echó a llorar—. Pregúntale a Kitty, que te lo cuente ella misma.

—Estoy seguro de que tiene que haber un error.

—No hay ningún error. Es la verdad.

—Amor mío... —comenzó a decir él, tratando de abrazarla, desconcertado por su rechazo.

—Si mi madre se entera de esto, se morirá del disgusto. Nunca perdonaré a Kitty por seducir a mi padre. Nunca, mientras viva. —Volvió a apartar a JP—. Y no puedo casarme contigo.

JP la miró, anonadado por su frialdad.

—No puedes culparme a mí de lo que haya hecho mi hermana —dijo.

—No te culpo, JP. Pero no quiero tener nada que ver con los Deverill y no quiero llevar su odioso apellido.

Él intentó agarrarla de la mano, pero Alana se apartó.

—Por favor, Alana, estás muy alterada, no piensas con claridad. No puedes destruir nuestra felicidad...

—No soy yo quien está destruyendo nuestra felicidad, es Kitty —le espetó ella.

—Pero tú se lo estás permitiendo.

—No tengo elección. Me marcho. —Pasó a su lado y echó a andar por la carretera.

JP se quedó allí un momento, confiando en que se detuviera y recapacitara, y volviera a ser la mujer cariñosa y amable a la que tanto quería. Pero Alana no se detuvo, ni recapacitó.

—Acepto que te marches, Alana, pero no aceptaré tu decisión —gritó con el corazón roto—. Esperaré hasta que entres en razón, y lo harás, con el tiempo.

—Espera todo lo que quieras —respondió ella mirando atrás—. Te harás viejo esperado.

JP vio cómo se alejaba y cómo se alejaba con ella su felicidad. Luego subió por el camino hacia la casa, dispuesto a hablar con Kitty

El entierro pasó, los dos forasteros se marcharon y Jack pudo salir al fin de su escondite. Sabía que tendría que explicar muchas cosas y que habría que hacerle un verdadero funeral al pobre Badger, pero ahora podría vivir sin tener que mirar continuamente por encima de su hombro, temiendo que apareciera un enemigo en cualquier momento.

Ocultarse en casa de Badger sabiendo que su familia le creía muerto había sido lo más duro que había tenido que hacer en toda su vida y había estado a punto de rendirse, pero Michael y el padre Quinn le habían convencido de que siguiera adelante con el plan.

—Solo tienes una oportunidad de fingir tu muerte —le dijo Michael—. Esos yanquis tienen que marcharse de Irlanda creyendo que estás muerto o volverán a por ti. Es la única solución.

Así pues, Jack se había quedado en las colinas, paseándose por la cocinita de la casa mientras Badger recibía sepultura en su lugar.

Al llegar a casa, abrió la puerta de par en par. Emer estaba en la cocina, poniendo la mesa. Levantó la vista y al verlo en la puerta se quedó de piedra. Luego dejó caer los platos, que se estrellaron contra el suelo y se hicieron añicos, y lo miró con incredulidad.

—Emer —dijo él quitándose la gorra—. Se acabó. No volverán a perseguirme.

Avanzó hacia ella. Emer se había puesto muy pálida. Le fallaron las piernas y comenzó a desplomarse lentamente. Jack corrió a sostenerla y ella se agarró a su chaqueta para no caerse y dejó escapar un alarido.

Sus tres hijos corrieron a la cocina, alarmados, y vieron a su padre con su madre en brazos, apretándola contra su pecho. Emer sollozaba, inerme como una muñeca de trapo.

—No pasa nada. He vuelto —dijo él apretando la cara contra la de su mujer—. He vuelto y no volveré a dejaros. Nunca más. Lo siento. Lo siento.

Tras un primer momento de duda, Aileen y Liam soltaron un grito de alegría y corrieron a abrazar a su querido papá, que había resucitado de entre los muertos como Lázaro. Alana, en cambio, se quedó atrás. Sintió una oleada de cariño que recorrió todo su ser disipando el rencor, pero se aferró a la rabia con todas sus fuerzas, reacia a abandonarla y decidida a no olvidar lo que había hecho su padre.

Jack la vio allí, pálida y macilenta, y pensó que se debía a la impresión. Dio por sentado que se acercaría a él a su debido tiempo. Era lo más justo darle tiempo para asimilar que su padre había regresado.

—Lo siento —decía él una y otra vez, y Emer, que comprendía por qué lo había hecho y le perdonaba, sonreía llorosa y cubría de besos su cara mojada.

Alana observó a sus padres desde las sombras. *Ella* nunca le perdonaría. Jamás.

27

De modo que era cierto: Kitty había tenido una aventura con el padre de Alana. Robert estaba destrozado, Florence lloraba desconsolada y Kitty se negaba a salir de su habitación. Sin saber qué hacer, JP fue a ver a su padre, la única persona con la que sentía que podía hablar. Sufría tanto que de pronto lamentaba no haber muerto en su Spitfire. ¿Acaso no le había prometido Alana que nunca volvería a sufrir por amor?

—Estamos malditos —le dijo a su padre—. Los Deverill están malditos.

—No creas eso, JP —repuso Bertie desde su sillón en la biblioteca, donde le gustaba sentarse a cenar.

Se había vuelto un animal de costumbres en la vejez. Cogió su taza de té. A decir verdad, habría preferido que fuera un vaso de whisky, pero no podía darse de nuevo a la botella si quería recuperar a Maud.

—Cada cual se hace su suerte y tu hermana es una experta en fabricar *mala* suerte. A medida que uno se hace mayor, uno aprende que no se puede tener todo en la vida, es así de sencillo. A algunas cosas hay que renunciar por el bien de todos. Yo eso lo aprendí demasiado tarde y perdí a mi querida Maud. Kitty ya habrá escarmentado, pero ¿a qué precio? ¿Eh? A cambio de destruir no solo su propia felicidad, sino también la tuya y la de Alana. Al final, es una cuestión de egoísmo. Si fuéramos todos menos egoístas, el mundo sería un lugar mejor.

—Pero Alana no quiere casarse conmigo, padre. La he perdido.

—No, no la has perdido. Es joven e impulsiva. Dale tiempo. Vete a Dublín y sigue con tus estudios. Deja que las cosas se calmen por aquí. Siempre se calman, al final.

JP lo miró con tristeza.

—¿Crees que Robert se separará de Kitty?

En ese aspecto, Bertie no era tan positivo.

—Sospecho que sí, me temo. Dudo que esté dispuesto a seguir adelante con su matrimonio, sabiendo que Kitty siempre ha querido a otro. Es un hombre orgulloso.

JP dejó escapar un gemido y apoyó la cabeza en las manos.

—Qué desastre.

—Estoy seguro de que algo bueno saldrá de todo esto, aunque en su caso no soy muy optimista.

—Estamos malditos —repitió JP—. Lo estamos desde que Barton Deverill construyó su castillo en tierras de los O'Leary. ¿No te das cuenta? Los Deverill han ido de una calamidad a la siguiente. ¿Cuándo acabará esto? ¿Cuándo un O'Leary vuelva a poseer estas tierras? ¿Sucederá eso alguna vez?

Bertie se rio, escéptico.

—Yo no creo en maldiciones ni en profecías. Cada cual se labra su destino. Depende de ti labrarte el tuyo, JP.

Adeline vio marcharse a JP. Era muy triste, aquel extraño giro de los acontecimientos. Sonrió al mirar a su hijo, que se había vuelto sabio con el paso de los años. *Bertie pronto creerá en los fantasmas*, pensó divertida. Pero JP tenía razón: en efecto, sobre los Deverill parecía pesar una maldición. Adeline nunca había pensado que la maldición de Maggie fuera más allá de condenar a los herederos del linaje a vivir en el limbo dentro de los muros del castillo, pero era cierto que la familia de su marido había sufrido numerosos infortunios. Vio que Bertie volvía a tomar su libro y se ponía a leer. Sabía, sin embargo, que su hijo estaba distraído. Pensaba en Maud y en su propias tribulaciones. ¿Cuántos de los reveses que había sufrido eran en realidad obra del propio Bertie? De no haber seducido a Bridie Doyle, Michael no habría quemado el castillo hasta los cimientos. Y si Michael no hubiera quemado el castillo, Kitty no habría ido en su busca para acusarlo, y él no la habría violado. *Todo acto tiene consecuen-*

cias, se dijo Adeline. *Una piedrecita arrojada a un estanque levanta ondas que llegan muy lejos, y cada onda repercute en algo que a su vez repercute en otra cosa, y así eternamente. La vida consiste en ir aprendiendo lecciones y cada adversidad es una forma de aprendizaje. ¿Qué aprenderá Kitty de esto?*

La noticia de la súbita reaparición de Jack no tardó en extenderse por Ballinakelly. Las Plañideras de Jerusalén lo consideraron un milagro y se santiguaron vigorosamente, pero la verdad acerca de los yanquis y de la relación de Jack con la mafia pronto disipó cualquier ilusión de que se tratara de una intervención divina.

La alegría que se apoderó de Kitty al enterarse de la noticia se vio empañada por la certeza de que no podría volver a acercarse a él. Lo suyo se había acabado, esta vez para siempre. Y su corazón desfallecía, abrumado por tanta tristeza. Lo había perdido todo.

Incapaz de soportar el rencor de su familia y el sufrimiento de Robert, hizo las maletas y tomó el barco para ir a Inglaterra, buscando consuelo en Celia. Se instaló en Deverill House, donde Celia vivía con sus hijos y Boysie. En el salón de la casa, mientras tomaba una gran copa de vino, Kitty se sinceró por fin, cosa rara en ella, y les habló a su prima y a su viejo amigo de Jack, desde el principio.

—Santo cielo, Kitty —comentó Boysie, anonadado por el drama que acababa de escuchar—. ¿Y qué va a pasar ahora?

—Sí, ¿qué va a pasar? —repitió Celia, acurrucada en la esquina del sofá. La historia de la vida de su prima le parecía fascinante. Comparada con ella, la suya parecía vulgar.

—JP se ha ido a Dublín. Me culpa de que Alana no quiera casarse con él. Florence se ha puesto del lado de Robert y está en casa, apoyándole. Robert está roto de dolor. No sé si me dejará. Si me deja, no se lo reprocho. Lo he estropeado todo. —Miró a sus amigos, abatida—. En cuanto a Jack, ¿qué puedo decir? Le quiero. Eso no va a cambiar aunque no podamos estar juntos. Eso nada lo cambiará. Pero si algo he aprendido de esta situación tan horrible es que no se puede tener todo lo que una quiere en esta vida. Algunas cosas están fuera de nuestro alcance y así debe ser. Solo he pensado en mí misma. Pero ninguna persona es una isla. Cuando vi la cara angustiada de Alana, me di cuenta de lo egoísta que había sido. Nunca olvidaré su dolor. Lo llevaré siempre conmigo. —Kitty se puso la mano sobre el corazón y se le llenaron los ojos de lágrimas—. Ningún momento que haya pasado con Jack vale la pena, si ese es su precio. Si pudiera dar marcha atrás, le ahorraría a Alana ese momento y a mí el verlo. Renunciaría a Jack. Creo de verdad que lo haría.

No le sorprendió la reacción de JP al enterarse de su relación con el padre de Alana, ni le sorprendió la furia de Robert, pero sí la comprensión que le demostró su madre. Maud y ella nunca se habían entendido. Cuando Kitty decidió criar por su cuenta a JP, Maud prácticamente había cortado toda relación con ella. Ahora, sin embargo, se presentó en Deverill House sin anunciarse y llena de compasión. ¿Qué le había enseñado *a ella* la vida para que cambiara tan de repente de parecer?, se preguntó Kitty mientras salían al jardín.

Maud propuso que se sentaran en un banco. Era principios de otoño, aún hacía calor y las hortensias rosas empezaban a tornarse de color pardo. Desde la muerte de su hijo Harry, Maud había envejecido visiblemente. Tenía arrugas alrededor de la boca, donde la amargura había hecho presa, y sus manos delataban su edad con una maraña de venas azules y manchas marrones. Sus ojos, en cambio, seguían siendo de ese azul gélido y penetrante que tantos admiradores le había granjeado a lo largo de su vida, pero parecían haberse suavizado ligeramente, como si el sufrimiento los hubiera dotado de una pizca de empatía.

—Bertie me lo ha contado todo. Es una historia muy triste —comentó cuando se hubieron sentado—. No sabía que tuvieras tantos secretos, Kitty. —Se ciñó el chal sobre los hombros, no porque tuviera frío, sino porque se sentía extraña ejerciendo de madre con aquella mujer con la que siempre se había sentido estúpida e incapaz—. Yo también tuve una aventura, Kitty.

—¡Tú! —exclamó Kitty, a pesar de que no debería haberse sorprendido.

A fin de cuentas, había visto a su padre haciendo el amor con Grace Rowan-Hampton cuando era una niña, de modo que ¿por qué iba a comportarse su madre de otro modo? Quizá todo el mundo hacía lo mismo.

—Me enamoré de un hombre, de un amigo de tu padre, y le quise durante años.

—¿Por qué se acabó?

—Porque me quedé embarazada de ti. —Miró a Kitty y sonrió con aire de disculpa—. Supongo que en cierto modo te culpé de nuestra ruptura, aunque ahora, en la vejez, me doy cuenta de que él seguramente aprovechó la ocasión para dejarme. La culpa no fue tuya, ¿cómo iba a serlo?

—Sufriste mucho, imagino.

—Sí. Tu padre se liaba con cualquier cara bonita que se le pusiera por delante, y yo me aguantaba porque tenía a Eddie. Cuando me dejó, tuve que soportar los líos de faldas de tu padre sin nadie que cuidara de mí.

—¿Qué fue de él?

—¿De Eddie? Oh, se casó, tuvo hijos y se fue a la India. Lo que quiero decir, Kitty, es que sé lo que es tener un amor prohibido y entiendo por lo que estás pasando. No he sido una buena madre. De hecho, reconozco que para ti no he sido lo que se dice una madre en absoluto. Y lo lamento.

—No te disculpes, madre. Yo no era una niña fácil.

—No, no eras fácil, pero yo debería haber sido menos egoísta.

La sinceridad de su madre dejó atónita a Kitty. Maud tenía por costumbre pensar solo en sí misma. Kitty se preguntó a qué se debía aquel cambio.

—Bueno, ¿qué vas a hacer ahora? —preguntó su madre.

—Voy a esconderme aquí y a confiar en que Robert me perdone. Sé que es pedirle demasiado. He hecho algo terrible y lamento mucho haberle hecho daño. Es un buen hombre y no se merece una esposa como yo.

—Sé que estás a gusto aquí, con Celia, siempre habéis estado muy unidas, pero si quieres puedes venir a vivir conmigo. Tienes la puerta abierta si quieres cruzarla.

—Gracias —contestó Kitty amablemente, aunque la idea de vivir con Maud no la atraía en absoluto.

—Háblame de tu padre. ¿Cómo está?

Kitty le contó que su padre llevaba una vida tranquila y que al fin había encontrado la paz viviendo en el pabellón de caza acompañado por sus recuerdos.

—Perder a Harry ha sido un golpe durísimo para todos nosotros —comentó Maud—. Ahora entiendo que Beatrice se metiera en la cama y se negara a ver a nadie cuando murió Digby. Es lo que sentí cuando murió Harry. Una desesperanza absoluta. Una negrura, un vacío que sé que no se llenará nunca porque Harry era irremplazable. —Maud cogió la mano de su hija. Kitty no se resistió, aunque se le hacía muy extraño sentir el contacto de su madre—. No podría soportar perderos a ti, a Victoria o a Elspeth. Ni tampoco a Bertie. Creo que mi corazón no aguantaría otra desgracia. Lo que intento decir, muy torpemente, es que lamento mucho que hayamos estado separadas todos estos años. Ahora tú tienes cuarenta y cinco años y yo no sé ni cuántos, y cuando echo la vista atrás me maldigo a mí misma por haber malgastado tanto tiempo.

—Nada se malgasta si una aprende de sus errores —repuso Kitty—. Y todos los hemos cometido. Ninguno está libre de culpa. Tú aguantaste muchas cosas: el lío de papá con la criada y el hijo ilegítimo al que acogió y crio. Tienes todo el derecho a estar indignada.

—¿Cómo es JP? —preguntó Maud—. ¿Se parece a Bertie?

—Mucho —contestó Kitty—. Es un Deverill de los pies a la cabeza.

Maud sonrió melancólicamente y Kitty arrugó el ceño. Para que su madre sonriera al pensar en JP tenía que haberse producido un auténtico cataclismo.

Al fin, Maud le reveló lo que era.

—Arthur me ha pedido en matrimonio —dijo—. Me ha pedido que me divorcie de Bertie y me case con él.

Kitty sintió pena por su padre, que seguía enamorado de Maud y abrigaba la tenue esperanza de que algún día volviera con él.

—¿Se lo has dicho a papá? —preguntó.

—Todavía no.

—¿Cuándo vas a decírselo?

—Pronto.

—Se va a poner muy triste.

—No, nada de eso —contestó Maud con certeza.

—Sí, créeme.

—No cuando le diga que vuelvo a casa.

Kitty sofocó una exclamación de sorpresa. No creía poder alegrarse en las circunstancias en las que se hallaba, pero aquello hizo que su corazón volviera a latir.

—¿No vas a casarte con Arthur?

—¿Cómo voy a casarme con Arthur si quiero a Bertie? —respondió Maud, y a Kitty le pareció ver lágrimas en sus ojos—. He tardado mucho tiempo en conocerme a mí misma, pero lo he conseguido por fin y voy a preguntarle a Bertie si puedo volver con él.

—Claro que puedes, estoy segura de que te dirá que sí —dijo Kitty riendo—. ¡Ah, mamá! ¡Hacía mucho tiempo que no me daban una noticia tan buena!

—Y hacía falta que alguien te diera alguna —repuso Maud apretándole la mano.

—A todos nos hace falta —añadió Kitty—. Pero papá es quien más lo merece.

Martha llevaba un mes y medio en Londres, trabajando en la embajada de Estados Unidos, cuando recibió una carta de la condesa di Marcantonio, escrita en papel de color marfil, con tres abejas grabadas en la parte de arriba, en oro y negro. Con una letra pulcra y minuciosa, la condesa le daba las gracias por su carta y la invitaba a pasar unos días en el castillo para que pudieran hablar de sus planes con más detalle. «Soy la persona indicada con la que tratar este tema», le decía. «Me alegra mucho que se haya animado a escribirme. Tiene que venir enseguida para que podamos iniciar el proceso. Su trabajo en Londres parece muy interesante, pero me temo que no es el mejor camino para alcanzar su meta. En mi casa puede alojarse tanto tiempo como necesite.»

Martha se llevó una alegría. Estaba más decidida que nunca a cambiar de vida rápidamente y sabía lo que quería hacer. No esperaba que la condesa la invitara a alojarse en el castillo. Avisó con tiempo en la embajada y compró un pasaje para Queenstown.

Irlanda seguía siendo tan hermosa como antes de la guerra. Una fina neblina cubría el litoral cuando el barco se aproximó al puerto. El sol la traspasaba, arrancando destellos a las pequeñas partículas de agua. Martha lo contempló maravillada cuando el barco se adentró en la bruma y se halló de nuevo envuelta en aquella magia.

Habían pasado casi siete años desde su primera visita a Irlanda, cuando llegó con el corazón rebosante de ilusiones pensando en ver a JP. Siete años desde que se le había roto el corazón en mil pedazos. Pero había buscado consuelo en Dios y lo había encontrado. Ahora sentía una serenidad que no había experimentado nunca antes, como si los ángeles de Dios la envolvieran con sus alas, protegiéndola de los fantasmas del pasado. Se concentró en la belleza del paisaje, de las verdes colinas y el aire límpido y fresco y dejó que el misticismo que recorre Irlanda como un profundo riachuelo subterráneo se llevara el recuerdo de su dolor. Iba a volver a Ballinakelly, pero, Dios mediante, los sentimientos que había dejado allí ya no la afectarían.

La condesa había mandado a su chófer al puerto, a recogerla. El hombre esperaba junto a su reluciente coche verde, vestido con un uniforme impecable, guantes y gorra de plato. El trayecto fue muy cómodo y Martha miró por la ventanilla, emocionada por estar de nuevo en aquel país cuyo encanto seguía fascinándola, a pesar del desengaño que había sufrido en él.

Cuando el coche enfiló la avenida del castillo entre lustrosas matas de rododendros, pensó en lord Deverill, su verdadero padre, que antaño había vivido allí. Se le hizo raro pensar que tenía vínculos con aquel lugar, que sus padres la habían concebido allí. ¡Qué distinta habría sido su vida si su madre la hubiera criado en Ballinakelly! Miró los formidables muros de piedra del castillo, sus torres y almenas, sus chimeneas y sus murallas, y le maravilló la larga historia de aquel linaje del que ella también formaba parte.

Al llegar encontró a la condesa muy cambiada. Parecía más menuda que aquella mañana en la sombrerería y vestía de negro de la cabeza a los pies. Martha descubrió después que se debía al reciente fallecimiento de su marido. Bridie la abrazó como una vieja amiga y le hizo numerosas preguntas mientras subían a una suntuosa habitación que daba a un enorme jardín de setos recortados. En tanto la doncella se encargaba de deshacer las maletas, ellas se sentaron en el cuartito de estar de arriba, frente a la chimenea encendida, y les sirvieron el té en bandeja de plata. Bridie presentó a Martha a su cuñada Rosetta, una mujer entrada en carnes y simpatiquísima, y las tres se pusieron a charlar como si se conocieran de toda la vida.

—El padre Quinn vendrá al castillo mañana a las once, ya he quedado con él —le informó Bridie—. Le he hablado de ti y está listo para empezar.

—Qué maravilla —dijo Martha—. Le estoy muy agradecida por su amabilidad, condesa.

—Por favor, llámame Bridie. Ese título nunca me ha sentado bien.

—Bridie, entonces —dijo Martha—. Eres muy amable por tomarte tantas molestias.

—No es molestia en absoluto, ¿verdad que no, Rosetta?

—Bridie necesita algo en lo que ocuparse —repuso Rosetta como si hablara de una niña inquieta—. Ya estaba aburrida antes de que falleciera Cesare.

—Verás, cuando vivía en América tenía muchísimas cosas que hacer. Iba a muchas fiestas y lo pasaba en grande. Aquí es todo tan tranquilo… Intenté que Cesare no se aburriera, pero Ballinakelly era demasiado pequeño para una personalidad tan arrolladora como la suya —dijo, y le tembló la voz—. Ojalá hubieras conocido a mi marido. Era un hombre maravilloso. Una auténtica joya que tuve la suerte de encontrar. Lo echo de menos todos los días, pero gracias a Dios pude pasar muchos años con él. La verdad es que no hay hombre sobre la Tierra que pueda compararse con mi querido Cesare.

Rosetta esbozó una sonrisa forzada.

—Era único —dijo, crispada.

—Pero ahora tú estás aquí, Martha, y por suerte puedo echarte una mano. Mi vida ha sido una aventura extraordinaria. Empezó aquí. Nací en la pobreza y luego me fui a América, donde hice fortuna. Pero nunca he perdido la fe. De hecho, la fe es lo único que me ha sostenido en los momentos más duros, y he tenido muchos, muchísimos, créeme. Dios nunca me ha abandonado. En tu carta decías que Dios ha iluminado tu alma atribulada y te ha mostrado el camino. Yo he sentido lo mismo, Martha. He vivido experiencias muy duras y Dios siempre me ha iluminado. Por eso quiero ayudarte a convertirte al catolicismo, que, como me decías en tu carta, es la religión de tu familia materna, los Tobin. Y quiero ayudarte a conseguir tu meta última.

El emotivo discurso de Bridie casi hizo llorar a Martha, que se llevó la mano al corazón y suspiró.

—¿De verdad harás eso por mí? —preguntó.

—Claro que sí. Verás, conozco el convento perfecto para ti.

Bridie ignoraba por qué de pronto se le había ocurrido mencionar el convento donde había sido tan infeliz. Pero le parecía lo más adecuado.

—¿Sí? —dijo Martha.

—Sí, es el convento de Nuestra Señora Reina del Cielo de Dublín.

Martha la miró atónita, porque ese era el convento en el que había nacido y donde posteriormente había ido en busca de su madre. Aquella coincidencia extraordinaria hizo que se le saltaran las lágrimas.

—¿He dicho algo que te ha disgustado? —preguntó Bridie con preocupación, y miró a Rosetta, que se encogió de hombros.

Martha meneó la cabeza.

—No, es solo que estoy conmovida. Parece cosa del destino. Es como si estuviera destinada a estar aquí, contigo. Como si Dios mismo me hubiera conducido a ti.

Bridie sonrió satisfecha.

—Te ha conducido a mí, Martha. Y estoy dispuesta a cumplir Su voluntad y a ayudarte a hacerte monja.

28

La tarde de noviembre era fría en Ballinakelly, pero el cielo estaba despejado y la luz dorada del sol, que se ponía lentamente detrás de los árboles, proyectaba largas sombras sobre la tierra mojada. Bertie estaba en el jardín hablando con el señor Flynn, el jardinero. Miraba desalentado los arbustos y las matas de saúco que parecían haber invadido todos los parterres y se preguntaba si el señor Flynn hacía de verdad algo, aparte de cortar leña y colocarla en ordenados montones en el establo, cosa que se había convertido en una obsesión. Bertie, que se había vuelto extremadamente benévolo en su vejez, no le reprendió. A fin de cuentas, él tampoco se interesaba mucho por el jardín, así que no podía esperar que el jardinero tuviera mucha inspiración. *Si Maud estuviera aquí*, pensó. *Ella disfrutaría creando un jardín precioso y el señor Flynn tendría un aliciente para hacer algo más que cortar leña.*

Los dos grandes perros lobos de Bertie, que lo acompañaban a todas partes, levantaron la cabeza y aguzaron las orejas.

—¿Qué pasa? ¿Viene alguien? —preguntó Bertie, riendo. Los había llevado a dar un largo paseo por las colinas y a cazar un conejo para la cena—. Creo que habría que podar un poco —añadió dirigiéndose al jardinero mientras se rascaba la barbilla.

El señor Flynn asintió y frunció el ceño. Podar todo el jardín era mucho trabajo para un solo hombre. Los perros empezaron a ladrar y se oyó el ruido de un coche que se acercaba.

Era un taxi. Bertie no esperaba a nadie.

—Eso es todo, señor Flynn —dijo y, metiéndose las manos en los bolsillos, echó a andar hacia la casa—. ¿Quién viene? —preguntó de nuevo a los perros, que, emocionados por el tono de voz de su dueño, echaron a correr.

El taxi estaba parando cuando llegó Bertie. El taxista se apeó y fue a abrir la puerta del pasajero. Bertie vio aparecer un elegante tobillo y un lustroso zapato negro de tacón.

—¡Santo Dios! —exclamó—. ¡No puede ser!

Pero era.

—Hola, Bertie —dijo Maud dedicándole una sonrisa, y Bertie sintió de pronto un contento que no experimentaba desde hacía mucho tiempo.

—Maud. ¿Por qué demonios no has telefoneado?

—Quería decírtelo a la cara, no por teléfono —respondió ella mientras se enderezaba el sombrero, que no estaba torcido. Tenía, como siempre, un apariencia impecable.

Bertie se acercó a ella, sonrojándose.

—¿Decirme qué? —preguntó. De pronto vio que el taxista estaba dejando cinco maletas sobre los escalones de entrada—. ¿Qué ocurre, Maud?

—Que he vuelto a casa —contestó ella con un suspiro.

—¿Quieres decir…?

Ella lo miró con expresión insegura.

—Si me aceptas, claro.

Bertie sonrió de oreja a oreja.

—¡Maud! ¡Me haces el hombre más feliz del mundo!

Ella le obsequió con la sonrisa por la que era famosa antaño, una sonrisa por la que los hombres habían hecho locuras y que hacía cuarenta años que no dedicaba a Bertie. Él le agarró la mano y se la llevó a los labios.

—Te prometo, Maud, que todo será distinto ahora. Te querré y te valoraré y no volveré a dejarte en la estacada. He cambiado.

—Yo también he cambiado —repuso ella.

Repararon entonces en el taxista, que estaba junto al coche, mirándolos, incómodo.

—Ah, ya veo, claro —dijo Bertie, y se metió la mano en el bolsillo.

Sonrió mientras Maud entraba en la casa. *No ha cambiado tanto*, se dijo él alegremente mientras pagaba al taxista.

Jack tenía la sensación de haber vuelto a nacer. Este nuevo comienzo iba acompañado del regalo de poder elegir: de la oportunidad de cambiar a mejor, de escoger lo correcto. De pronto percibía las cosas más nítidamente. No solo se sentía renovado por dentro, sino que el mundo le parecía distinto. Las colinas eran más verdes y frondosas, el azul del mar más intenso y Emer, su preciosa y querida Emer, irradiaba una belleza sublime. Su corazón rebosaba gratitud por todas las pequeñas cosas que antes daba por descontadas. Daba gracias al cielo por su familia, su hogar y su bello país. No necesitaba nada más, y cuando pensaba que lo había puesto todo en peligro por amor a otra mujer apenas daba crédito. Kitty formaba parte de él, eso era indudable, pero pertenecía al pasado, a su juventud, y allí debía permanecer.

El perdón de Emer intensificó el amor que sentía por su esposa. No le regañó por haberles hecho sufrir de ese modo, ni le atormentó hablándole de la desesperación que habían sentido ella y sus hijos. Pasó por alto todo eso y se mantuvo firmemente anclada en el presente, disfrutando igual que él de la sensación de libertad que les producía haberse librado del miedo y la incertidumbre, y del cariño que sentían el uno por el otro. Ahora, por fin, podrían vivir en paz.

Liam y Aileen olvidaron casi enseguida aquel desgraciado episodio de sus vidas y acompañaron a su padre en sus visitas por el condado. La vida volvió pronto a la normalidad y el recuerdo de lo ocurrido se fue disipando. No así, en cambio, para Alana, que no conseguía olvidar las cartas de amor que había encontrado en el maletín de su padre.

Jack daba por sentado que el resentimiento de su hija mayor se debía a la pena que le había hecho pasar. Creía que a Alana le faltaban por una lado la madurez de su madre, por lo que no esperaba que le perdonase fácilmente, y por otro la ingenuidad de sus hermanos pequeños, que les permitía aceptar las cosas sin más y seguir adelante. Resolvió darle tiempo.

Solo cuando advirtió que las cartas de Kitty no estaban ya en su maletín comprendió por fin lo ocurrido. No las echó en falta hasta entonces porque no había sentido el impulso de verlas. Una noche, no obstante, se despertó bruscamente pensando que aquellas cartas eran un peligro y bajó a hurtadillas al despacho con intención de destruirlas. Quedó horrorizado al descubrir que no estaban en su sitio. Naturalmente, solo guardaba algunas en el maletín, y fue un alivio encontrar los otros fajos donde los tenía escondidos. Tras quemarlos, se dio cuenta de que Alana tenía que haber encontrado las cartas del maletín. Si las hubiera encontrado Emer, ¿le habría recibido con tanta alegría acaso? Y, si Alana no las hubiera encontrado, ¿no estaría menos resentida con él? Ignoraba qué había impulsado a su hija a registrar su maletín y lamentaba profundamente haber guardado allí pruebas tan incriminatorias, pero en cualquier caso tenía que encarar la situación de frente y tratar de solucionarla.

Ahora que conocía el motivo de la actitud de Alana, entendía por qué había roto con JP Deverill y por qué no le había contado a su madre qué le ocurría. La mala conciencia se apoderó de él. De pronto todo cobró sentido. Alana sufría sola y él no podía permitir que las cosas siguieran así.

Encontró a su hija en el Anillo de las Hadas. Había adivinado que estaría allí. Aquel paraje ya no era su lugar de cita con Kitty. Era el rincón de Alana y JP.

Estaba atardeciendo y el sol invernal pendía bajo en el cielo, proyectando largas sombras fantasmales sobre la hierba mojada al pie de los megalitos. Soplaba un viento recio del mar y, allá abajo, las olas se estrellaban fragorosas contra las rocas. Alana se sorprendió al ver a su padre. Estaba contemplando el mar, pensando en JP y tratando de hallar una forma de salir de su aflicción. Jack era la última persona a la que esperaba ver, y a la que *quería* ver. Cruzó los brazos, a la defensiva, y volvió la cara hacia el viento.

—Tenemos que hablar —dijo él deteniéndose a su lado. Alana no contestó—. Encontraste las cartas, ¿verdad? —continuó.

Ella lo miró con sorpresa, confirmando así sus sospechas.

—Eso me parecía —añadió.

Su hija se mordió el labio sin saber qué decir. Jack suspiró y metió las manos en los bolsillos de la chaqueta.

—No voy a negar que Kitty y yo nos queríamos…

—No lo hagas, entonces —le espetó Alana—. No quiero oír tus excusas.

—Pero se ha terminado. Hice mal, Alana, y lo lamento más de lo que te imaginas. Cometí un error. Un error enorme.

Se volvió para mirarla y Alana trató de mantener la vista fija en el horizonte para no desfallecer. Estaba decidida a hacer sufrir a su padre por su infidelidad y por la angustia que le había causado, aunque su arrepentimiento fuera profundo y sincero.

—Cuando estaba en casa de Badger tuve mucho tiempo para pensar —continuó él—. Y me di cuenta entonces de que Kitty solo era nostalgia del pasado. Era tu madre quien de verdad me importaba. No pensé en cómo encajaría Kitty la noticia de mi muerte ni en el dolor que le causaría, pero sí en Emer y en ti y en tus hermanos, y me atormentaba que estuvierais sufriendo. Me volvía loco. Supe entonces que lo mío con Kitty no era real, que había sido un egoísta, un loco. Resolví cambiar y he cambiado, Alana. Ahora veo el mundo con otros ojos. Doy gracias a Dios por tener a tu madre, a mi mujer, a mi lado. Sé que no me la merezco. No espero que me perdones, pero confío en que al menos lo entiendas.

Alana lo miró con fijeza.

—Mamá no debe enterarse nunca —dijo—. No puedes decírselo. Prométeme que no se lo dirás. Le rompería el corazón.

Jack asintió en silencio y Alana tuvo que apartar de nuevo la cara porque le dolía ver sus ojos tan llenos de arrepentimiento, un arrepentimiento que era sincero.

—Odio pedirte que guardes un secreto como este —dijo él—. Eres demasiado joven para llevar la carga de mi pecado.

—Lo haré por mamá —contestó ella, crispada.

—¿Y qué hay de ti? JP no ha tenido nada que ver con esto. Tiene tan poca culpa como tú.

—Es un Deverill —replicó ella—. Tienen mala sangre. Tú mismo lo dijiste.

—No le culpes a él por los errores de Kitty, Alana. No te hagas eso a ti misma. JP y tú os merecéis ser felices.

—No quiero tener nada que ver con esa familia.

—No creo que JP haya dicho lo mismo de los O'Leary. Y tiene tantos motivos como tú para estar resentido con nosotros. Pero dudo que lo esté. Te quiere a ti por cómo eres, nada más. Y tú deberías hacer lo mismo: quererlo por sí mismo. —Alana no se inmutó—. Piénsalo —añadió su padre, y se marchó.

Ella apretó los dientes, rígida. Solo su pelo se plegaba al viento. No se sentía mejor por haber hablado con su padre. Cuando pensaba en su pobre madre traicionada, se sentía igual de dolida y asqueada que antes.

Robert Trench nunca había sospechado que su esposa le fuera infiel. No había tenido motivos. Kitty siempre había sido cariñosa y atenta y parecía feliz con la vida que llevaban. Había momentos en que estaba alterada y tensa, claro, como cuando Bridie Doyle compró el castillo, y él había tenido que reprochárselo, pero nunca había dudado de su lealtad. Ahora se daba cuenta de que su matrimonio no era la única relación a la que Kitty se había entregado en cuerpo y alma a lo largo de aquellos años. Él había conseguido su mano, pero Jack O'Leary era el dueño de su corazón desde mucho tiempo atrás, desde antes incluso de que Robert pusiera un pie en la Casa Blanca. El lazo que los unía se había forjado a lo largo de décadas de experiencias compartidas, se había fortalecido durante la Guerra de Independencia gracias a la conspiración en la que ambos habían participado y había quedado sellado por la intervención constante del destino, que había frustrado sus planes a cada paso. Robert estaba convencido de que era precisamente esa imposibilidad de poseerse lo que había acrecentado su pasión.

Después de que Alana se presentara en su casa con las cartas, Kitty se lo había confesado todo. Robert se preguntaba si no se sentía quizás un poco aliviada por habérselo contado al fin, pues al narrarle su historia, desde su amistad con Jack cuando eran niños a su implicación en la Guerra de Independencia y su posterior plan de huir juntos a Estados Unidos y empezar una nueva vida, Robert distinguió la pasión que reflejaban sus ojos, como si el fuego de su amor por aquel hombre no pudiera apagarlo ni siquiera la vergüenza de haberse visto descubierta. Aquello le había herido en lo más profundo.

Kitty se había marchado a Londres a lamerse las heridas con su prima Celia mientras él decidía qué hacer. No era tonto. Sabía que ella lo quería a su modo. Era consciente de que se podía querer a más de una persona al mismo tiempo —a fin de cuentas, había escrito sobre ese tema en una de sus novelas, pero le dolía profundamente que Kitty hubiera cedido a esa tentación y quebrantado sus votos matrimoniales. Tenía la convicción de que, cuando una persona se comprometía con otra, lo justo era que cumpliera ese compromiso y, en el caso de Kitty, que sacrificara un amor imposible. No solo había traicionado a su marido, sino también a su hija y a JP. Les había partido el corazón a todos, no solo a él. No la habría creído capaz de semejante acto de egoísmo. Esa no era la conducta que esperaba de la mujer con la que se había casado. ¿Cómo podía haber compartido la cama con ella tanto tiempo sin llegar a conocerla de verdad? De modo que, ¿qué iba a hacer ahora?

Robert no creía en el divorcio y tampoco era partidario de ceder o darse por vencido. Jack había vuelto de la tumba. ¿Qué les impedía retomar su relación? Robert, desde luego, no estaba dispuesto a darle a Kitty lo que quería después de haberse portado tan atrozmente. Quería que pagara por el sufrimiento que le había causado. Y sin embargo, por debajo del dolor y del deseo de venganza, en los rincones más íntimos de su alma, ansiaba que su mujer lo quisiera tan apasionadamente como quería Jack.

Robert estaba en el jardín, comiendo un sándwich y viendo a los cuervos picotear la tierra. Había estado lloviendo casi todo el día, el cielo estaba nublado y gris y sin embargo aquel lugar poseía una belleza sobrecogedora. Incluso bajo la luz más mortecina, las colinas irradiaban una energía vibrante, espiritual. Robert amaba Irlanda y amaba a su familia. Florence era la niña de sus ojos y JP era como un hijo para él. Y también quería a Kitty. Meneó la cabeza y tiró un trozo de pan a los cuervos. *Maldita sea*, pensó. *También quiero a Kitty.*

La señora Maddox se quedó de piedra cuando Martha llamó a su puerta. No veía a Martha desde antes de la guerra y sus cartas, que al principio llegaban una vez al mes, habían ido espaciándose con el tiempo. Ahora solo recibía un par al año, como mucho, y muy breves. Se había preguntado a menudo cómo estaba Martha y si por fin habría encontrado la felicidad. Después, hacía unas pocas semanas, había recibido una carta enviada desde Londres en la que Martha le informaba de que pensaba visitar Irlanda. La señora Maddox se había llevado una sorpresa y una alegría. Pero Martha no le decía en la carta cuándo llegaría, y al ver a la joven en la puerta de su casa, se quedó sin respiración.

—¡Ah, cuánto la echaba de menos, Goodwin! —exclamó Martha, abrazando con fuerza a su antigua niñera, y los años que habían pasado separadas parecieron disolverse de pronto en aquel abrazo, al calor de su cariño. Martha miró a la anciana con ternura—. Ha cambiado, Goodwin. Está más joven y más rellenita. El matrimonio le sienta bien.

La señora Maddox sonrió.

—Bueno, tengo que reconocer que soy muy feliz. ¿Y tú? ¿Cómo estás? ¿Qué haces aquí? ¿Por qué no me has dicho que venías? —Martha le lanzó una sonrisa cómplice—. Bueno, supongo que no vas a contármelo en la puerta —añadió la señora Maddox—. Pasa, pasa. Voy a decirle a Molly que prepare el té. John ha salido, así que tenemos la casa para nosotras solas.

La casa, una bonita rectoría de piedra gris, tenía tejado de pizarra y grandes ventanas simétricas a ambos lados de la puerta y en la planta de arriba. Se parecía mucho al reverendo Maddox, pensó Martha: alegre y risueña, y un poco pagada de sí misma.

La señora Maddox la condujo a un cuarto de estar cuadrado donde ardía un fuego de turba bajo la repisa de la chimenea, cubierta de figurillas y fotografías en blanco y negro, con marcos recargados. Encima había un gran espejo en el que Martha se vio reflejada. No pudo evitar advertir que ella también había cambiado. Parecía mayor y más sabia, y tenía quizá la cara un poco enflaquecida (nada que no pudieran remediar las patatas irlandesas). Se preguntó si Goodwin también lo notaría.

La anciana pidió a Molly que les llevara té y bizcocho con pasas.

—A los irlandeses les encanta el bizcocho con pasas —dijo, y se rio al acordarse de que Martha le había dicho que estaba más rellenita—. Y supongo que yo como demasiado.

—La vida la trata bien —dijo Martha.

—Oh, sí —repuso la señora Maddox—. De veras que sí. ¡Y pensar que creía que moriría sola!

—Es curioso cómo puede cambiar la vida en un abrir y cerrar de ojos.

—La mía, desde luego, cambió aquella noche cuando me reencontré con John.

—Me alegro mucho por usted, Goodwin. De veras.

—Ya basta de hablar de mí. Háblame de ti. ¿Y tus padres? ¿Están bien? —Al mencionar a Larry y Pam Wallace, la señora Maddox se puso seria y la miró con nerviosismo—. No cuentas mucho en tus cartas.

Martha se encogió de hombros.

—La vida volvió a la normalidad muy rápidamente —dijo—. Aunque en realidad era imposible que nada volviera a ser como antes. Pero nunca les conté lo que descubrí aquí. Solo se lo he contado a mi abuela, hace poco. Tenía la sensación de que no podía contárselo a mis padres. No quería hacerles daño y tampoco quería revivirlo. Era demasiado doloroso.

—Entonces, ¿barriste todo ese episodio y lo metiste debajo de la alfombra?

—Supongo que sí.

—¿Y ellos no te preguntaron?

—Me dijeron que me querían y se esforzaron por compensarme por haberlo mantenido en secreto.

—¿Y Edith?

—Era pequeña. No sabía bien lo que hacía. Pero sigo luchando por perdonar a Joan, Goodwin. Esa es la verdad. Entiendo por qué me lo ocultaron mis padres, pero sigo sin entender por qué se lo dijo Joan a Edith. No soy una buena persona, pero me estoy esforzando por serlo.

—Mi querida Martha, tienes todo el derecho a estar dolida y enfadada —comenzó a decir la señora Maddox, pero Martha la interrumpió.

—No, estoy intentando seguir las enseñanzas de Dios, Goodwin. Y tengo que aprender a perdonar.

La señora Maddox frunció el ceño. Llegó la doncella con la bandeja y dejaron de hablar mientras la colocaba sobre la mesa y servía el té. Cuando al fin se marchó, la señora Maddox se llevó la taza de porcelana a los labios y miró a Martha fijamente. La joven estaba distinta, y no solo porque hubiera envejecido siete años. Había algo distinto en ella, pero no acertaba a adivinar qué era.

—Querida mía, ¿dónde te alojas?

—En el castillo. La condesa me invitó.

La señora Maddox se mostró sorprendida.

—¿De veras? ¿Te invitó sin más y has venido desde América?

Martha se rio. Goodwin pareció un poco molesta.

—No, vine a trabajar a la embajada americana en Londres, un empleo que me consiguió papá, pero escribí a la condesa pidiéndole ayuda.

—¿Ayuda para qué? —preguntó la señora Maddox, intrigada.

—Para convertirme al catolicismo —contestó Martha.

La señora Maddox dejó su taza de té.

—¿Vas a convertirte al catolicismo?

—Sí, a fin de cuentas era la religión de mi madre.

La señora Maddox no estaba segura de a cuál de sus dos madres se refería, pero podía dar por sentado que ambas eran católicas.

—¿Y por qué quieres hacer eso? A fin de cuentas, es el mismo Dios.

—Porque he encontrado mi vocación.

La anciana la miró un poco asustada.

—¿Tu vocación?

—Sí, he sentido la llamada de Dios y voy a hacerme monja.

Se hizo un largo y pesado silencio. Martha bebió un sorbo de té mientras la señora Maddox luchaba por encontrar qué decir. Martha vio que el rostro de su antigua niñera se sonrojaba y sonrió, comprensiva.

—Sé que esto tiene que ser una sorpresa para usted, Goodwin, pero llevo años preparándome. Sé que estoy haciendo lo correcto. Voy a seguir lo que me dicta el corazón.

—¿Es porque JP te lo rompió?

—No —contestó Martha con firmeza—. No diré que lo que ocurrió con JP no fuera el desencadenante. La verdad es que debería darle las gracias. De no ser por él, no habría encontrado mi verdadera vocación.

—Pero nunca te casarás, ni tendrás hijos.

—Usted no ha tenido hijos, Goodwin, y aun así es feliz, ¿verdad?

—Soy feliz ahora, con el hombre al que quiero. Pero me habría encantado tener hijos. Es para lo que estamos hechas. Pero no pudo ser. Ahora que tengo a John, me siento completa. Y quiero eso para ti, Martha.

—Pero yo no lo quiero para mí.

—Bueno, ¿y cómo se hace una monja?

—Se tarda varios años, pero Bridie me está ayudando. Me ha presentado al padre Quinn, que está guiándome en mi conversión. Cuando sea católica, iré a Dublín y, con la recomendación de la condesa, empezaré el proceso en el convento de Nuestra Señora Reina del Cielo.

—¿El convento en el que naciste? —preguntó la señora Maddox, sorprendida.

—Sí. ¿Verdad que es increíble? Bridie tiene contactos allí y puede recomendarme. ¿Lo ve? —dijo Martha con satisfacción—, los caminos de Dios son misteriosos.

—Y supongo que la condesa va a financiar todo eso —dijo la señora Maddox en evidente tono de desaprobación, y se apresuró a añadir—: Es una mujer muy generosa. Donó una suma considerable para una obra de beneficencia que organicé. No se puede decir que no sea generosa.

—Voy a trabajar, Goodwin. Voy a ser maestra. El padre Quinn va a dejarme ayudar en la escuela.

—Imagino que no te pagarán tanto como en la embajada.

—Pero estaré tan satisfecha que me sentiré rica —repuso Martha—. Y haré compañía a Bridie. Creo que está muy sola.

—¿De veras? Qué triste —suspiró Goodwin. La soledad era una cosa horrible.

—Vive en ese sitio enorme con su cuñada y su hermano, que tienen muchos hijos, pero creo que necesita que alguien le demuestre cariño. Hay algo en ella que me conmueve y que me da ganas de prestarle ayuda. Creo que ha sufrido mucho.

—Perdió a su marido de una forma espantosa hace poco, ¿sabes? Le asesinaron y encontraron su cuerpo enterrado en la playa, hasta el cuello. Fue horroroso.

—¡Qué espanto! ¿Quién fue?

—No se ha encontrado al asesino, pero se rumorea que tenía planeado huir con la hija de O'Donovan.

—Los rumores suelen ser falsos —respondió Martha.

—Claro que sí, y yo no les hago caso, pero una no puede evitar oírlos. Ballinakelly es un pueblo pequeño. Pero eso no es todo. Deja que te hable de Kitty…

La señora Maddox se sintió aliviada por poder cambiar de tema y dejar de hablar de su propósito de hacerse monja. Confiaba en que Martha se diera cuenta de que aquello era un disparate, o conociera a algún hombre atractivo y se enamorara. Eso pondría fin a aquella idea absurda. Porque, desde luego, ¡ingresar en un convento no era forma de superar un desengaño amoroso!

29

El día en que se cumplía un año de la muerte de Cesare, Bridie llevó a Martha a la iglesia de Todos los Santos a visitar su tumba. Era una soleada mañana de verano. Los pájaros trinaban juguetones en los árboles, cuyas delicadas hojas verdes se habían desplegado por completo, y el sol bañaba el cementerio con una luz exultante. La tumba de Cesare estaba al fondo, a la sombra de un gran castaño. Pusieron flores en la lápida y Bridie rezó una oración con la cabeza inclinada y los ojos cerrados. Martha también rezó por aquel hombre al que no había conocido pero que había muerto de una manera tan espantosa, y pidió a Dios que se apiadara de su alma. Reinaba la tranquilidad allí, entre los muertos, y Martha aspiró el olor de la hierba cortada y de las flores y sintió que la serenidad de aquel lugar infundía paz a su espíritu. Desde que había llegado a Ballinakelly, tenía la extraña sensación de estar en el lugar al que pertenecía, como si al fin hubiera encontrado sus raíces. No sabía qué pensar al respecto, porque hasta entonces había dado por sentado que, si se había sentido tan a gusto en Ballinakelly, era únicamente por JP. Ahora estaba allí, sin él, y aun así aquel lugar la atraía de una manera profunda e inconsciente. Se sentía bien, era así de sencillo.

Martha pensaba a menudo en Adeline. Sentía su presencia en todas partes, como si fuera la luz del sol o la lluvia, y su voz le llegaba en susurros arrastrados por el viento. Pero sobre todo la sentía en el castillo. A veces, era una sensación tan fuerte que habría jurado que Adeline estaba a su lado, aunque no pudiera verla. ¡Ojalá hubiera podido! Ahora volvió a sentirla, allí, en el cementerio, y percibió en ella una especie de insistencia, como si la apremiara a hacer algo. Pero Martha no entendía qué era lo que quería que hiciera. Miró a Bridie, que seguía con la cabeza agachada y las manos unidas, recordando a su marido fallecido, y su corazón se llenó de compasión.

—Yo lo quería a pesar de sus defectos —dijo Bridie cuando acabó de rezar—. Era presumido y orgulloso, y le gustaba divertirse, pero una no elige de quién se enamora. El corazón no hace caso a la cabeza, actúa por su cuenta y riesgo y a veces es muy terco. Al menos el mío lo era. Pero no volveré a entregárselo a nadie.

Se llevó la mano al pecho y sonrió a Martha. Nunca había reconocido los defectos de Cesare ante nadie, ni siquiera ante Rosetta, pero sentía que a Martha podía contárselo todo sin que la juzgara o pensara mal de su marido.

—No creo que haya ningún hombre que merezca mi corazón como lo merecía Cesare —afirmó suavemente.

—No creo que una mujer necesite un hombre para ser feliz —respondió Martha.

—Tienes razón. Yo voy a ser muy feliz pasando mi viudedad aquí, en el lugar donde crecí. Pero tú eres joven, Martha, y tienes el corazón tierno. Debes estar segura de que no necesitas el amor de un hombre si vas a renunciar a esa posibilidad para siempre.

—Estoy segura, Bridie —contestó Martha con firmeza. Luego vaciló y frunció la frente. Una sombra de tristeza ensombreció su semblante—. Una vez amé a un hombre, pero no pude tenerle —dijo en voz baja.

Bridie sabía de quién hablaba Martha, pero no reveló lo que le había contado la señora Maddox.

—No volveré a querer a ningún otro, estoy segura —prosiguió la joven—. Creo que una ha de conocer ese tipo de amor para poder rechazarlo, y enamorarme de JP me enseñó una lección muy valiosa. Gracias a esa pena, oí la llamada de Dios.

Bridie tuvo que fingir que aquello la sorprendía.

—¿Te enamoraste de JP Deverill? —preguntó.

—Sí —dijo Martha con un suspiro, y le sorprendió lo fácil que le resultaba hablarle de sus sentimientos a Bridie—. Fue mi primer amor y el último. No podía ser.

Bridie la agarró de la mano y se la apretó con fervor.

—Lo siento muchísimo —dijo, y se preguntó si JP sería el motivo por el que habían trabado amistad tan rápidamente: las dos lo querían y, aunque de manera muy distinta, habían sufrido su rechazo—. Sé lo que es querer a alguien a quien no se puede tener. —Se detuvo antes de desvelar demasiado. Su pecho, sin embargo, bullía de emoción—. He sufrido muchísimo por eso.

Martha reconoció el dolor que reflejaban los ojos de Bridie, pues lo había visto en los suyos con frecuencia. Dejándose llevar por un impulso, la abrazó. Bridie abrió su corazón y dejó que la pena saliera lentamente, gota a gota, mientras Martha la estrechaba entre sus brazos. Aquella muchacha había llegado a su vida como un ángel, disipando de un plumazo su soledad. Bridie dio gracias a Dios para sus adentros por Su intervención. No le cabía duda de que le había enviado a Martha con ese propósito.

Martha le había contado su historia a su abuela y ahora quería contársela a Bridie. Sabía que ella lo entendería. Sabía que no se escandalizaría, ni se llevaría las manos a la cabeza. Confiaba en su comprensión y su bondad. Pero aquel no era el momento. Era una historia larga y Martha no se sentía con ánimos para contarla. Tampoco estaba segura de que Bridie tuviera fuerzas para oírla en ese instante. Estaba recordando a su marido y no quería distraerla. Llegaría el momento, y entonces le abriría su corazón.

Al apoyar la cabeza en el hombro de Bridie, se dio cuenta de que, pese a toda su belleza y su sofisticación, Grace Rowan-Hampton estaba muy por debajo de la madre que ella anhelaba.

Si mi madre viviera, pensó cerrando los ojos y hablándole en silencio a Bridie, *me gustaría que fuera igual que tú.*

Adeline estaba conmovida. Nunca se había detenido a pensar en Bridie Doyle, y lo lamentaba. Si algo le había enseñado la muerte era que el amor es lo único que de verdad importa. Martha no solo era una Deverill; también era una Doyle, y Adeline lo había pasado por alto a sabiendas de que lo era. Era importante… No, era *necesario* —se dijo resueltamente— que Bridie supiera la verdad: que su hija no había muerto en el parto, sino que estaba en ese momento a su lado, tan desconocedora como ella de la relación que las unía. Adeline había hecho cuanto podía desde donde estaba y sabía que Martha sentía su influencia, pero no podía hacer nada más. Era muy frustrante. Confiaba en que Martha se sincerase por fin con Bridie. Naturalmente, esa revelación tendría consecuencias y dejaría a Kitty y Bertie en una situación muy comprometida, pero no quedaba otro remedio. Al final, se calmarían los ánimos, Adeline estaba segura de ello. *¡Ay, cuánto nos complicamos la vida los seres humanos!*, se dijo.

Kitty temía regresar a Ballinakelly. No había hablado con Robert ni con Florence desde su marcha y JP se había ido a Dublín sin mirar atrás. De haber sabido el cataclismo que produciría su amor por Jack, lo habría cortado de raíz años atrás. No estaba orgullosa de sí misma, pero ¿qué podía hacer? No podía esconderse en casa de Celia y Boysie eternamente. Adoraba a su hija y a JP, y quería a Robert (aunque no se lo hubiera demostrado de una manera muy convincente). La atormentaba haberles hecho daño, y más aún haberlos perdido. Solo podía hacer una cosa: pedirles perdón.

Había pasado la Navidad en Deverill Rising con Beatrice, Celia, Leona, Vivien y sus respectivas familias. Boysie también estuvo, divorciado ya de Deirdre, quien al parecer tenía una aventura desde hacía tiempo y había accedido al divorcio de buen grado. Beatrice, que vivía prácticamente recluida desde la muerte de Digby, salió de su abatimiento gracias a Celia y Boysie, cuya alegría era contagiosa. Hasta Leona y Vivien participaron en los juegos que organizó Boysie. De no ser por la tristeza de Kitty, habrían sido unas Navidades maravillosas.

Aparte de Celia, la única persona que le daba todo su apoyo era Maud. Instalada otra vez en el pabellón de caza —al que habían lavado la cara con una buena capa de yeso y pintura—, Maud, que vivía ahora en armonía con su marido, al que antes despreciaba, la telefoneaba cada pocos días. Kitty no sabía si su relación había mejorado porque Kitty la *necesitaba* o porque Maud era feliz. Fue una suerte, en todo caso, que Maud fuera una voz al otro lado del cable en lugar de una presencia física. De ese modo, su amistad pudo ir desarrollándose poco a poco. Kitty le hablaba de sus sentimientos y, por primera vez en su vida, su madre la escuchaba.

Llegó a Ballinakelly hecha un flan. Tomó un taxi en la estación para ir a casa y pidió al taxista que la dejara ante la verja. Se quedó un momento al pie de la loma, mirando la casa en la que había vivido más de veinte años y se preguntó si volvería a vivir en ella. Recordó a JP de niño, corriendo hacia ella con los brazos extendidos, y también a Florence, tejiendo guirnaldas de margaritas en el césped. Luego se imaginó a Robert riendo en la ventana mientras los veía jugar en la hierba. Habían sido tiempos felices. Incluso cuando sufría por Jack, su familia siempre había sido para ella una fuente de dicha.

Se acordó de su abuela Adeline, que le decía que era una niña del planeta Marte porque había nacido el noveno día del noveno mes y que su vida estaría llena de conflictos. Pues bien, no quería seguir siendo una hija de Marte. Quería paz y quería que en su vida reinase la armonía. Abrió la verja, la cruzó y subió por el camino con paso trabajoso.

Llevaba la cabeza tan agachada que no se dio cuenta de que Florence la había visto desde la ventana y caminaba deprisa hacia ella. Al oír pasos, levantó los ojos. Su hija se acercaba, muy seria. Kitty se detuvo. No tenía energía ni ánimos para luchar. Dejó su maleta en el suelo y esperó a que su hija le lanzara reproches, sabedora de que los aceptaría fueran cuales fuesen. Pero Florence no hizo nada parecido. Abrazó a su madre con un sollozo. Ninguna de las dos dijo una palabra. No hacía falta. Florence sabía que su madre lo sentía y Kitty sabía que su hija la perdonaba.

Con Robert no fue tan fácil.

El corazón de su marido se había endurecido. El dolor lo había rodeado como una mala hierba envolvería una flor, sofocando el amor que aún quedaba dentro. No le pidió, sin embargo, el divorcio, ni le exigió que se marchara.

—Somos marido y mujer —dijo—. Lo que Dios ha unido, que no lo separe el hombre —añadió, citando sus votos matrimoniales.

Kitty se sintió profundamente aliviada. No era una situación ideal, pero era mejor de lo que esperaba.

—Dale tiempo —le dijo Florence—. Puede que aún te perdone.

—¿Y JP? —preguntó Kitty, entristecida.

Florence meneó la cabeza.

—No sé. Creo que todo depende de Alana.

Pero el corazón de Alana también se había endurecido. Aunque recibía las cartas de JP, las guardaba sin abrir en un cajón.

Con el paso de los meses, la infelicidad se convirtió en una forma de vida para ella. Pasó a formar parte de su ser hasta tal punto que ya apenas la notaba. Se olvidó de reír y de amar. Pasaba los días mecánicamente y, cuando se acostaba por las noches, estaba tan cansada que no tenía fuerzas para reflexionar sobre aquel exilio de la alegría que ella misma se había impuesto, ni sobre cómo escapar de él. Solo pensaba en la traición de su padre y en JP.

Emer estaba profundamente preocupada por el cambio que advertía en su hija. Sabía que Alana sufría por JP y daba por sentado que culpaba a su padre por lo que les había hecho pasar, pero percibía que había algo más, un terquedad innecesaria, como si Alana se hubiera metido por propia voluntad en un agujero del que no sabía salir. Así que un día, cuando estaban solas en la cocina, Emer decidió tenderle la mano con la esperanza de que Alana aceptara su ayuda.

—Antes disfrutabas tanto del verano… —comentó mientras ponía un ramo de flores silvestres en un jarrón y lo colocaba en la repisa de la ventana—. Pero ahora parece que ni la magia de la naturaleza puede sacarte de tu tristeza.

Suspiró y miró a su hija con preocupación.

—No sé a qué te refieres —repuso Alana.

Emer sonrió cuando su hija le dio la espalda y se puso a amasar en la mesa.

—A los demás puedes engañarlos, Alana, pero a tu madre no. Deja de intentarlo un momento y ven y mírame.

Alana se limpió las manos en el delantal y de mala gana se reunió con su madre junto a la ventana. Emer le sostuvo la mirada y a Alana se le empañaron los ojos.

—Cariño mío, en la vida ocurren muchas cosas que escapan a nuestro control, pero siempre podemos elegir cómo reaccionamos ante esas cosas. Podemos decidir ser infelices o podemos intentar desprendernos de la desdicha y pasar página. No hay por qué dejar que las circunstancias controlen lo que sentimos. A menudo hace falta una gran fuerza de voluntad, pero casi siempre puede hacerse. No sé por qué rompisteis JP y tú, y quizá no hagáis nunca las paces, pero no debes permitir que eso arruine tu vida. Eres joven y tienes un largo camino por delante. Puedes elegir entre recorrerlo renqueando a duras penas o saltando alegremente. Eres tú quien decide si vives el presente o te encierras en el pasado.

Al ver que su hija no decía nada, Emer le puso las manos sobre los hombros y añadió:

—En cuanto a tu padre, hizo lo que tenía que hacer para sobrevivir. Sufrimos, sí, y no voy a negar que fue horrendo, pero ya ha pasado. También tienes que olvidarte de eso.

Alana comenzó a llorar. La tensión de guardarle un secreto tan terrible a su madre se le hacía insoportable. No podía seguir así. Tenía que desembarazarse de esa carga para seguir adelante.

—Sé una cosa que no debería saber y eso me está minando —musitó en voz tan baja que Emer tuvo que inclinarse para oírla.

—¿Qué es lo que sabes, tesoro?

Emer vio que la cara de su hija se contraía de dolor y sintió una súbita oleada de angustia. Le apretó los brazos.

—Dímelo, ¿qué es lo que sabes?

Alana respiró hondo y se sintió como si aspirara cemento. No quería lastimar a su madre, pero sabía que no podía seguir cargando con aquel secreto.

—Papá tuvo una aventura con otra mujer, mamá. Encontré unas cartas en su maletín cuando pensaba que estaba muerto. Eran de Kitty Trench. —Se estremeció y comenzó a llorar de nuevo—. Perdóname.

El semblante de Emer se relajó de golpe. Atrajo a Alana hacia sí y la estrechó con fuerza.

—Ya lo sé —le susurró al oído—. Sé que tenía una aventura.

Alana se apartó y la miró, pasmada.

—¿Lo sabes? —preguntó.

Emer le sonrió con serenidad y asintió.

—Tendría que ser sorda para no oír los chismorreos que circulan por el pueblo. Claro que lo sé. Lo que lamento es que tú lo hayas descubierto y hayas tenido que guardar ese secreto para no herir mi sentimientos.

Alana no podía creer que se lo tomara así.

—¿No estás furiosa? ¿O es que has decidido no estarlo? —preguntó, enjugándose los ojos con la mano.

Emer soltó una risa suave.

—¿Qué sentido tiene ponerse furiosa? Sé que tu padre me quiere. También quiso a Kitty, hace tiempo, y cuando volvió a Irlanda creyó que aún la quería. Así que hice la vista gorda confiando en que se le pasara. Y se le pasó.

—¿Él sabe que lo sabes?

—Claro que no. Y no debemos decírselo nunca. Las mujeres tenemos que ser más listas que ellos. —Acarició con el dedo la mejilla de su hija—. No vivas en el pasado, Alana. Ya no existe. Lo que importa es el ahora. Lo que marcará tu futuro es lo que hagas en el presente.

Alana contempló los ojos bondadosos de su madre y sintió como si se elevara de pronto, impulsada por una oleada cálida y efervescente que embargó todo su cuerpo.

—Las tres herramientas más poderosas para tener una vida feliz son la gratitud, el perdón y el amor. Si puedes valorar las cosas pequeñas, perdonar a quienes te hacen daño y llenar tu corazón de amor, siempre estarás satisfecha.

Alana comenzó a llorar otra vez, ahora de alivio.

—Lo intentaré, mamá. Lo intentaré de verdad.

—Así me gusta. —Emer echó un vistazo a la masa, que se estaba endureciendo sobre la mesa—. Bueno, más vale que empieces o nos romperemos los dientes al comer la empanada.

—Gracias, mamá —dijo Alana, y la abrazó con vehemencia—. Te quiero muchísimo.

—Y yo a ti. —Emer la besó en la sien—. Y sé buena con tu padre, que está sufriendo por tu frialdad.

—Sí, lo seré —contestó Alana, y resolvió hacer caso a su madre y quererle incondicionalmente.

30

JP llevaba más de un año y medio en el Trinity College de Dublín. No hablaba con Kitty desde que se había marchado de Ballinakelly y había dejado de escribir a Alana. Seguía queriéndola, pero estaba harto de ponerse en ridículo. Si ella cambiaba de idea, ya sabía dónde encontrarlo.

Su padre iba de vez en cuando a Dublín y comían juntos en el club de Kildare Street. JP se llevó una enorme sorpresa cuando Bertie apareció con Maud. Nunca les habían presentado formalmente. JP la conocía de vista, de las pocas veces que ella había visitado Ballinakelly, y Maud a él posiblemente también, suponía, pero nunca habían hablado. JP sabía lo que pensaba de él y no se lo reprochaba. Pero Maud parecía haber perdonado a Bertie, pues se comportaron los dos como jóvenes enamorados, radiantes por tenerse el uno al otro. Maud, de hecho, no se parecía en nada al retrato que de ella le había hecho Kitty y mucho, en cambio, a la mujer de la que Bertie sentía tanta nostalgia. Se mostró simpática y divertida y se interesó por todo lo que les contó JP, a pesar de que a él su curiosidad le pareció un tanto alarmante. Sometido al escrutinio de sus intensos ojos azules, se sintió como un animalillo minúsculo observado a través de un microscopio y no pudo evitar preguntarse qué diría Kitty si se enteraba de lo bien que se llevaban los tres.

JP se volcó en sus estudios con ahínco. Sabía que la única manera de olvidarse de Alana era concentrarse en otra cosa. Estaba muy atareado en el *college*. Hizo amigos enseguida, atrajo a numerosas admiradoras que rivalizaban por sus atenciones y practicaba distintos deportes. Pasaba los fines de semana en Galway, cazando con los Blazers, la famosa partida de caza, y en verano fue a casa de unos amigos en Connemara y el condado de Wicklow. Nunca le faltaban invitaciones. Era una de esas personas carismáticas a las que todo el mundo quiere sentar a su mesa. Disimulaba bien su tristeza. No quería de ningún modo que Alana empañara su alegría de vivir, como había hecho Martha.

Una mañana de primavera especialmente soleada, vio a Martha en Dublín. Al principio no estaba seguro de que fuera ella. Tenía los mismos rasgos, pero su aspecto general había cambiado. Pero, naturalmente, habían pasado ocho años desde la última vez que la había visto, y entonces eran ambos muy jóvenes. La siguió mientras ella caminaba con otra mujer por la calle, hacia St. Stephen's Green. Llevaba un vestido azul muy sencillo, el pelo recogido en la nuca y unos zapatos cómodos y algo toscos. JP reconoció su manera de andar y su silueta bajo el vestido, pero no estaba convencido de que fuera ella. ¿Por qué habría vuelto a Irlanda y por qué a Dublín? Le parecía poco probable.

Siguió a las dos mujeres hasta el parque y decidió tomar otro camino y cruzarse con ella de frente. De ese modo podría verle bien la cara. Mientras caminaba bajo los plátanos se acordó de la vez en que paseó con ella por aquel mismo parque. Parecía que hacía un siglo. La guerra le había cambiado profundamente. Si ella era, en efecto, Martha, también habría cambiado, se dijo.

Salió al camino por el que iba Martha, en dirección contraria a ella y echó a andar tranquilamente, con las manos en los bolsillos, procurando no mirar a las dos mujeres que avanzaban hacia él. Ella se rio de algo que dijo su amiga y JP reconoció aquella sonrisa. Reconoció su dulzura. El corazón le dio un vuelco. Cuando ella contestó, oyó su voz de claro acento americano y comprendió de inmediato que era Martha, en efecto. No se había equivocado. Al acercarse, ella lo miró como miraría a cualquier desconocido y desvió la mirada. Un instante después, sin embargo, volvió a mirarlo y se detuvo. También lo había reconocido.

—¿JP? —dijo, y se puso muy colorada.

Su amiga miró a JP y luego a ella.

—Hola, Martha —dijo él, y sintió de pronto una alegría avasalladora. Se inclinó y la besó en la mejilla.

—Jane, este es mi viejo amigo JP Deverill —dijo Martha, nerviosa—. JP, mi amiga Jane Keaton.

Se estrecharon la mano.

—¿Qué haces en Dublín? —preguntó él sin hacer caso de Jane Keaton, que los miraba con perplejidad.

—Uf, es una larga historia —contestó ella.

Jane le puso la mano en el brazo.

—Os dejo para que habléis tranquilamente —dijo.

—No hace falta —repuso Martha, pero se alegró de que su amiga se alejara, dejándolos solos.

JP la miró y sonrió. La antigua ternura volvió a embargarlo al ver sus rasgos, que tan bien conocía.

—Vamos a sentarnos —propuso—. Ven, conozco un banco agradable.

Se sentaron a la sombra de un castaño, asombrados ambos por lo a gusto que se sentían juntos a pesar de todo lo ocurrido.

—¡No sabes cuánto me alegro de verte! —exclamó Martha sinceramente.

—¿Cuánto tiempo llevas aquí? —preguntó él.

—Llegué a Irlanda hace un año y medio, pero solo hace cuatro meses que vivo en Dublín.

—¿Un año y medio? —JP la miró atónito, aunque sabía que no debía ofenderse porque no le hubiera avisado—. ¿Qué haces aquí?

Ella titubeó.

—Voy a ingresar en un convento —dijo con cautela, y vio su expresión de sorpresa—. Sé que te parecerá raro que vaya a hacerme monja, pero hace mucho tiempo que lo decidí. Y estoy muy contenta de la decisión que he tomado, JP.

Él no quería que se sintiera incómoda.

—Lo siento, es solo que me ha pillado un poco por sorpresa. No me lo esperaba.

—Voy a ingresar en el convento donde nacimos —le dijo ella, y le tomó de la mano. Su contacto no le produjo la sacudida eléctrica de otras veces, sino algo distinto, más profundo—. Cuando regresé a Estados Unidos, pensaba que mi vida se había terminado, JP. No creía que pudiera vivir sin ti. Pero en mi desesperación encontré a Dios. Parece una tontería, lo sé, pero quiero darte las gracias por abrirme esa puerta.

—No parece una tontería —contestó él, apretándole la mano—. En absoluto.

Martha lo miró a los ojos y sintió el impulso de seguir hablando.

—Dejé al hombre al que quería en Irlanda y ahora que estoy aquí, sentada contigo, siento que al volver he encontrado a mi hermano.

JP la abrazó y la apretó contra sí.

—Y yo a mi hermana —dijo en voz baja—. Justo cuando más la necesitaba.

—¿Me necesitas, JP? —preguntó ella.

Él la soltó y dejó escapar un profundo suspiro.

—No sé por dónde empezar —dijo, y ella advirtió un destello de dolor en sus ojos.

—Empieza por el principio —propuso ella con una sonrisa, y JP se dio cuenta de que, de todas las personas que formaban parte de su círculo íntimo, Martha era la única a la que podía contarle aquella historia.

Se lo contó todo. Desde sus experiencias en la guerra a la muerte de Harry, su relación con Alana y la aventura de Kitty con Jack O'Leary. Ella le escuchó sin interrumpirle, dejándole hablar a su ritmo. Para JP fue una catarsis hablar de sus problemas, y la mirada compasiva de Martha le hizo sentirse comprendido. Ella no se inmutó cuando le habló de Alana y él no le escamoteó ningún detalle. La vida había continuado desde su separación y ellos habían seguido caminos separados. JP tenía la sensación de que a Martha no le dolía en absoluto que él hubiera encontrado a Alana en el suyo.

—He renunciado a ella —le dijo cuando concluyó su relato—. No quiere casarse conmigo, así que no me queda más remedio que pasar página.

Apoyó los codos en las rodillas y se miró los dedos entrelazados.

Martha no le dio la razón. En su fuero interno, pidió a Dios que la guiara para poder darle el mejor consejo.

—Creo que no deberías rendirte —dijo al cabo de un momento—. El tiempo lo cura casi todo. Puede que Alana solo necesitara eso: tiempo.

—Le he dado un año y medio.

—Pero no habéis vuelto a veros en ese tiempo, ¿verdad?

—No —contestó él.

—¿Y has dejado de escribirle?

—Sí.

—Entonces tienes que ir a verla —afirmó ella—. Si de verdad la quieres, no renunciarás a ella hasta haber agotado todos los cauces posibles.

—No querrá verme —dijo él, bajando la mirada, derrotado.

—Pues procura que te vea. Tienes que luchar por ella. Plántate en su puerta hasta que no le quede más remedio que hablar contigo. Al menos, si te dice que se ha acabado, tendrás la tranquilidad de haber hecho todo lo posible. Si te rindes ahora, siempre tendrás esa incertidumbre. Nunca estarás seguro y es horrible vivir con esa duda.

Él sopesó sus palabras. Por delante de ellos pasó una pareja de la mano y JP los miró con envidia.

—Muy bien —dijo—. Volveré a casa.

—Estupendo —repuso Martha—. Es lo mejor.

—Gracias, Martha. Eres como un ángel de la guarda. Has aparecido justo cuando te necesitaba.

—Me alegro —contestó ella alegremente, llena de satisfacción.

—Pero ¿y tú? —preguntó él—. Ahora que nos hemos encontrado, ¿vendrás a ver a nuestro padre?

—No sé, JP —dijo—. Yo ya tengo unos padres que me quieren. No estoy segura de que sea sensato intentar formar una relación con tu padre, con *nuestro* padre. He encontrado a mi hermano gemelo y con eso me basta. —Sonrió, resignada—. Si él tuviera muchas ganas de conocerme, le abriría los brazos encantada, pero no es así. Y no quiero forzar las cosas. ¿Entiendes?

JP asintió con un gesto.

—Qué complicada es la vida, ¿verdad? —continuó ella, y se echó a reír al pensar en lo absurda que era la de ellos dos—. A veces cuesta encontrarle sentido. Creo que deberías perdonar a Kitty. Debe de estar pasándolo muy mal, porque tú eres como un hijo para ella. Vuelve y haz las paces con ella. No la juzgues. Eso no te corresponde a ti, sino a Dios. Tienes que intentar entenderla. Y luego dile a Alana que la quieres. Creo que solo mediante el cariño y el perdón pueden enmendarse esos errores. De hecho, no hay otro modo.

JP volvió a tomarla de la mano.

—Y ahora que nos hemos encontrado, ¿me prometes que no volverás a huir?

—No voy a ir a ninguna parte, JP. Voy a estar aquí el resto de mi vida.

Kitty estaba en el jardín, de rodillas, limpiando el saúco de un parterre, cuando apareció JP. Dejó la pala y lo miró, alarmada. Al notar por su expresión que ya no estaba furioso con ella, sintió un profundo alivio. Él no dijo nada. Se acercó a ella y, en cuanto Kitty se levantó, la apretó tan fuerte contra su pecho que casi le cortó la respiración. Kitty cerró los ojos y dejó que el perdón de su hermano se llevara su dolor.

Alana estaba en la cocina cortando manzanas para la tarta cuando llamaron a la puerta. Se limpió las manos en el delantal y fue a abrir. Un chiquillo delgaducho, con gorra y chaqueta, le hizo entrega de un ramo de flores silvestres.

—De parte de JP Deverill —dijo en tono ceremonioso.

Alana lo miró pasmada.

—¿Qué has dicho?

—He dicho que son de parte de JP Deverill —repitió el chico.

Alana hizo caso omiso de las flores.

—¿Dónde está? —preguntó, ansiosa, poniéndole una mano en el hombro—. ¿Está aquí? —El chiquillo pestañeó, tratando de recordar lo que debía decir—. ¡Habla, chico! —ordenó ella—. ¿Dónde está?

Él le puso el ramo de flores en las manos y Alana apenas las miró.

—Quiere saber si acepta usted verle —dijo el chico.

—Claro que sí —contestó ella con impaciencia—. ¿Dónde está?

El chico se llevó los dedos a la boca y soltó un silbido. Alana se llevó la mano al corazón cuando JP dobló la esquina, montado a caballo. Era una imagen tan sorprendente… Allí estaba su caballero, igual que aquel día en las colinas, cuando se enamoró de él. De pronto se acordó de reír y de amar y las lágrimas empañaron sus ojos. JP se convirtió en una mancha confusa que se fue haciendo más grande a medida que se acercaba. Cuando desmontó al fin, Alana corrió a su encuentro.

—¡He sido una idiota! —exclamó al lanzarse en sus brazos—. ¿Podrás perdonarme alguna vez?

JP se acordó del consejo de Martha: «solo mediante el cariño y el perdón pueden enmendarse esos errores».

—Claro que te perdono —dijo—. Aunque no hay nada que perdonar. —La besó fervientemente y Alana sintió que aquel beso la sacaba de la oscuridad en la que había estado sumida y la llevaba de nuevo hacia la luz—. Ven a montar conmigo —dijo él.

—Pero estoy haciendo una tarta —contestó ella.

—Deja eso. Vamos a las colinas. Quiero estar a solas contigo.

Aileen apareció de pronto en la puerta. Miró a JP como si viera un fantasma.

—Ah, Aileen —dijo su hermana—. Ten, toma estas flores, ¿quieres?, y ponlas en agua. Y de paso cuelga mi delantal detrás de la puerta —añadió mientras se desataba el delantal y se lo quitaba.

—¿Adónde vas? —preguntó la niña cuando JP ayudó a su hermana a montar a caballo.

—Voy a dar un paseo con mi prometido —respondió Alana en tono orgulloso y Aileen sonrió.

JP montó tras ella y cogió las riendas.

—Mi caballero de brillante armadura —dijo Alana, feliz—. Rezaba porque volvieras —añadió cuando el caballo echó a andar lentamente por la playa.

—¿Sí? —preguntó él.

—Sí —contestó Alana, y levantó la barbilla, sonriendo—. Pero ¿por qué has tardado tanto?

JP y Alana se casaron en el verano de 1950, tras un largo noviazgo. JP acabó sus estudios en el Trinity College de Dublín y se instaló en Cork, donde comenzó a trabajar como arquitecto. De niño siempre le había encantado construir cosas con su padre, y descubrió que seguía encantándole.

JP era protestante y Alana católica, pero no pensaban permitir que la religión, ni cualquier otra cosa, se interpusiera entre ellos. JP se comprometió a educar a sus hijos en la fe católica y se casaron en la sacristía de la iglesia católica de Todos los Santos.

Antes de la ceremonia, Alana estaba sentada ante el tocador de su madre mientras Aileen le trenzaba flores en el pelo cuando su padre entró en la habitación. Jack recorrió con la mirada el vestido de color marfil que le había hecho Loretta, la esposa de su primo, y notó que su hija llevaba puesto el velo que Emer había traído desde América con ese mismo fin.

—Estás preciosa, Alana —dijo con un nudo en la garganta, y tosió para aclararse la voz—. Eres el vivo retrato de tu madre.

—Gracias, papá —contestó ella mirándose al espejo—. No me hagas llorar. Ya he llorado dos veces hoy, ¿verdad, Aileen?

—Sí, papá, y he tenido que retocarle el maquillaje las dos veces.

—Tengo una cosa para ti —dijo él al acercarse, y le tendió una bolsita de terciopelo.

—¿Qué es? —Alana desató el cordel y se echó en la mano un hermoso rosario de plata de lapislázuli—. Es precioso —dijo con los ojos llenos de lágrimas.

—No puedo fingir que sea una alhaja de familia, Alana, pero lo vi en Dublín, me gustó y pensé que a ti también te gustaría.

—Ay, papá, voy a llorar otra vez.

Aileen lanzó a su padre una mirada de reproche y cogió un pañuelo. Se lo dio a su hermana con un suspiro.

—Deberíamos haber dejado el maquillaje para el último minuto —dijo.

Alana se enjugó los ojos.

—Gracias, papá. Significa mucho para mí.

—Espero que a mí también me regales algo el día de mi boda —dijo Aileen.

Su padre le dio unas palmadas en la espalda.

—No te preocupes, Aileen. Encontraré algo igual de bonito para ti. Pero hoy es el día de Alana. —Miró su reloj—. ¿Ya estás lista?

—Es tradición que la novia llegue tarde —dijo Alana.

—Y que el padre de la novia espere al pie de la escalera —añadió Aileen con énfasis.

Jack asintió con una sonrisa.

—Muy bien. Estoy orgulloso de mis *dos* chicas —dijo.

Aileen sonrió.

—Puedes estar igual de orgulloso al pie de la escalera —dijo con firmeza, y le vio salir de la habitación—. Si sigue así, va a hacer que yo también me estropee el maquillaje.

Jack encontró a Emer en la cocina, retocando el ramo de Alana. Lucía un vestido de color caramelo y un discreto sombrero. Al ver a su marido, sonrió.

—¿Le ha gustado? —preguntó.

Él hizo un gesto afirmativo.

—Mucho.

—Qué bien.

Jack la enlazó por la cintura y la besó.

—No puedo creer que nuestra niñita vaya a casarse —dijo.

—Yo tampoco. Parece que fue ayer cuando hacía novillos y se escapaba a las colinas.

Él la miró con fijeza.

—No sé qué le dijiste, Emer, y nunca te lo he preguntado. Pero conseguiste que volviera con JP, y conmigo. Sí, fuiste tú quien me la devolvió y te estoy muy agradecido por ello.

Emer le puso la mano en la mejilla y lo miró con su serenidad habitual.

—Ella eligió volver, Jack —dijo. *Igual que tú elegiste volver conmigo*—. Y eligió ser feliz —añadió. *Igual que yo.*

Kitty no había vuelto a hablar con Jack desde que Alana acudió a su casa con las cartas, dispuesta a encararse con ella. Lo había evitado a propósito, y él había hecho lo mismo. Las raras veces en que se habían encontrado por casualidad, habían mirado para otro lado. Kitty había sufrido por su separación, pero sabía que el único modo de salvar su matrimonio era renunciar a él por completo. Y, por más que le costara aceptarlo, sabía que Jack también había renunciado a ella. Antaño, él había sostenido las raíces de su corazón con mano firme y ansiosa. Ahora ya no.

Estaba sentada entre Florence y Robert, en la iglesia, cuando Jack recorrió el pasillo llevando a Alana del brazo. Comenzó a sonar la música, tocada por el órgano eléctrico donado por Bridie, y Kitty mantuvo los ojos fijos en su breviario. Robert permanecía sentado rígidamente a su lado, en el primer banco, con la pierna coja estirada. Su vida conyugal no era tan íntima y cálida como antes, pero sí bastante cordial, y Kitty se alegraba de que siguieran juntos. Quizá, con el tiempo, su marido la perdonaría. Kitty vio a la novia y a su padre por el rabillo del ojo, pero no miró, y supo que Jack tampoco la miraría a ella. El corazón le latía con fuerza bajo el vestido y notaba cómo le sudaban las manos dentro de los guantes.

Bertie y Maud también estaban sentados en el primer banco, y Maud casi eclipsaba a la novia con su sofisticación y su belleza. Había dado permiso a Bertie para vender la casa de Belgravia y habían puesto punto final a su separación. Ella lucía ahora un vestido azul claro, con sombrero a juego, que realzaba el exquisito color de sus ojos. Los diamantes de los Deverill brillaban en sus orejas y en torno a su cuello. Bertie la tomó de la mano y se la apretó. De no haber llevado guantes, su voluminoso anillo de pedida, que había mantenido guardado durante su relación con Arthur, habría brillado a la vista de todos en el dedo corazón de su mano izquierda. Bertie y Maud se miraron con cariño y él sintió un enorme orgullo por que su esposa hubiera vuelto. Resolvió tratarla como a su tesoro más preciado el resto de su vida y asegurarse así de que no volvía a perderla.

Bridie se sentó con su madre y Leopoldo, Michael, Sean, Rosetta y los hijos de esta. Miró a Kitty y sintió que una inmensa pena la embargaba de pronto. Aquel sentimiento procedía de un lugar tan profundo y era tan inesperado que tuvo que acercarse el pañuelo a la boca para sofocar un gemido. Todo aquello era demasiado. Tenía los sentimientos a flor de piel por la boda de su hijo, y se sentía asaltada por una oleada tras otra de nostalgia y añoranza del pasado, cuando Kitty y ella eran como hermanas. A lo largo de su vida, Bridie había hecho otras amigas: Rosetta y Elaine Williams, la esposa de su abogado en Nueva York, y luego Emer, pero con ninguna compartía lo que había compartido con Kitty. A ninguna la conocía desde que era niña. De pronto sintió una profunda tristeza al pensar que las consecuencias de su absurdo escarceo con lord Deverill, ocurrido hacía muchos años, las había separado y convertido en enemigas. Ansiaba reconciliarse con ella. Lo deseaba con toda su alma. Pero no sabía cómo conseguirlo.

El padre Quinn ofició la boda y JP y Alana prometieron amarse hasta que la muerte los separara. Al mirarse a los ojos, supieron que, después de todo lo que había ocurrido, no permitirían que nada volviera a separarlos.

Al final de la ceremonia, recorrieron el pasillo de la mano acompañados por la música que tocaba entrecortadamente la señora Reagan, a la que le estaba costando cogerle el tranquillo al nuevo órgano. Kitty salió al pasillo y de pronto se encontró junto a Jack. Al cruzarse su mirada con la de Emer, que iba detrás su marido, sintió pánico. Pero Jack le sonrió amablemente y le ofreció el brazo. Kitty no tuvo más remedio que aceptarlo. Jack avanzó con parsimonia hacia la puerta, llevándola a su lado. Kitty respiraba agitadamente mientras caminaba hacia la salida. Se concentró en la luz del fondo del pasillo y levantó la cabeza. Detrás de ellos iba Emer con sus hijos. Robert acompañaba a Florence, Bertie iba con Maud y Bridie con Leopoldo. Salieron al sol y Jack se volvió y dedicó a Kitty una sonrisa melancólica. Ella vio reflejados en sus ojos el arrepentimiento y la pena, pero, sobre todo, vio cariño.

—Tuvimos nuestro momento —dijo él con voz queda—. Y fue especial. Pero Emer es mi futuro y Robert el tuyo. Los dos merecen nuestro cariño y nuestra lealtad.

Kitty intentó refrenar las lágrimas y asintió con la cabeza. *Siempre te querré*, dijo para sus adentros, y él asintió como si la hubiera oído. Como si la hubiera oído y contestara: *Te quiero, Kitty Deverill, y siempre te querré*. Luego soltó su mano y se alejó.

31

Comenzaba a caer la nieve en grandes y mullidos copos cuando las damas y los caballeros más encopetados de la ciudad llegaron a Deverill House en sus coches con chófer, junto con estrellas de la gran pantalla, literatos famosos y dueños de periódicos, políticos, artistas y miembros de la realeza. Sentada en el salón de arriba, Beatrice Deverill presidía la reunión ataviada con un suntuoso vestido de terciopelo. En su cuello y sus muñecas brillaban los diamantes con los que su difunto marido, sir Digby, había hecho fortuna. Celebraban su ochenta cumpleaños y nadie se atrevió a recordar que Digby había perdido su fortuna y que su hija Celia había tenido que viajar a Sudáfrica para recuperarla. A los invitados lo único que les importaba era que los salones de lady D eran de obligada visita los martes por la noche, y a nadie le preocupaba de donde viniera la invitación, con tal de tener una.

Beatrice había salido por fin de su encierro, se había sacudido las telarañas y había regresado a Londres con aplomo. Celia sabía que todo había empezado la Navidad que Kitty pasó con ellos. Boysie acababa de divorciarse de Deirdre y estaba tan eufórico que había conseguido que Beatrice saliera de su abatimiento como un caracol que saliera de su concha. Reacia al principio y luego llena de curiosidad, Beatrice había descubierto que aún podía divertirse. Comprendió que se estaba haciendo mayor y que no quería morir sumida en la depresión.

—Ya falta poco para que me reúna con mi querido Digby, así que más vale que me divierta todo lo que pueda antes de irme.

Y eso había hecho. Dejó atrás su pena y regresó con Celia y Boysie a Londres. Alentada por ellos, retomó sus veladas de los martes, que no tardaron en hacerse de nuevo famosas. La guerra había cambiado muchas cosas en Londres, pero la gente seguía teniendo el mismo anhelo de entretenimiento, champán y frivolidad. Reinaba una atmósfera de optimismo y euforia, y Beatrice siempre había tenido talento para mezclar a personas muy distintas. Para Celia y Boysie era un placer volver a ver a la Beatrice de siempre, tan osada y con un punto de vulgaridad. ¡Cuánto la habían echado de menos!

El pianista comenzó a tocar *Anything Goes* y Boysie buscó a Celia y la sacó a bailar al centro del salón. Ella rio a carcajadas mientras su amigo, que poseía un sentido del ritmo innato, la llevaba por el salón. Pronto todo el mundo parecía estar bailando.

—Es como en los viejos tiempos —gritó Celia para hacerse oír entre el bullicio.

—¡Y supongo que ahora vas a decir que es la pera! —respondió él.

Celia se rio.

—¡Pues sí!

—Y tienes razón. —Boysie hizo una mueca cuando alguien le pisó—. Necesito tomar un poco el aire. ¿Vamos fuera? —preguntó, y echó a andar cojeando hacia la terraza que daba a la fachada y a Kensington Palace Gardens. Salieron por las puertas cristaleras y Boysie se quitó la chaqueta y se la echó a Celia sobre los hombros. Buscó en su bolsillo y encontró sus cigarrillos y su encendedor.

—¿Te apetece un cigarrillo, niña?

—Me encantaría, cielo —repuso ella, y vio que él le encendía uno—. ¿Verdad que es precioso estar aquí, en la nieve? Parece un país de ensueño.

—Divino —comentó Boysie al pasarle el cigarrillo.

Ella lo sujetó con los labios pintados de púrpura y aspiró una calada.

—¿Sabes? —dijo—. Hacía mucho tiempo que no era tan feliz. Desde que se mató Archie. La verdad es que me siento muy afortunada. Tú estás aquí, y mamá se ha recuperado, y he conseguido levantar de nuevo la fortuna de mi padre. Si tuviera una copa de champán, brindaría por ti,

Boysie. Has sido el mejor de los amigos todos estos años. Piensa en todo lo que hemos sufrido y en cómo hemos sobrevivido.

—Espera un momento —dijo Boysie, y entró rápidamente en el salón. Volvió a salir un segundo después con dos copas de champán—. Repite eso que has dicho. Era precioso.

—¡Tú siempre de guasa! —repuso ella.

—No, lo digo en serio. Lo que has dicho es precioso. Eso sobre nosotros.

Ella se rio y bebió un sorbo.

—Eres mi mejor amigo, eso es lo que quería decir.

Entrechocaron sus copas.

—Bueno, ¿alguien te ha hecho tilín esta noche? —preguntó Celia.

Boysie se rio.

—Me he fijado en cierto morenito encantador.

—¡Uyyy! ¿No será el chico de los Cavendish?

—Pues sí, el mismo.

—Tesoro, ¿estás seguro de que es de los tuyos?

—Segurísimo. Para eso tengo un olfato infalible, no lo olvides.

—Muy bien. Pero, por favor, ten cuidado. —Le sonrió con ternura. Luego se volvió y miró el jardín, que empezaba a cubrirse con un impecable manto de nieve—. Tengo una idea, cariño. Llevo algún tiempo dándole vueltas.

—Me encantan tus ideas. ¿Nos vamos a Irlanda o a Sudáfrica?

—No, es otra cosa.

—Cuéntame, niña. Soy todo oídos.

Celia se volvió y lo miró, muy seria.

—Tú me quieres, ¿verdad, Boysie?

—Más que a nada en el mundo —contestó él, que no quería complicar las cosas incluyendo a sus hijos.

—Yo también te quiero a ti. Lo sabes, ¿verdad?

—¿Dónde quieres ir a parar, niña?

Ella sonrió, radiante, y le miró con ojos llenos de ternura.

—Casémonos.

Boysie se puso serio de repente.

—Pero cariño…

—Lo sé, yo *tampoco* quiero acostarme contigo. Bueno, no me importa que durmamos juntos, siempre y cuando no invadas mi lado de la cama. No, lo digo en serio. Somos la pareja ideal. Tú puedes tener tus líos y yo los míos, pero al final del día podremos volver a casa, el uno con el otro. No quiero que te vayas de mi lado. Y a fin de cuentas no vas a casarte con nadie más, ¿no? —Dejó su copa sobre la balaustrada y, volviéndose, le sacudió los copos de nieve de los hombros—. Te entiendo, Boysie. Te conozco y sé perfectamente cómo eres. Te quiero tal y como te hizo Dios y quiero pasar el resto de mi vida contigo. No quiero hacer el amor contigo, pero quiero poder abrazarte y besarte en la frente y demostrarte mi amor. Ya está, ya lo he dicho. ¿Qué me dices?

Boysie arrugó el ceño.

—Dios mío, Celia, estás loca.

—A ti te gusto así.

Él asintió, sonriendo.

—Sí. Me gustas muchísimo. —Dejó su copa de champán junto a la de ella y le pasó la mano por la cintura—. Me encantaría ser tu marido —dijo, y la besó en la frente. Apoyó allí la mejilla un momento y suspiró—. ¡Lo que se reiría Harry si pudiera vernos en este momento!

—Estoy segura de que puede vernos —repuso Celia—. Pero dudo de que se esté riendo. Conociendo a Harry, habrá soltado alguna lagrimilla.

—Cierto —convino Boysie—. Harry lloraba por cualquier cosa.

—¡Celia Bancroft! —exclamó ella alegremente—. Suena fenomenal, ¿no crees?

—Nadie podrá acusarte de ser una mujer al uso —comentó Boysie.

Ella se echó a reír.

—¡Y tú eres el hombre perfecto para mí!

Había, no obstante, un joven caballero al que no se recibía en los salones de lady Deverill, y era el conde Leopoldo di Marcantonio, que residía en Londres y se estaba labrando una turbia reputación en las mesas de juego de Mayfair y los burdeles del Soho.

Leopoldo tenía veintiún años. Su madre, siempre solícita, lo había mandado a Londres con una asignación generosa y aun así Leopoldo la llamaba cada mes para pedirle más dinero. Bridie transigía con todos sus caprichos y le perdonaba sus defectos. No le culpaba por ser irresponsable y desatento, y siempre buscaba excusas para justificar su holgazanería. Las calamidades que le ocurrían *nunca* eran culpa suya.

Leopoldo se creía especial. Su padre le había convencido de que era mejor que los demás y su madre nunca le había pedido explicaciones por sus actos. Trataba a las mujeres con desdén, avasallaba a los más débiles, se emborrachaba, jugaba y derrochaba el dinero porque sabía que su madre le daría más.

Ballinakelly le aburría. Londres, en cambio, le fascinaba. Se acopló a una pandilla de jóvenes privilegiados que *hacían* la temporada londinense, pasaban el verano de fiesta en fiesta en la Riviera y en invierno esquiaban en Saint Moritz. Jugaban al polo en las cuidadas praderas de Cirencester y Windsor, cazaban faisanes en Inglaterra y urogallos en Escocia, se alojaban en mansiones suntuosas, iban a las carreras y bailaban hasta el amanecer en los clubes de moda en Londres. Ansioso por pertenecer a ese círculo rebosante de glamur, y consciente de que carecía de la formación y el pedigrí necesarios para que lo acogieran en su seno, Leopoldo se ganaba su favor derrochando dinero a manos llenas. Cuando llegaba la hora de pagar, sus nuevos amigos miraban a Leopoldo.

—¡Eres un amor! —le decían poniéndole la cuenta delante de las narices—. ¡Qué haríamos sin Leo! ¡Es adorable! —exclamaban, y él se henchía de contento y, mientras extendía el cheque, sentía que de veras formaba parte de aquel mundo exclusivo.

Pero, aunque vestía a la moda e ingresaba en los clubes de rigor, siempre tenía la sensación de no dar la talla. Los demás parecían hablar un lenguaje que él no entendía, aunque las palabras fueran las mismas. Aquellas personas parecían habitar detrás de un velo que, por más dinero que gastara, él nunca lograba levantar. Pero mientras siguiera extendiendo cheques, aquellos jóvenes privilegiados seguirían admitiéndolo de buena gana entre sus filas.

Además de dinero, Leopoldo tenía un rimbombante título extranjero y un castillo magnífico, lo que compensaba hasta cierto punto su carácter desagradable. Había numerosas chicas avariciosas deseosas de casarse con él y, entre ellas, Leopoldo salía siempre con las más inseguras: de ese modo, se sentía poderoso. Les compraba ropa y joyas, presumía ante ellas de descender del papa Urbano VIII, Maffeo Barberini, y les enseñaba los gemelos de diamantes con el emblema de las abejas que había heredado de su padre. Se jactaba del castillo que su madre le había comprado a la ilustre familia de los Deverill, que —se apresuraba a añadir— ahora eran sus inquilinos. Algún día, el castillo sería suyo. No le gustaba, en cambio, que le recordaran que su madre era de origen campesino o que su padre había sido asesinado.

La alta sociedad londinense le despreciaba. Se burlaban de él a sus espaldas y la prensa le apodaba «el conde de Monte Cisco». Su madre había sido antaño un personaje muy conocido en la alta sociedad neoyorquina. Ahora, su hijo recibía idéntica atención de la prensa, pero de un cariz menos positivo. Le fotografiaron saliendo borracho del Savoy, o estrellando su coche frente al Ritz, o peleándose en la calle tras negarse a pagar una deuda de juego. Le detuvieron por pegar un puñetazo a un policía y le multaron por bañarse desnudo en el Serpentine cuando el parque ya estaba cerrado. Sus desmanes eran una lectura entretenida para todo el mundo, menos para Bridie, que culpaba a la pandilla con la que se codeaba de haberle llevado por mal camino.

Leopoldo rara vez iba a casa y solo de cuando en cuando telefoneaba a su madre. Estaba demasiado enfrascado en sus placeres, pero a Bridie no le importaba.

—Mientras él esté bien, yo soy feliz —le decía a Rosetta, que creía que Leopoldo era un egoísta que no merecía el cariño de su madre—. El pobrecillo perdió a su padre, a su ejemplo. Tiene que salir al mundo y encontrarse a sí mismo, como me tocó hacer a mí. Pero yo no tenía a nadie que me cuidara. Leo tiene suerte. Yo siempre estoy aquí por si me necesita, pase lo que pase. Seguiré queriéndole, haga lo que haga.

Rosetta sospechaba que Bridie solo sabía la mitad de lo que hacía su hijo.

En la primavera de 1953, Bridie cayó enferma. Hacía bastante tiempo que no se encontraba bien. Al principio pensó que era simple cansancio. Luego se dijo que se estaba haciendo mayor. Los dolores y las molestias eran, quizá, consecuencia de la menopausia, se decía, o más probablemente del sufrimiento de toda una vida y, dado que nunca había tenido motivos para ir al médico, siguió adelante sin darle importancia. No quería importunar a Leo.

—Deja que se divierta sin tener que preocuparse por mí —le decía a Rosetta, que le guardaba aún más rencor a Leopoldo por preocuparse tan poco por su madre, pues sin duda, si se hubiera molestado en visitarla, habría visto enseguida que estaba enferma.

Bridie tampoco quería preocupar a su madre, a Emer y a Martha con sus quejas. Conseguía ocultar su mala salud detrás de una sonrisa y, cuando se mostraban preocupadas por ella, lo achacaba todo al cansancio y se quejaba en broma de que se estaba haciendo mayor. Rosetta insistía en que fuera al médico, pero Bridie le decía que ni el mejor médico del mundo podía repararle el corazón, roto desde la mañana en que supo que su marido había sido asesinado. Era natural que la pena le pasara factura tarde o temprano.

Solo cuando se desmayó en lo alto de la escalera, tomó Rosetta cartas en el asunto. Llamó al médico del pueblo, que vino al castillo. El médico se rascó las patillas con expresión compungida, meneó la cabeza y le recomendó a un especialista de Cork. El médico de Cork se mostró igual de preocupado y la envió a un hospital de Dublín a que le hicieran pruebas. Bridie viajó en tren, acompañada por Rosetta, que, al ver cómo se consumía a ojos vista su cuñada, cada vez más pálida y débil, empezó a temer que Bridie estuviera muriéndose.

El viaje de regreso a Cork fue sombrío. Bridie miraba por la ventanilla sin ver el campo que pasaba a toda velocidad ante sus ojos. Veía, en cambio, escenas de su vida pasada. Veía la granja donde había crecido, a su abuela, la vieja señora Nagle, fumando en su pipa de arcilla junto al fuego, a su madre rezando el rosario y el ángelus en la mesa, a su padre bailando con ella por la cocina mientras los amigos daban palmas y gritaban «¡Cuidado con el aparador!». Veía el convento en el que Martha había entrado como novicia, veía a sus bebés y se veía a sí misma perdiéndolos. Veía el barco que la llevó a Estados Unidos y la silueta de los rascacielos de Nueva York la primera vez que vio la ciudad, llena de optimismo, de esperanza y de tristeza por lo que había dejado atrás. Veía a la señora Grimsby, que le había dejado todo su dinero, y a la señorita Ferrel y el señor Gordon, que siempre habían sospechado de ella. Veía a su abogado y amigo, Beaumont Williams, y a su esposa, Elaine, que había sido una amiga leal y cariñosa. Veía a su primer marido, Walter Lockwood, que tan bueno había sido con ella, y a su familia, que la había acusado de ser una cazafortunas. Veía su apartamento en Park Avenue y a su querido Cesare, el hombre al que había amado por encima de todos los demás. Veía a Leopoldo de niño, y el castillo, que nunca había sentido que le perteneciera de veras y, ahora que todo iba a terminar, se preguntaba si sus celos y sus rencores habían valido la pena. De pronto, a la luz de su enfermedad, parecían triviales.

—Tengo cáncer —le dijo por fin a Rosetta.

No podía seguir ocultando la verdad detrás de una sonrisa. Bajó los hombros y suspiró. Rosetta dejó la revista que estaba leyendo y miró a su amiga con tristeza. Ya se lo esperaba, pero aun así le sorprendió la noticia: dicha en voz alta, parecía mucho más terrible. Bridie se miró las manos y Rosetta trató de mantener la compostura, pero se le escapó una lágrima que rodó por su mejilla. Se la limpió rápidamente.

—Debo aceptar lo que me ha mandado Dios —dijo Bridie—. He sufrido mucho en mi vida y nunca he perdido la fe. No voy a perderla ahora. Tengo el consuelo de volver a ver a mi padre, a mi abuela y a Cesare. No estaré sola en el cielo.

Pensó también en su hija, muerta al nacer, y el corazón se le estremeció de alegría al pensar que también se reuniría con ella.

—¡Ay, Bridie! —suspiró Rosetta acongojada y, sentándose a su lado, la tomó de la mano—. Yo te cuidaré hasta que te pongas buena.

—Esto ya no tiene remedio —repuso Bridie. Le brillaron los ojos al mirar a Rosetta con gratitud, como si de pronto la viera por primera vez. Le puso la mano en la mejilla—. Has sido mi amiga más querida, Rosetta. Has estado a mi lado en los momentos más difíciles. No siempre he elegido el camino más fácil, y tú nunca te has quejado. Me alegro de que te casaras con mi hermano. Le has hecho feliz y me has hecho feliz a mí al convertirte en mi hermana. Nadie me conoce como tú y sé que me quieres como soy, a pesar de todos mis defectos. Te he dado por descontada porque siempre has sido leal y generosa. He llorado lo que había perdido sin valorar lo que tengo. Así que gracias, Rosetta, desde lo más hondo de mi corazón, o de lo que queda de él. —Se rio mientras las lágrimas corrían por sus mejillas—. No quiero irme sin decírtelo, sin darte las gracias.

Rosetta estaba tan conmovida que no pudo contestar. Rodeó con sus brazos el frágil cuerpo de su amiga y la apretó con fuerza.

Bridie no quería que nadie supiera que se estaba muriendo, salvo su familia y el padre Quinn. Se lo dijo solo a Michael, a su madre y a Sean, y por último a Leopoldo, que regresó enseguida a Ballinakelly para estar a su lado. Guardar un secreto allí, sin embargo, era tan difícil como sujetar una nube y pronto se enteró todo el pueblo.

—Habrá ascendido mucho, pero siempre ha sido nuestra Bridie —comentó Mag Keohane en el reservado de la taberna.

—¡Ya lo creo que sí! Siempre ha tenido un corazón de oro —añadió Nellie Moxley.

—Y el bolsillo lleno de eso mismo —repuso Nellie Clifford—. Ballinakelly no había conocido nunca tanta generosidad.

—Gracias al órgano eléctrico que donó Bridie a la iglesia, la pobre Molly Reagan pudo dejar de tocar esa carraca que había antes. ¿Os acordáis de que la pobrecilla tenía que meterse en cama después de tocar en misa?

—Así es —dijo Maureen Hurley—. Lo único que la revivía era una gotita de whisky, bendito sea Dios.

Se quedaron todas calladas un momento. Luego, Mag Keohane dijo en voz baja y con tono siniestro:

—El tal Leopoldo va a heredar el castillo. —Meneó la cabeza—. Soy una buena cristiana, mejor no la encontraréis fuera de los muros de un convento, pero que Dios me perdone: no puedo decir nada bueno de él.

Kitty se quedó de piedra al ver a Michael Doyle en su puerta. Tenía la gorra en la mano y una expresión avergonzada en la cara morena. Kitty no le invitó a pasar. No quería que Michael Doyle cruzara el umbral de su puerta. Él, sin embargo, no tenía un aire amenazador. Parecía, por el contrario, que había tenido que hacer acopio de valor para presentarse allí.

—Hola, Kitty —dijo.

Ella levantó la cabeza.

—Michael.

—Traigo noticias.

Kitty pensó de inmediato en Bridie y se llevó la mano al corazón.

—¿Qué ha pasado? —preguntó, olvidándose de su historia y pensando únicamente en su vieja amiga.

—Bridie se está muriendo —respondió él, y la miró con desconfianza.

Kitty sofocó un gemido de sorpresa.

—¿Que se está muriendo? Pero ¿cómo es posible?

—Tiene cáncer —le informó Michael—. No hay nada que hacer. Puede morir en cualquier momento. Sé que hace muchos años que no tenéis relación, pero también sé que le gustaría reconciliarse contigo, aunque no me lo haya dicho. No querrá irse con ese peso en el alma.

Kitty asintió.

—Claro que sí. Iré a verla enseguida.

Michael titubeó y de pronto aquel hombre fuerte e imponente pareció pequeño e inseguro. Respiró hondo y Kitty sintió su arrepentimiento como si emanara de cada poro de su piel.

—Lo siento, Kitty, siento lo que te hice —dijo en voz baja—. Comprendo que no puedas perdonarme. Lo que hice es imperdonable. Pero quiero que sepas que me arrepentí en ese preciso instante. Era joven, pero eso no es excusa.

Desvió los ojos porque no soportaba ver su mirada de reproche.

Pero Kitty alargó el brazo y tocó su mano.

—Te perdono, Michael —dijo, casi sin poder creer que hubiera dicho esas palabras.

No podía creer que lo sintiera de verdad. Después de tantos años de rencor y resistencia, algo se había liberado dentro de ella, y era un sentimiento delicioso. Una oleada cálida inundó su pecho. Se le hizo un nudo en la garganta y sintió el escozor de las lágrimas en los ojos. Pero la alegría que embargaba su corazón era arrebatadora.

Michael la miró, atónito.

—Te perdono, Michael —repitió ella, y sonrió.

Él agarró su mano y se la apretó. Estaba tan conmovido que no podía hablar. Abrumado por la emoción, sintió que no podía pasar ni un segundo más en su presencia. Inclinó la cabeza, se puso la gorra y se marchó.

Kitty lo vio alejarse y se maravilló de lo fácil que había sido perdonarlo. *¿De veras es necesario aferrarse a agravios del pasado teniendo al alcance de la mano la posibilidad de liberarse de ellos?* Se acordó de Adeline, porque aquello era lo que habría dicho su abuela. Al pensar en ella, sintió su presencia y su aprobación, y entonces la oyó como le hablaba directamente al corazón.

Era hora de pedirle perdón a Bridie.

32

Bridie estaba en cama. El fuego estaba encendido a pesar de que el sol otoñal entraba por las ventanas, trayendo consigo el canto alegre de los pájaros y el olor de la hierba húmeda. Su mundo había quedado reducido a aquel cuartito, pero no lo lamentaba. De todos modos, nunca se había sentido a gusto en el resto del castillo. Ahora yacía en camisón, apoyada en las almohadas, aguardando la muerte.

Leopoldo había vuelto de Londres. Su presencia la había animado más que cualquier otra cosa. El solo hecho de verlo había devuelto el color a sus mejillas y el brillo a sus ojos. Él se había sentado junto a su cama, la había agarrado de las manos y le había contado todas las cosas que hacía en Londres, y ella se había reído porque a su modo de ver todo lo que hacía su hijo era maravilloso, inteligente y osado. Luego, Leopoldo se había ido al pueblo en busca de entretenimiento.

Bridie no esperaba ver a Kitty. Pensaba a menudo en su vieja amiga, y el recuerdo de su infancia compartida la sumía en una profunda melancolía.

Kitty se quedó parada en la puerta del cuarto, temiendo entrar por si no era bienvenida. Pero la cercanía de la muerte solo conseguía que la vida fuera aún más valiosa, y Bridie sonrió.

—Kitty, me alegro de que hayas venido —dijo tendiéndole la mano.

Kitty acercó la silla colocada junto a la cama y se sentó. Contempló el rostro enflaquecido de Bridie y pensó que estaba horriblemente pálida. Tenía un cerco oscuro alrededor de los ojos y las mejillas hundidas y amoratadas. Kitty sintió una opresión en el pecho y la garganta. Le dolía ver a Bridie en aquel estado y, tomando la mano de su amiga, se la llevó a la mejilla.

—¿Cómo hemos llegado a esto, Bridie? —preguntó—. ¿Por qué permitimos que nuestros caminos se separaran?

—Porque las dos somos muy tercas —contestó Bridie.

—¡Idiotas es lo que somos! —exclamó Kitty con los ojos llenos de lágrimas—. Queremos a JP por igual y sin embargo dejamos que ese amor destruyera el cariño que nos teníamos. Me horroriza pensar lo que hemos perdido.

—Hiciste lo que creíste más justo, Kitty. Cuidaste de mi hijo y te doy las gracias por ello. Le criaste muy bien. Es un buen chico.

—Pero es tu hijo y tiene que saberlo —repuso Kitty—. Voy a decirle la verdad, Bridie. Voy a decirle que no querías abandonarlo, pero que tuviste que hacerlo. Le diré que volviste a buscarlo y que yo me interpuse en tu camino. Le diré lo que *debería* haberle dicho hace mucho tiempo.

—No, no debes decírselo, Kitty. No destruyas su felicidad, ni le des motivos para guardarte rencor.

—Tiene derecho a saber quién es su madre —insistió Kitty.

Bridie arrugó la frente y pareció de pronto asustada.

—No quiero que me vea así, Kitty. No quiero que conozca a su madre en su lecho de muerte.

Al oírle mencionar la muerte, Kitty se levantó y se acercó a la ventana. No sabía cómo decirle a Bridie que también tenía una hija, pero sabía que tenía que hacerlo y estaba dispuesta a afrontar las consecuencias. Contempló los jardines, buscando una respuesta allí, en el lugar donde había crecido.

—Bridie —dijo—, tengo que decirte otra cosa. —Se volvió y miró a la mujer consumida de la cama, antaño tan llena de vida—. No solo tienes un hijo. También tienes una hija.

Bridie la miró desconcertada.

—¿Qué quieres decir? ¿Cómo que tengo una hija? Creo que lo sabría, si la tuviera.

—La niña que crees que murió al nacer está viva. Te la quitaron y la dieron en adopción a una pareja americana. —Kitty se retorció las manos—. ¡Oh, Bridie, perdóname! Debería habértelo dicho mucho antes.

Bridie se incorporó en la cama, sin apartar los ojos de Kitty. Su confusión se había tornado en miedo.

—¿Mi niñita no está muerta? —Parecía tan acongojada que Kitty corrió a sentarse en la cama para abrazarla.

—Tu hija está viva y es una joven preciosa, Bridie.

—¿No murió? ¿Cómo es posible? Yo la vi. ¡La vi y estaba azul! —Bridie estaba temblando.

—No respiraba, pero no estaba muerta.

—En nombre de Dios, ¿cómo pudieron hacer algo así? —preguntó Bridie, sollozando contra su pecho—. ¿Cómo puede alguien robarle un bebé recién nacido a su madre?

Kitty pensó en Grace Rowan-Hampton y fue como si Bridie le leyera la mente. Apartó a Kitty como si de pronto comprendiera quién estaba detrás de aquel acto aborrecible. Solo podía ser una persona. Una persona cuyos tejemanejes habían trastocado su vida una y otra vez.

—Grace —dijo, anonadada—. Fue Grace, ¿verdad?

Kitty asintió, asombrada de que Bridie hubiera pensado de inmediato en ella.

—Debería haberlo adivinado. ¿Por qué confié en ella? Desde el principio solo pensó en sus propios intereses. Pero ¿dónde está mi hija, Kitty? ¿Cómo se llama? ¿Es feliz?

—Ya conoces a tu hija, Bridie. Es Martha.

Bridie se llevó la mano a la boca y sofocó un gemido.

—¿Martha Wallace? ¿Mi amiga Martha?

—Tu amiga Martha —respondió Kitty—. Vino a Ballinakelly buscándote, pero, como Grace había puesto su nombre en la partida de nacimiento para conseguir un precio más alto por el bebé, fue a ella a quien encontró. Yo me enteré entonces. Grace vino a decírmelo. Mintió a Martha y le dijo que su madre había muerto al dar a luz.

—¿Martha cree que estoy muerta? ¡Oh, qué horror!

—Lo siento muchísimo, Bridie. Yo colaboré para evitar que JP descubriera la verdad. Te mentí para salvar mi pellejo y lo lamento amargamente. Soy tan culpable como ella.

—Claro, por eso Martha y JP no podían casarse —dijo Bridie, tratando de juntar las piezas de aquel rompecabezas—. ¿Lo sabe ella? Ni siquiera me ha dicho que fuera adoptada. Hemos hablado de todo, pero nunca me ha contado eso.

—Y supongo que tú tampoco le has dicho que tuviste dos bebés y que te los quitaron —repuso Kitty juiciosamente.

—No, es cierto. No se lo he dicho. Ninguna le ha dicho la verdad a la otra. Si no, nos habríamos dado cuenta de que somos madre e hija.

—Creo que Martha debería saber que eres su madre.

Bridie suspiró y, recostándose en los almohadones, pensó en Martha, en aquella joven extraordinaria que le había traído compañía y felicidad.

—No podría haber pedido una hija mejor —dijo, aturdida de pronto por la felicidad—. Nos parecemos tanto las dos, ¿sabes, Kitty? Pensamos igual y nos hacen gracia las mismas cosas. Somos como dos gotas de agua, de veras. Y pensar que no nos hemos dado cuenta…

—Y Martha ha ingresado en el convento en el que diste a luz —le recordó Kitty.

—Sí, así es. ¡Qué extraño giro del destino! —Bridie la cogió de la mano—. Gracias, Kitty. Llevo toda la vida creyendo que mi hija estaba muerta y ahora sé que no murió, sino que tuvo una vida maravillosa en Estados Unidos. Doy gracias porque creciera en un hogar feliz. —Bridie se limpió una lágrima con el dorso de la mano—. Me alegro de que tenga unos padres que la quieren.

Kitty no esperaba que Bridie reaccionara así. Creía que iba a ponerse a gritar y que iba a echarla del castillo. No esperaba su comprensión, y se sintió profundamente conmovida.

—No debería haberos guardado secretos a JP y a ti —dijo—. Deberíamos haber sido todos sinceros los unos con los otros.

—A veces la verdad no es el mejor camino, Kitty. Al menos, hasta que llega el momento de tomarlo. Te perdono. A fin de cuentas, si le hubieras dicho a Martha que yo era su madre, tendrías que habérselo dicho también a JP. ¡Qué maraña de secretos y mentiras hemos creado! —Se le endureció el semblante al pensar en la mujer que, como una bella araña, había tejido toda aquella trama de mentiras—. Pero nunca perdonaré a Grace —dijo—. Ni en este mundo ni en el siguiente.

—Creo que deberías ver a JP y a Martha, juntos —sugirió Kitty—. Es el momento de decir la verdad. Yo se lo diré y los traeré a verte.

Bridie negó con la cabeza y sonrió beatíficamente.

—No quiero que me vean así, Kitty, con un pie en la tumba. Quiero que Martha me recuerde como era cuando pasó una temporada aquí. No quiero que me recuerde como una moribunda. Y no quiero que JP conozca a su madre, a la que creía muerta, y vuelva a perderla otra vez enseguida. Quizá sea egoísta por mi parte, pero sería muy violento y creo que no podría soportarlo, Kitty. JP no me conoce, a fin de cuentas. Prefiero que se aferre a la imagen que ya tiene de mí. Un ángel en el cielo, quizá. Les escribiré una carta a cada uno explicándoselo todo y tú se las darás cuando haya muerto.

—No digas eso —dijo Kitty, horrorizada—. No vas a morirte.

—Kitty Deverill, ¿desde cuándo le tienes miedo a la muerte? ¿No eras tú quien decía que no existe tal cosa?

—Pero acabamos de reencontrarnos y voy a perderte otra vez —repuso Kitty, y se echó a llorar—. Por favor, Bridie, no me dejes.

—Si no me estuviera muriendo, quizá no habrías venido a verme. Me alegro de estar muriéndome porque no solo he hecho las paces con mi vieja amiga, sino que he encontrado a mi hija. —Le brillaron los ojos, llenos de contento—. ¿Te acuerdas de cuando éramos niñas aquí, en el castillo de Deverill? —preguntó, y Kitty y ella comenzaron a desgranar vivencias, pues ¿cómo iban a olvidar los días felices e ingenuos de su infancia y su primera juventud?

Cuando Bridie le contó lo que le había dicho Kitty, una rabia violenta e incontrolable se apoderó de Michael. Se bebió media botella de whisky y se fue a casa de Grace, rumiando la traición de su amante mientras el coche avanzaba dando bandazos por la carretera a oscuras.

Aporreó la puerta llamando a Grace a gritos. Por fin, el mayordomo acudió a abrir, pero Michael no esperó a que lo invitara a pasar. Apartó de un empujón al hombre que en tantas ocasiones le había dejado entrar sin vacilar, cruzó el vestíbulo y recorrió el pasillo hacia el salón, donde oía ruido de voces.

Grace levantó la vista, alarmada, cuando Michael apareció en la puerta. Tenía un aspecto aterrador, con el cabello negro revuelto y una mirada furiosa. Era tan alto y corpulento e irradiaba una energía tan intensa que pareció llenar por completo la habitación. Grace tuvo miedo. El mayordomo apareció tras él, intentó persuadirlo de que esperara en el vestíbulo.

—Lady Rowan-Hampton tiene invitados —dijo, exasperado.

Pero Michael no le escuchaba. Miraba fijamente a Grace, que pareció encogerse bajo su mirada.

—¿Se puede saber a qué viene esto? —preguntó sir Ronald.

El anciano caballero estaba de pie ante la chimenea, vestido con una chaqueta de terciopelo verde y pantuflas bordadas. Sostenía un vaso de cristal tallado, lleno a medias de whisky. Se había sonrojado de indignación al ver interrumpida su velada por aquel patán, pero presentaba un aspecto grotesco, como un loro gordinflón ante un águila de proporciones gigantescas. Las dos parejas invitadas a cenar se miraron, atónitas y avergonzadas. Habían estado disfrutando de una copa relajada antes de la cena y, de buenas a primeras, aparecía aquel loco borracho emperrado en ver a Grace. Si aquello hubiera pasado treinta años antes, habrían temido por sus vidas. En ese instante, sin embargo, solo temieron por el honor de Grace, pues aquel tosco individuo comenzó a lanzar una diatriba contra su carácter.

—¿Hasta qué punto conoce usted a su esposa? —le preguntó Michael a sir Ronald.

—Creo que debería irse —contestó él valerosamente.

Los otros dos hombres se levantaron y se situaron junto a su anfitrión, si bien con cierto nerviosismo.

—Sí, claro que voy a marcharme, pero no hasta que haya acabado.

Michael se acercó tambaleándose a la bandeja de las bebidas, colocada sobre una mesa, y se sirvió un vaso de whisky de una licorera. Se lo bebió de un trago y se sirvió otro.

—Michael… —comenzó a decir Grace, pero conocía aquella expresión de su cara y aquel rictus cruel de su boca y sabía que era inútil intentar aplacarlo: estaba perdida.

—¿Sabía que su esposa, angloirlandesa y protestante, luchó de nuestro lado durante la Guerra de Independencia? De hecho, fue *ella* quien atrajo al coronel Manley a aquella granja para que pudiéramos matarlo. No podríamos haberlo hecho sin ella. ¿Se lo había dicho?

—Qué tontería —dijo sir Ronald con un bufido desdeñoso.

—¿Y qué me dice de su conversión al catolicismo? —Sir Ronald soltó otro resoplido—. ¿Eso tampoco se lo ha dicho? Ya me parecía. Tiene muchos secretos, su esposa. Pero ni siquiera *yo* sabía que tuviera tantos.

—¡Fuera de aquí! —gritó sir Ronald, perdiendo el aplomo, y su boca se sonrojó como un tomate maduro—. ¡Llame a la Garda! —le ordenó al mayordomo—. ¡Maldita sea!

—Michael, por favor —susurró ella, pero Michael no le hizo caso.

Entornó los ojos y avanzó hacia los tres hombres mientras añadía con saña:

—Pero robarle un bebé recién nacido a su madre y vendérselo a una pareja americana… De eso no la creía capaz. —Se volvió hacia Grace y se irguió en toda su estatura, como un enorme oso. Las dos invitadas palidecieron—. Pero eso fue lo que hiciste, ¿verdad, Grace? Le dijiste a Bridie que su hija había muerto y se ha pasado la vida entera llorando su muerte. —Michael se tambaleaba, señalándola con un dedo tembloroso al tiempo que clavaba en ella una mirada ardiente—. ¿Le pusieron tu nombre a una capilla en el convento? ¿Te pagaron bien? ¿Qué sacaste tú a cambio? Perdón, olvidaba una pieza importante del rompecabezas. Te acostabas con lord Deverill, ¿verdad? No podías soportar que hubiera seducido a mi hermana y la hubiera dejado embarazada. Así que quisiste quitar a esos bebés de en medio, y a mi hermana también. Mandarla lo más lejos posible de tu amante. A América, por ejemplo.

Las dos invitadas gimieron, horrorizadas, y miraron a Grace con la boca abierta como un par de truchas.

—¿Cómo pudiste hacerlo, Grace? ¿Cómo pudiste hacerlo y llevar ese peso sobre tu conciencia? Bridie confiaba en ti. Pensaba que eras su amiga. Y cuando su hija vino a buscarla, ¡le dijiste que había muerto! ¿Por qué? Porque no querías que tu sucio secretillo se hiciera público.

—¡Esto es indignante! —farfulló sir Ronald débilmente, pero miró a Grace, dubitativo—. ¿Cómo se atreve a insultar así a mi esposa?

Michael soltó una risa maliciosa.

—Ella no lo niega. No puede. Kitty Deverill nos lo ha contado todo. Sí, Kitty Deverill te ha traicionado, Grace, igual que tú la traicionaste a ella hace años, muchas veces. La traicionamos juntos. Yo voy a ir al infierno, de eso no me cabe duda, pero pienso llevarte conmigo.

Sir Ronald se volvió hacia su esposa.

—Grace —dijo—, ¿qué tienes que alegar a lo que dice este hombre?

Ella bajó la cabeza. Michael vio que le temblaba el vaso en la mano.

—¿Grace? No es cierto, ¿verdad? Dime que no es cierto.

Pero sir Ronald miraba a su esposa estupefacto, y su expresión dejaba claro que dudaba de ella.

Michael oyó pasos que se acercaban por el pasillo. Un momento después entraron un par de agentes de la Garda. Levantó las manos y se rio al echar una última mirada a Grace.

—Es buena en la cama, eso tengo que reconocerlo.

Bridie murió en paz. Leopoldo, sentado junto a la cama, le sostenía una mano y su madre le sostenía la otra mientras rezaba pidiendo a Dios que perdonara los pecados de su hija y le abriera de par en par las puertas del cielo. Michael, Sean y Rosetta velaron junto a la cama y al fin el fuego se apagó en la chimenea y la luz se extinguió en los ojos de Bridie. Ella sabía que Kitty tenía razón, que iba a volver a ver a Cesare, a su padre y a su abuela, de modo que no tenía nada que temer: ellos le mostrarían el camino.

Partió sin resistencia y se dejó llevar suavemente al otro mundo. Al abandonar su cuerpo físico, se sintió como si fuera una brisa ligera que saliera por la ventana hacia la noche, una noche aterciopelada, y le maravilló cuánto brillaban las estrellas y la luna sobre el castillo de Deverill, igual que la noche del baile de verano, cuando ella era pequeña. Solo recordaba amor. Y al hacer su viaje final, comprendió de pronto que de eso se trataba desde el principio: del amor. ¡Qué tonta había sido por no darse cuenta!

Martha recibió la carta de Bridie en el convento. Se sentó en un rincón en sombra del patio a leerla.

Mi querida Martha:

No hay forma fácil de decirte que me estoy muriendo, pero tú mejor que nadie comprenderás que mi corazón se llena de alegría al pensar que voy a ver el rostro del Señor. Antes de morir, hay algo que quiero confesarte. Cuando era joven y trabajaba como doncella en el castillo de Deverill, tuve una breve relación amorosa con el padre de Kitty, que entonces aún no era lord Deverill. Me enamoré y creía que él me correspondía. Quedé encinta y me mandaron a Dublín a dar a luz en el convento en el que ahora eres novicia. Di a luz no a uno, sino a dos bebés. Mi hijo sobrevivió; mi hija, en cambio, murió, o eso me dijeron. Me la quitaron antes de que pudiera besar su frente y rezar una oración por su pobre alma. Después me enviaron a Estados Unidos para que empezara allí una nueva vida. Mi hermano Michael, mediante una argucia, consiguió quitarles a mi hijo a las monjas y lo dejó en la puerta del pabellón de caza para que Kitty lo criara como si fuera suyo. Así lo hizo Kitty y yo la bendigo desde el fondo de mi alma por su bondad. Kitty llamó al niño Jack Patrick, JP, y más tarde lord Deverill lo reconoció como hijo suyo. Siempre creí que mi hija estaba enterrada en los jardines del convento. Cuatro años después volví a Irlanda en busca de mi hijo. Estuve en el convento y pedí ver la tumba de mi pequeña, pero me dijeron que no había lápida, pues a los bebés que morían sin haber recibido el bautismo los enterraban en tumbas anónimas. Fui a Ballinakelly y vi a mi hijo. Me di cuenta de que era feliz allí. Llena de dolor, regresé a América y traté de olvidarme de él. Pero no lo conseguí y sufrí a diario por los dos niños que había traído al mundo y perdido de manera tan cruel.

Si te digo todo esto, Martha, es porque he descubierto, para mi inmensa alegría, que eres mi hija, la niña que yo creía muerta, convertida en una joven preciosa. Doy gracias a Dios porque hayamos podido pasar algún tiempo juntas, aunque no supiéramos el lazo que nos unía. Me hace feliz saber que has encontrado tu vocación y que tienes una vida plena. Tu abue-

la es una mujer muy devota, igual que lo fue su madre, tu bisabuela. Debes de haber salido a ellas.

No quiero que me veas enferma. Quiero me recuerdes como era antes. Que recuerdes la risa y el cariño, porque te quise entonces y te quiero ahora, y antes no sabía por qué habías calado tan hondo en mi corazón, pero ahora lo sé. Hemos hecho las dos un viaje muy largo, y tenemos que dar gracias a Dios por haber permitido que se cruzaran nuestros caminos.

Le he pedido a Kitty que te entregue esta carta después de mi muerte, así como la carta de mi abogado, porque te menciono en mi testamento. Tienes mi bendición para donar el dinero al convento.

Que tengas una buena vida, Martha. Sé fuerte, audaz, temeraria y llena de amor.

Tu madre,
Bridie

Martha siguió mirando la carta hasta que las lágrimas empañaron sus ojos y las palabras se convirtieron en negros borrones sobre el papel. Se llevó la hoja a los labios y cerró los ojos.

JP leyó la carta de Bridie con un extraño distanciamiento, como si estuviera dirigida a otro. Bridie le relataba su historia y le explicaba por qué Kitty había mantenido en secreto su identidad todos esos años. Siempre había creído que su madre estaba muerta, y le causó una honda tristeza descubrir que podía haber tenido la oportunidad de conocerla y la había perdido. Pero lo que de verdad lo dejó estupefacto fue la carta en la que el abogado le informaba del monto de su herencia. Volvió a leer la carta para asegurarse de que había entendido bien. Luego telefoneó a Kitty.

—La condesa me ha dejado el castillo de Deverill —dijo con voz temblorosa, y Kitty tuvo que sentarse—. ¿Estás ahí, Kitty?

—Sí, aquí estoy —contestó ella en voz baja.

—Y una fortuna. ¡Kitty, me ha dejado una fortuna!

A ella le latía el corazón tan fuerte que apenas podía pensar. Si Bridie había dejado a JP el castillo, eso significaba que en cuanto se instalara en él los herederos de los Deverill quedarían libres de la maldición que pesaba sobre ellos, pues su esposa, Alana, era una O'Leary.

—No puedo creerlo —gimió, pero JP no estaba pensando en los espíritus de sus antepasados, sino en su padre y en la alegría que iba a darle que su amado castillo volviera al seno de la familia.

—Tengo que telefonear a papá —dijo.

—Se pondrá tan contento como yo —contestó Kitty antes de colgar.

Pobre Leopoldo, se dijo. *Tiene que haber sido un golpe tremendo para él.*

Leopoldo estaba fuera de sí. Siempre había creído que el castillo sería suyo. Sean intentó explicarle que su madre le había dejado una enorme cantidad de dinero.

—¡Pero en un fideicomiso! —exclamó Leopoldo—. Para poder gastar un solo penique, tengo que pediros permiso a ti y a Michael. ¿Cómo voy a divertirme en Londres si tengo que pediros dinero constantemente?

—Quizá tengas que divertirte menos —repuso Sean juiciosamente.

Rosetta vio salir al joven hecho una furia de la habitación y dar un portazo. Bridie no había estado tan ciega, a fin de cuentas, se dijo con una sonrisa.

—¿Sabes?, la verdad es que nunca me ha gustado mucho este castillo —dijo—. Sueño con una casita junto al mar, solo para nosotros y los niños.

—Pues la tendrás —contestó su marido, tomándola de la mano—. Cuanto antes, mejor.

Bridie fue enterrada junto a su marido en el cementerio del pueblo, el último día soleado del otoño, antes de que las tormentas invernales dejaran los árboles desnudos y comenzara a soplar el viento gélido del océano. Más tarde todo el mundo coincidiría en que había sido un día muy hermoso.

Todo el pueblo acudió a darle el último adiós. La iglesia estaba tan llena que mucha gente tuvo que quedarse fuera. En el entierro, JP Deverill se situó junto a su hermana Martha y vio cómo bajaban el féretro. Iba a ser el señor del castillo de Deverill, una gran responsabilidad que no se tomaba a la ligera. Se acordó de que había intentado hacer una maqueta del castillo con su padre cuando era niño y de que había fantaseado con ganar algún día dinero suficiente para reconstruirlo. Bueno, ya no hacía falta que lo ganara: se lo habían regalado. Le maravillaba pensar en lo impredecible que era el destino.

Kitty sabía que Bridie no estaba en aquel ataúd de madera, sino al sol, mirando a sus hijos con orgullo y amor, como debería haber podido hacer en vida. Le dio las gracias en silencio por haber devuelto el castillo a los Deverill y pensó en lo acertado de su decisión, pues JP las pertenecía, en efecto, a ambas. Tras ser el motivo de su ruptura, se había convertido en el catalizador de su reconciliación. De haber vivido Bridie, ambas se habrían enorgullecido en igual medida de él. Ahora, Bridie no solo había restañado las heridas del pasado al devolver el castillo a los Deverill, sino que además liberaría a sus fantasmas. Kitty estaba impaciente por ver cómo ocurría.

La señora Doyle se abrazaba a Michael y sollozaba quedamente, confiando en que el Señor hubiera atendido sus plegarias y su hija se hubiera reunido con su padre y su abuela. Sean estaba al otro lado de su madre, con Rosetta y sus hijos, y se preguntaba qué sería de su sobrino ahora que había perdido a sus padres, las únicas dos personas que le tenían aprecio. Leopoldo exhibía su dolor estrepitosamente, lo que en opinión de las Plañideras de Jerusalén era poco propio de un hombre. Todo el mundo, menos Leopoldo, estaba encantado de que el castillo lo hubiera heredado JP Deverill. Habría muchas cosas que celebrar esa noche en la taberna de O'Donovan. Michael, que había vuelto a las andadas, bebería como el que más y empezaría a buscar esposa, se dijo con satisfacción. Libre al fin de su mala conciencia y de su desmedida santurronería, de Kitty y de Grace, era hora de volver a vivir.

—Creía que las monjas estaban obligadas a llevar hábito —comentó JP, mirando el elegante vestido negro y el abrigo de su hermana Martha—. O puede que ahora vistan así —añadió con una sonrisa que distendió las pecas de sus mejillas.

—No voy a ser monja —contestó ella.

—Ah —dijo él, sorprendido. Martha le había parecido tan segura de su decisión…

—Me he dado cuenta de que estaba huyendo de la vida —explicó ella con un suspiro—. Necesitaba tiempo para aprender a vivir otra vez, como una persona inválida necesita tiempo para aprender a caminar de nuevo. El convento me dio el tiempo y la paz que necesitaba y, con ayuda de Dios, me he curado. Cuando Bridie me escribió para decirme que era nuestra madre, algo cambió dentro de mí. Fue como si me quitara un gran peso del pecho. No sé cómo explicarlo. —Le miró, avergonzada—. Digamos que ya no me da miedo el amor.

—Eres demasiado guapa para encerrarte en un convento, ¿sabes? Algún día harás muy feliz a algún hombre.

—Esa es mi intención. Y pienso ser una buena madre para mis hijos. —Le brillaron los ojos y JP le dio su pañuelo—. Gracias. Han sido unos días muy emotivos. —Se enjugó los ojos—. Si quiero a mis hijos la mitad de lo que nos quería Bridie, seré la madre más afortunada del mundo.

JP abrazó a su hermana y se dio cuenta, con un arrebato de ternura, de que podía quererla a fin de cuentas, solo que con un amor distinto.

—¿Vendrás a pasar una temporada en el castillo cuando nos hayamos instalado? —preguntó.

—Me encantaría —respondió ella—. De veras.

Alana se acercó y dio el brazo a su marido.

—¿Vas a quedarte unos días? —le preguntó a Martha—. En casa eres bienvenida.

—Gracias, sois muy amables —dijo Martha—. Pero me marcho mañana. Primero quiero ir a Estados Unidos. Tengo cosas que hacer allí, puentes que reconstruir. Luego no sé dónde iré. —Sonrió con optimismo y se encogió de hombros—. Ahora soy una mujer rica. ¡Puedo ir donde quiera!

33

—Pero ¿qué hacéis todavía aquí? —preguntó Adeline, mirando con sorpresa los rostros expectantes de los fantasmas de los Deverill, que se habían congregado en el vestíbulo del castillo a la espera de su liberación—. Una O'Leary ha tomado posesión del castillo —dijo—. No entiendo. No deberíais estar aquí.

Barton miró a Egerton, que a su vez miró a Hubert, que se volvió hacia Adeline. La decepción que reflejaba el rostro de su marido le rompió el corazón en mil pedazos. Imposible, se dijo, desesperada. La maldición decía expresamente: *Hasta que remediéis esas faltas, os condeno a vos y a vuestros herederos al desasosiego eterno en el mundo de los no muertos.* Ahora que las tierras habían pasado a manos de una O'Leary, la maldición debería haberse roto.

Vieron a Alana y a JP subir emocionados por la escalera, de la mano, mientras Kitty, Bertie y Maud los observaban desde el vestíbulo con arrobo. Era un momento de triunfo, pero también debía serlo de redención, pensó Adeline. Sabía que Kitty sentía su presencia allí y estaba tan confusa como ellos.

Adeline se sintió enferma. Horriblemente enferma. No era una sensación física, sino un malestar del alma, muy distinto a cualquier otro e infinitamente peor. Se encogió como si un peso gigantesco cayera sobre ella. Era una horrible sensación de desilusión y miedo. Desilusión por Hubert, que parecía destinado a no salir de aquel lugar, y miedo por sí misma, por haber atado su alma a la de él por propia voluntad. Si Hubert no podía liberarse, tampoco ella podría. El amor los ataba: era su destino.

De pronto, Barton cayó de rodillas con el rostro contraído por la angustia. Abrió los brazos y cerró los ojos con fuerza.

—¡Oh, Maggie! —gritó, y el frío pareció apoderarse de la estancia, pues Kitty y Maud se estremecieron y Maud se ciñó la chaqueta—. ¡Maggie! ¡Perdóname por quitarte tus tierras! ¡Perdóname por robarte tu inocencia y por mandarte a la hoguera cuando estaba en mi poder salvarte! ¡Maggie! Llevo mucho tiempo cargando con esta culpa. No puedo soportarlo más. No puedo esconder mi amor por ti. Está destruyendo mi alma. De buena gana me quedaré entre estas cuatro paredes eternamente porque es lo que merezco. Es *más* de lo que merezco. Viví una mentira en vida y la he vivido después de muerto. Pero ahora apelo a ti, Maggie. Perdóname para que al menos pueda pasar la eternidad con el consuelo de saber que me has perdonado. —Escondió la cara entre las manos y se echó a llorar.

Sus descendientes lo miraban con horror. Si su ilustre antecesor, el primer lord Deverill de Ballinakelly, había perdido toda esperanza, ¿qué les quedaba a ellos?

La habitación se enfrió más aún. Maud y Bertie decidieron entrar en la biblioteca, donde había un fuego encendido y estaba servido el té, como siempre. JP se reuniría con ellos después de enseñarle a su esposa su nuevo hogar. Kitty prefirió quedarse en el vestíbulo, pues otro espíritu había aparecido de pronto y, fijando la vista, Kitty era capaz de verlo.

Era Maggie O'Leary con un largo vestido blanco. La melena negra le flotaba alrededor de la cabeza como si estuviera sumergida bajo el agua. Muerta era aún más bella de lo que había sido en vida, y los espíritus la miraron maravillados. Por un instante, ella pareció igual de sorprendida, como si no esperara encontrarse allí, en aquel vestíbulo, con tantos ojos observándola. Por razones que no entendía, había sido liberada de su propio limbo tenebroso y traída a este lugar, al lugar donde había comenzado todo siglos antes.

Maggie posó la mirada en Barton, entreabrió los labios y su expresión se dulcificó. Se detuvo delante de él y le retiró las manos de los ojos. Él la miró sorprendido y un poco asustado por lo que le había hecho en el bosque y por lo que había permitido que sucediera en la hoguera. Ella apretó sus manos y lo miró con ternura.

—Me diste pólvora para acortar mi sufrimiento. Debí entender entonces que no me habías olvidado —dijo—. Ahora sé que no me diste la espalda porque quisieras, sino porque no podías hacer otra cosa. Te entiendo, Barton Deverill, y me entiendo a mí misma. Estos siglos pasados entre dos mundos no han sido en vano. Me han permitido comprender.

La oscuridad del vestíbulo comenzó a disiparse poco a poco. Un resplandor emanó de las manos unidas de Barton Deverill y Maggie O'Leary y comenzó a crecer. Mientras se miraban a los ojos, la luz se hizo más intensa hasta que llenó por completo la estancia con un fulgor dorado. Kitty sabía que no era el sol lo que iluminaba el vestíbulo, pues fuera el día estaba oscuro y nublado. Aquella luz bellísima procedía de otro mundo.

—Os perdono, lord Deverill —dijo Maggie solemnemente, y sonrió con serenidad—. ¿Me perdonáis vos por la maldición que eché sobre vos y vuestros descendientes?

—Te perdono, Maggie —contestó Barton, levantándose—. Te perdono desde lo más profundo de mi alma.

—Entonces, vayamos en paz —dijo ella—. La sangre de los O'Leary fluye por las venas de Alana, pero también la sangre de los Deverill. *Nuestra* sangre, Barton.

Barton arrugó el ceño.

—¿Nuestra sangre? —repitió.

—Nuestro hijo, Barton —musitó ella, y él comprendió y se llevó la mano de Maggie al corazón.

—Mi ofensa es aún más cruel —dijo con voz ronca, pero Maggie besó su mano.

—Así son las cosas —contestó—. El pasado, pasado está y todo error ha sido perdonado. Ahora, descansemos en paz.

De pronto, Adeline comprendió que la maldición nunca había tenido que ver con las tierras en realidad, sino con el perdón, con el perdón entre Maggie y Barton. ¡Qué necia había sido al no darse cuenta antes!

La luz se hizo tan brillante que Kitty tuvo que cerrar los ojos. Sintió partir a los espíritus, uno a uno, como si se disolvieran en aquella luz esplendorosa. Cuando al fin abrió los ojos, se halló sola. Bueno, casi. Allí, ante ella, estaba Adeline.

—Ya está: hecho —dijo su abuela con satisfacción—. Ahora depende de ti vivir bien, Kitty, con el corazón abierto y dispuesto a perdonar, porque solo a través del perdón pueden enmendarse los errores. No lo olvides nunca.

—No lo olvidaré —dijo Kitty mientras su abuela comenzaba a desvanecerse.

—Y no llores, mi niña. Estoy aquí mismo, solo tienes que pensar en mí.

Luego, desapareció.

—¿Con quién hablas? —preguntó JP al bajar por las escaleras seguido de Alana.

—Con nadie —contestó Kitty enjugándose los ojos—. Vamos a tomar una taza de té —se apresuró a añadir.

—Buena idea —dijo JP, y agarró a su esposa de la mano.

Se dirigieron a la biblioteca, donde Maud se estaba riendo de algo que había dicho Bertie.

JP sonrió a Kitty.

—¿Crees que Maud ha encontrado el cannabis de Adeline?

—¿Cómo sabes tú lo del cannabis de Adeline? —preguntó Kitty.

—Me lo contó Celia. ¡Adeline era una bruja buena! —dijo él riendo.

—Sí, desde luego —convino Kitty al entrar en la biblioteca con paso alegre—. La *mejor* de las brujas.

Agradecimientos

Este libro no se habría escrito sin la ayuda inestimable de las siguientes personas, a las que doy las gracias de todo corazón:

Mi querido amigo y cómplice, Tim Kelly.

Mi maravillosa agente, Sheila Crowley, y su magnífico equipo de Curtis Brown: Abbie Greaves, Rebecca Ritchie, Alice Lutyens, Luke Speed, Enrichetta Frezzato, Katie McGowan, Anne Bihan y Mairi Friesen-Escandell.

Mi jefe, Ian Chapman. Mi brillantísima editora, Suzanne Baboneau, y su estupendo equipo de Simon & Schuster, que tanto se esfuerza por mí: Clare Hey, Dawn Burnett, Emma Harrow, Gill Richardson, Rumana Haider, Laura Hough, Dominic Brendon, Sally Wilks y Sara-Jade Virtue.

Mis padres, Charles y Patty Palmer-Tomkinson, y mi suegra, April Sebag-Montefiore.

Mi marido, Sebag, y nuestros dos hijos, Lily y Sasha.

¿TE GUSTÓ ESTE LIBRO?

escríbenos y
cuéntanos tu opinión en

f /Sellotitania **🐦** /@Titania_ed

📷 /titania.ed

#SíSoyRomántica

ECOSISTEMA DIGITAL

NUESTRO PUNTO DE ENCUENTRO

www.edicionesurano.com

2 AMABOOK
Disfruta de tu rincón de lectura
y accede a todas nuestras **novedades**
en modo compra.
www.amabook.com

3 SUSCRIBOOKS
El límite lo pones tú,
lectura sin freno,
en modo suscripción.
www.suscribooks.com

DISFRUTA DE 1 MES DE LECTURA GRATIS

1 REDES SOCIALES:
Amplio abanico
de redes para que
participes activamente.

4 APPS Y DESCARGAS
Apps que te
permitirán leer e
interactuar con
otros lectores.

 iOS